山神谷

梦　非◎著

万物通灵的羌地圣山雪隆包下

一条神秘的大峡谷穿越在人神巫蛊间

释比、木心们的爱恨故事昙花不败,惊心动魄……

图书在版编目（CIP）数据

山神谷 / 梦非著. -- 北京：九州出版社，2018. 1
ISBN 978 - 7 - 5108 - 6627 - 2

Ⅰ. ①山… Ⅱ. ①梦… Ⅲ. ①长篇小说—中国—当代
Ⅳ. ①I247. 5

中国版本图书馆 CIP 数据核字（2018）第 028660 号

山神谷

作　　者	梦非　著
出版发行	九州出版社
地　　址	北京市西城区阜外大街甲 35 号（100037）
发行电话	（010）68992190/3/5/6
网　　址	www. jiuzhoupress. com
电子信箱	jiuzhou@ jiuzhoupress. com
印　　刷	三河市华东印刷有限公司
开　　本	710 毫米 × 1000 毫米　16 开
印　　张	19. 5
字　　数	299 千字
版　　次	2018 年 3 月第 1 版
印　　次	2018 年 3 月第 1 次印刷
书　　号	ISBN 978 - 7 - 5108 - 6627 - 2
定　　价	58. 00 元

前　言

《山神谷》是中国少数民族作家协会扶持的一部重点作品。故事以羌族地区的圣山雪隆包下的一条神秘峡谷——山神谷发生的传说与现实故事为题材,以羌族宗教信仰中的"原始崇拜",相信"万物有灵","人是有灵魂的"和羌族历史文化宗教传承人释比传奇等为文化背景,通过朝圣雪隆包的木心及相关人士的经历为线索,讲述的一个久远而意味深长的故事。

作品近30万字,通过对释比法事、羌区民俗风情、战争、自然灾害等的叙述,构成了完整故事。文笔采用轻松自然和诗意的叙述方式,同时体现出了羌文化中亲近自然、注重环保的核心价值观。

现在，我就将这些埋藏了一个世纪的故事讲述给你们，它比虚幻真实，比真实遥远。

——引言

一

花开过后，夏日的山谷青翠得更为纯粹了，木心从木板门中走出，看见阳光射在山峰上，黛青色的树，呈现一片亮色，阳光之外的树丛一片深暗，两者之间，就有了一条太阳划出的线。

线不断下移，将山下的所有树木、草都纳入光亮时，他走进了白亮的光线之中，沿着寨子中一条用石板铺成的巷道，走向了青草笼罩的山路。

草很茂盛，叶尖挂着晶莹的露珠，走不远，就打湿了脚上的一双草鞋，“天晴也这么大的露水。”木心恨恨地抱怨了一句，想到“山中不下雨，晴天仍有大露水”的谚语，心里又释然了许多，只管一心一意走在通往寨子斜对面一片火地的羊肠路上。

“木心，要去哪里?”

木心一惊，背上被横空出世的喊声吓出了一身冷汗，立即向右转过头一看，见是老释比正坐在一块平地的石头上，口里叼着一根长尺许的兰花烟斗，半眯着眼睛看着他，布满桦树皮般浅显皱纹的脸，被淡青的烟雾朦胧着，神秘得像山中的云。他立即严肃起来，用带着尊敬的口吻恭敬地回答说：“到火地去看牛。”并在他“哦”的尾音中，快速地转到了一道弯的后面。

火地离寨子有一段不远不近的距离，躺在阴山上的树林中间，看上去如绿色的地毯，牛就放在草甸中，有十来头。

牛群是部族人共有的，由族长家管理，而放牛则是寨子里最惬意的事情，不是谁都可以放的，想放牧一群牛或者羊得有良好的机会，木心能享受这种待遇也实属运气。那天，木心刚从茂州城赶骡子回家，族长就上门说：“春枝要生孩子了，牛暂时无人管，也没有合适的人，你正好回来，就由你顶替一下她，看行不行?”

木心毫不犹豫地说：“当然行。”

第二天，木心便将牛从圈中赶出，让它们自由自在地吃睡在火地上，他则每天都只需去看看它们，闲暇时捉一些牛蚊子做风筝玩耍。

这一年，木心十六岁，他因出生在一棵树的洞里而得名。当时，他娘正在山中摘野菜，至午后，天空突然布满乌云，天地一片暗淡，几声炸雷过后，雨密集地下了起来。她见状，立即钻进身边一棵千年老松的树心，刚坐下，肚子却痛了起来，只感到腹中下坠，知道要生了，索性褪下裤子，站在树中张开腿一用力，木心便掉在了豹子铺垫的干草上，并用响亮的声音终止了雷鸣电闪。后来，老释比说："他在树心里出生，就叫木心吧！"

走进火地的时候，牛正或卧或躺地吃草。许多条毛毛路纵横交错地散布在草丛中，像棋盘上的线。

木心走在一条连接一头大黄牛的"线"上，蒿草隐没了脚弯，散发着潮热的味道，花透出淡香，牛正卧着，金黄色的毛闪耀着平和的光芒，眼睛望着对面的山，嘴咀嚼着，正反刍吃了一个早晨的草。一只硕大的牛蚊子停在背上，将绣花针一样的嘴插入它的皮毛，十分享受地吸着血。木心悄无声息地靠近，牛好似知道他要干什么，淡定如常，木心用手掌形成一茁箕状，快速反扣下去，牛蚊子就在手心里嗡嗡地乱窜了。

木心用另一只手捉它出来，放进事先准备好的半截竹筒里，坐在一棵孤傲的白桦树下，找一棵空心草，将一截在中间插了细小针条的草节准备好，又把一枝草茎折叠，夹住牛蚊子细长的尾部插入草节，然后再将小针条插入较长的空心草里，手一放，牛蚊子就开始转着圈，嗡嗡嗡地飞转了起来。

有了玩具，一天的日子开始有趣起来，山野很寂静，除偶尔从远处传来的山歌声，就只有三两声鸟语划过云朵飘遥的天空了。木心漫步于花草丛中，见牛很听话，就躲进火地边的白桦林里，躺下来，头枕在一截朽木上，把玩着牛蚊子，让它不停地飞，直到睡意渐起，才把它插在旁边的一块树疙瘩上，呼吸着一地清香入睡了。

随后，木心感到走在一座山峰上，沿着像华山苍龙岭一样的峰脊，爬到了最高峰。峰顶是一块平台，长满茂盛的树，树木上挂着许多藤条，两边是悬崖峭壁，深不见底的地方是蓝得像墨的海，幽深得让人害怕。

他站在树荫里，担心着如何才能下去，突然半棵老松树上现出了一张怪异的脸，说："终于修成了。"许多尖细的声音也说："修成了，修成了！"不知不觉间，木心已被声音包围，树木和藤子都在说话，并隐约知道了它们是因千年前的一个猎人在台地上受了伤，血散在枝叶上，受日月精华后成的精，今天活泛起来是因为山神已上天去汇报工作。

这让他吓得不轻，听说山中的一草一木都是有灵魂的，树精或者藤精不害人，但会把人戏弄得很惨，正想开溜，藤精们已拉住他说："在一起玩耍一会儿。"说话间，一根金银花藤已变为秀美的女子，奇长的手将他缠得透不过气，嘴里伸出的舌头像花一样，呈立体形，瓣膜五颜六色，舌尖则如花蕊，舔他的脸时惊心动魄。随后，他用力一挣，醒了，见一头温顺的牛正舔他因出汗而含盐的脸。

木心立即坐起来，见太阳已将余光打在对面的山上，把温婉了许多的光线向上移动着，牛已回到林中，围绕一塘积水半卧着休闲。他让已累得半死、耷拉着的牛蚊子自生自灭，沿山路小跑着向山下的寨子奔去，在半山腰一个叫柏香树的地方，又看见上午上山时吓他一跳的老释比正在砍柏枝，立即刹住脚打招呼说："高头爷，又要做法事了？"

老释比说："山神谷又有事了，还不快点回去，太阳落山后不要走远路。"

二

老释比所说的山神谷是木心生活的地方，位于岷山深处，两座峭峰对峙而起，入口很狭窄，沿着和岷江河几乎垂直的一条峡谷入口向西，走十多公里，两边的山各自向外呈弧形凹去，地势也相对平缓起来。在山的怀抱中，一块风景如画的谷地便藏在了高山流水间，因传说自远古以来就是山神的居所，人们都叫它山神谷。

谷地十分深远，尽头矗立着高高在上的万年雪山——雪隆包，寨子则建在溪旁的一处坡地上，上百户的石头房子依山而起，错落着向上分布，鳞次栉比，在青翠中呈现着一片深灰色。老释比叫木比，是能和鬼神沟通的人，具有超自然的能力，和他的身世一样神奇，因居住在寨子最高处的碉楼里，山神谷的人都叫他“高头爷”。

木心一听他说又要出事，又说太阳落山后最好不要出远门，立即头皮子发麻，飞一样地冲进了寨子。

到了寨中，他沿通向各家各户的石巷子急走，遇见的人却不像自己一样慌张，但都在议论着什么奇怪的事情。他迷惑地乱转着，在家门口遇见了猎人草生，便问：“要出啥子事了？”草生凶巴巴地说：“又养尸了！”

原来，山神谷是一片风水宝地，能养人，也会养鬼，如果恰好占住了地气，再吸收日月精华，人便会以另一种方式活过来，在太阳落山和鸡叫之间的时间里出来活动，如果成了精，还会祸害一方。

这让木心想起了以前发生过的类似的事。

事情发生在很多年前，被养尸的人叫黄花姐，住在寨子西边，那座石屋至今仍孤零零地立着。她在一年冬天从山外的浮云谷嫁过来，在一个春节回娘家时已怀了身孕，返回途中经过飞水岩时，被一块落下的石头砸中了头，被她做牧羊人的丈夫背回家后人已凉了，便在大家的帮助下埋在了溪涧对面的一块缓坡上。

问题就出现在突发的事故只能进行紧急处理上，下葬时，那牧羊人没有按规矩请老释比算日子，也没有按“凶死的人必须火化”的习俗进行焚烧，牧羊人说她已有身孕,大家也就默许了他那样做。过了不久,寨子便开始不清静起来,有些人家丢了鸡,找来找去只在黄花姐的坟前发现了一些鸡毛,每到夜晚,狗又总是发疯一样地叫。

紧张的气氛日渐弥漫。一天,住在溪边小磨坊的一个老头突然在夜晚举着火把,惊慌失措地向老释比家跑去。狗也狂吠起来,许多人在被惊醒后不知发生了什么,抖擞着手点燃插在墙壁上的松光后,却窝在床上不敢动弹。

“不得了,不得了了……”守磨人语不成调,站在老释比家门前,套在麻秆一样的腿杆上的阴丹布裤子,“唰唰唰”地抖动得像竹筛中的麦子。

“进来说,快进来说!”老释比边说边拉着他的一只手,将他牵到火塘边的一张板凳前,又说:“坐下吧。”随即给他倒了杯水,将兰花烟点燃递到他的手中。

过了好一会儿,守磨人才平静下来说:“遇到怪事了!”

老释比问:“啥子事哟?”

他说:“我摸到她了。”

老释比听后一惊,问:“谁?”

他说:“黄花姐!”

老释比又暗自一惊,说:“说来听听,不要紧。”

守磨人便叙述说,黄昏的时候,狗娃家磨完了面,背着面粉走后,他将磨坊的水闸放下,回到房中吃晚饭,因刚好猎人草生送来了一只岩羊腿,就做成下酒菜,喝了些老酒。天黑后他和往常一样睡在木床上,却感到有些异常,好似总有人窸窸窣窣地走来走去,但脚步很轻,像风走过车前草一样,也没有管它,心想可能是野猫在寻找食物吧。

“接下来就不那么简单了!”他说,隐约有一个女人逗小孩的声音传来,而且就在门外,声音时高时低地隐约在流水声里。他从床上起来,悄悄走到大门后,从门柱旁边的木锁孔里望去,见是黄花姐靠在门外的石墙上,怀里抱着一个孩子,因怀疑是眼花看错了,就伸手朝她的头上一摸,感觉软软的,像一团棉花。

“想到她被石头打烂了脑壳,填塞上棉花才下的葬后,魂都掉了。”他最后说:“我拿着火把就跑到你这里来了。”

“哦，确实有点严重，还生下了小孩，我所知道的类似事件中，还真是头一回呢！你也不要回去了，今晚就住在我这里，明天一起去看看！”老释比说完，便转身走回里屋，隐没在灯光后的背影，和供奉在神龛上的祖师爷阿巴木拉一样神秘。

第二天，老释比和守磨人一起沿着小路去检查黄花姐的坟，他们走过搭在溪沟上的木桥，又踏着青草向上走。其时，草间的野花一片芬芳，树上的画眉鸟在婉转地歌唱，太阳已从山峰升起，一切都和平常没有两样，站在坟地前的一块石包上望去，寨子沐浴在晨光中，炊烟冉冉升起，宁静而祥和。他们四处查看，见周围的毛草中有一条如大蛇滑过的痕迹，觉得不对，又在坟墓旁边一丛黄刺遮掩的地方发现了一个通向地下的洞，而且洞壁十分光滑，看样子已被使用了很久。

“已很严重了，得采取办法在她还未成精时中止这件事。”老释比说话时像自言自语，边说边转身向寨子走去，守磨人屁颠屁颠地跟在后面，显得很惊恐，不时转过头向后望，怕有人撵来似的。

中止养尸的奇事在六月初六的正午进行。那天是进伏天的日子，寨子中有“六月六晒衣服”的习惯，尤其在正午时分，人间的阳气最重。老释比做了精心准备后，带上十多个胆子大的小伙子和一位全寨子心眼最好的妇女，背着干柴、桐油、纸钱、酒、锄头等物，一路蜿蜒走进了坟地。其他寨人则待在家里，战战兢兢地大门都不敢出。

老释比让大家将柴火架好，拧开桐油桶盖，他戴着猴皮帽子，手握法杖，念念有词，手书了一道像用甲骨文组成的符，然后盖上法印，将一束白香吞进口中，让自己进入痴迷状态，用咒语请来了和场景相关的神，念诵着驱鬼降妖的《下坛经》，氛围紧张得连出气的声音都能听见。等时辰到后，老释比才大喊一声说：“呸，开挖。”

众人随即一拥而上，挥锄使刀，将坟墓扒开，见棺材紧闭，就用力一抬，棺材盖便被扔到了旁边。他们低头一看，又轰地一下在惊叫声中跑散到了四周。老释比一见，赶紧趋步向前，只望了眼，便回头大喊：“奶妈，快！”那女人一听，赴到棺材前看到一个小男孩光着身子，正爬在黄花姐胸口上玩耍，而她则面色红润，像生前的样子，娇柔的面容和身材依旧散发着美丽的气息。她随即把一张准备好的大红小棉被盖在孩子身上一裹，抱起来就向寨子跑去。

老释比却继续念着咒语，见孩子已抱走，便将一道咒符贴在黄花姐脸上，让人盖上棺盖，用桐油密封起来，又在棺木上贴上咒符，才松了一口气。

随后，大家沉下气来，将棺材抬出架在柴火上，点燃进行焚烧。黑色的浓烟随即升起来，翻滚着冲向天空，黑烟里的橘红色火焰亲吻着棺木，到下午传出了几声叫喊后，一切才归于寂静。人们又七手八脚地将骨灰装入一个土罐子，由老释比作了一番法事，在罐子上贴了符后，才抱到另一个地方，埋入了地下。

那孩子被抱回寨里，见和正常小孩一样，就交给了他的父亲牧羊人，由好心的女人妁妈帮助抚养。老释比说："他生在坟墓中，就取名阴生吧。"于是，寨子中的阴生就成了大家谈论最多，又让人生畏的人，他后来成了技艺精湛又能用邪术整人冤枉的木匠。

想到这事，木心更加害怕，就一伸一缩地挨到老释比家，见他正在整理砍回来的柏香，小心地问："高头爷爷，是不是又养尸了？"

"不是，小娃娃不要乱说，是要收魂。"老释比说完，又埋头整理手中的柏香了。

"收魂也不是小事。"木心嘀咕一句，转身走向了斜下方的家。

三

木心家住在寨子东头的一块岩台上，下方是几十米高的峭壁，上方是呈阶梯状的岩台，房子依岩壁而建，层层向上，木心家在最下边，朝上走一小段路，住着猎人草生一家。

见饭还未做好，木心就在灶门前的木凳上坐下来，边想心事边烧火。灶膛里的火被新添加的杨柳柴所鼓励，熊熊地燃烧着，火舌从灶口伸出，舔着灶门边挂的铜茶壶，把木心的脸映得红红的，像熟透的苹果。他的母亲站在灶后，将一块揉好的面团放在左手掌，右手将它一块块揪出，捏薄丢进锅里。完毕后，她又将一碗酸菜倒进去，放上盐，剁碎一把辣椒，说："吃得了。"喊了两声，见他仍毫无反应，又嘀咕了一句："走什么神。"

木心以善于思索和好奇而颇有名声，有时为想一个问题还会灵魂出窍，入定一般待很长时间。吃完酸菜面皮，他就走到外面的岩台边，坐在一块玉化后十分光滑的石头上，望着沟里的溪水和黄昏的大山，心中老想着收魂的事。到了夜晚，四周像一层黑色的纱覆盖在山峰与草树上，有风经过时，夜色便像微波一样地蠕动着，天空中有数不清的星，闪闪烁烁，一弯新月如钩，挂在天上，宁静一圈一圈袭来。他很享受，脚边是成簇的野艾蒿，近处的草叶间闪耀着萤火虫蓝幽幽的光，正想回屋睡觉，寨子另一头突然传来了拖得很长的声音："柳馨，你过桥过水吓着了嘛，快回来哦！"声音回荡在黑幕裹紧的谷地，又盘旋着慢慢上升，凭空增加了不少凄凉的氛围。

"魂都还没收，又在叫魂了。"木心自言自语一句后，跨进门槛，一转身就赶紧把门关了起来。

第二天吃过早饭，木心又走向火地去看牛，但这天放牛并不很惬意，他今天有任务，得拾一背干柴回家，出门时身上就多了一根牛皮绳，腰上挎了一把弯刀，肩上披了一件羊皮褂子。

到达火地，牛正在听话地吃草，它们分散在青草丛中，或卧或立，神态安详。木心点了数，便向上走去，翻过山梁后有一片缓坡，很大，与火地相连的森林又被新烧成了火地，隔着山梁，和旧火地一起，就像搭在马背上的两片马鞍毡子。因为新烧,便用来种了荞子,荞花正艳丽开着,散发着粉红的诱惑,地边是成堆被烧过的黑色杂树,用它们做柴火既方便又干燥。他将绳子和皮褂子丢在地上,提上弯刀,拖过一株结杉子树正要挥刀砍下时,火地旁边的森林中,却有一个身影闪进了一棵枫树的后边。

木心一惊,本来已被"收魂"等事弄得草木皆兵了,现在一闪而逝的人会是谁呢?来不及细想,便大喊一声问:"哪个?"

"是我,木心哥……"女子的声音穿过浓密的绿叶传出来,很好听,她已在木心走上山梁时就看见了他。

"是你嗦,柳馨,一个人在林中做啥子?"

"采野菜。"说完,一张好看的脸已从树后伸了出来。

木心很高兴,放下弯刀,跳起来像跨栏一样地纵了下去。到了林中,看见柳馨正在采摘一种叫香头子(蒿本)的茎叶,背篼里已有很多。他问:"你妈不是在给你叫魂吗?怎么又跑这么远来了,你不怕?"

"不怕,大白天的,采些野菜回去好调调口味。"柳馨回答说。

有了木心做伴,她便拉他走向森林深处,找到成片的香头子,很快就采了一背。他帮她背上山梁,让她坐在羊皮褂子上,边说话边开始砍,半天工夫便砍好了一背。

然后,他们各自背着自己的干柴和野菜,到了水塘边,放下背子,准备喝一些凉水解渴。

水塘位于一群高大的树木中央,在一棵白桦树用根茎包缠着的一块巨大石包下,一股水线从石眼里流出,又在石下积水成塘,成了牛羊和上山的人的饮用水。他们在水边坐下,清凉立刻包围过来,身心都舒坦了不少。木心掐断一根长长的空心草,一头插入泉眼,一头让柳馨含着,一吸,水就流进嘴里,冰凉得如冰箱里取出的雪糕。等她喝足后,他也如法炮制,吸了一肚子清凉。

又坐回石头上后,他们斜对着,眼光看对方时有些不自在,就拿寨子中发生的一些离奇事来讨论,无意间说到了叫魂。

他问:"怎么又在叫魂了?"

柳馨说:"是娘要叫的,我老是梦魇,她说可能被什么吓着了。"

"不是去年才叫嘛!"木心像自问自答地说。

木心所说的去年叫魂的事发生在春天。那时,羊角花正开满山野,寨子周围的田边地角和荒山荒坡全是星星点点的花,万物都在生机萌动,按说那样的季节不应有什么怪事发生的。但柳馨却病歪歪,一幅弱不禁风的样子,总是感到无力,又看不出有病,有时夜半还会突然惊醒,坐起来又倒下去。她家便认定撞了什么邪,去请教老释比,说是先叫个魂看看有什么在作怪。

叫魂的事由她的娘承担,她将一只鸡蛋选出来,立在神龛前一只装有青稞的木盒上,焚燃香,又毕恭毕敬地求菩萨。到了夜晚,她让柳馨站在门背后,自己走出大门,站到坝子里的一堆柴火旁边,便长声吆吆地喊起来:“柳馨,你被山精野怪吓着了吗,快回来哦……”每次都要将能想到的、可能会吓着女儿的动植物、鬼怪、山水等喊一遍,而每喊一声,柳馨都回答说:“回来了!”

那些夜晚,悠长的声音总回荡在夜空里,充满了关切,让木心听得既感动又有些胆战,每次心都会悬吊吊的,说不清是什么滋味,很惆怅很忧伤。叫完后,柳馨娘把鸡蛋重新供在神龛前的木盒里,并焚香敬奉,过程一直持续了七天。

第八天,许多人都到了柳馨家里,想看看怎么回事。木心也在其中,他对此事的关心莫名其妙,远远超出了一般人的好奇那么简单。柳馨的母亲把鸡蛋用一根红线拴着,放进火塘的紫木灰里,约半个时辰后又掏出来,小心剥开,见蛋白上清晰地出现了一只野猫的图案,活灵活现的,正飞身扑向什么。

“哦,原来是被野猫吓着了。”大家看后都说。

“我想起来了,有一天正在田边采猪草,一只麻黑色的野猫突然扑了出来,大叫一声就钻进了旁边的树林里。”柳馨证明说,边说边把鸡蛋吃了。

说也怪,柳馨很快就恢复到了以前的样子,灵活素净,美丽得像山中的羊角花。只是自从丢过魂后,柳馨便总是时常把魂丢在路上的什么地方,这不,又在叫了。

四

放牛也不总是限于坐在草地上要牛蚊子，七、八月间还要附带做很多其他事情。这天，木心就要去比火地更高更远的牛场挖羌活。他带了一块烧馍，一颗盐白菜，一把尖锄，经过火地清点了牛后，便向背面的一个山坡爬去。经过火地后人即走在密林中，斑驳的阳光落在路上，给人梦幻般的感觉。木心努力地走，不长时间已走到了牛场边沿的一座高坡上。

高坡一面舒缓，一面临崖，视线特别好，一眼望去，山神谷尽在眼中。那是怎样的风水地哟！木心遥望着坡下的寨子，房屋鳞次栉比，近百户人聚居在一块台地上，溪水由西向东流向谷口，如一条蓝色的线。房子因全部用石头和泥土建筑，与四周的山色浑然一体，老释比家的碉楼则高耸着，像刺向天空的剑。寨子靠在向阳的南坡上，四周是成片的坡田，庄稼已生长出来，青翠得充满了生机。

木心陶醉于望见的壮美，站好大一会儿，才向牛场走去，见草甸已开满鲜花，又留恋起来，徘徊着向草甸外的森林走去。经过一条横向的小径时，几头犏牛正在吃草，一头叫白嘴的牛抬起头来，看了他几眼，好似要发起进攻一样，吓得他赶紧示好，掏出家伙撒出一泡尿，算是为草撒了些盐，又“哞、哞、哞”地喊过几声，见犏牛们的态度已和善，便赶紧走进乱石遍布的林中。

羌活是一种珍贵的药材，长在乱石间的缝隙里，土很松软，油黑得如油浸泡过一样，一捏就能捏出一把油来，较容易采挖。木心专找长得壮实的，连扯带挖，心里一高兴，山歌也从口中传送了出去。唱的当然多是情歌，也不知唱给谁，他听到过许多有关山歌引来仙女的美妙故事。“仙女是什么样子呢!”想来想去，倒像柳馨。

于是，就吼了一首《丢个石头试浅深》：

山间流水绿茵茵
丢个石头试浅深
林中鲜花不敢采

唱个山歌试妹心

歌声粗犷而婉转，回荡在树林间，伴随尖锄挖掘的节奏，反倒让草甸山峰显得一片寂静，只半天工夫，木心就挖了一大捆。他见日已当午，肚子有些饥饿，便一手提上羌活走出林子，到了草甸中间一块平滑的大石板上。他坐下来，脱了鞋子，将里面的黑泥抖出，放在一边让阳光烘晒，又将羌活展开散发水分，以便到下午回家时，可以轻巧一些。随后，他又去溪涧取水。

刚从几十米外的溪水中提一皮口袋水回来，就突然从石板下传来一声询问："谁在我的房背上乱整？"木心一惊，听声音好像是猎人草生在问，就说："我，这个岩窝几时成了你的房子？!"

"是你娃!"猎人边说边从石板下的岩窝中走出，披着羊皮褂子，揉搓着眼睛，抱怨说："睡个午觉都不清静，你来干啥子？"

"挖药。"木心有些不耐烦地回答说。

"逗你一下，我还想有个伴呢!"猎人却说。

说话间人已到了石板上，和木心并排坐着，猎人说："今天不想打猎了，轻松一下，这里真是个偷懒的地方。"木心一边听一边看他，觉得他的装束很有趣，他穿一件灰白色的麻布衣，扎着黑羊毛编织的腰带，右边的腰下吊着取火用的小铁斧和吊刀子，前面系着皮子做的鼓肚兜，里面鼓鼓的，装着不少子弹，脚杆上打了毪子绑腿，脚下穿着草鞋，羊皮褂子已垫在石板上，随时可供人躺下休息。

坐了一会儿，见太阳有些毒，他们就移到了石板下。

石板下叫岩棚子，是牛场上放牧的人、采药的人、打猎的人休息和过夜的地方，由一张巨大的石板搭在两块石包上形成，里面有二十多平方米大小的空间，两米高，石板上还有一些岩画，呈淡黑色，有狗、野猪、鸟、人等形象，好似在表达古时候打猎的情景。当然，画要仰卧时才能看见。

岩窝边沿，砌有一米高的石墙，有人做了一扇简易的门框，用竹子编成门板，关上后，走进去就如走进了一间石屋。靠近里边，用木头搭有一个长长的平台，像北方人的炕，上面铺着厚厚的干草，门边是三块鼎立的石块，上面顶着一口铁锅，一块顶部有一平方米大小的石头做桌子，四周放着的几块较小的石头做凳子，一看，又像一个安居的家。

猎人说："这里发生过很多怪事，你想，几千年前就有人来居住，还能不神秘，你今天好在遇到了我，否则不被吓死才怪。”

木心一听，心想，他又要说怪事了，就激将地说：“我才不信，你得用事实证明。”

猎人说：“那好，我就给你讲一讲那次的经历。”

他们分享完各自带的午餐，便并排躺在干草上，猎人眯缝着眼，仿佛沉入了回忆之中。

那是多年前的一天，猎人打猎回到岩棚子后，见天色已晚，就决定住下来。他吃完烧馍馍，又喝了几口酒，用一块放在岩窝里作为公用的大瓦盆从溪沟里端来水，然后坐在岩窝门边的草地上，背靠着石墙，一边抽烟一边望对面的山。当最后一抹夕阳从山峰上消失之后，随着天空的彩霞隐去，星星从幕后走出，在深远黑色的天空闪耀着点点的光芒。他向燃烧在三块石头间的火堆里加了几根柴，走向铺着干草的“坑”，紧挨里边的石壁躺在上面。入睡时，外面响着一两声猫头鹰的叫声和荒草间乱七八糟的虫鸣。

睡到半夜，隐约有人在对他说：“从外面移点，把我挤着了。”他一惊，醒了过来，探起身四处张望，除了岩棚子外朦胧的一片山影，与溪沟里轻轻的流水声，寂静得什么都没有。便又倒下去，但刚一入睡，那声音又传出来，并有点不耐烦了。“让你移点过去，怎么又过来了，想压着我吗?!”再次被阴冷的声音惊醒后，又仔细地听，依然清风雅静的，他翻过身，又睡了过去。

“不听人话，鬼话也不听，手都快压麻了，再不挪开，我要动手整人哈！”声音带着恼怒，吓得他再一次从梦中惊醒，坐起来摸到地上，朝火堆里添一些柴，让火焰红红地照亮了岩窝，但一些阴影也伴随着火光的变化，忽闪忽闪的，使他不由得害怕起来，背皮子像突然被浇了冰水，飕地凉了一下。他赶紧把枪提在手上，张开扳机，“嘭”地放了一炮，惊得树上过夜的几只鸟惊叫着乱飞了一气。

他不敢再睡，将枪立在身边，坐在石凳上一边吸烟，一边望着外面，直到山边出现了一抹淡白的光，林中的鸟、野鸡活跃起来，才走出去，踏着晨曦里的露珠，庄重地伸了伸懒腰。

“这些事其他人也经历过。”他说，见木心瞪大眼睛听得很认真，又说：“后来就惊动了老释比。”

“惊动老释比，事情当然也就解决了。”他讲述说，老释比见关于这里的事越传越多，就感到一定有什么因由，便带人来察看，最后在靠近里面的泥土下发现了一个人的枯骨。

“问题在这里。”老释比说完，便召集大家，念了经，烧了纸钱，焚了香，又让一个小伙子从半山上的岩洞里取来一只空蜂桶。桶是圆木挖的，有一米多长，直径三十厘米，老释比将枯骨小心收起来，放进桶中，念完咒，盖上后又用一根千年藤条捆绑了一下，等在一块土坡上挖好坑后，叫大家围在一起，给那个不知死于何年何月的人举行了一个简单的葬礼，说：“哪里来，就到哪里去，不要再在这里吓人了！”

“说来也怪！”猎人说，“此后这里就清静了，你看入口处的岩石上，有一个神秘的符号，那就是老释比画的符，所有怪物都已无法进来，只好在上面的石板上玩耍，你刚才就在上面，如果太阳阴了，肯定会被吓惨的。”

木心听得有些玄乎，说你不要吓我，心里却悬吊吊的。听猎人说“还有一次”后，便赶紧打断他说：“不要讲了。”站起身飞快地收好石板上的羌活，跑向林中，又挖了一会儿，见太阳开始西下，即背上药，唱着壮胆的山歌，小跑着巅在了回寨子的山路上。

五

猎人总是给木心带来惊恐和不安，这是寨子里为数不多的现象，他的身世和叫草生的名字一样，几乎成了全寨子除老释比和老瓜头外的一大秘密，让木心很好奇，直到一天，在放牛时遇到了寨子中装有“一肚子故事”的老瓜头，并献过了好几番殷勤后，才掏出有关猎人草生的故事。

草生出生于狩猎世家。据说，他的家有悠久的狩猎史，从爷爷的爷爷甚至祖祖的祖祖开始，就在山神谷靠打猎为生，每一代都是单传，个个本事了得，到草生这代时，已经历了至少十八代。他的父亲叫岩保，翻山越岭如走平地，加上一手好枪法，在方圆几百里的猎人中，名声都最响，一条枪、一只狗、一套安装索套的技术，在他面前，另外几十个猎人已不在话下了。

岩保还很年轻的时候，父母就相继离世，和那些死去的野兽们的灵魂做伴去了，他反而一个人落得了一个自在。山神谷方圆几百里，一条主沟和像树干抽枝一样地放射出的几十条支沟里，谷深林茂，直到天边的雪隆包，飞禽走兽多得像家养的畜禽。岩保反正一人吃饱全家不饿，时常一头钻进山里，寨子里的石头房子反而像临时住所一样，很少有人见他在家，更不知他在山里的什么地方，偶有进山的人遇见后，都说他很自在。

日子像天空的云，莫名其妙地飘着，岩保回寨子开始居家过日子的时候，已有三十多岁，回寨子时还带着个飘然的女人和孩子。当然，那孩子就是草生。

“山里怎么会有女人，还生下了孩子?”

岩保一回到寨子，便给人们增添了许多话题，大家总是这样问来问去。最后，老瓜头将与岩保交谈的内容加上合理想象串成一条线，岩保在那些年的生活经历才完整地装在了他的心里。

岩保的父母离世时，他才二十岁，从小耳濡目染，十来岁就跟他爹翻山越岭，练就了一个猎人所有应具备的本领，包括一些常用的法术，在枪法上尤其青出于蓝。

当时，他的父亲追赶一只被打伤的野猪，至一处悬崖上的绝路时，无处可逃的野猪突然回头，以闪电般的速度冲向他，带着獠牙的长嘴一拱，人便飞跃起来，像一片羽毛落到了崖壁下一株野桃树的枝叶上，等到寨人得知消息将他弄回家时，人已差不多了。当晚，岩保爹就在发出了各种动物被猎取时的惨叫声中，烟消云散。几天后，岩保的母亲也随之去了。

过了七七四十九天，岩保祭拜完五昌菩萨，穿上传了几代人的麻布衣衫，背了些生活用品，搭一件羊皮褂子，带上枪、子弹、弯刀、索套和凶狠又极具智慧的大黄狗，沿着寨子后通往雪隆包的小路，走向了群山深处。

在山里，岩保选择了一个叫红岩子的地方，那是位于寨子西北边一座山峰后更高的一座山峰，因山体的岩石泛滥着血红的色彩而得名。红色的峰峦下是一条称为红溪沟的发源地，满山的树木、草甸，一条小径沿山梁通向的悬崖下，是一个天然的巨型岩洞，叫神水窝，洞中的石窝里盛着一潭泉水，满而不溢，取之不竭，自古以来就是山前山后的人栖身的地方。他便以它为家，将东西放好，过起了随心所欲的生活。

山里的日子除了冬季，并不纯粹是一片孤寂，岩保有许多事要做。他得为生存而努力，方式当然是狩猎。这让他每一天都要出去，尤其是最初的日子，他走到红岩子周围很远的地方，将索套安放在岩羊、野猪、獐子等经过的小路上，清晨出发，傍晚归洞，出发时背上背了枪，带着狗，回家时总能猎取一只野鸡或者野兔，有时还会打死一只山驴或者熊。直到索套安装完毕，人才轻松起来，每过几天才去检查一次。

放狗撵山时，他自己坐在一块视线很好的岩包上，任狗到处寻找，直到发出了叫声，才根据情况判断出猎物可能逃过的路线，跑到那里守着，当猎物惊慌失措地跑到眼前时，只抬手一枪，十有八九都会有所收获。

一天，岩保和往常一样，见天色晴朗，放了狗，便坐在一座红色峰顶上的半棵松树下。其时，太阳正从山后缓缓升起，把天边浸染得血一样灿烂，远方云雾散开，天地清花亮水，目光越过山峰，一些村寨就隐隐约约出现在了对望的半山上，他屏气凝神，又仿佛听到了一个女人的山歌声。而峰林下，一条溪躺在一条沟里，几乎笔直地向下流去，像闪耀的一线银白丝带。

正准备抽一杆兰花烟，狗疯了似的狂叫起来，听声音应该是搜寻到了一只香獐子。他立即起身，估计好它们可能跑过的路线，便提了枪，猫着腰沿着树丛中野物踏出的毛毛路，风一样穿梭了过去。赶到一个崖口后，又躲藏在崖石的后边，把枪伸出，对准了悬崖上唯一能通过的小径。

但奇怪的是，狗叫声老是在一个地方徘徊，并不向前闪动，等了很久都是一样。岩保想，猎物可能已被困住，便起身向狗叫的地方摸去，走到山峰下一块长满蒿草的林间空地上时，见狗正对着一片悬崖疯狂地叫着，伴随叫声的节奏，还不时奔腾着金黄色的身体，显得有些异常。他便朝狗叫的方向望去，看见一只浅黄色的香獐站在崖壁间一块尺许大小的岩台上，已无路可跳，被狗守着如被门关上了一样。它见又来了人，眼角眉梢都是惊恐，那硕大的麝吊在胯间，散发出诱人的香味，一对新月般的獠牙闪烁着银白色的光。

岩保一见，心里又惊又喜，他想到了“七香八宝”的传说，自己从未见过这么大的麝香，肯定有八两重，今天终于遇见宝贝了，便立即将枪架在一棵树的枝丫上，瞄准，开枪，按他可以在夜间射中百米外点燃的香头的枪法，如此近的距离打一个硕大的目标，是不需要开第二枪的。但打了几枪，那香獐只是左右腾跳了几下，并未栽倒下来。到第七声枪响时，香獐却一跃而起，从他的头上飞了过去，一只拖在后面的蹄子从肩膀上划过，一道血口子便留了下来。他一惊，枪掉在地下，拾枪时才看到青色的草叶上，几根金丝一样的獐子毛交叉着，格外惹眼。

发生这种事情是猎人最忌讳的，岩保立即喊上狗，随手扯了一把羊耳葱，沿着山峰与峰脚下的缓坡连接处形成的一条横路，走回了神水窝。

走进洞里，已有几个从木梭寨来的采药人坐在石头上，围着熊熊燃烧的火，正论议刚听到不久的枪声，说是有“菜根子”（野味）吃了。见岩保耷拉着身躯走回来，觉得很奇怪，还从来没有见到过他枪响无物的时候，又见他的肩上已浸透麻布衣裳的血迹，大惊，问：“怎么了？”岩保说：“遇到仙獐了。”说完放下枪，从石窝里掏出一杯水，仰头灌下后，坐到几个人中间，把经过说了一遍，大家也觉得奇怪。

那几个人居住的木梭寨在红岩子外的一条溪边，属太阳谷，和山神谷刚好处在山前山后的位置，很远，由另一个地界管辖，大家上山到雪隆包下的原野狩猎或者采药时，都要住在神水窝。几个人他都认识，有一个叫银宝的人还是他的好朋友。他们坐下来，由一个勤快的把前两天猎获的野物肉从架子上取下，洗都没洗就煮在了铜锅里，又拿出他们带的食物、酒，热热闹闹地喝了一个黄昏，并在交谈中让岩保知道了不少山外的事。

夜幕降临，月挂树梢，远山近地都好似缥缈着朦胧的音乐，夜色柔软得使人前所未有地平和。带了浓浓的酒意，他们脚对着火，倒头便睡了下去，只有岩保老想着白天的事情，刚入睡就梦到了那只带着八两麝香的獐子，只是从他头上飞越而过时，已变成穿着浅黑色衣服的山神。他一惊，醒过来一望，岩洞外已满天星斗，天山相接处，一抹鱼肚白已隐现出来。

岩保觉得受到了警告，第二天便出门去看绳套，他沿一条毛毛路横穿而去，在一丛大羊角树旁，一根绳套已从地下弹起，将一只山羊的前腿挂在顶端，让它只能像人一样立着。它不时挣扎几下，身下有一只小羊，仰着头哭一样地叫着。他立即上前，正想像以往一样举枪打过去，却突然想起了夜晚香獐变山神的梦，又放下枪，喊住狗，把弯刀绑在一根长树枝上，小心伸过去割断了绳索。那只山羊的前腿随即落到地上，站稳后亲切地舔了一下小羊，才用温和的目光望了他一眼，转过身，带着小羊消失在了树丛里。

这让岩保猛然警醒，他安装的绳套有两种，一种套颈项、一种套脚，前一种只要野物被拴住，就只有一死，后一种则要挣扎很久，才有解救余地。在夏季，春天出生的小羊、小獐等都还不能独立生活，离开母亲往往意味着死亡。这让岩保涌起了负罪感，便用好几天时间把套颈绳全部收了回来，只留下套脚的，并加快巡视频率，放生了不少带孩子的野物。

日子青枝绿叶地过着，岩保有一波又一波上山的人做伴，寂寞的时候反而很少，不久就把山神谷里的家忘到了九霄云外。

山野的秋季来得很早，到农历九月，峰梁上便有了霜，叶子也日渐艳丽起来，除挺拔的松、青翠的竹，桦树、枫树、杨柳树等，都或红或黄，像二月的花，草甸上的草经过清霜浸染，水红一片。各种野果、草籽完全成熟，飞禽走兽也活跃起来，饱食终日，为到来的寒冬做着准备。岩保又将套颈绳安装在了红岩子周围的荒野中，但在线路的选择上主要以猎取香獐为主，因为这难不倒他，他会寻找"贡子"。"贡子"是香獐搔痒的地方，每一只獐子都会找一根树干或树桩，定期前去磨自己的臀，只要悄悄布下圈套，十有八九都会有所收获。

一个秋季，岩保都在收获，他隔三岔五走出神水窝，查看安装的绳套，把被套住的獐子背回，有时一只，有时两三只。背回后，就用吊刀子将麝香取下，放在一张石板上烘干，藏在崖壁上一个让人意想不到的小石洞里，再把香獐的皮剥离，肉分成四腿，挂在火坑上方的木架上熏。闲暇时就背着枪，带上狗，顺手打一些遇见的野猪、山羊和野鸡。

眼看到了初冬，山峰上已落下一层白，树木萧条，岩保又委托下山回去的木梭寨人银宝带去几个麝香，到山外交换后买了米、面粉、酒、蔬菜和其他日杂用品，用马驮着送了上来，离开时，岩保又送了他许多野物肉。随后，相对于春夏秋三个季节，寂静的冬天开始了。

冬天的红岩子呈现着阴阳两个世纪，以神水窝所在的梁子为分界线，南边的草坡下雪后，太阳一照就融化得干干净净，满坡一片黄色。北边的山沟、树林里的雪则一层层堆积起来，等到来年开春才会融化，到深冬时已有一米多厚。岩保只能在天晴时到阳山的草甸上，看那些寻找食物的飞禽走兽，感到人和动物为生存下去都不容易。在很多时候，他都找一个背风的地方躺着，让狗半卧在身边，手搭在它的后背上抚摸光滑的毛。

又一天，下了一夜的雪到午时才停下来，到处银装素裹，云层散开，太阳闪亮地照在雪地上，白晃晃的刺得眼睛生疼。他起来烧燃火，或坐或躺，边喝茶边想一个男人的心事。饭是不定时的，也简单，有酒有肉，饿了就吃，愁了就喝，兴之所至，就放开喉咙，唱几首哥想妹思的山歌。到了夜晚，他见一轮圆月已升上天空，月光冰凉地照在树梢与雪地上，使山野一片明晃，远处的娃娃鸡不停地“哇、哇”叫着，便取下枪，装入几发散弹，走向了月光下的树林。

冬天是打“上树鸡”的好时节，岩保轻手轻脚地走在雪地上，不时抬头观察树上的枝条，四周静得只能听见自己的呼吸。他踩着从枝条间撒下的斑驳月光，雪在脚下咕咕地响，走到一棵青皮树的下方抬头寻找，见一只火塘鸡正卧在一根树枝上，像入睡的样子，就举起枪，稍一瞄准，“砰”的一声，那鸡立即像一只下坠的陀螺掉在了雪地上。到夜半时，枪响了五次，共打到五只鸡。

第二天醒来，日已当午，他吃了剩饭，烧好开水，将鸡烫好后除去毛，挂在架子上。心想，今天就吃点新鲜的，便将其中的一只宰成小块放在铜锅里，又放入一些储存的山药，在取盐时发现酒已没有多少了。这是绝对不能断的，如果没有酒，日子就会不好过，他立即对黄狗说：“到银宝家去背点酒回来。”

狗一听，立即站起来，吃下一些碎肉，等他把两个像褡裢一样的皮口袋搭在背上，又在口袋里装入一只鸡、一腿岩羊肉、两个酒桶、一张画有酒袋子的纸后，便一溜烟沿着一条雪径向山下跑去，消失在了林海之中。

傍晚，狗伸着猩红的舌头，喘着气回到了神水窝后，他取下皮口袋，见里面除了酒，还有一张请他下山的图，大意是请他到山下，和银宝家一起过春节。这让他很感动，冬天的山野寂寞无聊，每年都下去过年又有点不好意思，但心里斗争许久后，还是决定前去。

临近春节，岩保将火种掩埋在火灰里，背一皮口袋野物肉，在鼓肚兜里放入两个麝香，打上毪子绑腿、穿上草鞋，带上狗和枪，沿着溪边辗转的路，滑到了山外的木梭寨。

木梭寨坐落在红溪沟与岷江河交汇的地方，一座山梁三面临水，一面靠崖，地势很险要，一条小路伸向溪边，宽尺许，几十户人的房屋环环相扣，外围有一圈高大的石墙，像城墙一样坚固。银宝家住在靠河一侧，门前有一块坝子，长着一棵千年青冈树，边沿围了半圆形的木栅栏，扶着栅栏向下望去，目光直落岷江的水里，高危的气势让人背心发麻。

银宝家有四口人，他、妻子和两个儿子。岩保到达时，一家人已在路口迎接，因为狗去报了信，他们便高兴地等在了那里。

“又来了，实在不好意思！”岩保说。

“说哪儿去了，我们早已和一家人一样，再说就见外了。”银宝说完后，便携着岩保的一只手，欢天喜地走进了堂屋中。岩保放下东西，像在自己家里一样走进为他准备好的房间，换上一身早已置办好的棉布衣服，洗过脸，便坐在火塘边喝金银花茶，和银宝热切地叙述着前一段日子的经历，直到银宝妻让他们准备吃饭时，仍谈兴尤酣。

吃饭的地点仍在火塘边，两个儿子在铁三脚上搭了一张木板，摆好筷子，银宝妻将几样干碟放在上面，碟子里是茴香胡豆、香肠、瘦肉、干炒野菌和凉拌野鸡肉。银宝则取来烧酒，说：“今天得好好喝一盘！”便把酒倒在土碗里。随后，两人坐下来，脸映着红红的火光，频频举碗，一碗又一碗地边说边喝，十八碗下去后，舌头就有些生硬起来，一句说在嘴里徘徊半天，吐出来时仍不完整。

“差不多了，接下来哥俩天天都可以一起喝。”银宝妻很贤惠，说语莺歌燕语，她小声地劝说。

“那不喝了，吃点饭。”岩保说，伸手接过她递来的一碗蒸蒸饭，吃下后又喝了半碗酸汤。

大家又闲话了一阵，见天色已晚，说休息吧，便各自回到了房间。

岩保却一下子有些不适应，迷迷糊糊地睡不踏实，通过板壁上的缝隙，看见堂屋里散发着密密麻麻的光，才知道已是腊月二十三了。银宝妻已敬完灶神，那些放在锅里的油灯散发的光，经过筛子的过滤，正放射出千条光线，照亮了灶神上天汇报凡间俗事的路。看一会儿后，岩保已如置身在光线里，进入了梦乡。

到腊月三十的随后几天里，岩保将一堆青冈柴劈成了柴花子，堆放在靠山边的一块石台上，像堆了一排浅色的黄金。腊月二十八，他又和银宝一家走到很远的城里，卖了装在鼓肚兜里的两块麝香，它们合起来有三两重，卖到不少钱，他给银宝的两个儿子买了新衣服，又买下不少年货，特别是准备送礼的用瓶子装的酒。傍晚，干脆找了一家客栈住下，吃完饭又去看了一场戏，第二天下午走回寨子时，除夕已临近了。

三十那天，一大早他们就开始忙碌起来，银宝妻打扫完卫生，又把连接另一家的石台阶也清扫了一遍，然后做好早饭喊大家吃，火塘里已烧起万年火，按规矩，除夕夜火是不能熄的。吃过早饭，岩保又走到寨子后的树林里，背回一块巨大的青冈树疙瘩架在火塘上，还在周围呈半圆形放入许多木炭，火便永久性地燃烧了起来。

两个孩子的任务是贴春联，他们将上一年的旧对联用刀刮干净，抹上浆糊，把请人写的新对联张贴上去，两边的门柱就红红火火地生出了许多喜气，上联写着“门对青山千年树”，下联写着“窗含白云万载情”，横批“天地情长”。岩保见小哥俩又贴完了门神，才将一个木条做成的长方体灯笼挂在门楣上。

吃过年夜饭，天就黑了下来，家家户户的灯笼已经点燃，油灯的光透过红纸，让整个寨子都起伏着簇簇红色的光亮。饭后，人们集中到寨中的议话坪上，有人已燃起一堆篝火，许多人坐在石条凳上，火旁立着一坛咂酒。见岩保走来，都争先上前和他打招呼，他则把城里买的洋烟取出，一根根发给男人们品尝。不久,男男女女就集中在了火焰的周围,开着半荤半素的玩笑,直到一位老人站起来走到酒坛旁边,才安静下来。

老人是寨子里开展各种宗教娱乐活动的会首,很有威望,他一身天晶蓝长衫,套一件猴皮褂子,系一根黑色腰带,穿着毛皮做的鞋,百岁沧桑都集中于脸上,在火光的映照下,胡须飘逸起来,一幅仙风道骨的样子。他将一根细竹竿举起,在酒坛里点了一滴酒,然后朝天指一下,又朝地指一下,边指边说了一段祈求和祝福的话,自己先咂一口,又请客人岩保品咂一口后,便依次按年龄大小,一人吸一大杯,反复进行。因许多人都在吃年夜饭时喝了不少,一轮下来,身影便有些晃动。随即,带着酒意的萨朗便跳了起来,岩保也加入其中,踏着一曲又一曲起伏婉转的歌声,变换着队形姿势,直到半夜方才停止。

回到屋里,岩保和银宝又坐在火塘边,用一张草纸将牛肉包起来,浸湿后放进火灰里,烧熟后又用木槌击打,而后一丝丝撕下来下酒,喝到半夜三更,鸡鸣声响起,才各自倒在铺有兽皮的长板凳上,枕一截木柴,睡了过去。

到初二,寨子开始相互请客聚会,很是热闹,岩保因为在山里给大家提供过不少方便,即使是只看在吃到的"菜根子"份上,也要请他到家里一醉才安心。弄得他总是醉意朦胧,有种过神仙日子的感觉,在参加一次盛大的活动中,还将一颗心放在了一个女子身上。

集会在寨子背靠的山腰上举行,那里有一片平缓的草地,冬天的枯草一派淡黄,厚厚地铺在地上,像一床张开的棉絮,人们坐在上面,阳光照耀下来,从里到外都暖洋洋的。

活动由会首召集,释比主持。大家面山而立,看释比杀了一只白羊,将羊血洒在一块象征山神的白石上,点燃香,念完祭词,又让大家遵守祖宗传下的规矩,春天不狩猎,神林里不砍树,禁偷鸡摸狗,男盗女娼,又祈求了一番风调雨顺、岁岁平安。然后,叫大家尽情欢乐。

大凡寨子里的活动,都有一个含义,就是为年轻男女相识提供机会,所以活动中女子都会刻意把自己打扮得很漂亮,前来的人有许多还是其他寨子的。岩保也怀着心思,俗话说:"人靠衣装。"他穿一身新棉布长衫,深灰色,去城里理了发,全身上下都透出英武的气息,在众多的人中显得鹤立鸡群。他迈着雄健的步子,走入场中,即被一个女子所注意,目光老是围着他转，只是他并不知情，到银宝发现后故意创造出一个让他们聚在一起的机会，才如梦初醒，看了她一眼，就已无法拿开自己的目光了。

女子搭着绣花头帕，瓜子脸，白净面皮，水红色长衫的花边绣着好看的花朵，一双脚不大不小，花鞋上绣着飘然的羊角花，苗条的身材加上姣好的脸，一言一行就透出了狐精一样妩媚的味道。

他们交谈了一些时候，也只不过知道了彼此的一些基本信息，而水秀这个名字和它代表的人，则钻入了岩保的心里，让他柔肠百转起来。

节日在吃“转转饭”的循环中过着，到了农历二月二，按习俗龙已抬头，春雪开始消融。岩保便收拾好家当，叫上被冷落而有些生气的大黄狗，返回了安身立命的神水窝。

转眼已是三月，山野的冰雪现出融化的迹象，日子依旧在半醉半醒中过着，岩保遵循着春天不狩猎的传统规矩，特别清闲，山下人是很少进来的，和外界联系的只有那条黄狗，他每过一段时间就让它带上干肉、兽皮或者一颗麝香到银宝家，让他换些给养回来，狗反而比人还辛苦。挨过四月，除了阴山的一些沟壑里，雪已融化成水汇聚到了红水沟中，羊角花开放起来，到处都是鸟在鸣唱，动物活跃在花丛中，山下人开始陆续上山，神水窝又恢复了往日的热闹。

此时，岩保的脑海里已多了一个人的影子，那就是水秀。他在参加木梭寨的春节聚会后，就一直这样，尤其是夜深人静之时，联想更加丰富。进入六月，岩保已将经过一个冬天后，变得乱七八糟的绳套整理完毕，走到一个草坪时，见风景独好，一地杂色的野花绽放在青翠的草中，周边的羊角树开着粉红的花朵，就用一根弹性很好的红果树条做弓，安装了一根套脚绳，哼着山歌回神水窝了。

夜里，岩保就做了一个梦。

他走在前往查看绳套的路上，小径弯弯曲曲，清晨的雾白茫茫地悬浮在山谷间，头上是蓝天，太阳照射下来，光线金光万道，一只画眉鸟唱着优美的歌。岩保感觉自己有时像在飞，轻飘飘的，如坐在云朵上，山峰树梢都在下边。他沉醉于天地间的风景，不知不觉中就把绳套查看了一遍，但什么都没有套着，正准备返回，突然想到在一处开花的草坪上还安装有一根，就向前走去。

走到一看，弓已弹起，但绳索套住的却是一只绣花鞋。

绣花鞋是用山里特有的一种花草手工编制的，呈浅红色，绿叶红花，霞光秀彩，很精致秀丽，洁净无污，还没有被人穿过。岩保感到很奇怪，怎么就套了一只新花鞋呢！便解开套子，随手一丢，那花鞋在花草上一翻，却变成了一个美貌的女子，样子有些像水秀。

她说："大哥，感谢你救了我，我是山神的女儿。"

岩保惊得目瞪口呆，紧张地问："怎么回事？"

她回答说："这是我家的花园，我天天都要到这里玩耍，不知怎么的，昨天一到便被挂了起来，怕被别人看见笑话，就变成了一只花鞋……"

岩保一听，更加害怕，正想解释一番，突然头顶响起一声炸雷般的声音："大胆狂徒，连我的女儿都敢套！"吓得他一个激灵，猛然坐起，见是南柯一梦，岩洞外月光如水，青松翠竹的叶，像被洗涤过一样纯净。

第二天，岩保匆匆吃完早饭，用吊刀子刮掉胡子，便向那片花草茂盛的草坪赶去，快得连狗都有点撵不上。

穿行到花草坪，弓果然已经弹起，还挂着一个女人。准确地说，是她的一只脚被挂着，一只脚撑在地上，两只手向后撑着，头向后仰，以几乎快离地的臀部为支点，样子像一个"V"字形。岩保透过树叶，首先看到的是一只白晃晃的腿，它冰肌一样充满诱惑，暗自一惊，差点叫出声来，奔过去一看，是水秀，立即问："怎么回事？"

水秀就红了脸，说："还不是怪你。"那怪罪有两层意思，一层是绳套是他安装的；二层是因为想他才到山上来，这当然不好意思说。岩保把她放下来，自己坐在花草上，将她的一只脚放在自己的腿上，轻轻揉捏被绳子勒红的脚踝，和她你一言我一语地说着那次见面后的事情。

水秀是木梭寨人，家境很好，虽然带了些天生的野性，还是长得细皮嫩肉，是远近闻名的一枝花。她生性活泼，任性而多情，自从见了岩保后，心思就集中在了他的身上。本来，自己已许配给生活在阴阳谷的一支部族首领的儿子，见家人已开始讨论婚事，又说那边快来接她过去了，就在半夜三更溜出寨门，踏着银白的月色，向神水窝赶，但走错了方向，鬼使神差般被岩保安装的绳套吊在了花草坪上。

回到神水窝，岩保让她坐在石板凳上，烧热水让她洗了脸，换上一身她自己带来的新衣服，岩洞里一下子就显得了霞光溢彩。他们吃过午饭，岩保即带她走到洞外的草甸，在一处舒缓的坡地上并排坐下，看天地间飞翔的鸟和飘动的云，也不时用眼注目对方，但目光碰到一起时，又会瞬间闪开。但在心里，都装着欢喜，岩保的心还有点像猫抓，酥痒得心花怒放。

正在悠然自得，森林中传来了大黄狗的叫声，一群人拿着枪、挎着刀涌了上来。

带头的是水秀的哥哥，他们和岩保相向而立，想兴师问罪。但水秀立即声明说，事件与岩保无关，是她自己找来的，要嫁给他。这让当哥的很为难，那头已定了亲，阴阳谷的部族很不好惹，事关面子问题，对水秀用强，又太过分了。就说："我也没法，看那边答不答应。"转身带着那群人走了。

随后几天，岩保和水秀都提心吊胆，待在岩洞里又无所事事，他便砍回一些树干，在洞的一角做了个架子，然后夹上桦树皮，用竹子编成一道门装上，一关，里面就成了一个独立房间。睡觉时，树和竹的清香散发出来，躺在暖和的熊皮上，里外的人都有点心猿意马。这时，银宝上来了，他已扮演中间人角色，对他俩说："那边已同意退亲，但条件是要十个五两重的麝香。"

岩保一听，立即走到藏麝香的小洞窟前，伸手将一堆麝香掏出来，选了一番，惊喜地说："刚好有十个！"随即放在一只皮口袋里，让银宝带着下山去了。隔了两天，银宝又来了，只是这一次他还带了好几个人，背着很多东西，有酒、爆竹、一床绣有羊角花的毯子和绸面被子。大家七手八脚做好饭，在岩保装修出的天然房间里插上各色野花，围坐在一起认真地喝老烧酒，说他们是专门来给他俩举办婚礼的，到太阳偏西，才带着醉意，唱着山歌下山去了。

水秀和岩保紧张了几天的心一下放松起来，看定对方，目光情深意长，从里到外都感到急不可待。岩保说："我们去洗个澡。"也不管她同不同意，拉着手向离神水窝两公里外的一处山洞前的热水池走去。

热水池是一处温泉，位于红岩子前的另一座山峰脚下，一股泉水从岩孔中串出，散发出白茫茫的雾气和中药的味道。古人在岩石上凿了一个约长三米、宽二米、深一米的方形石盆，水流在里面，就形成了一个天然浴池，溢出的水则沿石栏流下，在下面又形成一塘温泉供飞禽走兽使用，人则在石池中泡澡。

岩保拉着水秀走到池边，在她半推半就中替她脱去衣服，用手扶着她一爬进石盆，温润的水就浸漫起来，唇一样吻着她洁白的肌肤。岩保站在边沿，瞬间就有了“温泉水滑洗凝脂”的诗意，立即将她的衣服挂在旁边的山杨树上，把自己的衣服也脱掉后，翻了进去。

他们并排斜躺在石池里，头靠在石沿上，相互看着，有点难为情，水温馨地抚摸着彼此的肌肤，一股硫黄味散发出来，充满了诱惑。躺一会儿后，岩保将水秀揽入怀中，让她坐在水中的腿上，开始轻轻地亲她，觉得她是山神赐给自己的礼物，然后将她抱起，放在石沿上，站起来搂着那弱柳迎风的腰，把她的双腿盘在自己的腰上，成就了一桩想过很久的事情……

时近黄昏，岩保才将柔软无力的水秀拥着，回到了神水窝。

此后，他们开始如胶似漆地将年轻的激情泄放在窝棚里、草甸上、树林中，到第二年深秋，一个男孩子就诞生在了那片水秀被套住的花草坪上。因他生于草丛中，便给他起了“草生”的名字。到初冬时，他们觉得带着孩子住在深山里总有不方便的地方，就收拾好家当，由岩保把麝香装入皮口袋，干肉、细软捆成一包背着，让水秀将草生用金丝猴皮包着背在背上，一起走回了已八九年没有回过的山神谷。

到寨子时，人们首先看见的是那只熟悉的大黄狗，然后才看见人。而看到女人走在前面，背着孩子，容貌秀丽，男子跟在后面，背了大包东西，精神焕发，都觉得奇怪而吃惊，便用带着敬畏的目光注视着，直到他们走进木心家上边的石屋里。

他们安顿下来后，岩保依旧狩猎，水秀在家料理家务，因有原生态的肉的滋养，草生十分强壮地成长着，十来岁时就开始和他爹上山打猎放狗，学会了杀戮，也习惯了血腥，熟悉了祖祖辈辈传下来的狩猎本领。

踏实的日子一直持续到草生十二岁。生日过完三天，他正在寨子下的溪边和一班人玩耍，突然听到人们喊：“岩保出事了！”便立即跑回家，母亲正在哭泣，一看到他就说：“你爹被熊抓了！”草生一听立即转身，和寨子里的人一起向沟内一个叫跳水岩的地方跑去。

赶到时，岩保已躺在一片岩台上，脸上血肉模糊，气一口一口地出来后，却很难再收回去。众人手忙脚乱地将他抬到家里，放在火塘边的木床上，他迷糊着眼，一看见水秀就说：“我不行了，山神要我去赎罪！”便不再言语，任由水秀伤心地哭。

原来,岩保和往常一样出去打猎,出发时一只土巴碗突然掉在地上摔得粉碎,水秀让他不要再进山了,说这不吉利,但他还是要去。说:“有只老熊昨天已被狗围到树上了,不去就会跑掉。”边说边拿起枪,义无反顾似地走出了家门。

到了跳水岩,老熊依旧在一棵青冈树上,大黄狗坐在下面,不时大叫几声,他见老熊伏在青冈树的枝叶间,灰黑色,很壮硕,就举起枪。“砰”的一声后,那熊却一跃而下,朝他赴了过来。岩保大惊,立即后退,那熊落地后,突然转身朝狗一巴掌打去,见狗已惊慌逃离,又转身起立,人一样赴到他面前,左右开弓扫了他两个耳光,还来了一个“雪花盖顶”。然后,像人一样走向了崖壁间的小路。

挨过两天,岩保还是死了,人们将他埋葬在他出行狩猎时,都会经过的一个山包上,弄得人们很长一段时间都不敢前去,说每到夜晚那里都有野兽出没,并发出人一样的声音。水秀也从此病病怏怏的,在一天清晨不辞而别,走向了白雪茫茫的雪隆包……

六

老瓜头讲完岩保的身世，眯缝着眼，让木心裹了一杆蓝花烟，一口一口地咂，青烟从铜烟斗里冒出来，又弥漫散开，把老瓜头萦绕得像历史遗迹。木心不再管他，走向火地边沿，见牛听话地在林下休息，就带上弯刀，到山梁后新火地边砍了一背柴，感到盼望现身的柳馨已不可能出现，便胡乱吼了几声，背着柴喊上老瓜头向山下走去了。

老瓜头住在寨子最西边的一间石头房子里，只有一层，约四十平方米，门朝东开，进门的右侧是一口土灶，安放有一只铁锅，左边是一个火塘，放着一只铁三脚，上面吊着一根藤，藤下系着自然生成的桦木钩，钩上挂着一只壶，旁边则坐着一口鼎锅。里边靠墙的石头上搭着木板，铺上草垫、棉絮，就成了一张床。他是独人，已有六十多岁，无人知道他的来历，在一年走到山神谷后，寨人见他一幅忠厚的样子，没有赶他，觉得反正多一个人少一个人也没有两样，还帮他在一座旧房基上修起了房子，在周围开垦出几片荒地。老瓜头长相奇特，一米七的个子，背有些驼，头大而圆，像粗糙的南瓜，也像醉八仙中的汉钟离，会讲故事，爱喝酒，生活反而粗糙简单，见他孤身一人，寨人都习惯主动帮助他。

木心和他同行，心想，干脆把柴也送给他算了，就一直走到他从不锁门的门口，把柴放下来，进屋烧燃火，坐在一根松木做成的板凳上，东一句西一句地扯闲话。老瓜头兴致很高，说："在我这里吃饭，爷俩整几杯。"也不等木心表态，就往鼎锅里装上水，又把它放在三脚上，在里面放了三种猎人送给他的野物肉，让木心把火烧大点。等到火塘里的灰红了，老瓜头又从一只木桶里掏出一瓢玉米面，放些水和匀，揉搓成一块面饼子，扒开灰，放进里面后又覆盖起来。

为烧馍馍翻了三次身之后，老瓜头说："已三吹三拍了，准备吃饭。"把烧得黄澄澄的玉米馍立在火塘边，捞出肉放在菜板上，用刀背敲了一会儿，才一丝丝撕在土碗里。随后，他把肉放在板凳中间，又从坛子里抓出一些从高山采集后做成盐菜的石板菜，从屋外的地里摘回几颗卷心白菜，洗干净后放在锅里，倒好酒，说："开席了！"风趣完一句话，一大口酒已滑过喉咙，流到了肚里。木心正想效仿，突然外面传来了呼喊声："木心，你死到哪里去了?!"木心一听，立即栽出门去，回应了一声："在瓜头爷这儿。"那边便清静了下来。

木心一边陪老瓜头喝酒，一边做些零碎的事情，见他喝得高兴，便问有关雪隆包的事情，说："瓜头爷，给我讲讲雪隆包的故事。"老瓜头一听，又习惯性地眯缝着眼，像一下子进入了往事的烟雾中，饮一口酒，偏过头看着他，开玩笑说："讲一个吧，看你娃还算孝顺。"

老瓜头讲述说，从前，山神谷本叫野兽谷，是人间到天上的必经之路，天神的女儿木姐珠下凡嫁给凡间的斗安珠时，天神用一大群飞禽走兽给她陪嫁，并叮嘱她不要回头。走到谷中的时候，她非常想念天庭，便忘记了父亲交代的话，回头朝后望去，走在她后面的猪、牛、羊、鸡等一见，因受到惊吓而四散逃去，跑入谷中的溪涧峰峦变成了野物。从此，它们自由自在、大量繁殖，遍布谷地，人们就把这里称为了野兽谷。

众多的野兽聚在一起，多了，就争夺领地，又不遵守游戏规则，弄得乌烟瘴气。同时，许多猎人也大量涌入滥捕滥杀，根本不讲章法，把一条本来优美的通天路，搞得血腥四散。天神见了，就派出山神住在谷地中，专属管辖，才将谷地恢复到了从前的样子，野兽谷也就改称为山神谷了。

从此，凡间的人又和往常一样，在地上住久了，便从飞水岩进入山神谷，经过红岩子、石硐楼、牛滚塘，然后爬到雪隆包峰顶，攀上一棵马桑树，在天上游览一番后又返回地面。后来，一只调皮的猴子偷偷跑到天上，打翻了天神的一碗水，造成人间洪水朝天，天神一怒，便断了天上人间的通道，让雪隆包变得高不可及，常年冰雪覆盖，马桑树也从参天大树被贬为了弯腰驼背的矮小灌木。

"如今不要说上天，就是去雪隆包都很难了！"老瓜头讲完后，叹息一声，好似一切都真实存在过一样。木心则听得有点入迷，开始对雪隆包充满了向往，见老瓜头已讲完，赶紧将他的酒杯酌满，说："我哪天一定要去雪隆包看看。"正想让他再讲一个故事，寨子里却传来惊呼的声音，说草生打了一只熊，喊人去帮忙抬回来。

木心和老瓜头一听，立即走出家门，见一弯人正沿着老瓜头的房子旁边的毛草路向沟内奔跑，也就跟了上去。熊被打死在离寨子不远的一个岩洞前，胸前还汩汩地流着血，头朝向洞口，眼睛大睁着，像放不下什么的样子。木心到达后有点害怕，远远地看见熊倒在地上，黑色，有人那么高，身边的草叶上尽是鲜血，听人说还有一只幼熊在洞里后，感到草生不地道，违背了祖传的不杀抚育幼子的野兽的传统，只远远地看着一些人使劲地拖拉熊脚。

草生说："吓惨了，这熊太厉害，差点拍死我。"

一些人接腔说："怎么回事，说来听听。"

草生见大家好奇，就说："其实是偶然打到的。"

原来，草生到牛场后的森林中查看完安装的绳套，除拴住一只贝母鸡外，并没有大的收获，便唤回狗，沿着林中的另一条小路往回赶。他将枪扛在肩上，鸡挂在枪筒上，一巅一巅地走得很是随意。狗则在林中串来串去地嗅着动物留下的气味，快到寨子时，才突然狂吠起来。他立即跑去，见一只熊正在岩洞的洞口前和狗对峙，见到带枪的猎人也不逃走，并不时回头朝洞里望。草生知道里面还有幼熊，动物都具有以死救子的本能，便举起枪，一炮火打在了它的肩膀上，那熊却就地一滚，翻转身就赴向草生，但在跃起的瞬间，胸口上一簇半月形的白毛也露了出来。

草生已"青出于蓝胜于蓝"地学到了岩保的本领，枪法尤以快、狠、准著称，他就势躺下，以迅雷不及掩耳之势，推子弹上膛，凭感觉开枪，弹头瞬间就穿透了熊的胸膛。它吼叫一声，落下来，把头朝着洞的方向，才一动不动了。那狗一见，立即跑向洞口，想钻进去，又显得很胆怯，试过几次便放弃了。

背老熊的人其实只有五六个，其余都是看热闹的。有一个力气大的主动弯下腰，让另外几个人把熊抬起，将两只熊脚搭在双肩上，他用手抓紧后，由另外两人跟在后面，一人提着一只后腿，组成一个角尖朝前的三角形，熊就像滑一样移动在了蒿草萋萋的山路上。

换过几次人，熊才被背到寨子的议话坪上，更多的人也集中到那里打发黄昏的时光。熊被放在地上，一些人拿来尖刀，将皮剥下来挂在晾架上，能卖钱的熊胆、熊掌草生自己拿了，肉用来分给大家，寨子素有"上山打猎，见者有份"的习俗，但许多人都不愿要，说是他坏了规矩，连养育幼子的母熊也要杀，下场不好。老释比也在其中，责怪了几句，看天已快黑，转身背着手朝碉楼走去,后面跟着一弯弯人。

第二天,寨子里的人就发现有一只小熊,在田野边的岩石或草丛中,可怜地叫,声音像孩子在哭,都很心疼,一些好心人便前去围捕,想抓到后喂养它到能独自生活,但无法成功。因它一见人就拼命地跑,躲到崖壁或者树上,累了就回到洞里,其余时间不论白天黑夜,都会寻着它的母亲留下的气味不停寻找,但到了寨子边又不敢到议话坪。几天后,草生动了心思,他将母熊皮用草填充成一个标本,放到寨子外的草丛中,设下一个陷阱,又用一个大竹背篼把自己反扣在里面。等到傍晚,小熊又如往常一样出来寻找母熊,嗅到寨子边,突然看见母亲卧在草丛里,就兴奋地叫喊一声,跌跌撞撞地扑了过去。但刚接近,草生就将绳子一拉,把小熊关在了陷阱里。

草生见状,掀开背篼,跳起来就奔了过去,将小熊控制住后,又用黑布蒙住眼,装在竹筐里,悄悄背回家,第二天天刚麻麻亮就背上小熊和熊掌、熊胆赶到茂州城里,把小熊卖给了成都府的动物园,其余的卖给了中药铺。随后,他还用换来的钱逛了妓院,赌完钱,才往山神谷赶,一进寨口就在转弯的石阶上碰见了木心。他当时正从火地上下来,背了一背草,猛一见彼此都吓得一惊,木心问了句"回来了"就赶紧让开,望着他走上台阶的后背,感到阴森森的。

夜里,不知从谁家又传出了叫魂的声音,拖声卖气的,回荡在谷地四围,显得凄凉却又充满关切。木心一听,突然被一种莫名其妙的恐惧袭击,飞快钻入被子,将头盖起来,一闭眼,又想起了柳馨。

天一亮,木心就装着闲逛的样子朝柳馨家门前的路走去,到达时恰好她也开门出来,就问:"你又在叫魂了?"

柳馨说:"没有啊!我已叫过了,鸡蛋上是一个人形,有点像你。"

木心闻言,大惊,一股冷汗渗出来,见她已嘻嘻地笑着回了屋,便从另一条路绕了回去。

接下来,因为老释比要忙于一场法事,大家又陷入了淡淡的恐惧中,而没有能对草生犯忌打猎的事进行惩罚裁决。躲躲闪闪几天后,他见一切基本如常,又带着狗和枪,上山狩猎去了,但没想到会出事。

草生出事的地方在通向雪隆包的一座山梁上,叫落山梁,地势复杂,人走入其中如果遇到云雾天,很容易迷失方向。梁子周围有许多座山峰,峰峦间溪水交错，因人很少涉足，野生动植物丰富多彩。他顺着起伏在山梁上的小径前行，到了一处宽广的坡地时，发现一群盘羊正在岩坡上吃草，巨大的角闪烁着太阳返照的光。立即和狗一起隐蔽在树丛中悄悄靠近，见近处有一只健壮的羊正埋头吃草，就举起枪，将枪管放在一棵杨柳树的枝杈上，一枪打了过去。伴随响声，那羊一跃而起，又像秤砣一样坠下，翻滚着栽下草坡，最后停在了山坡尽头悬崖边的一棵柏香树旁。

草生用目光追随着羊翻腾的身影，见它已停下来，就放下枪，带上狗，朝下跑去，在越过一道土坎子时，被草丛中一块隐藏的石头绊住了右脚，一个鹞子翻身就栽了出去。随即，他也变成了翻滚的羊，如柴疙瘩一样向下栽去。眼看已快到悬崖边，却在从一处垂直的岩台上飞落时，麻布衣衫也飞散开来，后下摆在他即将落入悬崖的瞬间，挂在了一根树桩上。麻布衣是用种植的灰麻茎纺成麻线，又用手工纺织成布做成的，经久耐用，穿几代人都不会朽，他穿的麻布衫就是祖传的，长及膝盖，灰白色，是打猎或上山时的特有装束。当后下摆那片麻布被挂住时，竟承受住了他的重量和巨大的惯性，将草生挂在了向外斜伸的树桩上，身下即是万丈深渊，他一动不敢动，面朝下，手脚垂着，惊得魂飞魄散。

事情是木心最先知道的，他正在火地上放牛，见草生的狗飞奔而至，咬着他的裤脚就朝山上拖，一幅焦急的样子，嘴里“呜呜呜”地像在求情。他凭经验一下子就知道草生出了事，立即喊来几个在火地附近挖药和砍柴的人，由狗带路，快速向落山梁爬去。

一翻上梁子，几个人就听到了草生嘶声蛙气的叫喊声，立即梭下去，见他被自己的衣服吊着，已精疲力竭，立刻七手八脚地用一根绳子拴住他，拉向悬崖边上，又用刀将麻布衣衫后的下摆割掉，托举着放在离崖几米远的一片草坡上，给他喂了水。

见草生伤情不重，只是脸上有一条口，流着血，一只脚骨折了，行走不便，就砍下一根棍子做拐杖，连扶带推地把他弄上了梁子。休息一会儿，又砍下一根像马尾巴一样的树杈，让草生坐在枝叶上，一人在前拖着，顺着下山的路，连扶带拖，把他弄回了家里。

安放好后，木心他们才分散而去，出门时抬头望见老释比坐在碉楼前的石包上，嘴含烟斗，脸色凝重，就多走了一段路前去问候，说：“高头爷爷，吃饭没有？今天草生出了事,差点摔死,我们才去救了他回来。”

老释比好似早已知道一切,只“哦”了一声,见木心已转身走向石阶,又说:“给他一点警告。”声音从背后传来,木心再次被神秘所包围,赶紧朝家跑,走到门口,天空的云已绚丽得像燃烧的火焰。

七

老释比的凝重来自即将展开的法事，事情和收魂有关，非同小可，发生的各种怪事已弄得寨子阴森森的，说是一年多前被炸死的五斤半，魂魄正失去控制，已开始四处游荡，很快便会危害一方。这让木心很害怕，在夜晚外出方便时，也好像背后有人立着，背皮子一股一股地发麻，有几次还好似看见了五斤半透明的身影，他飘忽在路边的艾蒿上，如一个纸人。听说老释比要出手收魂，在第二天清早就非常积极地前去做了帮手。

将被收魂的死者五斤半住在寨子西北边一块突出的岩台上，和其他人家有一段距离，以在茶马古道上背背子和替人赶牲口为生，老实本分，因为出生时的重量为五斤八两，就取名为五斤半。前一年冬天，五斤半和往常一样，用骡马驮上药材、兽皮等物，背几块烧馍馍，和几个伙伴一起在驼铃声中走出了飞水岩。他们过关口、越险滩，走到灌江口时已临近腊月，就交清货物，买了些米、腊、布料等日常用品，想按习惯休息两天就回去，五斤半便提议大家逛逛街。

走在街上，五斤半和大家说说笑笑，眼睛自然盯着城里穿着旗袍的女子，走到一堵墙边，见围着很多人，也凑上去看，听到有人正在念一篇公告，说是需要召集一些人去砌墙修建碉堡，一天三块银圆。五斤半一听，想反正回去离过年还有一个月，不如去挣几天钱，到腊月二十回去时，就可以挣六十个大洋了，用它们说不定还能讨个婆娘，就说："干脆我们也去参加一下，挣点钱回去。"见几个人都没有反对，便寄养好骡马，问清楚路，走到一个四合院里，看到有人排在一张桌子边，就凑过去，对一个穿军装的人说："我们也参加。"边说边在脸上堆放了笑。那人抬起头，审视过一遍才说："还强壮！"让另一个兵带着他们走了。

五斤半几个人和其他一些人被带到一个高地上，有许多人已在劳动着。领头的询问完后，得知他们会砌石头墙子，就分派他们去修碉堡，其余的人则挖战壕。眼看工事已快建成，领到工钱就可以上路回家的最后一天夜里，另一支军队突然提前展开了对高地的进攻，炮一响，五斤半就被吓得屁滚尿流,在别人都往后跑的时候,他却跑向了刚修好的工事,恰遇一发炮弹飞来,瞬间便把他炸成了碎片。

第二天,战事平息,他的伙伴冒险前去寻找,却只找到了几块残缺的肢体,便向住守在高地上刚打过胜仗,心情正好的军人要了一个空子弹箱,将五斤半装在里面,回城拉出骡马,惊慌失措地赶回了山神谷。

事情传开,大家都很惊奇,纷纷前去安慰他的家人,又由老释比主持,将拾回来的刚好五斤半重的躯体用火葬方式,埋在了他家背后的一块荒地里。

但接下来,五斤半的死却成了寨子里议论最多的话题,因山神谷的人相信人是有灵魂的,传说也就越来越多。一天,木心在闲暇的夜晚又走进一户人的家里,和大伙儿一起围着火塘,听大家七嘴八舌地谈五斤半出事前后的奇异事,听得尾根子发虚,连门都不敢出,坐的方位也要尽量挤到靠里面的位子上。一些人说,在五斤半出事的前两天,他们都分别在不同的地方看到过他,其中一人还说:“是真的,我在天黑时从磨坊走回来,就见他站在一棵老树下,打招呼又没有反应,想到他已外出,当时就吓得一趟跑回去了!”

一人又说:“有一次我从山上回来,刚好傍晚,经过寨子外的一块息气坪时,五斤半正坐在上面抽着烟,见到我也不理,我喊了一声,他却转眼就不见了,想到人死前会去收脚迹,感到他可能会有麻烦,没想到竟然真的死了。”

一个女人接着插言说:“我上山去采野菜,回来时太阳已落山,走到火地边的森林里时,看到他走在前面,和我始终保持一样的距离,我坐下来他也坐下来,喊又不答应,感到很奇怪,快到寨子时传来了狗叫声,他一转弯又不见了。”

大家越说越玄,还有一些人说五斤半出事那天晚上,几乎都听到了夜半时分石阶上有脚步声不断在响,还有拉木头的声音,感到要出什么事,结果是他。消息灵通人士还说,五斤半被炸死的地方也不平静,夜晚总有火焰矮的士兵看见他,零零碎碎地码在一起,像变形金刚,游来游去,寻找着自己的骨肉,那支军队本来就迷信,领头的军官即是法师,就请来青城山的道士协助,在阵地上张贴了咒符,把他送上了回来的路。

“哦,怪不得这段时间寨子不清净了。”人们同声说,见夜已深,便走出那家人的堂屋,出门后一人晃动着一根火柴头,木心很害怕,让一个胆大的人把他送回了家。

木心到达老释比的家后，喊一声："高头爷爷！"便双手下垂，做出一幅尊敬的样子，随时等待听他吩咐。老释比正在做准备，他在铜盆里洗了手，用那天木心碰见他时砍的柏枝燃烧的青烟熏过身，戴上猴皮帽子，又双手合十，边焚香边说着什么。拜祭过供在神龛上的祖师爷后，才拿上法器，让木心背着柏香等物，走向了五斤半的坟地。

木心跟着老释比到坟地后，许多人也紧随着跟了上去，大家站成半圆形，围着老释比看。老释比先将羊皮鼓放下，接过木心递过的柏枝，用手勒了一把，含在口中，又用一碗水吞咽下去，然后分别在东南西北四方烧了纸钱、点燃香，又通告一番。然后，他进入痴迷状态，请来帮忙的神站在身边，一边敲打羊皮鼓，一边念着《下坛经》中的"收魂经"。他唱诵说：

"……

磨石底下锥窝底

压着凶鬼不翻身

岷江桥边溜索头

压着凶鬼不让行

九掌厚的猪狗粪

压着凶鬼不翻身

……"

念诵完，鼓声也停了下来，他目光如电，朝坟边的草丛中一看，突然大喊："你终于出来了，不要逃！"吓得众人几乎瘫软下去，朝他注视的方向一望，草叶间果然有一只巨大的黑蜘蛛伏在那里，跃跃欲试地想逃入旁边的石缝中。老释比手一挥，一张草黄色的符已飘然而下，正好将蜘蛛盖在下面，他跳过去弯腰抓起来，在它的脚上拴了一根从裤腰带上抽下的线，装入一个木匣子，贴上符，放进坟上挖出的缺口中，重新盖好土。说："回去吧！我知你痛苦，一切都是天命，快去投胎。"老释比说完，打了个冷战，恍如梦中醒来，脸上已是一层密密麻麻的汗。

老释比又谢过前来帮忙的菩萨、神灵，才坐下来，让木心将法器装进一只皮口袋里，抽了几口别人递过来的蓝花烟，才说："好悬，差点收不住了！"又说："你们不晓得，最厉害的鬼就是变成蜘蛛。"说得大家瞪着眼，吃惊得嘴都合不上来。他又喊人把突然出现的一双底子已磨穿的草鞋烧掉，说那是他出事的地方的法师用它将五斤半的魂送回来的，“你们看，鞋底都磨穿了。”说毕，众人赶紧把草鞋用一根竹竿挑到坟前，点火烧了，果然看见底子上磨出了两个破洞。

收完五斤半的魂，山神谷感觉清净了起来，人们像往常一样生活。这天，木心又和平常一样出门，像要迎接向山下滑动的阳光，准备上山看牛。出门不远，却看见猎人拄一根拐杖，一瘸一拐地向飞水岩走去，背上是一背篼皮毛，腰间的鼓肚子散发着阵阵幽香，一看就知道装了不少麝香。木心对他带着说不清楚的情绪，敷衍地打招呼说：“草生叔，又要进成都府了。”草生看他一眼，回答说：“出去治治病！”又一拐一巅地走在了沿溪水而去的石板路上。

木心看过牛，准备去找天麻，天麻长在火地和四周的树林荒野中，很难找到，但它是名贵药材，价钱较高，加上找的时候就像在转山看风景，过程很舒心。他把弯刀拿在手上，一边走一边将遮挡视线的枝叶分开，一路眼观四方地走，很快就钻进了山梁后的一片白桦林中。

白桦树高大挺拔，洁白的树干光滑笔直，弯月形的黑节疤遍布全身，像是注视世间的眼，枝条辐射散开，叶子青翠，树的周围是各种青草、野花和灌木，天麻就长在一些树根旁边。草很茂盛，不注意便会错过，木心边走边想着心事，在潜意识里渴望遇到柳馨。走到一棵倒伏的白桦树旁边时，不经意间一望，几根淡红的苗正长在荒草中，心中一喜，跳过去扒开草丛，五根苗子呈五角星形整齐地立着，优美而苗条，散发着淡淡的诱惑，便用刀清除了一尺见方的蒿草，从腰上取下一把扁锄小心地挖，直到把一块腐烂了的树疙瘩搬翻，取出大大小小的天麻装在皮口袋里，才继续向另一个地方找去。

太阳开始偏西时，木心才坐在一根枯树上，饮了几口水，吃过烧馍和咸菜，便躺在地上休息。他眼睛朝上，看见太阳在树叶后晃荡着，一闪一闪地发光，他便随手扯一根草含在嘴里，眯缝起眼睛。四周一片宁静，一只红绿相间的鸟，在叶间的枝条上跳来跳去，和另一只鸟呼应着，很欢快的样子。木心觉得已找到好几窝天麻，干脆多休息一会儿。于是，放松自己，嗅着草香，如参禅入定的和尚，忘却了流动的时光。

过了很长时间，木心才起身，拍了拍身上的草，朝通向火地的林中找去。

走到几块石包围绕的草坪前，他改变主意，朝两个石包相对形成的空隙走了进去。因为里面有一块几十平方米的草坪，也生长天麻，石包不对称地排列着，就形成了相对独立的空间。空间里很美，石包上缠着青藤，地上是绿茵茵的草，草间开着紫色的花。他进去是想碰一碰运气，希望再发现一窝天麻，但刚一进去，就被新的发现弄得像呆神一样。

木心发现的不是天麻，而是一对男女，他认得，女的是一个嫁过来的女人，叫八月瓜，男人在成都府当兵，把她一个人丢在山里。她长得就像她的名字“八月瓜”的藤一样苗条，又丰腴欲滴，粉白的脸像一些男人的梦境，有许多人把她惦记着，日子久了，就和她认为不俗的一个男子生出了风流韵事。男子是山神谷的一个好男人，叫马风，传说是三国时马超的后代，到他那里已说不清多少代了，会武术，尤其是马家枪使得天衣无缝，在远近几百里都无对手，人长得强壮又英俊洒脱，长期焦渴的八月瓜一见到他，便用水汪汪的眼睛看，施展出许多妩媚，马风就被俘获了。

当木心转过石包走进草坪时，他们正在一起忙碌，八月瓜背靠着石壁，双手扒在马风的肩膀上，用嘴咬着他的耳朵，一条腿抬起来让他提着，马风背朝外，裤子堆在脚踝，一前一后地用力。正在兴头，八月瓜突然惊叫一声，推开马风，转身就朝上套裤子，但被肥白的臀阻挡着，扯了好几次才拉上去。木心却比他们还惊慌，立即转身跑开，但脑子里还是留下了那团白嫩的屁股。

木心带着负罪感回到寨子，恰好遇见柳馨扯猪草返回，打过招呼，就匆匆地走开了，好似他比马风他们还不好意思，弄得柳馨半天回不过神。至于马风和八月瓜，关系则一直持续地发展着，只是做事更隐秘了。后来事发，被她已当上团长的男人捉去，一起押到茂州城的城墙下，响过两次枪声后就不知音讯了，这当然是后话。

过了几天，木心又和往常一样上山放牛，走到寨子和火地之间的火烧坪时，却遇见了八月瓜。她正在杨柳树林中，提一只竹篮子，像是在采野菜。心里反而有些慌，忙打招呼说：“月瓜姐，你来了！”

八月瓜脸红红的，带着几分妩媚，对他出奇地好，轻声细语地问答说：“摘点香香菜，兄弟又要去放牛了？”表情中透出娇羞，又含着希望什么的笑，说完，转过身隐没到了绿荫丛中。木心望了一下她闪入树林的背影，感到确实丰腴,便纠正自己的念想到柳馨身上,一心只想遇见她。到了火地,牛群中已多了一条小牛,黄黄的,在一头母牛身旁,一崩一崩地乐着。这让他很高兴,增加了牛的数量,族长会奖赏他的,就走过去仔细看了看,带着兴奋转到后山的一条沟壑里,挖出一背细莘,回转时太阳已快落山了。

木心走另一条路进寨子,走到寨子西边的一座石头屋门前时,里面突然轰的一声,吓得他一跳,放下细莘,爬到旁边一块和房屋一样高的石包上望去,见房背已塌掉半边,椽子与黄泥落在堂屋里,门却仍然锁着。想到房子是阴生家的,就是养尸地里出生的那个人,心里有些害怕,赶紧背上药就朝家里赶去。到坝子时见父亲正在院坝里编茁箕,他扔下细莘,说了句:“我到瓜头爷那里去了。”一转身,沿着石阶纵了下去。

老瓜头正蹲在门前磨尖刀,看见他就说:“来得正好,帮我把这只野兔的皮剥了。”木心便接过刀子,把丢在地上的野兔提起来,将一只后脚挂在门前一棵树的断枝上,在后腿上切了一圈,又划出一道口,将皮剥到尾部,然后像脱衣服一样向下一拉,野兔就成了一只全裸的兔子。老瓜头让他剁成碎块,装进一个铜盆中,在锅里倒入菜籽油,放些花椒、辣椒、蒜,干煸成了一盘下酒菜。他又从一张石板下的地窖中取出一灌老酒,说:“喝几杯。”

他们俩分别坐在长板凳的两端,菜放在中间,才喝一会儿,木心就说了阴生家房子垮塌的事。但老瓜头一点都不惊奇,只淡淡地说:“应该垮了,已几十年没人住过。”趁着酒兴,说了阴生的事情。

阴生在养尸地出生后,由寨子中的好心女人妫妈帮助喂奶,到一岁多时便跟着他爹放羊。他的脸总很苍白,样子有点让人害怕,目光也好像带着阴气,被盯一眼都会让人打一个冷战。他天天和大人上山,把羊子放到寨子后的草坡上,春夏时节,就住在山上,任羊群自由地吃草繁殖。到深秋和冬天才下山住在屋里,每个冬季都会被寨里的人家请去吃杀猪饭,过春节也经常有人请他们,大家都觉得阴生的出现很离奇,往往带着敬畏的情绪,又觉得父子俩可怜,所以便特别地照顾他们。

日子在经意或不经意间过着,阴生十五岁的时候,山上闹豺狗,它们成群结队地活跃在高山的草坡上,专吃羊子,防不胜防。一天,牧羊人又带着阴生到了一座草山包上,正准备坐下来休息,在周围吃草的羊群却突然惊恐起来。一看,有几只豺狗正在杀羊,它们不用嘴咬,只用爪子抓,羊在前面跑,它们在后面追,接近后就用弯曲如钩状的锋利爪子扣住肛门,将直肠钩住,然后停下来,任疼痛的羊拼命地逃跑,肠子也就线一样被拖曳出来,不到一百米,羊就肠尽而亡了。牧羊人拼命地喊叫,又打火枪,但豺狗并不怎么害怕,两个月下来,羊就少了一大半。他们只好赶羊下山,在寨子周围牧放,后来干脆把羊子卖了,锁上大门,跟着一个到山神谷做手艺的木匠走出了飞水岩。

“现在算来已有几十年了!”老瓜头感叹说,“阴生也该有五六十岁了吧……”边说边又喝了一杯酒,再不言语,如入定的石像。木心见他已不想再讲什么,收拾完碗筷,就踏着黄昏向家中走去。途中碰见柳馨后,便和她转弯抹角地走到磨坊后的一张石板上,坐着说了许多舒心的话。然后,把她送到家门口,才转身回到家中,坐到火塘边时见父母都在忙碌,正做一些鸟兽形状的青稞面馍馍,问了句:“在做啥子!”知道山神谷要举行盛大的祭山会后,起身走到房间倒在床上,继续想有关阴生的事去了。

八

祭山会是山神谷一年一度的盛大活动，在南山腰的一片草坪上举行，坪上建有一座石塔，塔顶上供着一块象征山神的白石头，是山神谷人祭祀山神，感恩还愿的地方。清晨，会首就站在房背上，用手握成喇叭状，大声地喊话，让大家带好祭品，在太阳照到寨子时出发，让木心帮助老释比背法器。

吃过早饭，木心就跑到老释比家里，问："高头爷爷，我背哪些？"老释比指了指放在板凳上的皮口袋，说一句"它们"就拿起法杖，走下了通向溪涧的台阶，木心一见，也连忙背上皮口袋跟了出去。到达溪边，寨人和从其他地方赶到的人已汇聚在一起，见老释比来了，就分成两列，让他从中间穿过，随后又跟在后边，鱼贯地走在上山的路上。

到了祭山地点，木心将皮口袋放在石塔边，又用一把弯刀把塔子周围的蒿蒿草清除干净。活动由老释比主持，他戴上猴皮法帽，在塔子前点燃香、烧燃柏枝，一边敲打羊皮鼓，一边念诵《上坛经》中的请神词，他诵唱说：

天神地神摆神位
还愿祭品神前摆
来还开亮之神愿
来还太阳之神愿
太阳之神管诸神
来把诸神都敬到
财码香蜡神前摆
祭品刀头神前敬
祭品馍馍神前摆
柏树枝条神前敬
柏树枝条神前插
要用祭鸡来献神
天神年神同样敬
天神娘娘也要敬

要敬四大金刚神

……

所有山神和地神

都要全部来敬到

请来诸神，老释比又围着石塔转圈，边走边敲羊皮鼓，然后喊大家把带的祭品摆上，说："木心，把羊子牵来。"木心立即跳起来，跑到草坪边的一棵树前，解下被拴住的白羊，想向石塔拉去。那羊却不肯走，蹬紧四脚，身子向后倾，一个年轻人看见后，走到后边用手使劲地推，才把羊拉到石塔前。老释比将羊拉到手里，念完经，又在羊的身上喷了一口水，往嘴里塞上几颗青稞，见羊子开始发抖，有表示认罪的迹象，才右手握着刀，将它杀了，把鲜血撒在白石上。木心走上前，将做牺牲的羊拖开时，人们仍跪在地上，听释比念《还愿经》《消灾去祸经》，说感谢山神护佑、赐予人间野物的话。然后引领木心他们许下不滥捕乱伐的誓言，保证不违反禁忌并赌了咒。

仪式完毕后大家散开，各忙各的，一些人剥羊皮，一些人搭锅生火，各自把带的东西拿出来，分成许多份摆放在草坪上，又在中间放一坛咂酒。老释比让和木心一样大的一群人跪在石塔前，其中有柳馨，他给每个人的额头点上羊血，胸前系一撮毛线，念诵长寿永生词《时勿不作》，祝他们顺利长大成人，平安无事。随后，木心和柳馨就步入了成年人的行列，感到一下子已成熟不少，加入到已围成圆圈的人群中，在会首的倡导下，请老释比开坛祝酒。随后，人们又纷纷上前敬老释比，喝酒吃肉，喝羊肉汤，闹哄哄地把祭山会变成了欢乐的节日。

酒酣耳热时，有人提议推杆抱蛋，大家群起响应，让木心扮演母鸡的角色。他卧在地上，腹部下放着几块白石头，一些人围在四周抢夺，木心左右腾挪，像手忙脚乱的青蛙，还是没有守住身下的"蛋"，白石很快被夺抢一空，大家又将他拉到草坪上，抛起来筛完糠，才换成另一人守蛋。游戏反复进行了很久，另一群人则在推杆，兴尽后又围成一圈跳萨朗。木心和柳馨也加入到队伍中，一群人由一人领头，一人收尾，踏歌而动，扭腰送胯，变幻着队形，酒催情，情生歌，歌伴舞，跳完一圈又一圈，一些人跳累后就退下来喝酒，另一些人又填补上去，好似永无休止。

木心见许多青年男女都溜向了草坪外的树林中，便朝柳馨眨了眨眼，一前一后地走向了一座叫羊角梁子的地方。溜走时，柳馨走在后面，像无意的样子。羊角梁子上长着密密麻麻的羊角树，花已开过，满坡都是碧玉般的叶，树林中枝丫盘根错节，很难行走。木心隐入林中后，等柳馨走来，才一起沿弯曲盘旋的山路向上走。

上了梁子后，他们又从羊角林中钻过去，在一处有几平方米大小的空隙中坐下来。空隙是一棵大羊角树下的小草坪，四周围着无数的枝杈和绿叶，犹如一个私密世界。

木心和柳馨并排坐着，一时找不到什么话说，就扭头看她，目不转睛地扫描着花一样的秀美，无话找话似地说："我们都是大人了。"这让柳馨有些害羞，说："看啥子嘛，人家又不是花。"木心想："你比花还好看。"但不说出口，伸手捉了她另一只手，进入到某种状态，定定的，让俩人都沉默了起来。过了很久，木心才像想起了什么似的说："给你说个事情，是瓜头爷爷讲的。"看她很乐意听，就讲了羊角花的故事。

"羊角花是姻缘花。"木心说，从前，有只跑到天上的猴子打翻了一碗水，地上洪水朝天，女神俄巴巴瑟重新造完人后，见男女搭配混乱，就到一座神山的梁子上，坐在凡人投胎出世的路口，让男子从左边经过，女子从右边经过，通过时让他们各拿一只羊角，拿到一对的，就会成为夫妻。

"好像女神就是坐在这片羊角林里做的这些事。"木心最后说，见柳馨听得神思恍惚，拍她一下，又伸过手掰过她的肩膀，想亲她的脸。但柳馨推开了他，在推动时扯脱了胸襟上的两颗扣子，露出一片耀眼的白，她赶紧遮住扣上，说："该下去了"。木心虽然有些不舍，还是说了声"是该下去了。"站起身拉着她向树林外走去，脑子里却已由一片雪白取代了八月瓜丰盈的屁股。

到了祭山坪上，人们已收拾完东西，清除完垃圾，准备下山，见他们从山林中钻出，也见怪不怪的样子，只有一人逗趣地问木心："成好事了？"木心答一句"鸟事"后，背上老释比的皮口袋，用目光跟随着柳馨，和一群人走向了回寨子的路。途中，木心摔了几个跟头，走过溪水上的桥时，在磨坊边撞见了草生，见他身边还带着一个如一根立着的排骨般的女人，连忙打了声招呼，看着他们走向了坎坎上的家，才把皮口袋背到老释比家，回到自己的家中帮他娘做晚饭。

草生回来并带有女人的事很快在山神谷传开，大家才想起他确实离开很长时间了，过去的许多事又被记忆起来，他犯忌打猎的事怎样追究并没有在议话坪讨论，因族长认为他已受到警示，看以后表现如何再说。木心则想弄清那女人的来历，便尖着耳朵打听，一次在磨坊磨面时，遇到了一个从山外进来做兽皮生意的人。他临时住在磨坊里，因为不知道过去发生的事，也就不怕什么，偶尔在夜晚听到怪异的声音时，也觉得流水在响。

这天，木心在天麻麻亮时出门，雄鸡的报晓声正在寨子中此起彼伏地唱响，他背一袋青稞，出门时望了一眼草生的房子，见窗口已亮起灯光，正猜想他那么早起来要去干什么时，却突然传来了那女人鸡鸣一样的叫喊，吓得一跳，立即转身快步走下了石阶。

到达磨坊，里面还很暗，木心平时是不敢一个人去磨面的，听说有人住在里面，才不怕了。他放下青稞，那人已经起来，正闲得无事，见有人来磨面，就热情地帮忙，替他把青稞倒在磨心里，又去开水闸。随即，水开始流进楼板下的水槽，冲击着水车一样的大转盘，转盘转动后又带动和它连接在一起的下石磨，和捆绑着吊在横梁上的石磨相摩擦，通过磨心的青稞便从缝隙中挤压而出，成了碎屑。

木心将落在磨盘里的碎屑装入木瓢中，再倒进箩里，架在木柜上的两根滑条上，一前一后地推，让箩撞击两边的柜沿，弄得“哐—哐—哐”地响，面粉则纷纷扬扬撒在了面柜里。然后，木心将留在箩里的粗屑又倒进磨心继续碾磨，反复多次，面才磨完，他又把面粉装进口袋，看天色还早，就坐在旁边的火堆边，喝着那人递过来的茶，闲谈中竟然意外地听到了草生在外面的事。

草生被人从树桩上救下后，带上家里的兽皮和麝香，走到茂州城住在一家客栈里，找一个老中医医好了脚和身上的伤。但日子一久，便觉得无趣，时常闲荡在街头巷尾，一天干脆跟着一队挑子客，沿松茂小道到了灌江口，又坐一辆鸡公车一路观光一路前行，走到了成都府，在斑竹巷的一家客店住了下来。他到皮毛市场和药材市场卖掉兽皮和麝香，包里就有了很多钱。便在白天品茶听书，夜宿客店，日子过得逍遥自在。

说也凑巧，那客店正好是一个从山神谷出来的人开的。

店主即是阴生，在羊群遇到豺狗祸害后，他随牧羊老爹离开山神谷到了成都府，转眼已是几十年时光，牧羊人早已过世。阴生凭借学到的一手精湛的木匠手艺，立了脚，辛苦二十年后，又用积攒的钱开起客店当了老板。见草生住在里面，又是山神谷人，就问起了岩保，说："那可是远近闻名的猎人，不知现在可好？"草生说："他是我爹，已死好多年了，是被一只熊拍死的。"阴生叹息了一声，说："天命不可违。"又意味深长地看了他一眼，转身朝烟房走去，倒在床上，抽了几口鸦片烟。

此后，阴生对草生亲近起来，不久他又认识了阴生的儿子阳生和女儿牛肋巴，说取这样的名字是因为阳生是正午出生的，牛肋巴生下来时很瘦削，就像高山上牛肋一样的植物。认识了阳生后，草生和他一拍即合，便跟着他四处做工，有时也和牛肋巴待在一起。阳生继承了阴生的木工手艺，技术高超得远近闻名，还偷学了匠人都不敢轻易学的《鲁班经·下卷》，掌握了人称"锅拐"的邪术，能整人冤枉，但不经常使用。

过了几月，草生由阳生带着，去绵州做工，到了一看，是为一家大户人家装修房屋，使用的全是上好木材。主人姓木，当地人称他为木老爷，房子很大，他们要做的事情是在里面隔出若干个房间，包括小姐的闺房、老爷的卧室、仓房、鸦片烟室。他们白天做工，晚上睡在顺手搭成的木板床上，饭由东家按时送来，生活很不错，就是不提供酒，说怕他们喝醉了误事。但这难不倒他们，草生有卖麝香的钱，便拿出来买了上好的剑南春，每到夜晚，又会出去买一些卤菜，喝过之后就躺在木板床上扯闲话。

阳生说："好久没有用过锅拐了，也不知还灵不灵！"

"啥子锅拐，我没听说过，教教我。"

草生说完后，又好奇地问了半天，请阳生教他，但阳生说："你是猎人，又不是木匠，学那个干什么，要学就学黑山术。"草生一听黑山术，就说知道一些相关的事情，雪隆包周围的部落中都有人会，但都不传，也不使用，说用了会绝后。"找哪个学呢？"草生像是问自己。

"找哪个学？九峰山上的绝世岭就有一个高人会，我认得，想学可以找他。"阳生说完，翻过身睡了。

草生的心动了起来，接下来几天都在作思想斗争，他本来就只是学到了祖传的本领，没有学到家传的美德，长期在外面跑，又染上了许多恶习，总想投机取巧，缺少作为猎人的英武刚毅与侠义心肠。见他决心要学，阳生便说:“等几天,做完活我们就去找他。”草生见他同意引荐,很感激,做事也卖力了不少。到了八月,所有木工活已全部完工,他们喊来木老爷验收付钱。讨价还价一番后,还是少得了一两银子。阳生很生气,便随手拿起一小卷刨花,放在了大门的门礅里,然后带着草生,向绝世岭走去。

到了绝世岭,那高人正坐在一间草棚子外的树桩上,白发苍苍,长得有些奇怪,见到阳生,问:“来干啥子?”问话时依旧看着远处的山峰,像没有他们存在似的。草生很紧张,躲在阳生身后,伸出半个头,说:“我是山神谷的,来向你老人家请教些本事。”阳生立即接腔,说了前往的打算,让草生取出在山下的集市上买的猪头、酒等拜师礼,跪在老者前面拜了几拜,见他没有态度,便不敢起来。阳生见状,又说了许多好话,高人才说:“天意如此,你乃猎人世家,口碑很好,远近闻名,没想到就到你这代了,起来吧,我就破个例,传给你。”

草生才站起来,恭敬地立着,随后在阳生的招呼下,把东西搬到了棚子里,又在高人睡觉的旁边,弄一些干草,铺一张老熊皮供他们自己睡觉。太阳落山时,草生烧起火,煮好猪头肉,烧好馍馍,喊:“师父,吃饭了。”高人闻言,从外面走入,坐在铺着山羊皮的板凳上,草生和阳生分坐两边,边吃边喝酒,吃完时,棚子外已是满天晚霞在燃烧。

几个人便走出草棚子,坐在几块石头上,山风吹过来,彩云飘浮在天空,万峰拥翠,残阳吐血,一轮弯月已提前升起,如钩,在天空向上滑动。高人说:“学黑山术不是好事情,活该轮到你,我这一生只用了三次,就弄成这个样子,一个儿子死了,一个女儿疯了,只好一人住在这里,本不想再传给别人,你来了,天意如此,就教你吧!”接着说了半天学黑山术的规矩,还说:“学会了,也最好不要使用。”

草生不断点头答应,高人就先教他咒语,有“野牛跑到山梁上,十九匹梁布陷阱”等咒语,让他在每天太阳刚好升起时,坐在离棚子约一公里远的半块石包上,焚香念诵,每天念七七四十九遍,强调说:“念时不能受任何干扰,也不能心生杂念。”随后,草生就在清晨起床,走到石包上点燃香,等太阳刚好冒出山尖,即念诵高人教他的咒语,阳生则独自帮助做些杂事情,不管他。

念到四十九天后,高人说:“行了,你已学成,下山去吧,切记不能心生邪念。”说完便背过身，不再理会他们。草生和阳生只好转身走向下山的小路，离开时，草生又在老者常坐的树桩上放了几十个银圆。

走到山下，正准备找一辆马车回成都府，却看见一群人守在路边，见到他们也不由分说，捉住就走，说：“你们干的好事，把小姐都快吓死了！”说完，一行人就押着他们，连跑带走地到了他们做工的人家。一进屋便见木老爷坐在太师椅子上，气得胡子一动一动地发抖，见到他们即骂道：“好你两个狂徒。”草生和阳生刚想开口询问缘由，已被人按住，先来了一顿暴打，才问：“谁做的锅拐？”

“我做的，他不会，谁让你扣我们的工钱。”阳生回答说，话音一落，又挨了一个嘴巴。

原来，他们离开时，阳生不满木老爷扣银子，就使用锅拐术报复，边念咒语边在门墩里放了一卷刨花。等木老爷一家搬回新居，就出了怪事，每天晚上开门时，总有一个披头散发的巨人站在门边，一闪又不见了，吓得每个人都不敢在夜晚开门，得等到太阳出来后，才敢把门打开外出，晚上要到熄灯睡觉时，才能将门关上。一天夜里，老爷的女儿因为拉肚子，爬起来就往厕所里跑，事太急就忘了大门里的怪事，她刚拉开门，一个男子就凶神恶煞地站在前面，狠狠地瞪着她，像要扑过来的样子，她吓得惊叫一声，就瘫软在地上不动了。

家人闻声，连忙把她抬到床上，掐过人中，又喊人去叫来老中医，忙碌大半夜才把她救醒，但却疯疯癫癫的，神志不清了。木老爷感到奇怪，又找不出原因，听有人建议说：“请个端公看一下！”立即就同意了，派家丁飞跑到不远处的一个村里，半日便请来一个专事阴阳、作法驱邪的老端公。

老端公装束得像个道士，迈着碎步跑进门里，还未落座就问：“什么东西在作怪？”听明情况后，即左手拿一个锣盘到处检测，右手握一把剑东指西指，整了半天，却毫无发现，汗也从头上冒了出来，听到大家喊他休息片刻，才一屁股坐在椅子上，说：“从来没有遇到过这事，你们说的是不是幻觉啊！”众人都答：“不是。”建议他晚上自己体验一番。老端公觉得可以，就留下来，看过疯癫一样的小姐后，又化一碗水给她喝，在房间里贴上一道符。到了夜晚，老端公便一个人去开门，门一开，果然有一个披头散发的人闪现在眼前，吓得一个后坠跌坐在地板上，抬起头，又不见了。

他仔细观察，见房子是新装修的，感到问题出在大门里，就问木匠是哪里请的。木老爷说："是成都府斑竹巷的阳生。""呵，原来是他，你们是不是得罪他了？"老端公恍然大悟地说，"他做了锅拐。"便让人在大门上下寻找，最后在把半边大门取下后，才在门墩上的门窝里发现了一小卷刨花，老端公见状，大喊："就是它了！"拿起来用火烧掉，说一句："这下太平清静了。"就转过身，拿起剑、背上装锣盘、纸符的黄布包，接过两块银圆，返了回去。

草生他们被抓后，关在后院的一间屋子里，由家丁看守，每天酒肉管够，就是不让走，说是要看小姐好不好，如有三长两短，定要抵命，吓得他们心里悬吊吊的。几天后，阳生让人传话说："想给小姐看看病，也许能治好。"木老爷正焦头烂额，心想，试试也没有坏处，一个大小姐疯疯癫癫的，成何体统，说："让他来。"

阳生被带到小姐房间，见她正在拼命似的撕扯一张花手帕，边撕边咯咯地笑，就喊了声"小姐！"又说："都怪我，把你害成这样。"小姐闻言，转过头望着他，浑身上下打一个激灵，人也突然清醒起来，柔声问："阳生哥，你又来了？"几个女仆见状，赶紧让男人们退出，给她穿好衣，扶着走出屋子，在客厅里见木老爷坐在椅子上，又喊了声"爹！"才走到院坝中，对着一丛月季花，定定地站着。

小姐突然好了，人都觉得奇怪，又不好说什么，只私下论理说，可能是阳生阳气重，正好压住了小姐的阴气，说不准还会有什么事情发生。阳生见人已好，上前请求说："我们该回去了，请木老爷放我俩走吧！"木老爷也正有此意，关在这里还要耗费钱财，就同意了。

见状，草生与阳生立即起程，走得飞快，眼看快走完一半路程时，突然背后又响起了马蹄声，两人回头一望，看到木老爷的家丁又追了上来，大惊，立即向前飞跑。但人哪里有四条腿的马快，瞬间就被捉住提到了马背上。家丁说："跑啥子，小姐的病又犯了，老爷喊你们回去再治治。"不由分说，一路又跑回了绵州。

到达木老爷家，阳生立即走到小姐床前，喊了声："小姐，又怎么了？"那女子闻声，转过脸一看是他，病又好了。但是他一离开，病又会犯，弄得阳生和草生总是回不去。木老爷想，这也不是办法，就悄悄派人拿了阳生和小姐的八字去请老端公占卜，不久，前去的家丁便回复说，端公说他们都是从羊角梁子经过时，被爱神俄巴巴瑟拴了红线并拿到一对羊角的男女，阳生阳气重，小姐阴气盛，两人正好对冲，是上天注定的一段姻缘。

这使木老爷很吃惊，觉得不管怎样都不能让小姐嫁个木匠，但又毫无办法，只好找来几个族人中的亲戚商议，最后决定不声张，悄悄在家里举行个简单仪式，让他们圆房算了。随即把事情说给阳生，他一听，也觉得不行，感到一个大户人家的小姐，哪里是自己一个粗俗的人相配的，但事情又确实是这样，就像麻雀不小心跌落，却掉进了米筐里，或许自己还真有这个福气。想完，他便尽量斯文地回答说："只要小姐的病能好，怎样都行。"又去问小姐，也得到了同意，大家一起张罗一番，约请一些亲戚喝完喜酒，事还未传出院门，他们已成了亲。

过后，小姐的病还真的彻底好了，阳生没想到整人冤枉，却给自己整出了好事，便一心做起上门女婿，但木老爷始终感到没有面子，见他们很相爱，便到州府，找到熟悉的驻军司令，为阳生捐了个营长。木匠一下子变成了带兵的人，很威风，出门有警卫跟随，加上他又会些奇门怪术，很快深得也是满脑子迷信的司令喜欢，渐渐成了红人。见一切已经妥当，阳生才打发草生回去报平安。

草生回到阴生开的客店里，说了阳生的事，但阴生没有表现出什么惊异，好似他事先知道似的，只让草生回房休息，自己又埋头算账去了。但事情还是引起了牛肋巴的兴趣，他才回到房间躺下，牛肋巴就跟了进去，让他将过程完整地说一遍。草生见她是老板的女儿，心里本来又有些喜欢她，就将过程说了一次。"运气来了坏事都会变成好事！"他说完，又总结一句，便顺势横躺在床上，双手抱着后脑壳，望着天花板不说话了。牛肋巴见他已不想再理她，转过身就走，在楼板上踏出了细碎的脚步声。

接下来，草生依旧吃自己的老本，想现实的事情，日子一久，又认识了许多人，闲来无事就在大街上转悠，回去时给阴生买瓶酒，坐下来一起喝，听他讲山神谷的事，阴生总是说："那可是好地方，守住飞水岩谁都无法进去。"又说自己多年都未回去了，也不可能再回去。叹一口气喝一杯酒，往往很快就醉了，醉时就用老眼光看草生，像寄托着什么愿望的样子。他们喝酒时，牛肋巴会一直在旁边，坐着一张小板凳，双手托着腮，很认真地听着，等阴生喝醉后，便边劝边扶回后院，安顿好后，又拉草生逛街。

他们喜欢选择清静的地方走,很多时候都到与客栈隔着一段路的河边,沿河慢步。河边竹林森森,草青花丽,一天黄昏,他们自然而然地牵上手,走到一丛竹林中,拥抱了很久。草生又将她抱起,走过一段路后放在花草上,感觉她像风一样轻,但该有的地方都有,构件完整无缺,麻秆一样的手,温热得灼人。他有些不能自已,立即拉她起来回到客栈的房间,却说:“你回去,我要睡了!”说完就匆匆关上了门。

几个月下来,草生和牛肋巴几乎天天一起外出散步,阴生并不干预。第二年谷雨那天,他们又和往常一样出门逛街,走不远,雨却开始纷纷扬扬地飘洒起来,便转身往回跑,一起回到了草生的客房。他们坐在床沿上,听草生讲狩猎的事情,听到吓人的地方时,牛肋巴就紧紧贴在他的身上,用手抱着他,显得很害怕的样子。才讲一会儿,突然都不说话了,因为她用嘴封住了他的嘴,草生干脆顺势用逛窑子的经验,把她变成了女人。牛肋巴只是觉得有什么地方不对,见他一脸迷惑,就问:“是不是觉得哪里有问题?”又说:“我是白虎星下凡。”草生大惊,觉得自己有一天会被她克死,说:“你回去得了,怕有人发现……”

其实,他们的事很快传到了阴生的耳中,事发时一个跑堂的正在楼道上,隔着板壁,偷听得一清二楚,立即跑去向阴生讨好卖乖,没想到反被阴生训诫了一番,让他不要做“包打听”,又告诫说:“事情传出去你就卷被盖走人。”吓得那跑堂的缩手缩脚退了出去。过后,阴生见事已至此,想干脆成全他们算了,那小子也算利落,就是心术有点不正,第二天便让跑堂的去喊他说:“东家叫你。”

草生走进后院的堂屋,见阴生坐在椅子上,一脸严肃,便不敢主动开口,只好坐在他前面的小板凳上等待。过去半晌,阴生才问:“你真喜欢她?”草生立即说:“喜欢。”阴生说:“那好,我成全你们,好歹也是一场姻缘。”说完又带他到一间外人不能进的房屋,推开门,里面烟雾弥漫。草生适应了一会儿光线,才看见一张八仙桌子后坐着一位老女人,正掐动念珠诵经求佛,正前方供着佛像。他只听说过牛肋巴的母亲吃斋念佛,但从未见过,原来是这个样子。阴生说:“这是草生,山神谷的人,和闺女有缘,想明天就嫁给他。”老女人念声佛号说:“阿弥陀佛,世间的冤孽自应随它,这样也好。”说完便只管把木鱼敲得“哐哐”地响。

阴生拉上草生退出，在门外摇了摇头，说："上六十岁才变成这个样子，信佛信得把家都忘了。"又叫人去喊来牛肋巴，对她说完事由，让跑堂的不再接待客人，去安排几桌席，算是举行婚礼。大家也很高兴，说随缘最好，喝到夜深才一一散去。

说是嫁女，实际上还是住在后院，只是草生从客房搬到了牛肋巴的闺房，该交的房钱也不需要交了。一家人如常地生活，不久，牛肋巴的脸上就多了许多红润，草生则充当了客栈管事的角色，忙里忙外，日子反而充实了不少。

但好景不长，两年后的一天，草生正在忙碌，牛肋巴也在旁边帮忙算账，外面突然响起了枪声，街上的人群开始拼命地跑，随后是一队军人，拿起枪乱放着涌了过去。

阴生和草生站在店门口，惊异地看着，后来听说是另一支军队又打进城了，赶走了原来那支。阴生想，类似的事经常发生，打来打去，人换得跟走马灯似的，许多人今天唱罢我登场，朝为王夕为鬼，对他们来说，则又意味着银子要吃大亏了。正想着，不远处的一栋木楼突然响起了爆竹似的枪声，草生他们回头一看，一群军人正将楼房围着，尽管地上已躺着几个人，活着的士兵仍在围攻楼房，里面仍有枪声回击。战一直打到下午，仍攻不下来，士兵就放了一把火，恰好一股大风吹来，火势冲天而起，瞬间已将木楼吞噬，又顺势燃烧过来，惹燃了阴生的客栈。

草生一见，立即跑回房间想抢一些东西，但只抢出了未卖完的麝香和未用完的银圆，牛肋巴和阴生则去禅房里救老女人，但她端坐如常，不肯出门，劝说半天也不管用。退出来时，却见火已过去，客栈成了一片灰烬，因为后院有挡在前面的防火墙阻隔，火并未燃烧过去。阴生感觉很庆幸，说了句"老天有眼！"又问："有没有伙计出事？"听到说没有后，便拿出些银钱打发了他们。

缺少生计，又兵荒马乱，大家都只能吃老本，觉得坐吃山空也不是办法。等到了夏天，阴生就让草生带上牛肋巴，说："回山神谷去吧，这里太乱，那里清静，好好过日子。"又嘱咐了许多做人做事的道理。他们出门时，去拜别老女人，她却没有说话，只挥挥手，嘀咕了一句"作孽！"又入定了。

九

听完有关草生的故事，木心走出磨坊，见太阳光已滑到寨房边，说声“我走了”后，背上青稞面回到了家中。

还没把面放在面柜子上，他娘便说：“整一大早晨，吃饭了。”边说边把灶头上的锅盖揭开。他走过去，看见大铁锅里蒸气弥漫，锅里放了一个篾巴巴，周围放着一圈玉米馍，中间蒸着一碗腊肉。她把食物从锅里取出来，放在筲箕里，让他端到桌子上，喊他爹坐在一起吃了。

“我要去放牛。”吃完饭，木心边说边起身把弯刀插在刀盒子里，拴在腰上，挟一件羊皮褂子走出门，沿着寨子后面弯弯的小路，向火地走去。

到了火地，牛已转移到东边的一片桦木林里，木心就沿一条斜伸向上的蒿草路走去，见一切正常，又转身向另一条斜向上的蒿草路走到梁子上，找到一处树荫下的草坪，半躺半卧，悠闲自在得像山中的散仙。他没有什么计划，人闲心也闲，就想起了柳馨和半遮半掩的那片白。正在出神，梁子西边的树林里却传来了树枝折断的声音，立即坐起来，看到一丛山杨柳的枝叶正在摆动，但不见人，心中一喜，想会不会是柳馨呢！喊过一声，树不动了，却也无人回答。

木心感到奇怪，心想，会不会是熊呢？带着疑问悄悄梭过去一看，是寨子中一个三十多岁的女人，叫麻伊子，人长得也算标准，丰盈的身材顶着的一张国字脸略显苍白，一双勾魂眼看人时有些阴冷。她住在寨子下方几块石包中间的坪坪上，离磨坊不远，是独生女，从大山后的寨子招了个男人，生个女儿后，就再未生育。她家是毒药猫世家，注定要代代单传，都不愿意和她接近，让她显得很孤僻。据说，她定期要和其他毒药猫会餐，会害人，在轮流做庄中把钱花掉不少，家里很贫穷。

木心见是她，吓得蹲下来，只透过树枝的缝隙悄悄地看。她正在采集葩葩藤叶子，可以喂猪，也可以当野菜吃，放在地上的背篼已装了一半。听见有人喊，她停一会儿，见没有动静，又开始采摘，将绕在树上的藤条拉下来后，把叶子摘下丢入背篼。采摘时，麻伊子将阴丹布长衫的后摆捞起来塞在裤腰带上,弯腰时裤子后面就露出几个汤圆般大小的洞,雪白的肉透射出来,像通过筛子眼的光,晃得木心赶紧转过身,悄悄梭回原来的地方躺了下来。

太阳从东边向上爬到天中间后,又开始向西边滑去,地上的树荫也随着它行走的速度由西向东移动着,木心也随着移动了几次位置。眼看已到下午,他准备下山时顺手拖回一根干柴,就沿火地上的蒿草路走去,没想到在下山的小路交汇处又碰见了麻伊子。

她正背一背篼葩葩藤叶子走下来,和他刚好撞个正着,两人都吓了一跳,木心赶紧叫一声“麻婶”,想从旁边溜走。麻伊子却喊住他说:“怕啥子,我又不吃人!”又从用衣服前摆塞在腰带上形成的兜里,抓出一把葩溜红野果,说:“给你吃。”弄得他不知所以,只想赶快离开,伸手接过就跑,但到家还是感到肚子气鼓气胀的,难受得不行,想到毒药猫放毒时,可以用眼睛,也可以用指甲缝,她看了自己又给了自己东西,想是已被放毒,见吞过花椒仍不管用,只好去找老释比化水。

老释比正在碉楼前的石板上坐着,像沉浸在往事的回忆中,眯缝着眼,听见脚步声就问了句:“木心,你娃来做啥子?”好似早知道他会来似的。听到问,木心立即回答说:“高头爷爷,请你化碗水,我肚子胀!”老释比“哦”了一声,起身走回家里,他则紧跟在后面。到了火塘边,老释比让他站在天井下,利用落下的光亮,看他的眼和手,说:“确实中毒了,你今天和她在一起?”木心就把经过说了一遍,感到迷惑不解,又没有得罪她,为啥子要害自己呢!老释比又说了句“她或许是无意的”,便洗净手开始为他化水。

他用一只木瓢向碗里倒了半碗水,端在左手里,又用右手从神龛上抽出一枝香,一边念诵经文一边对着水比画,念的经文是解秽驱邪经《咄》。经文说:

病了的人别呻唤
释比为你来驱邪
神灵也来驱邪鬼
三块白石高山顶
一块白石敬神坛
一块黑石驱邪鬼

驱邪解秽用白石
一匹山梁取一块
桦木丫枝来驱邪
还用杉木树枝丫
杨柳丫枝来驱邪
要用羊角花枝丫
羊角丫枝能驱邪

诵毕，又烧一些纸钱和柏香，将少许纸灰放在水里。说："没病没痛，平安渡过，把它喝了。"木心恭敬地接过碗，一口喝了下去。

过一会儿，木心听到肚子里咕嘟嘟地响了一阵，一下子神清气爽起来，好像事情根本没有发生过，站起来说："谢谢高头爷爷！"转过身就轻快地向石阶跑了下去。

到达家里，见娘正在煮饭，对她说："我去化了一碗水。"她一听，并不觉得奇怪，只说了句"又撞邪了，吃饭"。饭是早上剩下的馍馍，一家人坐下来，一人喝一碗酸菜汤，很快就吃完了。收拾完碗筷，木心走出大门，坐在坝子边的一块石头上，看山野间的暮色，想有关毒药猫的事情，总想弄个明白，看天还未黑透，便说："我出去一下。"走向了老瓜头的家。

到达时老瓜头正准备关门，见木心来了，便问："有事？"木心答："没事，找你吹吹牛。""那进来吧。"他说完，把木心让进屋里，关好门，点燃插在墙缝的松光，屋里就朦胧地亮了起来，被遮挡住的地方，阴影却一闪一闪地晃动着，把一种神秘的氛围渗透在了整个屋子。坐下后，木心讲了被毒药猫放毒的经过，说："太奇怪了，那么好看的女人怎么就会变成怪物呢？还会整人！"老瓜头边听边喝了一口放在板凳上的酒，说："那算什么，更厉害的还多呢！"又说："给你讲讲，明天给我背两捆干柴。"木心求之不得，连忙说："一言为定。"

老瓜头又喝下几口酒，故作一番高深状，才讲述说，毒药猫是活人灵魂的化身，多为女人所变，世代相袭，一般只传给女子。她们主要在春天发作，夜晚人在床上躺着，魂则会走出房子，变成鸡、猪、猫、狗、驴和麻线、油饼等物，说："我就遇到过一次。"

老瓜头的经历发生在三十年前，日子是四月的一天，老瓜头从茂州城卖药材回来，走过飞水岩时，天已黑透，人也走得疲惫不堪，就在路边的一块石头上坐着，裹一杆烟吸了一会儿，又趴在溪边喝下几口水。心想，该回去了，天太晚遇到什么便会有麻烦。站起来继续走，刚转过一个弯，就看见旁边的草坪上有一对绿眼睛，像浮在空中一样，左右划动着，吓得一跳，正想后退，绿眼睛下又传来了驴的叫声。他打燃火镰，见是一头驴子站在那里，却不吃草，只是看着他，一幅很听话的样子。他想，反正有点走不动了，不如骑着回去。又想，怎么已快半夜还有驴子呢！不对，便悄悄改下裤腰带藏在身后，一靠近就套了上去。

裤腰带正好套住驴子的脖子，让它挣扎不脱，他骑上去喊一声走，驴子就走向了进寨子的路，竟然不需要调整方向便直接走到了老瓜头的家门。他跳下来，把它拴在门前的杨柳树上，到天快亮时，老瓜头突然听见有人在喊："瓜头叔，快放我回去，鸡要叫了。"老瓜头一听，像是驴子在喊，说："哪个在喊，我要睡觉。"驴子说："是我，你放我走会得到回报的。"

他一听，已估计到它是谁，觉得那人平时并不讨厌，只是前辈人传给了她，也是身不由已，又想到毒药猫其实并非十恶不赦，据说如果一个地方没有它们，水都会有毒。就起身问她："为什么今天要变成驴子？"它说："今天是毒药猫在磨坊聚会的日子，该她筹备食物，没能抓到其他牲畜，只好变成驴，想等有人骑它时摔死他，让大家吃一次难得的人肉宴。但遇到你，熟人熟识的，哪下得去手，你又用裤腰带把我拴着，今天的聚会没有办成，我可惨了……"说完，驴子开始呜呜地哭。最后，老瓜头在得到要给他一扇猪膘和一斗青稞的承诺后，松开裤腰带，一松手，那驴就飞一样消失了。

"那你真得到了肉和粮食？"木心问。老瓜头说："得到个屁！她家穷，拿不出来，就用障眼法骗我。"他说，三天后，自己如约在夜半时，在天井下放好一个箩筐，那毒药猫也确实来了，只听房背上沙沙沙地响过一阵，天井上闪过一个黑影，就丢下来两坨东西，一看确实是一扇猪膘和一袋青稞，就说："你兑现承诺了。"上边接话说："从此我们该相安无事了。"说话间，响动已消失在夜色深处。

第二天天明后，老瓜头准备把货物收起，一看，哪里是肉和青稞，是半只蛤蟆和一堆羊屎，想要发作，又想到人和毒药猫之间有一种规则，当场认可就不能反悔，出门时又看到麻伊子满脸都是伤口，说是上山采药时掉落到一从黑刺林中划伤的，很可怜，只有老瓜头知道个中原因，也不说破，就让她蒙混了过去。

“一定要注意，走夜路要准备一根裤腰带。”老瓜头讲完后对木心说，“你还不走，太晚了不害怕？”木心其实已很怕了，不敢出门，老瓜头就给递他一根火柴头，送他走了一段路。分手后木心走在石台阶上，来回使劲摆动着火柴头，又解下裤腰带拿在手里，还是觉得后面有什么东西在追，回头一望，无数黑影都在晃动，紧张得三步并着两步，跑进了家门。

躺在床上，木心总不能入睡，无法把麻伊子和毒药猫联系在一起，他无法想象一个好看的女人会变成一只猫或者其他什么东西。夜很黑，床边的石墙里如放电影一样闪现出许多景象，他赶紧闭上眼，把思绪集中在柳馨胸前的那片雪白，才怀抱着美好入睡。

鸡叫时，外面突然响起了急促的脚步声，隐约听见是柳馨的爹病了，赶紧爬起来随众人跑去看。到那里时已有许多人，柳馨惊慌地站在院坝中，一抽一搭地哭，看见木心后想抱住他求安慰，又不好意思，便用眼神传递信息。柳爹则在屋里，正胡言乱语，手舞脚蹈地像在跳抽筋舞，一些人围在他身边，听他说自己是什么神仙下凡、哪天山神谷就会天崩地裂之类的话，喷过几口凉水也不起作用，正在焦急，有人说：“老释比来了。”

人们迅速闪开一条路，让老释比走到他身边，向柳馨娘问了缘由，即坐在板凳上，先给柳馨爹喷了一口水让他安静下来。然后，老释比坐在板凳上，用手抹了一把柏枝叶，一口吞进嘴里，不久即进入到迷茫的状态，唱着经文，说自己已是神的化身，现在来到凡间给人治病。他如入定一般，云里雾里地传播着神秘的气息，右手掐着手指计算，左手搭在膝盖上一上一下地抖，众人见状，立即跪在地上，问：“是什么原因让他成了这个样子？”老释比仍边唱边抖，让不相关的神鬼走开，又询问祖师爷原因，最后唱一句：“五昌菩萨在作怪啊！”一惊醒了。

醒来后，释比说：“他撞上了五昌菩萨，这很奇怪，山神谷的猎人都拜山神，谁在供五昌呢！”说完起身进行通明，说过许多好话，又用一根香在柳馨爹的身上绕了几圈，然后送到门外，喊一声：“去吧，谢谢祖师，谢谢各路神仙！”转回身关好门，又朝柳爹喷一口水，说声：“醒来！”柳馨爹即打个冷战后，一下清醒过来，问：“咋个了？”众人答了句“没咋个”后，纷纷走出门去。

外面，天已开始发白。

木心回去洗一把脸后，又走到坝子边看溪谷的风光，一层薄薄的白雾弥漫在溪水两边，青翠的树如披着一层轻纱般美妙，鸟在鸣唱，空气充满了湿润的味道，让他突然涌起了想表达什么的愿望，转身走下石阶，本想到溪边逛逛，却在一道石墙后遇见了柳馨。

她背着背篼，说是去采猪草，昨天的事很奇怪，也不知怎么就会那样。木心见她一脸疲倦，有些心疼，说："我帮你。"取过背篼背在自己身上，见周围无人，又拉上她冰凉的手，走向了溪边的一片玉米地。

玉米地是一片缓坡田，有几亩，玉米包已长出来，挂着红须，人一进去就如沉入到了一波碧绿的水里。他们深入地中，采摘长在玉米苗间的野藿香、黄狗藤，采够一把后就反手丢在背篼里，柳馨丢时木心则将背篼口斜向她。他们反复进行，偶尔站立起来，将头伸长看时，头就像长在青翠的玉米叶上。他俩边说边从溪边向山上采去，到地边时，背篼已满了。木心把猪草放下，用手压紧，又绕着地边采了一阵，才在一块石头上坐下来，喊柳馨也坐在旁边，一起看阳光从山上覆盖下来。木心问："吃过早饭做什么？"她说："不知道，可能要上山弄一背柴。""那就去火地，"木心立刻说，"我也要去看牛，好帮你。"看她点了点头，心里一阵高兴，立即背上猪草，沿一条蒿草萋萋的路一起走向了寨子。

到达寨边，木心将背篼放下，抱起来放在柳馨背上，从另一条路独自走向家中，刚好走上台阶准备跨入坝子时，抬头看见草生正从山上回来，肩上搭着一只岩羊，大汗淋淋地走向家门。木心见到他，脸上浮出半丝笑容，但并不说话，只管径直走进了大门里。

回到家，木心娘正在揉面，看到他回来，脚上沾满泥土，裤脚被露水打湿，问一句"清早八晨的，又去了哪里"后，也不等他回答，又继续忙碌自己的事了。木心走到灶门前，往里面加柴烧火，心里设计着与柳馨一起到火地的情节。不久，木心娘已将面揉好，一大团，然后放在面板上，把擀面杖压在面团上，双手压着，来来回回地碾，随即面板上就响起了"哐、哐、哐"的声音。木心也被声音吸引，抬头望着她，只见面团不断变大变薄，最后成为一张圆圆的面纸。她又将那张"纸"折叠成一个长方体，用菜刀细细地切，抖开后放在筛子里，一会儿，就装满了一筛子青稞面条。

木心把面条放在沸水里，煮熟后捞到碗中，拌上酸菜、盐巴吃完，背上弯刀，带一件羊皮褂子，说一句“我去看牛”，即走出家门，哼着山歌走在了通往火地的路上。

十

猎人草生从成都府带着婆娘回山神谷时，惊奇地发现自己的家门好好地关着，他用藏在石缝中的木钥匙打开木锁，推开门，一股发霉的味道随即散发出来，屋里的东西完好无损。好久不见的小黑激动地猛扑过来，立起后腿，将前脚搭在他的肩膀上，又亲又吻，尾巴摇得像风中的狗尾草。草生安慰了它一会儿，转身对牛肋巴说："这是小黑，一条优秀的猎犬。"又说："小黑，这是我婆娘，认清楚，不准咬她。"那狗听到后，点了点头，走向院坝边自己的窝里，趴在草上伸出舌头，闭目养自己的神。

"多亏这狗，"草生说，"走这么长时间还把门看得好好的！"

草生说的狗即是他的猎犬小黑，是他老爹的猎狗大黄与一只野狼所生的儿子，大黄追随他爹去了之后，小黑留下来，两岁时经过一年训练就成了远近闻名的猎犬，还能通人性。草生走后，它夜晚守在门口，白天外出觅食，觅食对它来说是小事，只要进山便能有收获，它把抓住的猎物藏在其他食肉动物找不到的地方，捕一次猎就能吃上十天半月，返回时到溪边喝些水，其余时间则在院坝里巡视，一只鸡都不准走进。

回到山神谷后，草生已吃完他爹留下的老本，主要靠自己打猎为生。过了几天，就带上小黑朝山里走去。他跨过溪沟，从南山上一条路向深处走去，心想，到那里或许会有大收获，因为基本没有人去过，脚步也随之加快。在半路上，他打下一只贝母鸡，把它挂在一棵青冈树上，又朝前走，下午就到了狩猎的地方。

那里是一处位于大山腰部的大片坡地，上靠万仞高峰，下临溪涧绝壁，森林遮天蔽日，因形状像筲箕，人们叫它"筲箕塘"。塘上植被丰富，林中铺着厚厚的苔藓，间杂无数翠竹、藤条，不时还会遇到奇花异草，历来都是飞禽走兽的天堂。但山神谷的猎人基本不去那里狩猎，说是山神居住在塘中，在进入筲箕塘的入口，有一棵千年老松，根部空出一个人字形的大洞，里面放有一块代表山神的白石，人们走过时都要祭拜，保证不乱狩滥杀。

草生经过时，也拜了拜，又点燃三支香后，才走进林木深处，在一块岩洞里放好东西，带着绳索走向坡地和峰壁相接的地方后，沿着崖脚行走，在通向森林的悬崖间凡有野兽走过的路线上，安装了百十根套子。然后转回岩洞，刚生起火，将一只小鼎锅吊在柴火上方准备煮饭，狗却叫喊起来。他抓起枪跑去一看，原来是小黑将一只土猪子赶进了一处死角，正在对峙，立即举枪瞄准，一枪把它打死，用刀割下能放出臭味的腺球，提回洞里，见水已烧开，烫掉毛，切下一腿放进锅里，剩下的挂在树枝上让风吹干。

一晃就是七天时间，草生每天都出去检查套子，但每天都空手而归，被狗撵出来的也只是些小动物，他却一心想收获两只麝香，好换点钱。牛肋巴站立时像一只圆规，躺下后如一把骨头，要求还很高，到了寨子仍想过成都府的日子，涂脂抹粉的。草生感到压力空前地大，自己又染上了鸦片烟瘾，两个人喝酒吃饭的现实，让一人吃饱全家不饿的日子已经过去。他非常焦急，在第六天夜里做了个梦。

梦里，他走在山林中，查看完套子后准备再寻找一处麝香贡子，就走到一个仙境般美丽的地方，看见一根树干已被磨得光滑透亮，上面沾满了白黑相间的毛，觉得一定是个大家伙，立即决定安装套子，但才将绳索系在一根木杆上，就突然从树后钻出了一个老头。他须发皆白，拄一根上弯下直的拐杖，看了看草生系的绳索，说："没有用的，山神知道你要来，让动物们都躲到后山去了，还是回去吧，少杀点生。"说完，转身就不见了。草生一惊，想赶过去问个明白，脚下被树枝一绊，已惊醒过来。

辗转反侧到天亮，草生又提起枪，放出狗，把套子查看完一遍，依然毫无收获，只在返回时打到一只野猫。接下来的几天，情况又都是一样，眼看半个月已经过去，就隔着山峰想牛肋巴，觉得她虽瘦削，却还算得上是风情万种的女人，突然就想回去。立即起来，走出去将套子收好，背上已挂上半干的土猪子肉和野猫皮，带上家当，喊小黑跟在身后，就向筲箕塘外走去。经过挂野鸡的青冈树时，哪里还有野鸡，早被野猫吃得只剩下一只腿了。

回到家，牛肋巴正在火塘边烧水，见他终于回来，感到很惊喜，立即泡好茶，又递过烟让他咂了几口，说去换洗一下，都有臭味了，把烧开的半壶水倒入一只大木盆，又兑好一桶清水，帮助除去衣服，才将他按入盆中。草生很是享受，闭了目养神，等牛肋巴把他洗干净后，才站起来换好衣服。

吃过晚饭，他们又在院坝里坐了半晌，进屋关上门，一阵折腾后倒在床上，听草生说完狩猎的过程，牛肋巴就说："这样不行，钱已用完，前天来了挑子客，想买几尺布都没钱了。"草生一听，突然感到有些烦，说："睡吧，我明天到沟里头看看！"扭头便吹熄了松光。

第二天，草生在天麻麻亮时就走出大门，沿溪边的小径向沟内走去，他想到西边的深山里看看，清晨的山路被蒿草笼罩着，路只是一条不规则的线，他走在其中，裤脚很快就被露水打湿了。进入深沟，地面因森林的遮蔽而昏暗起来，远处黑森森的，像藏着什么未知的东西，狗在林中把鼻子触在腐叶间，边嗅边跑，来来回回地巡视，偶尔发出几声吼叫，又低着头匆匆忙忙地嗅。草生查看过早些时候安装的套子，见都完好无损，连毛也没有拴住一根，心里有些丧气，也找不出原因，以前并不是这样，只要出门就总会有猎获。

他透过林间的缝隙望了一下天，见日已西下，正准备回转，狗突然叫起来，但并不移动，像有什么动物被困住了。草生立即端起枪，弓身穿梭过去，走到一个岩台上时，看到狗坐在那里，对着一根已弹起的套子，一声低一声高地叫着。他从一条寸许宽的崖路走过去，一纵跳到狗的身边，一看是一只麝被套死在了那里。

但套子不是草生安装的，山神谷的业余猎人很多，他们把狩猎作为一种情趣爱好，安放些套子，偶尔也带上狗，邀约几个人进山玩几天，很多时候都会有收获。在山神谷，猎人间是有规矩的，不能偷取他人的猎物是最基本的准则。草生一见，最初只想把消息带回去，看是谁安装的套子，好让他来取，但看到是一只麝香，有好几两重，又动了心，思想斗争很久后，还是没能经受住诱惑。他将麝香割下来，把麝尸拖到溪边丢进水里，然后又将套子安装成原来的样子，才忐忑不安地回去，在路上还打下了一只串草鸡。

在寨子外的森林中，草生有意挨到天黑，才绕路潜回家里。到家时，牛肋巴正在等他，一见面就问情况怎样，他把麝香拿出来，交给她说："千万不要说我今天上过山。"接着把偷麝香的事讲了一遍，但牛肋巴听后没有觉得不对，说："反正又没人看见。"吃过饭两人就兴奋地睡了。几天后，外面又来了挑子客，牛肋巴用麝香换到许多好东西，还得到商人反补给她的几十个银圆。

但草生偷取别人麝香的事还是被寨子里的人知道了，安套子的人比他晚一天进沟，到了那里，见套子有些异常，仔细检查又发现它已被人重新安装过,周围一篇狼藉,像套住过什么。正奇怪,崖壁下的溪边一只野猫突然窜跳上来,嘴上粘着血,就梭下去,看见草生丢弃的麝尸并未被水冲走,挂在一根树干上,已被野猫吃掉一条腿。拖上来才看到麝香已让人取走,心想,会是谁干的呢? 山神谷可从来没有人坏过规矩,便背着麝,回到寨子把事情说了。

事情传开后,大家都在想:“谁去过山里呢?”经过对信息进行汇总,就得出了草生去过的结论。原来,他虽然没让人看见,狗从山野跑回寨子时却被看到了。又觉得他见到其他猎人时老是感到慌张,说话也支支吾吾,一些女人还看见牛肋巴用麝香换到不少东西,就认定是他了。但都不说,也没有人去理论,想反正山里的东西,见者有份,只是他不该独吞而已,后果是使本来就和寨子里的人有点疏远的关系,无形中又更加疏远了。

草生仍旧不能像过去一样猎获很多猎物,他每天出门,走遍山神谷周围的山峰河谷,也只能偶尔收获一些兔子或者野鸡,眼见日子正紧巴巴地快维持不下去时,他在磨坊边遇见了一个从山外来的端公。两人随即坐在溪边闲谈,草生说:“我从成都府回来后,很难打到猎物了,不知什么原因!”端公说:“我给你算算。”说完就掐着手指,闭上眼睛,右手的大拇指在其他几根手指头上来回点了几遍,才睁开眼说:“你的杀气太重,学会黑山术后虽然没有使用过,但已引起了山神的警觉,你去的地方野兽早被山神带走了。”“那怎么办呢?”草生想,黑山术是不能轻易使用的,不用又猎获不到满意的猎物,用又可能会断子绝孙,问:“有什么办法可以解决?”那端公说:“供五昌。”说毕,又传授给他几句咒语,说了放五昌菩萨的方法,才起身走向返回的路。

草生立即回到石头房子里,拿出做木工的工具,在火塘边的长条板凳上忙碌起来,弄得牛肋巴一脸迷惑,以为他要改行去做木工了。问:“你要做啥子?”他头也不抬,边把一根木条锯断,做成两根筷子般长短的方木条,边回答一句:“少管。”随后,草生在其中的一根木条中间凿出一个眼,又将另一根木条的一端插入眼中,形成一个倒立的“丁”字架,放在石墙洞里,拍了拍手说:“供五昌!”算是补充回答了婆娘的提问。

随后,他在象征五昌菩萨的木架前焚香敬奉,念端公教的咒语,本来被禁锢的五昌就放了出来。但草生知道,狩猎供五昌有很大风险,只能坚持不断打猎，一有空隙，那菩萨就会整出乱子，在路上使绊子让行人摔伤，或者把喂养的牲畜推到悬崖下，还会附在人身上让被附身者疯癫发狂。

放好五昌后，草生用一个月时间，在山神谷安放了许多套子，隔几天就进山放狗打一次枪，果然能收获很多猎物。他把皮子剥下来，肉挂在火炕上，和前来做生意的挑子客、背夫交换货物或用麝香卖钱。因每天都要祭拜，上些香火，弄得五昌十分愉快，也就更加卖力。眼看草生对野兽的捕杀越来越凶，老释比感到有些迷惑，经过作法掐算，才知他放了五昌，就把消息传给山神，让他管好自己的地盘，制止五昌乱整。

山神得到信息，也觉得应当出手破解，心想，长此以往，弄完谷中的飞禽走兽，自己还当什么山神呢！到时候天神怪罪下来，也无法交代。他立即行动，把野物藏了起来。草生又开始变得每次都只能空手而归了，他回到屋里，立即为五昌献香火，说："你怎么失灵了？再不努力，就请端公将你收归禁锢。"

五昌一听，想麻烦大了，自己的法力又打不过山神，干脆和他捉迷藏吧！他立即上山行动，山神在北边那座山时，就跑到南边那座山，把藏起来的野物赶到草生安放套子的地方，或者帮助狗赶到草生的枪口下。这样，草生又能猎取到不少猎物了，让关注事态发展的老释比感到很棘手。他想，山神管那么大的地方，也实在忙不过来，便在草生背着一只麝走在山路上时，移动一块石头到他脚下，把他绊得摔出好几米远，弄折了脚。

草生坐在地上，痛苦了很久，扶着石包站起来想回去，但一走便钻心地疼，眼看天已快黑，只好叫狗回去报信，喊来两个人，一人帮忙背麝，一人搀扶着他才回到家中。

接下来几个月，草生都没法行动，狩猎的事只好暂时停止下来，五昌也随之变得无所事事，闲得无聊时又开始搞恶。他先是找柳馨的爹戏耍了一番，被老释比治好后，他又跑到牛场上，把一头犏牛推下了悬崖。寨子里的犏牛很是金贵，摔死后都很悲伤，见事已至此，它还未犁过地，就由最先发现牛摔死的采药人带路，上山将牛剥皮后分成几块，背回寨子把肉分给了大家。当晚，肉香便飘满了山神谷的上空，人们面对着难得吃一次的牛肉，心里虽有些不忍，想到虽然按风俗是不该吃耕牛的，但因为它未成为真正的耕牛，又是意外摔死，分给大家改善一下生活也不是坏事，许多人都和木心家一样，在开始吃它前，还诵了一段经，为牛祈福，为自己赎罪。

犏牛的意外摔死，让老释比和山神都对五昌更加留心，许多次恶作剧都被化解。五昌见不行，开始在家里作怪，一天，他把草生家喂养的大红公鸡赶到院坝外的草坪上，让一只鹰给抓走了。在游逛中见牛肋巴外出，跑到院坝上把小黑赶到外面，用障眼法让它围着圈子不停地跑，到快累死时才让它停下。过了几天，五昌见牛肋巴到溪边背水，先是坐在她的水桶上，压得牛肋巴几乎透不过气来，等她背最后一桶时，刚好迈进大门，五昌又使出一个绊子，让她一个扑爬摔进门槛内。牛肋巴见水冲满了一地，脸上也在出血，她随口就骂了一句："死五昌。"

草生正在板凳上坐着，见状拄着拐杖巅过去把她扶起，听见她骂五昌，赶紧回头上香，说："大神，请谅解，女人不懂事，请不要在家里作怪了！"又说："我脚好后就会上山，你也休息几天吧！"回头扶住女人，把水桶放在水缸上，煮一锅麂子肉吃。吃饭时，两口子还各自喝下了一土巴碗鹿心血泡的酒，也不收拾，天未黑就上床快活去了。

天明时草生起来，看见狗依然惊魂未定，心想，这五昌供还是不供呢？作了一早晨思想斗争。吃过早饭，拄上拐杖到溪边散心，恰好又遇见那个端公来砍柏枝，即热情地招呼他坐下。递一杆兰花烟，说："还是把五昌收了吧！"那端公看他一会儿，觉得凡事也该适可而止，但放神容易捉神难，就说："我只会放，不会捉。"吓得草生心里一阵恐慌，问："那怎么办？"端公埋头想了一会儿，说："找老释比吧！"说完，背上柏枝，一巅一巅地走了。

草生很为难，他是怕见老释比的，又挨过了几天，家里仍然被弄得鸡犬不宁，只好硬着头皮拐到老释比的碉楼里，低声下气地说完来意，见老释比仍只管自己抽烟，并不言语，样子神秘得像飘荡的烟雾。又请求一番后，老释比才说："治贪心比收五昌还难。"草生见他已说话，立即表达悔意，老释比虽然知道那些都是不管用的，但觉得收了五昌总比不收好，就说："你必须从此不再乱捕滥杀，得遵守山神谷的规矩。"见他满口应承，老释比便走到神龛前，敬过祖师，焚香念经请来天神，把五昌收了。说："回去后立即将木架送出，放到磨坊后的石洞里！"便不再理他。草生很感激，立即转身拐回家里，先上香，说了自己这样做的苦衷，才把木架用红布包起来，放到老释比说的地方，又用一张石板把洞口堵上了。

十一

转眼已到秋天，地里的庄稼开始成熟起来，木心放牛时不再那么轻松，牛也知道季节，它们闻见秋天的味道后，总想着各种方法绕过路口的栅栏，到地里享受半生不熟的玉米、大豆和边角地带的圆根、萝卜。木心很头痛，在几条必经之路上都设了障碍，但牛还是能绕过去，或者干脆由一头带头的大黄牛将栅栏挑开，一行牛便鱼贯而入，走到田间，以最快的速度饱餐一顿即离开，等他赶到时，又逃回了火地。

木心只好紧紧地守着，有人在时，牛很听话，吃草、卧下来反刍，一派悠闲自得的样子，像打坐的佛。这时，木心便将一件衣服挂在树梢上，让牛误以为有人在看守它们，他则悄悄跑到山梁后的新火地，那里种有一大片荞麦，粉红的荞麦杆上，花已被一粒粒黑籽代替，除牛在打它们的主意，难防的还有天上的飞鸟、麻雀、斑鸠都聚在一处，挂在荞穗上，挑吃那些先黑起来的籽，寨里就派了柳馨防守。

还未到梁子，木心已听见敲打铜盆的声音传来，想是鸟雀们又进荞麦地了，就加快步伐，走到梁子上，看见柳馨正在火地边一块高大的石包上，使劲地敲打着铜盆，身体抖动着，很是好看。鸟雀则刚挂在荞麦杆上，又惊飞起来，箭一样落到树林里，等响声一停，又飞赴过来，像是在和她打游击。见木心到了，立即说："来帮帮我，手都敲麻了。"

木心接过铜盆，用很大的力气敲，声音突然就大了起来，"嘭、嘭、嘭"地响得有点破。鸟们大惊，腾地一下从荞麦中飞起，又密密麻麻地分散到树林中，躲在叶子后探头探脑地想看个究竟。柳馨见状舒出口气，说："它们欺负我！"说时眼眶竟有点红。接着，她说鸟雀们很懂计谋，一些鸟悄悄地飞来藏在荞麦杆下，一些鸟则在上面起起落落，等吃饱后，又换另一些悄悄地吃，眼看荞籽已越来越少，说："到时只能收叶子了。"边说边用眼睛看着木心，楚楚动人得让人疼爱。木心将她揽在身边，说："我以后来帮你。"看到石包顶很平滑，但只一边有树，难以遮阳避雨，说声"你来敲盆"就跳了下去。

他钻到树林中，砍下几根树干拖到石包上，用前边的一棵树做支点，搭成个“人”字形架子，又砍来许多杨柳枝，将架子连接起来，割几大捆毛草覆盖在上面，再在草上捆几排藤条，一个草棚就搭建好了。草棚的门对着荞麦地，正好观察，木心又去找来一根两米长的圆木，将相对的两方削平，放在石包上，坐着比板凳还舒服。草棚让两个人都特别高兴，一下子对上山放牛驱鸟感到有些渴望了。

过去三十来天后，鸟和牛都识破了他们的计谋，不再怕敲打铜盆的声音，木心又想出许多办法，在荞麦地的四周和中间扎上许多草人，给它们穿上烂衣服，还在一些草人的嘴里插进烟斗，点上兰花烟，才重新镇住鸟雀们。但这边才安顿好，那边又有了事，牛群见木心总是站在那里，一动不动，心想，就是我们卧着时，也会摆脑壳，人怎么会不动呢？就派一头精壮的青年牛去侦察。那牛装着悠闲的样子，一边吃草一边走过去，一看，衣服下是一丛柳枝，再上前细看，哪里有人，便欢快地鸣叫一声，通知大家过去。头牛跑近一看，果然没有人，立即率领众牛向荞麦地跑去。

到达山梁，见四下无人，牛群便向下梭去，想吃几口籽实便跑，但它们忽略了颈项上的铃铛，一动便会叮当地响。它们走到荞麦地边时，木心正和柳馨在草棚里说话，他已将木头板凳移到一边，在石包上铺好干草，草上铺着羊皮褂子，俩人斜躺着，脸对脸，木心正下定决心想把她搂入怀中，铃声却传递过来，悦耳但不动听。他只好站起来，到草棚门口一看，牛正一字排在火地边，像在等待头牛的命令，好一起动嘴。见状，他立即跳下石包，飞也似的纵跃过去，喊一声：“害瘟的……”柳枝条已打在头牛的背上。它向前一跳，转身带着群牛就跑。木心赶上去，翻过梁子时，望见牛群已在悠闲地吃草。

重新回到草棚，事情已不能持续，他帮柳馨到树林边捡满一背杨柳菌，看到天已快黑，雀鸟们因视线模糊，飞到各自的地方打盹去了。木心才紧随柳馨，从老火地走下去，将牛赶进临时围成的栅栏里，关好门，帮她背着背篼，一前一后地走在了黄昏的山路上。

日子又持续了几十天，荞麦已熟透，寨里人便背着烧馍馍上山走到新火地，把荞子割倒，又背到一块平整好的小坝子上，撒开晾晒。来的人很多，每家都有，荞麦产量低，不会大面积种植，寨里就不定期由族长组织大家，选择一片山坡，砍成火地，然后集体种植一片，收成后分给大家做荞麦面馍馍或花糕之类的食物,而收荞麦更是大家聚会的时刻。

这天,柳馨和木心家的人都来了,带着干肉,一些人则带着咸菜,牛肋巴带着野味,马飞还背上来一坛咂酒。他们从清晨出发,到达后就下地忙碌,到中午时,一片荞麦只剩下了一茬粉红的细桩。人们晒好荞麦,在树荫中坐下来,三三两地说着不沾边际的话,参观过草棚子,一些人干脆坐在里面,想象木心和柳馨可能发生过的事情,有人就拿他俩说事,开出许多玩笑,弄得他和她都很不好意思,便一个说去看牛,一个说去捡菌子,溜得远远的。在大家热烈地讨论许多话题时,马飞和八月瓜也一前一后溜到了几块石包围着的那一片花草地。

吃过中午,人们又开始劳动,他们要做的是把荞籽从荞麦杆上抖落下来,大家走到坪坝子上,将荞麦收拢成一堆,人分成两排面对面站着,一边是男人,一边是女人。随即,有人取来往年放在树枝上的扬角杈,向每人发一把,快发完时才知道不见马飞和八月瓜,就有人大喊一声,马飞才从林中站起来,八月瓜稍后,她绕到另一边才出来,好似和马飞不在一个地方。大家也不介意,让他俩配成对,打场就在领头人的一声令下开展了起来。

打时,男的将一堆荞麦挑在树杈上,女的则举起空杈打下去,一上一下,配合得天衣无缝,坝子上瞬间就响起了连杈击打的声音,回荡在空寂的山野。飞扬的树杈此起彼伏,粉红的荞麦在空中飞舞,柳馨和木心也回到现场,帮忙把飞到场外的荞麦捡起来抛进树杈组合的网。

一轮打完后,大家坐下来休息,都很愉快,一些人则去喝咂酒,等到另一些人把荞麦杆抖开,扫出荞籽,又将荞麦秸堆放在坝子中时,新一轮敲打开始了。大家兴致很高,打着打着就唱起了山歌,悠扬的声音伴随击打的节奏,传向远方又被山峰撞回,打动着男男女女的心,唱着唱着,歌就带上了“浑”的味道。只听一个男人拉长声音唱道:

贤妹长得白又胖
好似林中野鸡蛋
想抱起来有点滑
想放地上打转转

接着响起女人的骂声,几个女子齐声唱着回应说:

哥是山上青蒿蒿

光有身条不长腰

那个女子遇见你

抱你不如摸火梢

一阵笑声响过，歌又来了，这次是女人们先唱的，歌词说：

郎在那方坐岩台

我在这山想郎来

跑到泉边洗个澡

看你敢来不敢来

男人说了声“敢来”后，即对唱说：

十五月亮照窗台

妹在屋中绣花鞋

踮起脚尖朝里看

一对小鸟挂胸怀

一阵笑骂声过后，唱的就变成了抒情的山歌，最后在一首《打连枷》的劳动歌中，敲打完了最后一轮荞麦杆。

柳馨和木心见敲打结束，立即上前，帮助大家把已打成面团一样柔软的荞麦杆，堆放在坝子旁边的树架上，把荞籽收集在一起，又装进皮口袋中，心里充满被歌谣挑动的向往，看到人们已各背一袋荞籽下山而去，才和柳馨落过去关好牛，亲亲热热地尾随在人群后面。

几天后，人们将干荞籽背到磨坊里，磨成了淡绿色的面，按重量计算好标准，又按人头分给大家，寨子里也就随之飘起了一片花糕与荞麦馍的清香。柳馨家做的是荞面发糕，她娘是能干的女人，把荞面和清水放在盆里，和成糊状，然后发酵一天，倒在锅里的一张竹篾巴上展开，烧火蒸一个时辰，就好了。取出来放在面板上，用刀划成若干个方块，拿在手上，就如捧着一块方正的碧玉，清香散发出来，全寨人都喜欢吃。

同时，木心家也在用荞麦面做饭，但做的是花糕，他仍旧坐在灶门口烧火，想一些心事。他娘则很忙碌，将荞麦面揉搓成团，用擀面杖碾成厚实的十来张面饼放在一边，又用小麦面做成薄片，然后将小麦面皮叠压在荞麦面饼上面，一起卷成筒，稍稍一压，即稳稳放在面板上。做完后，她把它们放在锅里蒸，等到蒸气四溢时，取出来放在筲箕里，过一会儿，再用刀将圆筒状的花糕切开,切面上就在碧绿中现出了一圈又一圈环绕的白花纹,很是好看。木心捧在手里时,以为是一件艺术品,半天不忍下口吃它。

这时,木心和柳馨都会想到对方,他将两个花糕用白菜叶包好放在背篼里时,她也在那样做。他出门走下石阶向西行走时,她也出门走在了另一条斜伸向下的小径。他们在离老瓜头房子不远的一条岔路口相遇,对过一次眼,才结伴走向老瓜头的家。到达时老瓜头正在关门,腰上背着弯刀,一只手挟着羊皮褂子和一根牛皮绳,他们赶紧招呼说:“瓜头爷！要去哪儿?”随即各自拿出一块花糕和一块发糕送给他。老瓜头也不客气,接住后,又推开门放到鼎锅中,再次关好门,才问:“你们要到哪里去?”木心答:“火地。”

结伴走一会儿就到了一个岔路口,木心和柳馨上山走向去火地的路,老瓜头向西沿溪涧走向朝沟内的路。到火地后,木心把牛从栅栏中放出,因为已收完荞子,就把牛往山梁上赶。柳馨也因为不再敲铜盆赶雀鸟,轻松了许多,把背篼一摔,就钻进草棚子半躺在干草上,说:“休息一会儿。”便双手枕在头下看棚外的风景。木心等牛进入荞麦地,并找到了吃草的感觉,才钻进棚里,坐在柳馨旁边,仔细看她的衣服下摆、袖口和前襟上绣的花,问:“绣这么好,是谁绣的?”柳馨回答说:“我娘,我也学会了。”随后,两人都不说话,木心专心地看着缤纷的云朵、灯盏花、芍药花,觉得柳馨和花一样美丽。

半晌过后,他们走向荞麦地边的森林中,里面清凉袭人,树木间长着各类青草,开着点点野花,间杂而生的是各类菌子。他们弯腰将荞巴菌、腊腊菌、青冈菌捡起来,放到背篼里,到下午就捡了一背,走到一池清泉边喝过水,便在林中休闲,到日落时才走出去,把牛赶进栅栏,踏着夕阳归去了。

到了仲秋,庄稼已经成熟,山神谷开始变得一片热闹,寨子里的人忙碌于自己的土地上,收豆子、挖土豆,玉米也开始灌满了汁,在棒子上长出了黄黄的籽。四周的山峰上白云悠悠,秋声隐隐。野猪、老熊、刺猪子也争先恐后赶来,它们白天躲在林中、树上、洞穴,夜晚悄悄出来,梭到庄稼地里饱餐后又隐身而去。这让木心他们又多出一件事情,夜晚得住到田边地角守野物。

守野物在山神谷称“守老熊”,木心和柳馨家的地上下连在一起,以一道土坎为界,相邻的地方有一个平台,称火烧坪,草棚便搭在坪上。这天,木心一早出门,到火地放出牛,让它们自由活动在新老两个火地间,又在下山的路口加固了栅栏。随后,他到树林中砍下一根树杈拖到火烧坪,从旁边的树丛中砍来十多根树干,在坪上挖出一个深坑,把树杈杈朝上栽在里面,将树干斜搭在杈口上时,就形成了一把倒立的展开的扇子,扇柄搭在支点上,被扇面覆盖的部分,成为半圆形的空间,恰好可以铺一张床。

搭好架子,柳馨已前来帮忙,她到杨柳林中的一块岩石下接来一瓢水,惦着脚走上来,说:“喝口水,又得麻烦你了。”木心见是她,劲一下子大起来,喝下一口水,说:“还不是顺手的事。”就带上柳馨,穿过林子,在长满毛草的荒地上,割了两大捆毛草,背回火烧坪后,木心从棚架脚边开始,一层压一层,直到顶端,将毛草倒搭在扇面上,再用几根八月瓜藤横向捆扎起来,草棚就搭好了。休息了一会儿,他们又在里面的半圆空间中铺上干草,放一张柔软的牛皮,在紧贴树杈的地方立起一块三尖石,到附近砍下一些干柴拖回来放到草棚旁边,随后坐在草棚里的草床上,说完许多话,才走向回去的蒿草路。

黄昏,木心带上一床被子,一把火链,一只盛水的壶,走到草棚里把被子展开,然后捡一把干枝条,用火链打燃火,再加上一些干柴后,又去接了一壶水,才坐在床边。他一看,已夜色茫茫,星散在山神谷的田地边,到处都燃起了篝火,在夜空里一闪一闪的,不时有人发出高昂的吆喝声,回荡在谷中久久不去,火光闪耀着,不时有山歌穿透夜空,悠远而苍茫。

木心坐在草棚里,也不时吼叫几声,配合着大家的节奏,直到夜半才平息下来。但声音并没有一下子完全消失,夜色如水般覆盖下来后,老熊们开始出动,它们潜伏在树林中,见已夜深人静,便悄悄摸进田里,坐在玉米林中,用手一揽,把几棵玉米抱在怀中,慢慢地啃。这让迷糊中的木心还是听到了掰玉米棒子的声音,清脆地发出“叭、叭、叭”的响,坐起来就拼命似地吼叫,一些有枪的人听到喊声,也立即放起枪声,狗也大叫起来,夜晚的宁静又被声音撕得粉碎了。

木心反而感到振奋,他给火加上一些柴,倒在牛皮上,朝身上搭好被子,眼睛望着草棚外,伴着人们的吼叫声,远处的山峰已朦胧成一线影子,天空布满眨眼睛的星,晶莹剔透,空气流动着无边寂静。

声音再次全部消失,他突然感到有些害怕,一睡下便会想起老瓜头讲的故事,想到一定程度时,草棚四周就像到处都有响动,壮着胆出去看半天,又什么都没有,正惊恐万状,又有了一个守夜人的声音传了过来。然后,他踏实地入睡,在黎明时才醒来,见火已熄灭,透过树梢,麻麻亮的天边,一线亮色正绕着山峰回转,树朦胧鸟朦胧,在鸟发出的清脆声中,木心起来走出草棚,顺手拿起一根树枝,打着露水走向了回家的路。

老熊才守不久,就发生了天大的事。在中秋节的夜晚,喜欢狩猎的热滋和往常一样,抱着明火枪在天黑时悄悄梭到一块玉米地的坎子下躲了起来,想等半夜老熊出来吃玉米时,来一次偷袭。到了夜晚,却下起雨来,不大,细细地飘,热滋便移到一棵马桑树下,让浓密的叶遮蔽着雨。

他坐在一块石头上,充满耐心地等到三更天,雨仍在纷纷扬扬地下,宁静像布一样裹着他,有一种被水淹没的感觉袭上心来。他想,干脆回草棚算了,野物可能也在躲雨,反正还有机会。正准备起身,坎坎上的田边突然传来响动,他立即打起精神,悄悄向上爬出几步,刚探出头,把枪顺出蒿草,就隐约看见一个灰黑色的身影,正从树林边移向田边,样子像熊一样在站立行走,就掰起机头,手指一钩,"嘭"的一声,一束火光直赴移动的黑影,只听"哎哟"一声,黑影已栽倒在地。

原来,三斤半在自家的田边搭了草棚,夜由他一个人守。出门前,他感到肚子有点难受,没吃什么东西,到棚子后,他烧起大火,却一直没有睡意,只不断地环顾四周,好像对一切都充满了留恋。到半夜时分,见雨还在飘着,肚子很饿,就想掰几包玉米烤来吃。他站起来,反穿上羊皮褂子,弯腰穿过一小段蒿草路,刚好踏入田边要掰玉米时,枪却响了。

"哎哟"的叫唤声吓得热滋魂飞魄散,立即乱窜过去仔细一看,倒在地上的是寨子里一个叫三斤半的人,他反穿着羊皮褂子,腰弯得像虾,痛苦的脸已没有任何表情。热滋立即惊叫起来,大喊:"救命啊,救命!"吓得木心一个跟斗就翻了起来,看到许多火柴头发出的光都在朝三斤半家的地边跑,也拖出一根正在燃烧的半截柴,向出事的地方赶去。到后一看,三斤半躺在地上,胸口吐着鲜红的血,人已死去,立马瘫软在地,叫都叫不出来,连眼睛也不转了,被人拉起来时还双脚发软,筛糠似的抖擞不止。

事故传到寨中,三斤半的家人很快就呼天抢地般赶来,扑在他的身上哭,热滋的父母也赶了来,一边责骂他,一边跪在地上向三斤半家赔罪。正在混乱,族长来了,说:"事已发生,按老规矩办,先去请老释比,把人弄回去再说。”有人便跑去请老释比。不久，老释比到了，他看了看现场，又根据出事的时间算了算，说：“抬回去！”转身就走，人们立即抬起三斤半跟在身后，到寨子的火葬坟边时，天已破晓。

木心和一群人一起把三斤半放在火坟旁边的一棵柏树下，一些人帮他穿好新衣，把血迹清洗干净，让他躺在那里，像睡着似的。按习惯，火葬只能在黄昏举行，族长就分了工，让木心带几个人上山砍柴，其余的在现场轮流值守，负责焚香烧纸，柳馨和其他女人们则在热滋家帮忙做饭。最忙碌的当然是老释比，他要主持丧葬仪式，人又死得奇巧，麻烦的事有很多。他带上法器在火坟场转悠完几圈，又坐在石头上念诵经文，掐指测算事情发生的时间，感到还算庆幸，没有犯重丧，只是三斤半心里不安，魂随时都会游走，不收住会有麻烦。

同时，在寨子的议话坪上，族长召集起一些处事公正的长者讨论后事，热滋与三斤半的家人也在场，他们分别坐在族长两边的石凳上，一脸悲苦。族长先劝慰一番说：“事已发生，热滋也不是故意的，主要是看下一步怎样办才好，几千年来，山神谷大事小事也发生过不少，但都有一个规矩，宗族间不能因此结仇。”其他几位老者也附和说：“是这样，凡事都要用祖先留下的办法解决，看三斤半家有什么意见？”

“哪有什么意见，娃儿死得突然，我们也昏头了，只要他不到那边受苦，就行了。”三斤半的爹说，停一会儿，又说：“只有这么个儿子，以后的重活靠谁做啊?!”话未说完，已流淌一脸泪水。热滋一听，立即扑倒在三斤半父母面前，磕了几个响头，流着泪说：“我平时就和他要好，没想到会这样，以后我就是你们的儿子了，重活由我承担。”说完却不起来，跪在地上，把头抵在两个老人的脚前，弄得在场的人心中都十分难过。热滋的父母也说：“这样也好，他以后就做我们两家的儿子吧！”

族长见状，赶紧说：“这样最好！”又喊一声：“热滋，起来，到那边去陪一下三斤半。”等他走后，又和几个老者一起商量了半天，才说：“按祖制，由热滋家承担所有葬礼开销，补偿玉米五斗，猪膘两扇，兽皮五张，平时大事小事都要帮衬，两家人切忌心生隔阂，应好如一家，看有没有意见？”听两家人都说没有后，他继续说：“事情就这么定了。”让两个人送三斤半的爹娘到火坟场和三斤半告别，然后送回家里。

到黄昏，火葬的仪式开始举行，老释比指挥木心他们架好柴，把三斤半平整地放在柴堆上，让大家围成一圈，手举刀枪，一上一下地挥动着跳丧舞，嘴里不停地喊出“嗬、嗬、嗬”的声音。老释比则边敲着羊皮鼓，边念诵丧葬词。他唱诵说：

……

你到雪隆包上躲灾去了，没有躲脱

你到深山老林中躲灾去了，没有躲脱

你到十二岩台躲灾去了，没有躲脱

你到长长的路上躲灾去了，没有躲脱

你到寨子里躲灾去了，没有躲脱

你到舅舅家躲灾去了，没有躲脱

你到家门房族中躲灾去了，没有躲脱

你到子女那里躲灾去了，没有躲脱

山老了要垮

树老了要空心

河老了水要枯

人到时候要死

……

低沉的声音盘旋在火坟场的上空，充满对人生死的无奈和理解，大家不停地跳着，等老释比唱完，又念过经，朝三斤半身上撒一些粮食，在他脸上贴上一道符咒，才让人点火。

火是热滋点的，“腾”的一声就燃烧了起来，橘红色的火焰扭曲着身体不断向上窜去，越烧越大，瞬间就吞没了三斤半健壮的身体。夜幕已经降临，火光映红了四周的树林荒草，到下半夜，人已化为一缕青烟飘逝了。火化时，三斤半的亲人都不在现场，因为有亲人守在身边，人就不能完全烧成灰烬，那是最不能发生的事。老释比见事已暂告一段落，招呼大家走到死者家里，安慰过三斤半的父母，就坐在院坝上吃饭，主人家打开一坛咂酒，喝一阵后，木心带头跳起了丧事萨朗，人们踏着沉重的舞步，唱着低沉凄婉的歌，以此表达对三斤半的哀思。

第二天清晨，热滋、木心又和大家走向火坟场，将已变成一捧白骨的三斤半捡起来装进一只土坛子中，因他不算寿终正寝，不能进入族群的灰坑，只能在旁边的长方体土坑中安息。木心把坑上的一座木塔移开，把三斤半放进去，又将木塔盖在上面，随后，鸣放了几枪，才齐齐转身走回了寨子。其间，木心犯下一个错误，他在放装有三斤半骨灰的土坛子时，人站在东边的方向，初露的晨光已将他的影子映在坑里，坛子正好压在了他的身影上。

回到寨子，一行人径直走到热滋的家，按规矩，丧事完成后的“砣子会”由他家承办。人们走到已摆放十多张桌子的坝子，围桌而坐。柳馨和其他帮忙的人见人已到齐，就上菜开席，把九大碗端上桌子，有猪肉、野味、野菜、豆腐等，每桌都放一坛老白干。大家坐在一起，由一老者祭奠了死者，代表主人家说完感谢话，大家就吃喝起来。木心和草生坐在一桌，牛肋巴却像个幽灵晃来晃去地看热闹。闲话间说到狩猎时，有人又提起偷取麝香的事，让草生很难堪，言语就冲动起来，正要把事情扩大，见老释比瞪了他几眼，便不敢再说话，又坐了一会儿，带着牛肋巴悄悄溜了。

夜晚，木心又去参加上望乡台的活动，他和几个人带着部分三斤半生前用过的东西，站在三斤半家门前，老释比敲击羊皮鼓，一边作法事一边念《送葬经》。经文说：

……

门前院坝送你去
三岔路口送你去
歇气坪上送你去
一沟一河送你去
一山一梁送你去
该得之地归了你
你的所求全归你
年久之病全带去
年久之时你自去
是非口嘴全带去
人间岁月你已去

……

声音低沉，一行人突然涌现出前所未有的悲伤，等老释比作完法事，就举着火柴头，走到寨外一处弧形的山梁上，把东西堆在一起，点火焚烧，边烧边说送行的话。木心问："听说人死后在过望乡台时，才知道自己已经不在人间了，会感到很伤心，回头望一眼家后，才进入阴曹地府游荡，也不知是不是真的。"一人接腔说："听说是真的。"正说话间，燃烧的火突然"叭"地炸了一下，一股青烟窜起，在半空中幻化辗转，向西飘去，像三斤半的影子，便不敢再说话。等烧完，朝火灰里刚泼完水饭和三杯酒，他们转身就走，木心胆小，挤到中间，把火柴头甩得呼呼地喷火。

守老熊的事仍在继续，只是木心已不敢一个人守在夜间的草棚里，就请老瓜头做伴。守夜时，他们坐在火堆前，一边烤火一边说话，有时，他主动向木心讲千奇百怪的事，吓得木心走出草棚撒尿都不敢。草棚外，远天近地到处都是闪烁的火光，人们呐喊、放枪，依旧到深夜才安静下来。到半夜，木心便睡在里面，眼睛让被子遮掩着，偶尔望一下外面，也像在偷窥天边的星星。刚到清晨，老瓜头即说："起来，今天该三斤半家躲煞，去帮一下忙。"

躲煞的日期是老释比算的，他经过繁杂的推理后得出结论，说是三斤半要在这天夜里回家，让他家里的人太阳落山时关好门躲开。木心听到老瓜头的话，应了声"好吧！"坐起来穿好衣服，回家匆匆吃完早饭，到火地上看过牛，又顺手拖了一根干柴放到草棚里。朝三斤半家赶时，正好经过他出事的地方，雨浸渍过的泥土，仍有淡淡的血迹，让他背皮发麻，赶紧快步走开了。

到三斤半家时已有一些人在忙碌，热滋一家人也在，他们来接三斤半的家人。木心立即参与劳作，和大家一起在三斤半生前睡过的床上铺满纸钱，灶门前和火塘四周撒上火灰，在一张方桌上放好三盘干肉、猪膘等祭品，又倒满三杯酒，泡一壶茶，检查完锅底并确认没有任何印迹后，才到门外，将门锁住，一起到了热滋的家。

第二天，大家又跑到三斤半家，怀着好奇的心情看他回来没有，木心也在其中，小心地跟在人们身后，一进屋就听到有人惊异地说："回来过了，还在床上睡了一下。"便伸过头去看，见铺得整齐的纸钱有许多张已翻卷起来，像被人压过。木心有些害怕，在进一步验证中，又发现放在桌上的酒从满杯变成了半杯，茶也一样，一个人说："酒都喝了，肯定回来过！"又去看锅底，见清晰地留着手抓过的痕迹，更加确信了人真的已经来过。

这时,突然传出三斤半的娘的哭声,说他儿子在阴间受苦。木心想,她怎么会知道呢? 过去一看,围在火灰周围的人已目瞪口呆,雪白的火灰上有几只鸡脚印和一串铁链拖过的痕迹。她边哭边说:“被铁链拴着押回来,还不是下了地狱!”一人叹口气,答话说:“也是活该如此,生前他也喜欢狩猎,杀过不少生,请老释比通融一下看如何?”一行人随即走出大门,坐在院坝边的石头上,闲扯躲煞的事情。老瓜头说:“以前寨子里就有人亲自见过死者的灵魂回家的样子。”木心就请他讲一下,老瓜头沉思一会儿,便说:“那是很久以前的事了。”

他讲述说,有一年,山神谷一个人上山砍柴时摔死了,躲煞那天,两个胆子大的人藏到他家堂屋边的墙角里,让人罩一只大背篼,又在眼睛上抹了乌鸦的胆汁。到半夜,那魂果然跑回了家里,先是从天井里飞下一只鸡,因他们知道是开路的鸡足神,就屏住呼吸,不敢出声。过一会儿,又听到锁链拖曳的声音,见那人被拴着,由两个小鬼押送着降到了屋里。他走到墙边的床上躺了一下,又到桌子前喝酒吃茶,走过撒着灰的地面,到灶门前伸手抓一下锅底,把自己的脸涂黑。“为啥子要把脸抹黑呢?”老瓜头说:“因为只能走大门出去,有门神守着,抹黑脸才能出去!”这时,突然听小鬼说:“怎么会有生人气味,抓出来一块带走。”吓得两个胆大人拉了一裤子,气味散发出去,让小鬼感到实在太难闻,才说:“算了,天已快变亮!”就拖着那人从门缝里钻了出去。

刚讲完,有人已请来老释比看情况,他巡视完三圈,说:“不打紧!”他只有三年地狱之灾,过后就会转世投身到一个好地方。三斤半的母亲听后,才感到稍许安慰,谢过老释比就转身开始收拾摆放的东西,其他人也陆续退出屋子返回各自的家里。

眼看秋收接近尾声,再过几天就不用再守老熊了,木心还是让老瓜头陪他。守最后一夜时,尚在黎明时分,老瓜头就起床走出草棚,说:“你再睡一会儿,天都快亮了。”木心瞌睡正来,迷糊地应答一声,翻过身又沉睡了过去。迷糊中却感到有一只鸟,在草棚前的一棵柳树上跳来跳去,不停地喊他的名字,叫道:“木心,木心,起来走。”他知道在野外听见有人喊自己时,不能轻易答应,就不理它。那鸟则不停地叫,终于让他着了道,睡梦中竟然答应一声说:“好!”吓得立即惊醒,坐起来一看,那鸟正飞入林中。

接下来几个月，木心总感到浑身疲乏无力，到火地去看牛也要费很大力气，到后来连走路都困难了，脚软得像面条，家里人从挑子客那里买来不少药，吃下也不管用。柳馨来看他，建议叫一次魂，但叫过之后，鸡蛋上却看不出什么，人却仍然全身发软，虚弱得像棉花，只好去请老释比帮忙。他被两个人扶到碉楼里，坐在板凳上，老释比一看就说："魂已被勾走，得收回来。"当即决定做一次收魂法事。

老释比随即穿好装束，带着羊皮鼓，一杆秤，到外面扎一个毛草人，让木心吹了两口气，说："你那天让坛子压住了自己的影子，有鸟喊你的名字时又答应了它，魂正被三斤半压住，怎么能有精神……"让他把装在包里的一张绣花手帕放在秤盘里，又在上面吹三口气，就带着几个人走到火坟场。其时，太阳已经偏西，老释比围着柏树跳完一圈皮鼓舞，又念诵《招魂经》，把秤吊在一根树枝上，秤盘里仅放着木心的手帕。他调试好秤砣与秤盘间的平衡，对着扎好的毛草人念完一段咒语，才走到放置三斤半骨灰的土坑前，把小木塔挪开，喊声："起！"只见那土坛子突然弹跳了一下，秤盘上的手帕同时也开始蠕动，秤杆随之翘起。老释比见状，立即将毛草人丢进坑里，盖上木塔，带着已变重的手帕往回走，到达碉楼后，立即用手帕在木心身上绕了几圈，说："魂归肉体，万事大吉，好！"

木心打个激凛，感到一下子轻松了不少，出门回家时已不再用人扶，很快就能从事所承担的各种劳动了。

时到深秋，地里的庄稼已陆续开始收割，木心等寨子里最后一片玉米收完后，已不用上山到火地看牛，族长说："牛自由了，把它们赶下山放到田里去，不用管了。"又从管账的那里支取十个银圆交给他，说是半年的工钱。木心收好，带回家，给他娘八个，留下两个准备过年时给柳馨买首饰做礼品。

收拾完地里的庄稼，木心又把玉米秆砍下来，收在一起背到议话坪上，与其他人放的一起堆成一座玉米秸山，见柳馨家还在忙碌，就前去帮忙。走到一看，她家的洋芋已经分选出来，贮藏在了土窑里，只有掰回的玉米还堆放在院坝中，就坐下来撕壳壳。他和其他人围在一起，说些玩笑话，他专门负责扎提子，用一根小柳条，把别人递过来的玉米包后剩下的几缕壳交叉捆扎起来，扎成一提又一提的玉米墩，堆放在房背四周的边墙上时，就形成了一道玉米墙。它们一堵又一堵地垒着，与房背墙边的玉米相映衬，在秋阳下闪耀着金黄色的光芒。个头较小的苞谷则堆放在了房背上。

第二天，木心又去砍回一大捆柳枝，把往年用过的木架子四周编连起来，做成一个巨大的透风仓，盖上桦树皮、毛草，以让雨雪无法落进去。然后把玉米包装在里面，任风吹干，封好柳枝门，才告辞而去。

他走在路上，看四周的土地，空旷的感觉一阵阵袭来，收获过的田野上，到处一片枯黄，牛移动在杂草间，悠闲地吃遗落的玉米秆、叶子和新发的草。野外的群峰，叶子无限金黄，红叶像艳丽在二月的花，争妍着火红的色彩，秋声响在风中，白云红叶两悠然，鸟飞鸟落，山谷一片清凉透彻。木心心情舒畅，心旷神怡，干脆走到一座山梁，坐看万峰红遍，到傍晚才回到家里。

十二

草生请老释比关住五昌后，日子果然清静了不少，但他的一身杀气却没能消除，狩猎又变得和以前一样，能套住的很少，枪法准却难打中，有时本来是瞄准好的，子弹却会打到旁边的树上。眼见收获只能维持生计，让在成都府长大的牛肋巴十分不满，老是叽叽喳喳地抱怨，冬天也快到了，他又没种粮食，只喂了一头猪，能否过好年已成问题，便动了使用黑山术的想法。

但使黑山术毕竟不是小事，草生在接下来的一段时间里，总在和自己作斗争，用还是不用在脑海里纠缠着。这天上午，他又背着枪，带上狗向南边的山野走去，从下往上一看，山峰已积满白雪，被雪压到半山腰的野物不时传来叫声，金丝猴在树梢上飞来荡去。他想，就去那里试试，至少可以打到两只鸡，便一路走了上去。他踏着落叶，达到半坡上的林中时，已空旷起来，视线可以抵达很远的地方，用目光在林中寻找，狗则在不远不近地嗅来嗅去，不时发出两三声吼叫，反而惊跑了一些野鸡。草生喊住狗，让它保持清静，走到一条溪沟边，见两只火塘鸡正在一丛杨柳树根前找食，它们并排站在一起，全身都在摇动，两只脚向后划拉着树叶，像跳摇摆舞的嬉皮士。

草生立即蹲在一块石包后，把枪子换成散弹，架起来，瞄准好大一阵才屏住呼吸"砰"地放出一枪。伴随枪声，两只鸡扑腾着向上窜起，快到树梢时又像秤砣一样掉下地来。他见一枪双鸡，心里很畅快，神枪手的感觉回归了不少，把两只鸡的脚用藤条拴在一起，搭到肩上，又继续寻找猎物，但直到下午，所到之地都一片空旷。草生便喊小黑下山，跨过溪边经过磨坊时，见那端公又坐在那里，即问他说："你又来了，做什么呢？"他答："来看看你，顺便收点皮毛赚些钱好过年。"草生就请他到家里，喊牛肋巴："把鸡毛退掉，干煸下酒。"也不管她同意不同意，把鸡丢在院坝里，拉着端公进门径直走到了火塘边。

他们坐下来，说些上次见面后的事，端公听到草生狩猎时野物仍会被山神藏起，一个秋天都没有大收获，感到很奇怪，问："不是放了五昌吗？"草生说："麻烦事惹得太多，已请老释比捉了。"又说："五昌不能再放，太顽皮，有时还要整狗和我们自己。”说完，给端公继满水，正想谈谈使黑山术的想法，牛肋巴已在喊吃饭了。草生立即起来，在铁三脚上搭一张木板，上面放上筷子、酒杯，一大土碗干煸鸡放在中间，又摆了几样小菜，才让端公坐在上把位，倒满酒，说：“先喝一杯。”话毕，自己已先干掉，牛肋巴也陪着喝，几杯下来，都有了酒意，她就问成都府里的事情。

“乱得很！”端公喝下一口酒说，“经常打仗，今天是这个将军，明天是那个将军，走马灯似地换，税都不知向谁交了。”又讲斑竹巷里的事说：“几个月前我去过，你爹还好，在一家茶馆里给人掏耳朵……”听得牛肋巴眼睛红红的想哭。

傍晚，酒催人话，草生终于将想使黑山术的想法说了，问他意见如何？端公说：“可以考虑，没听说学会又一次不使用的。”鼓励他试试，说只有那样才可以收获很多皮毛和麝香，不能和发财过不去。边喝边反复动员草生，到夜深人静，才在火塘边一张宽板凳上睡了。

天微明时，草生悄悄送走端公，就带着狗进沟寻找黑山的地方，他知道在山神谷自己的行踪被山神掌控着，走到哪里野物们就会被山神带离那里，便一直往西，顺着溪涧到了一处谷口。他小心钻进去，才发觉是一处险要之地，两边的山垂直般落下来，夹溪拥翠，两山间又各自相对横生出一堵高几百米的石壁，相距只有十多米，像一座大门，门下又生出一道石门坎，人称“门坎山”，里面关着一湖碧水，湖外是另一片草木茂盛的谷地，飞禽走兽众多。

山神谷的猎人都遵循着祖传的规矩，不到那里狩猎。草生站在石门坎上，通过研究地形，发现石门外只有一条路能进入下边的树林中，决定把陷阱设在那里。他返回家，准备好绳子、小刀、子弹和几个烧馍馍，天不亮就出了门。到门坎山后，他把食物等用品放在门坎外一座山峰下的大岩窝里，沿路安装了九十九根索套，又安放了从来没有使用过的三十三把弩刀，在路边找好一个藏身的洞，蹲在里面，把枪对着路口，狗放在路上制造混乱。

准备好后，草生在岩窝里住了一晚，第二天清晨，他即开始按九峰山老者传授的方法，在太阳刚好露出山尖时，念动咒语，他念诵说：

……

有光无光都无光

飞禽走兽走一线
夜色无边如幕布
一线光亮照前方
有去无回命中定
山神无奈走开去
索套刀杀枪声响
麝香岩羊背不完
……

念过之后，生活在石门坎内的各种野物突然发现到处一片漆黑，眼前只有一条光线照亮的路，吓得心惊胆战，站在原地不敢挪步，或者就地蹲下，睡在树根、草坪、岩台边。第一天挨过了，第二天也挨过了，到第三天时，无法找到吃喝的野物们，难再坚持，开始朝着唯一的光亮行走。

走到溪边后，千百条光线又汇成了一束光组成的光洞，一直通向石门坎外，动物们走在光中，形成一串长长的队伍，熊、麝、獐子、野猪、岩羊、山驴、豹子相互掺杂，如赶赴一个盛大的约会。它们向光亮深处行进，一些动物走到索套阵中，即被拴住，一些动物进入弩刀阵中，即被杀死，走出去的又正好碰上草生的枪。他朝着一个方向，不断开枪射击，眼看快要逃出黑山阵的一些动物，又被狗赶回来，再次经受着生死考验……

到第四天，山神才知道已出大事，立即赶到门坎山，化一道光亮将动物引出了黑山阵。草生本来打算连续黑七天山，到第五天时，见已没有什么野物，便收回法术到阵中查看收拾，用两天时间才把猎取的动物连背带拖弄回大岩窝里。他一点数，有七只豹子、五头老熊、十三只麝、十七只岩羊、九头山驴、十五头野猪，还有几只金丝猴、一只鹿，收获虽然不错，但望着一堆动物尸体，自己都感到了害怕。

他又用几天时间，才将麝香割下，剥下毛皮晾干，肉是吃不完的，就挂在岩窝里搭好的木干上。他先把麝香、熊掌、熊胆、豹皮等值钱的东西背回家里，每天早出晚归，害怕让人碰见，但最后一次返回时，还是遇见了木心。

当时，木心正从火地背着一背荞麦茎下山，坐在和沿溪边的路汇合的岔路口休息，背后是一块石包，当草生转过弯见有人时，已来不及躲藏。木心也很吃惊，见他背着一大捆干肉，随口问了一句："草生叔，这么多的猎物是哪里打的?”

草生却支吾着说过几句话后,就慌乱地走了,木心只隐约听到了“门坎山”几个字。心想,那里是山神谷人不轻易去的,很险要,山野宽广无边,去后也很难打到猎物,他弄那么多,是怎样得手的呢?带着疑问背上荞麦茎往回走,经过老瓜头房屋时,见他在门口宰柴,索性放下背子,和他说了遇见草生的事。听后,老瓜头并没有什么表情,只说一句:“作孽!”又继续宰他的柴了。

事情最终还是让山神谷的人知道了。那个端公又一次到草生家后,第二天回去时有人看见他背着大捆皮毛,一只拴在腰间的鼓肚兜装得满满的,散发出阵阵麝香的味道,觉得奇怪,他已基本打不到猎物了,为何又有巨大的收获呢!木心和热滋就去问老释比。

进屋时,老释比正在碉门前的坝子上晒太阳,见到他们就问:“想知道草生的事?”热滋立即回答说:“就是,很多人都想弄明白。”老释比说:“我问过山神,说他使用了黑山术。”原来,风声早已传到他的耳里,那段时间,他总感到不安,就在一天走到供奉神灵的神树林里,见代表山神的白石头正在流泪,就掐着手指测算,回去后又请教祖师,才知道草生已到门坎山内使用了极少有人敢用的黑山术,好在山神及时知道后,把动物带出了黑山阵。

“违背祖先传下的规矩,不是好事!”老释比又说,该再给他点警告了。说完不再理热滋他们,只闭目养神。热滋见状,拉上木心悄悄退出坝子,心中想着草生到底会受到什么报应呢?

草生用黑山术猎获的动物换到很多钱后,带着牛肋巴去了成都府,转悠闲逛几个月才回家。进山神谷时,牛肋巴坐一顶轿子,他走在旁边,还请几个人用骡马驮着满背的东西,浩浩荡荡走进飞水岩的路上,引发了很大轰动。

回到屋里,尝到黑山术好处的草生两口子春风得意,享受着买回来的东西,无事便到议话坪里,坐在玉米秸秆上,向聚会的人炫耀茂州城和成都府的新鲜事。牛肋巴已穿上紫色的旗袍,开始变得略显丰润的身段被包得紧绷绷的,衩子间露出刚剥过皮的杉木干一样的腿,走动时一晃一晃的,一个男人刚用眼睛追赶着看,即被女人用纳鞋底的针一扎,便惊疯活扯地叫起来,惹得笑声四起。

草生做过坏规矩的事后，山神谷的人虽不再主动接近他，但他主动到大家聚会的场所时，还是会被接纳的。这让草生和牛肋巴感到庆幸，时常加入到人群中，只是有他们在，大家都不提黑山的事情。这天，草生带着牛肋巴和一群人聚会后回到家里，烧一个灰面馍馍，见鹿茸酒已泡好，又煮好两腿獐子肉，俩人即坐在火塘边，一人一个腿撕着吃，不觉间又喝下很多酒。收拾完后，天已黑透，草生站起来点燃松光，说："睡了。"

躺在铺着熊皮的床上后，他们前所未有地兴奋起来，接连做了几次事。最后一次时已到四更天，他躺在下面，让牛肋巴骑着，在紧要关头突然感到眼前一片朦胧，隐约的光线中，飘浮着一只浅黄色的獐子，看了他一眼，又一下子钻进了牛肋巴的肚子中。草生大惊，一下清醒过来，浑身都已瘫软，立即把牛肋巴拖下来，睁眼瞪着房顶，鸡鸣时才入睡。

不久，牛肋巴就告诉草生说："怀上了！"

秋末初冬的日子一片悠闲，山神谷在斑斓的秋色中迎送着日月星辰，木心最喜爱的事情是到峰谷中和同伴们狩猎，热滋也喜欢约他，三五个人带上狗，隐入森林，一天下来，总有些收获，或者分了，或者到其中的一家煮好大家吃。狩猎对于他们，总是一件玩乐的事情。眼看快到农历十月初一，山神谷又要过一个重要节气了，热滋就约木心说："山上有一群野猪，去打它一下，好供大家过节用。"又约了其他几个人，说好第二天清晨到老瓜头家门前碰面后，就分手各自回家睡了。

木心感到很激动，在天亮前就已醒来，雄鸡一声比一声高昂的报晓声才响起，天井上已慢慢有了光，光束又从暗淡到明亮，照射下来，在堂屋里形成一片四方形的灰白时，他穿好麻布衣服，打上毪子绑腿，在羊毛袜子上套一双草鞋，背上弯刀，在肚兜里放半块烧馍馍，即开门走出了屋子。

出门后，见霜天如洗，峰尖悬着一钩新月，东边晨光初现，一抹明亮的下边，是朦胧的山影，便想抒情，扯开嗓子唱了一支情歌《清晨起来霜满天》。歌词是：

清晨起来霜满天
阿哥要到雪山尖
没有啥子留给你
山歌伴你入梦乡

他把歌唱得晃悠悠地动情，唱毕，就踏着一地白霜走向了老瓜头那里。

热滋和他几乎同时到达，打过招呼，等其他几个人都到齐后，一起向寨子背后的山林走去。他们先到山边的洋芋地里查看情况，刚走到地中，木心即说："它们来过了。"说完用手一指。大家顺方向一看，有一大片新翻过的土，说明夜间野猪来寻找过剩下的洋芋，齐说："就是。"带的两只狗也开始低吼起来，显得很激动。热滋说："分一下工，我们用伏击法来围捕。"见大家没有异议，就布置说："木心和我伏击，其余的人放狗。"又让木心到一个叫破房子的地方等待，说："那里只有一条路，视线好，人在房基内很安全，我到那边的马蜂梁子上。"说完，就向下朝河沟跑，跳过去后又快速地向上爬去。

木心接过一个人递来的枪、火药、子弹和顶火后，见另外几个人已带狗钻入树林，立即飞快地向上爬去，只用半个时辰，就到了目的地。他从破门中钻入，因第一次负责伏击，有些害怕，心"咚咚咚"地跳着，又转身用倒在地上的一张门板，横放着挡好门，才趴在一堵窗口前，将枪伸出对着百米外横在崖壁上的一条毛毛路，野猪被赶时一般都会从那里逃过。刚做好准备，山下的狗就开始喊叫起来，人也跟在后面，不断吆喝助威。徘徊过一会儿后，声音又分成两处，一处向下赶去，一处却朝着他的方向飘来。

木心一下子便感到很紧张，野猪已被赶上来，立即掰起机头，死死地盯着岩壁上的路。过一会儿，声音就到了岩子下方，他看见树丛开始不断抖动，"唰唰"的声音也在朝这边响来，心跳得好像要冲出胸口，正在害怕，一头野猪已跑上岩壁间的路，人和狗则在下方乱叫乱喊。他立即瞄准，扣动扳机，随着一声爆响，但野猪只是弹跳了一下，却未翻滚下去，身子一偏，又向他飞跑过来，吓得木心手忙脚乱，无法再把火药倒进枪筒装第二炮，很快野猪就从他的眼皮下消失了。

同时，对面山上的马蜂梁子也传来一声枪响。

木心坐在石头上，等赶野猪的人到达后在外面喊他，才移开门板走出去，说："没打中。""打中了，只是没有打中要害，"他们安慰他说，"热滋肯定打中了，听枪声有点闷，否则声音应清脆一些。"就结伴往山下跑。

到达沟边，热滋他们也正好到达沟对面，看见拖着一头硕大的野猪，激动得奔跳过去一看，木心已惊得目瞪口呆。那哪里是野猪，简直是野牛，灰黑色的毛，一尺长的嘴，两颗獠牙如两轮弯月，从下嘴唇上长出，绕过上嘴唇，像武士的两把弯刀。他用手拖了一下，哪里拖得动，坐下来听热滋他们说完伏击打猪的经过，又趴在溪边喝过水，吃完馍馍，才将野猪的四脚捆到一起，用一根长木干穿过去，四人一组抬着向议话坪走去。

族长和许多人都在坪上闲谈，靠着一堆玉米秸很是受用，见几个人抬一头野猪走来，说让大家过十月初一时一起吃，很高兴。族长说："离那天只有三天了，再有一头就更好了"。鼓励他们继续放狗打枪，有人还递来兰花烟，但木心不抽，只喝了老瓜头壶里的茶，心里想到带伤的野猪，有些惭愧，很少说话。

到第三天，眼看节气已到，木心他们仍没有猎获到受伤的野猪，他们在破房子周围放了半天狗也没有发现什么，热滋说："那头猪在路上流了许多血，伤得不算轻，怎么就不见呢?! 可能是走回头路到寨子附近了。"又让大家小心，说受过伤的野猪是最凶猛的，"头猪二熊三老虎"嘛。说完带着大家朝山下跑去，才跑到一块荒地边，就听见了麻伊子喊"救命"的声音，赶到一看，那头肩胛带血的野猪正在撕咬一棵柏香树，撞得树身不停地晃。

原来，麻伊子因为是毒药猫，难得和寨子里的人待在一起，显得有些孤独，她吃过早饭后见天气晴好，便走到房子后的一块荒地中，坐在枯草上吊毛线。吊过一会儿，她想拉一泡尿，就转到柏香树前的一丛野棉花后，看四下无人，便褪下裤子蹲了下去。那时，恰好带伤的野猪正藏在不远的一块石头后边，痛得难受，一心一意想找个两只脚站立行走的人报仇，突然听见响动，探出头一看，见一片雪白的屁股正对着它，更加感到愤怒，立即大吼一声，对准她冲了过去。

麻伊子正准备站起来扎裤子，听见吼声，回头一看，吓得提起裤子就跑，飞一样跳到草坪边的一棵柏香树下，又猫一样爬了上去。野猪则紧随其后，嘴筒子向上一挑，獠牙刚巧挂到她爬树时又滑落到脚弯的裤子，头一扬就扯出一条口子来。野猪见人已到树上，先是撞了几下，碰得树干像要断裂，吓得麻伊子在树上惊慌失措地喊。野猪见不行，又改用嘴啃树干，一口就啃掉一茬，想等啃一半时，再冲撞一次，树就倒了。见木心他们赶到，麻伊子心中一喜，即用一只手死死抓着树枝，脚踏在另一根横枝条上，一只手伸向后面护着破洞，喊："热滋兄弟，快来救我！"

热滋他们一看情况危急，立即放开狗，又边喊边放了一枪。野猪听见枪响，本能地跳起来，逃到一个岩台上的石洞中与洞口的狗对峙着。木心则走到树下，将麻伊子接下来，又让她用自己的羊皮褂子遮挡在屁股上朝家里走去后，才走到热滋那里。野猪被关在洞中，他们想过去又怕它冲出来伤人，想半天办法，才发现麻伊子躲避的柏香树正对着洞口，就由热滋爬上树梢，把枪架在柏枝上，向洞里射进了一颗子弹。子弹正好穿透了野猪的脑门。木心爬上去探头一看，它已死了，倒在洞中，眼闭着，一副安闲的样子。

七手八脚把野猪抬回议话坪时，大家已将前一头野猪的毛退掉，正在剖腹下头。见又打到一头，一阵欢呼，又把它抬到一个土灶上，开始淋浇沸水，浇完几遍后，一些人开始用刮子从头到尾一次一次地刮，刮过的地方，就现出了灰白的皮。

收拾完两头野猪，已到傍晚，族长安排好守夜人，让大家回去，说明天早点到场。木心回家时有意绕到柳馨家房前，轻手轻脚地走过去，躲在窗口下听她弹口弦，想起狩猎的情景，心里有了真正男子汉的感觉。

第二天，木心一早起来，穿上节日的衣服，一件长衫外套一件羊皮褂子，脚穿的云云鞋精美绝伦，腰间的肚兜上绣着羊角花，他走向议话坪时还喊上了柳馨。她也是盛装打扮，给人花团锦簇的感觉，走到拐弯处，见四下没人，木心即从肚兜里掏出一对银圈子，拉起她的手给她戴上，但并不说什么。柳馨脸红红的，没有拒绝，也就算私下把终身订了。

到了议话坪，木心和柳馨看见所有人都已穿上节日的盛装，到处走动着绚丽多姿的身影，人们东一群西一群地聚在一起，开些荤素掺杂的玩笑。很多人则在忙碌，由热滋带头，在坝子边沿将三块大石头摆放成三角形后，又在上面放好一口大铁锅，喊："灶搭好了。"有人就走过去，按事前分工开始生火，把背来的水倒进锅中。柳馨娘承担着野炊的主要事务，她与其他女人一起，在旁边的案板上把野猪肉切成碎块，放进锅中，又把蒜头、藿香杆、花椒、辣椒等放进去，盖上大锅盖，坐在灶前，一边生火一边绣花。

木心他们则把各家带来的两升玉米面集中在一起，加上盐，兑上温水，和匀后又捏成团。做好牛食，一群人又由老释比和族长带领，走到收割后的田野，把牛食喂给卧在草坪上的牛，边喂边由老释比唱诵《还愿经》。经文说：

……

牛儿一生苦不尽

人间衣食不离牛

我还愿来你收受

我来敬上是牛愿

众人还的是牛愿

牛愿还了保粮丰

……

一群牛十分受用,吃过牛食,角上戴着木心他们挂的红,卧在阳光下一派安静祥和。过程让木心感动,眼角不觉间已噙满泪水,他问:“为什么今天要对牛这么好呢?”释比讲述说:“牛是农历十月初一这天到凡间的,它本来是天神的坐骑,路过山神谷时,看到我们的祖先用一根羊角树钩挖地,从早到晚只吃一次饭,太辛苦,就从云端下来,告诉我们每天应该吃三次饭,洗一次脸,并留下来为我们拉地,我们才有了丰足的衣食。”又说:“在牛王节还牛愿,就是为了感恩。”木心他们都不再说话,却在心里涌起了对牛的尊重。

喂完牛,他们才沿着一条出没于草丛中的小径回到议话坪,休息了一会儿,老释比又带领大家走到一坐石塔前,在代表牛王神的石头前放上祭品,焚香祈祷,伴随羊皮鼓声,念动经文,他请求牛王爷说:

无论牲畜走到哪里

你就到哪里

管好它走路

管好它喝水

保佑一头繁衍五头

保佑两头繁衍十头

念完,又一起拜了几拜。

回到议话坪中,柳馨正帮助她娘和其他人做事,心里藏着幸福,她在已摆成一排的大方桌上,按一桌八人的标准放筷子和土巴碗,又从大铁锅里掏出一大盆肉放在中间,还在每张桌子上放了一罐酒。木心他们回来时,见已可以开席,便随意围坐在桌子四周,一些个子矮小的人,坐到高板凳上时,脚便悬空，一前一后地摆来摆去像仍然在走路，被人玩笑后才停下来，但不久又恢复了动作。木心给其他人的碗里倒满酒，等族长发话，场地上一片闹哄哄的声音，男男女女都很兴奋，把平时积累的话都争着往外说，开着玩笑或者说着某个人的某次笑话。正相持不下，族长的声音盖了过来，他拿起酒碗，站在一根高板凳上，用左手端着酒，右手的食指沾出一些后洒向天上地下，祈求山神谷风调雨顺，平安无事，说第一碗酒“敬天敬地敬牛王”。让大家放开畅饮。

酒喝到下午，木心也来了兴致，端起碗四处出击，一圈下来，已说不出一句完整话，声音只在喉咙里打转，最后钻到他在玉米秸中掏出的草洞中，迷迷糊糊地睡了过去。等到醒来，议话坪已传出悠扬的歌声，大家踏着酒兴，正牵手跳萨朗，他钻出去，见柳馨坐在外面，看到他立即起来，为他弹掉身上的玉米叶子，拉着手就加入到了舞蹈的队伍中，到傍晚方息。

牛王节过到第二天，山神谷的人仍然兴致不减，木心他们陆续到达后，开始做游戏，有人拿来一根棍子，让他和另一人面对面站立，一人握住棍子的一端，朝反方向转动，看谁能转到最大弧度。木心和好几个人对阵，有输有赢，最厉害的是马风。木心见自己扭不过别人，又跑去参加推杆，接过一个人递过来的一根木杆，放到胯下蹲成马步，双手死死将杆子抱紧，柳馨和另外一个女子则在另一端使劲地推，来来往往许多回合，木心敌不过二人，被推得一个后坐跌在了地上。

游戏一个高潮接一个高潮，到下午，群体性参加的老鹰捉小鸡开始。木心扮老鹰的角色，马飞做鸡妈妈，他站在前面，双手展开，后面的一群人一个接一个抓住前一个人的后襟，连成一串，如一列火车，断后的则是热滋。开始后，木心拼命一样地想要从马风身后揪出一只“小鸡”来，跳来跳去地像上足发条的青蛙。他忽左忽右，马飞则挡在他的前面，蹲成马步来回地跳着，热滋的动作最大，他在最后，见木心绕过来，就拉着一线人快速逃跑，在人群后面摆来摆去，如甩动的鞭梢。这让木心无从下手，只好纵身跳起，猛扑过去，把一群“小鸡”压在身下，才取得成功。

活动交替进行半天后，又展开射击比赛，大显身手的是猎人草生，他把山神谷唯一一枝洋枪端在手中，对着百米外五根点燃的香，木心站在他身后，望过去只能看见针尖大小的红点。正怀疑能否会打中时，枪响了，吓得他一惊，赶紧望着远处的目标，等五声响过之后，跑过去一看，五颗香头已飞向不知什么地方，不由对草生的枪法佩服不已。打过枪，又射弓弩，得胜者都得到了一块野猪肉作奖励。

欢乐持续到第三天时，野猪肉已快吃完，大家也有疲倦的感觉，坐下来说着一年的事和即将开始的生活，几个年轻女子则在一棵树下荡秋千。见柳馨也在其中，木心便跑过去，主动推她们，轮到柳馨时更加卖力，将她推得和树梢一样高。她坐在上面，衣服被风掀起，露出好看的腰，木心不断推送，到高处时，她总被惊得尖叫声不断，最后造成了翻千，只见柳馨被惯性猛甩出去，在空中划出一道优美的弧线，才飘飘然然地落到了山一样堆放的玉米秸上。人们大惊，潮水一样涌过去，见她坐在玉米秸中，惊得花容失色，老释比喊了她一声，才回过神来，说没有什么，就是很吓人，说完站起来走下玉米秸堆，又和大家欢乐去了。

傍晚，大家聚完餐，收拾好各自带的用具，纷纷走在回家的路上，木心和柳馨以送老瓜头回家为名，溜到溪边，坐在一起说了很久的话，才拉着手回去。

过完牛王节，山神谷开始不时在清晨传来猪的叫声，按习惯过了十月初一，就是杀年猪的日子。木心感到很开心，他家杀猪的日子定在十月十九，到十八那天，木心就一早起来，和他爹一起在靠近坝子的一块斜坡上挖出一个坑口向下的长条形土坑。

土坑一头大一头小，靠山的一头刚好能放下一口锅，下边则能坐下一个人正好向锅底加柴烧火。烫猪用的灶准备好后，木心又在灶的上方放上一块面板，用石头垫成一个斜向铁锅的平面，准备妥当才回到家中，坐在火塘上吃饭，边吃边商讨请人帮忙的事。木心说：“请热滋做刀儿匠，他快狠准，猪不会受苦，也能讨个吉利。”意见被采纳后，又确定由马风做二把手，木心按后腿，他爹接血盆。商量妥当时，木心又说：“今晚给猪多加一些面，让它最后一次吃好点。”

随后，木心到山上背回一背青冈柴，把柴放在土灶边时，太阳正直射下来，照在柴上，劈开的柴花子就发出了黄金般的光，一股清湿的味道散发在空气中，弄得他心神惬意，突然想喊柳馨来帮忙做杂活，回去说过之后，便连忙去通知了她。下午，木心又从地窖里取出一茴箕萝卜，把杀猪刀压在磨刀石上磨，直到锋利得在刀刃上能吹断头发后，又准备好刮子、筛子、血盆，看到已日落西山，才走进大门。

进门见娘已将一锅面汤煮好，就主动上前倒进桶中，提到猪圈里，轻轻掏进石槽中，喊："溜溜溜……"猪一听，摇摆着肥硕的身躯，哼哈着走到石槽前，见是从未有过的美食，一头埋进槽中，吃得津津有味。木心站在旁边，看着它吃，心中竟涌起许多不忍。

十九那天，鸡叫头遍的时候，木心即爬起来，在火塘里烧好一壶开水，又到溪边背回几桶水倒进大铁锅中，从火塘里取出一根燃烧的柴火，到外面塞到土灶下，引燃架好的干柴，随后，干柴又引燃了青冈，火舌摇晃而起，吻着锅底，过一会儿，水就发出了滋滋的声音。请来帮忙的人也陆续到达，坐在火塘边喝茶，吃烧馍馍，听木心说水沸了，就说："动手吧！"

一行人起身走到外面，天已大亮起来，木心走到圈边，打开门，猪便自己走了出来，在坝子里安然地踱步，不知自己已大限来临。它走了几圈，等它挪到安放在一边的杀猪凳前时，众人一拥而上，热滋拉着耳朵，马风抓住腰杆上的毛，木心抓住尾巴，一起拖向板凳。这时，猪发出了嘶哑的叫声，并把声音传向很远的峰峦，回应在峰与峰之间的时空。猪很快被按在板凳上，热滋麻利地用绳子拴住嚎叫的猪嘴，马飞用一只手掰着一只前脚，一只手死死地压住猪腰，木心在最后，用力压住后腿。见猪已被控制好，热滋立即用右手握紧尖刀，从颈项上一个天然生成的刀印上斜向心脏插入，尽没刀把，然后将刀抽出，用手遮挡在刀口上，血随即喷射出来，流进血盆中，瞬间已满至盆沿。同时，猪开始抽搐，最后弹了几下腿便不再动弹。木心他们松开手，他娘立则即奔过来，用几张纸钱在猪肉的伤口上擦过一擦，点燃送到坝子外的一丛野蒿边，祈祷说："我们也没办法，你变一刀菜，就得挨刀，快去投胎转世，下辈子不要再变猪了。"说毕回来，眼里已含着泪。

接着，热滋招呼大家把猪抬到土灶边的面板上，头朝下，用木瓢从锅里掏起翻滚的水，从尾巴开始一遍又一遍地淋。等毛开始脱落，又用刮子一遍一遍地刮，不到半个时辰，猪就变得光溜溜地肥白一片了。他们将猪抬到已搭在两根板凳之间的面板上，切下头放在神龛前敬过神，从中间剖开，取出内脏，把肉割成半米宽一扇的猪膘，放在筛子里抹好盐、花椒粉，以让它们入味。

木心爹则和其他前来帮忙的两个老人一起，把肠子翻过面，放在筛子中和上玉米面不断揉搓，直到没有气味后，才把一大铜盆拌好佐料的肥瘦间杂的肉塞进肠里，半天就做成了几圈香肠，挂在柱子上时，淡红的肠身湿漉漉的，散发出一屋肉香。柳馨帮他娘在血盆里拌入荞麦面发酵，好过两天用来蒸血馍馍。而火塘上的鼎锅里，肉香已经飘出，几个女子在洗菜煮饭，忙得井井有条，像是在自己家里一样随便。

木心忙活完毕后，坐在板凳上和其他人说话，眼睛却随着柳馨的身影转，过一会儿又站起来切一片瘦肉，抹上盐放在火炭上烧。香味浓烈地窜起，烧好后，他却将烧瘦肉送给柳馨吃，见大家有意见，又烧好几片分给她们才封住几个女子的嘴。

晚饭在松光散发的光亮中进行，一张桌子和火塘铁三脚的木板边围着两桌人。客请得不多，只柳馨一家和帮忙的家里人，草生住在隔墙，属邻居，也请了来，老瓜头当然是少不了的，几乎全寨人都要请他。

大家吃肉喝酒，闹到深夜才散。

木心也起身送老瓜头出门，手里提着一吊送给他的肉，但快走到他的家门口时，突然蹿出一只野猫，抢下肉就跑，木心大吼几声也不见它把肉放下，抱怨说："死猫，连瓜头爷的肉也抢。"又说："明天再割一吊送来。"老瓜头只是笑，心里存着感激，很多年都是这样，山神谷的人总很照顾他。

过了两天，木心帮他爹把肉挂在火塘上方的木杆上，又在火塘里放些柏香和其他柴火，弄出浓烟来熏，再过二十来天，腊肉就做成了。

杀猪的事仍在继续，有时，木心也去帮忙，过程中见识了不同种类的猪，他感到最害怕的是偶尔会遇上不嚎叫的，它在被宰杀时一声不响，一副顺其自然的态度，仿佛在说："认命了，反正颈项上都长有刀印，不挨刀反而没有道理！"杀时，猪脸阴森森的，眼睛毫无表情，让木心浑身发冷，每次帮忙都有些害怕，直到听马风说不叫是因为杀前给它喂了花椒，才稍许放下心来。

冬月二十七，他去草生家帮忙，其他人还是热滋他们，大家都和草生有些隔阂，但山神谷有个规矩，不管有多大的仇，有事都要相互帮助。他们做妥准备杀猪时，由马风掌刀，他在最前列，按住猪头，动刀时却发生了怪事，刀无论怎样都杀不进猪的颈项，增加一个人帮忙也不行，刀尖就如杀在石头上，用力插下时，"当、当、当"地响。马飞又捡起一块石头，让热滋按住前腿，把刀尖抵在刀印上，使劲地打刀把，仍然不能杀进皮肉，刀把却被打烂了。

草生惊得目瞪口呆，说："可能是被老释比使法了。"木心即朝碉楼跑去，见老释比正坐在坝子里的石头上，就小心地问："高头爷爷，草生家的猪怎么杀不进皮肉呢？"老释比"啊"了一声，说："回去吧，我封了刀，你们每一刀都杀在石板上，哪里能行，现在能杀进去了！"木心一听，转身跑到草生家的坝子里，在马风耳边悄悄传递了老释比的话，又让大家重新把猪按在板凳上，马风站在前边，在刀尖上吐一口口水，再把刀从自己的胯下递出，一用力，刀就像切豆腐一样钻入了猪脖子里。

见猪已死，大家休息一阵后，准备把它抬到锅边烫毛，正要走近时，那猪又突然活过来，翻身站在血盆里，吓得牛肋巴尖声地叫，赶紧拿几张纸钱在旁边烧，又忏悔自己平时对它不好，草生不该用黑山术狩猎，过一会儿，猪才自己翻身躺回板凳上。但木心已不敢上前，怕沸水一淋，又会将它烫活，直到有人又去释比那里取来一道符帖在猪脸上，才放心地做完了所有事情。帮完忙，木心他们却不肯吃饭，告辞走出屋子，跑到了老瓜头那里。

老瓜头正在门前的坝子里打草鞋，看见木心他们到了，就放下一把淡黄的马莲草，站起来招呼说："都来了，坐。"木心看了看天，说："天气还不错，坐外面好些。"到屋里搬出两根板凳让大家坐下，自己到旁边抱来一些柴，放在坝子中间，从火塘里夹出一个火炭放在柴下，趴下猛吹。不久，火就燃烧了起来，发出噼噼啪啪的爆裂声。老瓜头即起身去烧开水，热滋提议说："干脆在这里整晚饭算了。"见老瓜头同意后，便去捡来一茁箕洋芋，端到溪边洗净后煮在鼎锅里，又取来几包玉米棒，放在火边烤。

随后，他们坐下来，讨论发生在草生家的事，老瓜头说："都晓得了，说是老释比在警告他。"话题又自然转到老释比身上，都觉得他神秘莫测，木心本来对他为自己找回灵魂的事感到不可思议，心想，释比是哪里来的呢？怎么会有这么大的本领？便问："瓜头爷，释比是怎么回事？"老瓜头咂了一口烟，说："神奇得很，是从天上来的！"见大家都在竖起耳朵听，便讲了一个有关释比的故事。

故事说，很早以前，人间是没有释比的，自从斗安珠和木姐珠成婚到凡间生活后，天神见地上野兽凶猛，疾病流行，妖魔鬼怪当道，就派出天上的祭司阿爸木纳到凡间主持祭祀、镇妖除魔、确保太平。

阿爸木纳领命下凡时，带着一部经书，他走出天门，拨开云雾看到人间乌烟瘴气，掐指计算了一下，还有三年浩劫。就不慌不忙地走，从马桑树上下到地面后，站在雪隆包上，欣赏满天雪景，又钻过云海，在半山上尽享灵芝仙草的清香。他一路走向山下，到雪隆包下的草甸上时，见鲜花正在开放，野蜂飞舞，鸟儿翩翩，便在一片草地上躺下来，不知不觉间已熟睡过去。

俗话说："山中方一日，世上已千年。"老瓜头讲述说，阿爸木纳醒来时已过去两年光景，他正想赶路，经书却不见了，跳起来就开始四处寻找，找来找去只看见一只在草丛中吃草的羊，便蹲在石包上后悔。这时，从一棵树上传来了声音，问他："是不是经书不见了？"他顺着声音望去，一只金丝猴正坐在一棵马桑树的枝丫上，望着他用手遮着嘴偷偷地笑。阿爸木纳赶紧说："就是，找不到了。"猴子用手一指，说："它偷吃了。""那怎么办呢？"阿爸木纳又问。"好办！"猴子说，"把它杀死，剥下皮子做鼓，一敲击你就会想起经文。"

阿爸木纳一听，立即跑过去捉住羊杀了，剥下皮子做成一面鼓，用羊角柴做的鼓槌一敲，经文果然像翻书一样出现在了他的脑海里。老瓜头说："据传，山神谷的文字就是那时丢失的！"木心更加好奇，又问："那鼓为什么只有一面呢？""还不是因为贪睡。"老瓜头回答说。

他接着讲述，阿爸木纳丢了经书，却得到一面羊皮鼓，他用一根藤条系着，挎在右肩上，一路过山过水，向山神谷走去。走到牛场后的石碉楼时，见一股清泉从石下涌出，花草中彩蝶飞舞，因已走很长时间的路，人已很困乏，就坐下休息，随后又顺势躺在草坡上，鼓则放在身边的草地上。躺一会儿，阿爸木纳又睡着了，一睡就是一年半，被一阵清凉的雨浇醒时，已是一天黄昏，立即起来，拿起鼓一看，接触地面的那面已经腐烂，他只好在鼓圈里安装了一个手把，左手握着拿在手上，右手握着鼓槌走到了山神谷。

到山神谷后，阿爸木纳立即施展法术，降服了妖魔鬼怪，规定了野兽界的秩序，让神界、凡间、鬼界互不相干，日子才变得清平祥和。"所以，阿爸木纳就成了释比的祖师，他们在做法事时，得先请阿爸木纳来帮忙，神龛上要供猴头，做法事时要戴猴皮帽。"老瓜头最后说。

讲述结束时，洋芋已煮好，一人问："有没有酒？"老瓜头说："有，才从挑子客那里买来的。”木心一听，起身走进屋内，从挂在火塘上的木钩中取下几节香肠，用白菜叶子包好，放在紫红色的火灰中烧，一股白烟便突兀而起，每个人的心中也增加了不少愉快的感觉。

过一会儿，香肠的香味开始从火灰中散发出来，在坝子里萦绕出一片诱惑，木心用火钳夹出来，放到旁边的一张石板上，把烧得焦黄的白菜叶子剥开，在石板上抖过几抖，然后折成几截，给每个人都发了一根，说：“这样吃味道好。”又叫老瓜头：“瓜头爷，倒酒来。”话音刚落，一大土碗酒已递到面前，大家让他先喝，然后相互传递，一人一口地巡回吮吸，几圈下来一碗就喝完了，然后又倒一碗继续。香肠吃完后，又烧了一吊野猪瘦肉，见不觉间已到夜晚，木心从屋里端出鼎锅，和大家一起吃完蒸洋芋，缠着老瓜头又讲了几个故事，才醉意朦胧地各自散去。

十三

进入腊月，山神谷的清晨已听不到猪的叫声，人们多以闲为主，每天都到议话坪聚会。聚会时，女人们坐成一排，一边绣花，一边说些家长里短的事情，有时也评说自家男人的本事。这时，往往就会引起一阵笑声，让坐在旁边的年轻女子脸羞得通红，人走到另一边，但耳朵却朝着说话的方向。其中就有柳馨，她和几个要好的女子怀着心事，精细地绣着花鞋垫，边绣花边念着木心，心想："这短命鬼几天不见，也不知跑到了哪儿去，该不会被哪个妖精迷住吧！"想到这些，心里突然有些紧张起来，担心那冤家的心会被偷走。

正想着，突然有人喊："柳馨，过来一下。"回头一看，正是木心，他正从树后探出半边身子向她招手，就站起来走过去，边走边回头看有没有人注意。她飞快地走到树后问："做啥子？"木心说："到茅草坪去晒太阳。"说完拉着她就走，一路蜿蜒走到后，又找了个隐蔽的地方，俩人才挨着坐下来，让天地缩小成了一个温暖的茅草窝。身边，四周的草已一片枯黄，凋落后的树枝枝杈杈，向上望去，印在蓝天上犹如一幅幅国画，鸟鸣山静，人闲情生，木心看着她的身影，感觉每个细胞都有美丽在扩散。

坐着也不能纯粹坐着，木心说自己一直在和热滋他们上山狩猎，主要是图好玩，明天还要去，上筲箕塘安放套子。说完问她："你说能套住什么？""妖精！"柳馨问答一句，站起来就走，说："太阳偏西了，回去吧！"木心立即站起来跟上，扯住她的手跳到前面，闪电般地亲了一下她脸颊上白嫩的酒窝，牵着手向寨子走去，到有人的地方才分开一前一后地走，如两个同路的陌生人。

冬天的山原一片空寂，草枯叶落，视线出奇地好，走在树林中也能看到很远的地方。木心他们到达野兽出没的筲箕塘后，分开活动，在通向周边山崖的独路上安放套子，眼看已至午时，就坐在岩窝棚子前吃馍馍，反正图好耍，狩多少猎并不重要。正谈笑间，突然从远处一座山峰下传来了喧闹声，几个人提起枪跑过去一看，一群金丝猴正在树梢上来回飞跑，但不离开，只吱吱乱叫，显得紧张不安，或抱着树枝摇晃，或跳到地上又立即弹回空中，蹲在树枝上沉默地注视着树下，脸上尽是悲切的表情。

木心他们觉得奇怪，赶紧穿过树林一看，是刚才安放的套子拴住了一只母猴，它被弹起的弓吊在半空，两只前脚与地上的枯叶若即若离，金黄色的长毛覆盖在身上，光滑生动，给人柔软的感觉。马风说："皮毛很好，能卖个好价钱。"说完就要举枪，却看见倒挂的母猴前还有一只小猴，它用两只手紧紧抱着母猴的头，像小孩一样可爱，还不时用手抚摸着它的脸，像在安慰它。见到木心他们，更加惊恐，眼里的泪珠子一样往下滚落。

山神谷的人对猴子素来怀有尊敬之心，一般不轻易猎杀，见此情景，木心也快要掉下泪似的，说："怎么还下得了手！"让马风放下枪，想走过去把套子解开，但一走近，那母猴便拼命地挣扎，甚至想把腿咬断逃跑，但在挣扎中仍对小猴充满关爱，不时赶它，像是想让它先跑。小猴却不肯离开，只是吱吱地哭。热滋说："它已误会我们，这样不行，它会弄断自己的腿的，还不是等于杀了它，马风你来吧！"马风一听，走上前把木心拉到后面，从皮肚兜里摸出一把飞刀，等猴子安静下来后，即反手打出，一道白光过后，拴住猴子脚的绳子已被割断。母猴落到地上，立即把小猴抱在怀里，翻身跳上一棵高大的桦树，直到树梢才回头望着他们，双手抱在一起弯了三次腰，像鞠躬的样子。然后，才背上小猴，和猴群一起抓住树梢飞向了峰峦上的松林中。

木心他们很受震动，心想，整个冬天猴子都可能会在这里活动，不能在这里狩猎了，即分散而去，将安放好的套子收回，才空手走向回去的路。

虽然没有猎获到什么，木心他们反而更加轻松坦然，走在路上，踩着阴山上积累的雪和厚厚的落叶，脚步轻快，到寨子对面的一片山坡时，见天已黑下来，才想起收套子时费了不少时间。木心提议说："这片林子野鸡不少，干脆打一阵再回去！"得到其他人同意后，他们便在林中坐下来。等到月亮升起，野鸡入睡后，他们才开始行动。

时值冬月十五，月亮从东山升起来，银盘一样贴着天空，又慢慢向上滑动，随着高度增加，霜一样的光开始从山峰覆盖下来，如水洗涤着寂静的树木枯草。照到木心他们所在的树林时，林中也变得了一片银白，树枝斑驳的影子印在地上，到处疏影横斜，朦胧出古诗的意境。

几个人分散而去后，木心位于朦胧里，踏着漏进枝丫的月光行走，边走边朝树上望，一会儿，就看见一个长条形的黑影蹲在枝条上。他举枪瞄准，“砰”的一声，那黑影就如陀螺一样旋转着头朝下栽到了落叶上。马风立即走过去，捡起来提在手里，又开始寻找下一只鸡。

但枪声一响，视线不佳的野鸡惊飞乱窜起来，跌跌撞撞地飞到其他树上，热滋就让马风用飞刀，悄无声息地又打落几只后，热滋说：“差不多了！”说完又放响一枪，随着一束火光向上窜起，树上的野鸡却没有落下来，只被惊飞而起。他们正准备离开，却传来“嘭”的一声响，一只慌张的野鸡撞在树干上碰断了脖子，正掉在树根前。木心上前捡起，说：“真的不能再打了。”抢先走在前面，抬头张望时，四周的山已在月光下一片迷糊，呈曲线起伏于天空下，像舒缓地行进着的马群。

走到溪边的水磨坊，里面却亮着光，石磨轰隆隆地转动着，进去一看，是柳馨家在推冬面。

推冬面是山神谷的一件大事，冬天的溪水会封冻到第二年三月，溪水冲不转磨盘，所以，一次要磨够吃三个多月的面粉。才入冬，寨子里的人就按先后次序开展了磨面活动，他们先把一升青稞或者玉米放在磨坊中的一个木架子上排队，然后从头到尾依次进行，一家人往往要磨两三天。整个冬天，磨子都在日夜不停地转，唱着的吱吱呀呀的歌，像冬日里的小夜曲。轮到柳馨家时，推冬面已到尾声，水开始变小，磨面的时间就相对变得了更长。

木心他们走进去，见一家人正在忙碌，她爹坐在火坑前补锣筛，柳馨站在面柜子前打锣，一来一往把锣碰得“哐哐”地响，她的身体摇摆着，带动的臀精致而充满节奏，见有人进来，就扭头打招呼让大家坐。

一行人便坐到火坑前，拉着些闲话，说：“饿了，磨子里的烧馍最好吃。”柳馨爹是善良人，听到后即说：“马上烧。”起身走到面柜子里掏出面，倒在木盆里揉搓成饼子状的面团放到了火灰里。木心不坐，帮柳馨打锣，不时对一下眼，在火光、松光辉映的光亮中，含着很深的情。其他人则坐在火边等烧馍馍，她爹说：“要翻三次才熟，不是有三吹三拍的说法么。”然后就参与到了有关磨坊奇事的谈论里。

说到磨坊，自然就会说到毒药猫，山神谷有一种说法，磨坊是毒药猫聚会的地方，每年一次，周围十六寨的猫们都会到齐。她们围坐在磨盘上，脸朝外，毒药猫工则坐在磨心上给大家开会，总结上一年的经历，安排下一年的事情。柳馨爹说:“听老人讲,有人还亲自见过。”

他讲述说,一次,寨子里的一个老人在夜晚从磨坊经过,听见房中叽叽喳喳地闹个不休,就悄悄靠近墙脚,把头伸向窗口朝里面望。借助月光,他看到一群女人正坐在磨盘上,在一个男人的指挥下吃东西,边吃边闹。他们吃的是肉,每咬一口都会往下滴血,嘴上也血淋淋的。心想,人怎么会吃生的呢!这时,一个女人将肉举了起来,正好对着月光,他才看清是一只人腿,吓得差点蹲坐在地上,又听里面说:“有生人气味,捉来一起吃了。”吓得他转身就跑,一口气到了老释比的先人老老释比家中,说了情况。

“机会来了,我早就想收拾她们。”老老释比说完,立即拿起法器,走到磨坊门口,先悄悄念诵《封门经》,又用法术请来了各路神灵,让他们帮忙守住门口、窗子,不准让毒药猫跳出去,然后才念下坛经中的《独》。经文说:

三天没来毒药猫
三夜未来不算迟
我是羌人的释比
三根绳子来驱鬼
三扒网绳套邪鬼
半夜来后逃不脱
……
天不见亮云不散
放着一垛杨柳柴
还有一副大磨石
你在磨石柴下躲
别往正路去上行
你躲要往邪路去

我是羌人大释比
烧尽作邪的鬼怪
打烂毒药鬼的窝
烧尽毒药鬼的城
要把作邪鬼驱赶

赶到八梁九山去

……

念毕，老老释比把系在腰间的麻绳解开，向磨坊里甩去，只见绳子箭一样笔直地射出后，又在半空交织成网，刚好覆盖在磨子上，瞬间就把一群毒药猫网在了里面。他又去放开水闸，让磨子转动起来，将猫王吸入磨心，碾磨成了血水。其他毒药猫则任凭她们挣扎，累得不能动时，他才推门进去，用手捏住网口，把她们背到背上，向野外的火烧坪走去。

到达火烧坪，老老释比再次念动经文，请神灵围在四周，祭拜祖师阿爸木纳说："感谢你来帮助，弟子有您在场，就踏实多了。"念完即把毒药猫塞到两块叠在一起的巨石中间的缝隙里，在外面放一堆杨柳柴，用火点燃焚烧，青烟一起，火焰就朝着石缝里凶猛地乱钻，烧得里面惊声尖叫说："完了，完了，再也吃不成肉了。"过一会儿，声音开始渐渐衰弱下去，正要大功告成，天空却突然响起一阵雷声，接着下起倾盆大雨，很快淋熄了大火，云端的一个声音喊道："各路神灵都回去归位，一个地方没有毒药猫水都会有毒，让它们去吧。"

老老释比见是天神阿爸木纳，立即跪在地上，仰头说："知道了。"随即收回法术，被烧得焦头烂额的幸存毒药猫见网已撤除，飞也似的逃出，嘶声蛙气地跑向了树林里。老老释比又将烧死的毒药猫收到一起，埋在一棵千年柏树下。"第二天，许多寨子里都有一些女人被烧死的消息传出，一些女人则烧伤了脸。"柳馨爹还说，"本来从那时起就不再会有毒药猫的，因为这样，现在仍然还有。"

说完，烧馍馍已经翻过三番，柳馨爹掏出来，拍了三下，吹去火灰，说："可以吃了！"随即，一人掰下一块，拿在手里啃着吃。木心仍在帮柳馨打锣筛面，走过去拿一块，又回到原来的地方。其他几个人则仍旧坐在火坑前，说些妖魔鬼怪的故事。热滋说，有时妖也会遇到凶人，一次，说是一个藤精住进了磨坊里，一有男人住在里面，她就变成美女，施展媚术，得手后立即喝他们的血，人们都不敢再到磨坊里磨面。

一天，一个外地漆匠住到了里边。

他是茂州东路人，叫树生，祖祖辈辈都以割漆为生计，树生三十来岁，手臂奇长，像天生就善于爬树的大猩猩，腿短而有力，走路风一样快。见他住到磨坊里，即有好心人前去劝说，请他到自己家里住，说："出门在外，山神谷每一户人都可以当你的家，磨坊有妖，不能再住下去。"但树生不想麻烦他，说："不要紧。"坚持在磨坊里住了下来。

树生白天在山上活动，他先巡视山林，靠经验选择路径，漆树分散于半山坡的树林中，高大挺拔，枝繁叶茂，灰白的树身格外显眼，他以磨坊前溪边通向山上的路为轴线，朝长漆树的地方砍出一条条毛毛路，几天下来，半座山上的一百棵漆树之间，已形成一张毛路网。随后，他又砍下许多藤条和一米长、酒杯粗的树干，横在漆树干上捆绑起来，完成后又形成了树梯。

割漆是很辛苦的事情，一些人还会生漆疮，但树生不会，祖传的技艺让他割漆时得心应手。第一次开割时，他爬到树上，左手臂上吊一只竹筒，右边斜挎一个皮包，里面装着蚌壳，割漆时左手抓住树枝，脚踩在树梯上，右手用刀在漆树上切一道眼睛形的斜口，再把刀含在嘴里，从皮包里摸出蚌壳插在口子下方，反复进行，到傍晚才完毕。然后，他回到磨坊里，烧火煮饭，夜晚又在门口贴上一道平安符，躺在火坑前的地铺上，安然地入睡做梦了。

第二天清晨，树生又带上一只木桶、烧馍馍和一壶水，踏着晨曦走进山林中，从第一棵漆树开始，从树根爬到树梢，将接满漆水的蚌壳取下，倒进吊在左手臂上的竹筒里。一棵树收完后，把竹筒里的漆倒入木桶，他又到第二棵树重复进行前一棵树上的事情，一天刚好收割一次。过了半月，树生割的漆已装满五只木桶，他把它们密封起来，过几十天就可以请骡马驮着漆水回家了。

树生天天早出晚归，但从第十九天开始，磨坊周围不再清静，先是深夜里会传来嘻嘻哈哈的声音，像许多女人在笑，出去一看又什么都没有，但不管风清月白，还是细雨绵绵，都会感到空气中散发着阴气。他只好又在窗口加贴一道符，不再管那些声音，闹得实在厉害时，也只从门缝里往外看。一天晚上，树生终于看到一个女子像飘浮的羽毛般行走在蒿草上，苗条清秀，有时还是透明的，可透过身体看见背后朦胧的山影。心想，又是那个妖精在游荡了，懒得管她，反正伤不到自己，又回到地铺上倒在原来的位置睡觉。

夜半时风突然生起，呼呼地吹着，迷糊中，树生突然感到眼前出现了一个长头发女子，她站在床前，袒胸露乳，在窗外透进的微弱光亮中，苍白得有些过分。树生一惊，想是不是在做梦呢！睁开眼睛努力地看，却是真实的，轻轻偏过头,才看到风已把符吹到了磨盘上。他立即严肃起来,默念一遍咒语,把右手的三根指头咬出血,并在一起狠狠朝那女子点去,一声惊叫随即响起,见她正转身朝窗口奔去,又抓起一把放在枕头下的刀反手猛甩过去,不声不响地插在了她的背上。

天亮后,树生起来吃下一块烧馍馍,即出去查看夜晚的线索,见有血滴落在草叶上,就顺着寻找而去,在一片树丛里看到刀插在一根藤子上,自言自语地说一句"原来是藤精"后,即把藤条砍断了。砍时,那根藤还在不断地喊痛,砍断后,刀口还流着鲜红的血,才知道是千年前一个女子不知什么原因把血滴在藤子上后,竟让它修炼成了精,如果喝到人血,就难收拾了。他立即把它拖回磨坊,架在火坑上烧,烧完后又把灰撒进了水里。

"没想到树生除掉藤精,却得罪了藤子。"柳馨爹补充说,"当天,漆匠去收漆时,用来绑树梯的藤条一下子都朽了,他从一棵漆树上摔下来,一只脚受伤,感到已不能再割下去,就请来几匹骡子,驮上漆,一瘸一拐地回去了。"

他们还想说吊死鬼闹磨坊的事,想到很早以前一个住在磨坊的老头曾摸到被养尸的黄花姐时,几个人都吓得不断朝门口看。柳馨喊:"不准再讲了!"木心也觉得背皮子发凉,不断朝外面望。马风胆大,就走过去接替他打锣,说:"干脆等磨完面一起走,好帮他往家背。"又等两个时辰,面才磨完,几个人一人背一口袋,让柳馨一家人只拿了几样小东西,走出磨坊时鸡已开始叫头遍。到柳馨家放下面口袋,木心又把一只野鸡留给她后,才向家里走去。

转眼到了腊月二十三,家家都开始为过春节做准备,更多的货郎也纷纷来到山神谷。他们带着山外的东西,用蜡烛、布、米、囟水、糖果、红纸等物,换取皮毛、药材、野物肉,成天人来人往,使山神谷变得了空前热闹。木心也加入其中,他穿梭于各色人中,打探外面发生的事,为柳馨买了几尺鲜红的棉布和一盒绣花针、几卷丝线,又为家里买了一只木灯笼、几张红纸、杨柳青年画和手绘的传统日月神门神。

年味渐浓的时候,每家人都开始打扫清洁卫生,人们先清理山神谷的小路、巷道和公共活动场所,然后清理各自屋里的尘埃。柳馨家在腊月二十三扫旧尘,一早就去请木心帮忙,她说:"是爹妈叫你的。"说话时脸上透出愉快的神情，木心一听立刻出门，比她还高兴，到后就主动承担了扫屋顶的任务。他把一张围腰盖在头上，又在颈项上打一个结，只露出一张脸，样子有点滑稽。等大家把堂屋里的东西遮盖完毕后，即拿起一把箭竹扎成的扫帚，站在高板凳上，头向上仰，一左一右地打扫一年中由烟火形成的烟尘。扫帚所过之处，烟尘像黑雨一样飘洒下来，扫完时，屋顶干干净净，地面却满是黑色的灰尘。

木心从高板凳上跳下来，脸黑得像包公，柳馨忍不住地笑了起来，被她娘呵斥了一句，立即端来水让他洗。洗完后，木心又帮忙把烟尘扫起来，端到外面倒掉，收拾好其他东西，才坐下来找个机会和柳馨说话。他等她的家人到了屋里，便赶紧把买的东西悄悄递给她，说："送你的，过两天我还想去查看一次套子。"又约她一起去安装套画眉的索子，见她同意了，即起身回家做准备，连留他吃饭的喊声都没有顾及。

进入家门，他娘正在烧小麦面馍馍，说是要敬灶神，已烧好的馍馍放在火塘边，如灰白的月亮，散发出阵阵香味。见母亲还在给馍馍抹糖，他问："为啥子要给它抹糖呢?"她回答说："吃过糖，灶神就会在上天汇报情况时，多说甜言蜜语，他一年四季都住在家里收集情况，难免会听到些不好的事，上去一说，就会有麻烦的。"木心一听，心想，原来神也要得点好处才肯帮忙，但嘴上没说。他到房背上抽出几根麻秆，剥下皮，用麻车绞成几根细麻绳，又去笼子里取下两包玉米和一把弯刀放在一起，准备明天一早，就和柳馨进山安索子。

到夜晚，木心躺在墙边的木板床上，头正对着灶头，敬灶神的仪式已经完毕，一家人都已入睡，屋里黑得像墨，唯有灶台上透出的光线格外明亮。他望过去，馍馍立在灶台边，紧靠墙，一口锅里的清油灯透过筛子，光线雨一样射向屋顶，与从天井透入的一片散光相交映，像夜色中的灵感。木心的心被美妙地触动，望着那光，心里说不出地神怡，迷蒙之中，好似有一个飘逸的身影走进了光线中，又通过天井消失在了夜空里。他想，那一定是灶神上天去了，接下来的几天不再需要谨小慎微，说错话也不会有神知道，心里一下放松许多，翻转身香甜地睡了。

清晨，草上落下一层清霜，路边的石头也一片素色，清寒直入心里。木心早早吃过饭，拿上准备好的东西，到柳馨家门前不远的石包上吹响两声口哨，柳馨即走出门，小跑着到了面前。随后，他们一起走，转过弯后再沿着一道山梁后的小径，爬到了一片缓坡。缓坡叫窝窝田，是一处荒地，杂树与草坪并存，因地势呈凹形，在冬天依然温暖，树上的红果一串又一串地挂在枝丫上，到处是鸟，从高山上下来寻食的画眉成群结队，穿梭在叶落枝枯的树丛间，争先恐后地唱着悠然自得的歌谣。

木心和柳馨走进一块舒缓的草坪，浅黄色的草已倒伏成厚厚的草垫，坐在上面干燥而柔软，唤起人许多的向往。他们坐下来，说完关于过年的话，便开始安装索套。木心找到一处红果繁茂的树，选一根手指般粗细的枝条，削去旁枝，从枝梢处砍断，系上麻绳做弓，又在不远处栽一根桩，将麻绳拉近绑上，让细枝将绳子绷紧。然后，他找一根树杈钩，夹在树桩上，将弓拉过来，用一截细小的树枝扣住一根与钩把平行的枝条，再用麻绳穿一个圈放在枝条上，在树桩上放好玉米，才离开。他们接连安放好十根套子，又找到一个隐秘的地方，在枯草上脸对脸躺了许久，到下午才回去。

接下来，去看套子成了木心约柳馨一同外出的理由，心里充满激动。过两天，他又到那块石包上吹响口哨，约她出来。到安放索子的地方时，见一些已弹起，被套住的画眉正扑腾着翅膀挣扎，看到有人来，还发出喳喳的叫声，让人感到心中不忍。他们走过去，将它们捉住，解下来放到笼子里，再将绳套安装好。一连取下几只，到最边沿一根时，看到一群画眉正在周围喧闹，便藏到树丛中，看见画眉都想去吃桩上的玉米，又犹豫不决，飞拢又飞开，一来一往闹得沸沸扬扬。

过了很久，才有一只胆大的画眉飞到弓背上，站一会儿又跳到别在钩子里的细枝上，伸出嘴啄玉米，但只吃到第三颗，脚下的细枝突然向下掉落，画眉向下一坠，正想飞走，弹起的弓已收紧绳子，圈变成结，把它的脚牢牢套住了。它立即惊叫起来，其他画眉也万分紧张，闹成一片，许多鸟还绕在它身边，做出试图解救的样子，但毫无办法，闹一会儿，也就飞走了。

木心正准备前去解套，突然从天空射下一只鹰，一口将画眉含着，瞬间又上升到了云端，等到心都快惊得跳出胸膛的木心仔细看时，套索上已只剩下一只画眉的腿，才知道那只鹰一直在空中盘旋，原本就是和他抢猎物的，不再管那条画眉腿，他拉起柳馨就走，说："今天就这样，魂都快吓掉了。"

事情重复三天后，雪开始铺天盖地下起来，一个夜晚就堆到一尺多厚，山神谷人又多出了一件扫雪的事来。

扫雪在清晨进行，天刚亮，到处都已是扫帚扫地的声音，唰、唰、唰地响，青烟从天井上袅袅上升，在无风的山谷直达天空的灰朦，四周无限洁白，雪压在树上、草上、峰峦上、石头上，白茫茫一片如童话里的世界。木心起来，双手缩着，挟着竹子扎成的扫帚走出门一望，就已被雪光射得睁不开眼，只好眯缝着适应好一会儿，才从门前开始，将雪扫向坝子两边。扫过一阵，身体开始发热，但手还是冻得生疼，他返回屋在火塘前烤了一阵，才沿着独木楼梯爬到房背，将堆积的雪扫到墙角，再铲起来抛到房外的荒草中。扫完下到地上，他又按规矩清扫寨子里连接各家各户的路。

将自家负责的路扫完时，其他人也扫到了交界处，扫过雪的路于是连在一起，在白雪中间，像浅黄色的线，枝枝丫丫延伸到各家门口。木心又向下扫去，扫到老瓜头门口一看，老瓜头还未开始扫雪，他只将坝子扫出一条路，即走进屋里，见他正坐在火塘边，背上披一件老棉袄，但没有把手臂伸入袖子中，而是面对熊熊燃烧的火，两臂展开，幸福地烤着胸口，边烤边喝着苦丁茶，显得很惬意。见到木心，就让他坐下烤火，说："难为你了，房背不用扫，太阳出来就会化，反正不会漏水。"

随后，老瓜头把衣服穿好，走到外面看了看，说："好雪！"又去柴垛上取下两根干柴，回屋加到火塘中。问他："听说套到不少画眉，都吃了？""没有，抹好盐挂在火塘上，等干后烤来吃，已有十多只。"木心回答说。

"又没有多少肉，拉命债做什么！"老瓜头说，"不如上高山去套个大的，好过年。"木心回答一句"就是"便挟着扫帚走出大门，到家后见早饭已做好，是洋芋面疙瘩，拿出一只大土碗掏了几瓢，挟些咸菜，吃完后就出门去看套子。

这次他没有喊柳馨，一人踩着没膝的雪，爬到窝窝田时，雪已在微弱的冬阳下开始融化，向阳的地方已露出草和枯寂的树。画眉却依旧在树梢上欢闹，木心观赏着雪后初晴的晶莹，发现对面的山峰已一片雪霁风光。全部套子都已被雪压得弹了起来，什么都未套住，他没有继续安装，只把兜里的玉米摸出来撒在雪地上，然后一溜一滑地向寨子走去。

到寨子后，木心将柳馨用口哨约到他们在玉米秸堆中掏的洞里，说完不想再套画眉的事，又说准备到牛场后的山峰安放几个套子。"雪已下几天，很多野物都会被赶到半山上，肯定能猎获到野牛什么的。”木心说，“我会约他们几个一起去。”但柳馨并不说话，只将手相互插在袖口中，望着他，眼睛眯缝着，显得楚楚动人。木心便不再说话，用一只手揽过她的腰，偏头用呼吸哈她的脸和耳。正想有所动作，外面却传来了狗叫声，两人只好立即分开，等声音远去后，才对看一眼，站起来拍一拍身上的玉米叶，一前一后走出去，各自回到了家里。

木心去约马风和热滋，但他们都有事，许多人都赶着骡马到茂州城买东西或受人聘请驮货物去了，只好一人去。他做好准备，第二天清晨即起床，穿上麻布衣服，裹好毪子绑腿，穿着羊毛袜子和草鞋，带一块烧馍和明火枪，走出大门时，天边才露出晨曦。他沿通向火地的老路走去，清晨滴水成冰，呼出的气在眼前散成一团团白雾，树枝上挂着冰凌，晨光映照在白雪上，莹莹地闪烁着透亮的光，路中和路的两边都是雪，踩在上面，发出咕咕的声音。木心快速地向上走去，脚上的草鞋踏着雪，像吸盘一样附在上面，一点都不滑动，让他如走平地一样稳。

翻过火地，路开始蜿蜒于森林中，光线稍许暗了一些，木心穿梭而行，偶有被惊动的鸟从树上飞起，抖落的雪纷纷扬扬撒下来，掉进他的颈项里，冰凉得周身都如贯穿了凉气。一些野鸡在雪地中觅食，见到他，便飞快地向前蹿去，在雪上留下了一串串“个”字。他无暇顾及这些，只想尽快到牛场后的那片峰林里，安好套子就返回。一路都静寂得让人心慌，到了牛场，更是银装素裹，白茫茫一片，从因草生讲的故事让他害怕的岩窝旁边经过时，见里面隐约有青烟冒出，心想，还有人在里面，是谁呢？如有伴就太好了。绕过去一看，岩窝却空空的，烟正从一根被火灰掩盖的青冈柴上冒出。原来，几天前有人来过，住在岩窝中狩猎，走时有意留了火种以方便后来的人。

火能壮人胆量，木心见有人来过，放松不少，但没有进去，只伸过去一截木棍，在火源上又覆盖上一层灰，才走向岩窝后的森林。

越向高处走，雪越深，木心决定朝一座向阳的梁子走去。他一路观察着野物走过的痕迹，到山梁上后就沿梁子朝上走，见向阳的山坡是一片大山羊角林，密密麻麻的，枝干交错层叠，除野鸡和鸟，岩羊和野猪都难通过。他正准备在阴山坡上发现的野物行走过的路上安放套子，一抬头却发现一只巨大的野牛头朝上卧在两棵树之间，像正努力地想爬到山梁上的一块岩台。

木心大惊，心都提到了嗓子眼上，立即藏到一棵松树后蹲下来，将明火枪的机头掰起，安上引火炮架在前面的石包上，却不敢开枪。他知道独牛凶猛，听说有个猎人曾经遇见过一头独野牛，一枪打过去，子弹射在毛皮上又反弹过来，并把一根树枝打成两截。那牛受到惊吓，转过身冲过来，头一甩就把他抛到了十多米高的树枝上挂着，等另一座山梁上的一个猎人听见枪声和他的叫喊后，翻山过来把他救下时，只剩半条命了。

瞄准半个时辰，见野牛还是不动，他感到十分奇怪，便壮着胆，抓起一块石头抛过去试探，野牛还是不动，又爬到树上放了一枪，子弹打在野牛旁边的树上，震得树上的枯枝败叶纷纷掉落。看到还是没反应，木心梭下树，弓着身子，悄悄靠近，才发现野牛闭着眼，嘴触在雪中，显然已经死了，巨大的角却向上弯着，依旧透出往日的威风，他放下心，走近用脚踢了几下，牛身已僵硬如冰。这时，他才看清野牛在通过山梁上的一条横路时，左前脚踩滑，刚巧卡在两棵并排而生、有碗口粗的黄桠木之间，根本无法取出，挣扎中后半身又掉下悬崖，自己被自己的前肢挂着，活活地吊死了。从痕迹来看，事情刚发生不长时间，它死后，又被冰冻起来，成了放在冰箱里的一吨鲜肉。

木心觉得这是山神赐给他的年货，已没有安放套子的想法，站在旁边，抽出背后的弯刀将其中的一棵树齐根砍断，野牛的前腿即从夹缝中脱出，向下飞快地滑落而去，翻滚到梁子下边，才被一棵树拦下来。随后，木心才从梁子上的毛毛路梭下去。他一观察，见野牛正好滚到通向山神谷的一道土槽边，槽中全是冰雪，便用刀砍断了拦住野牛的树，拉着巨大的牛尾，顺着陡峭的冰雪槽向下拖去，一直拖到寨子旁边的横路口，才跑回去通知大家，让他们一同前往剥牛分肉。

消息传到柳馨耳里，惊得她张开嘴就闭合不下来，正在绣花的手刚好将线拉到半空，便定格成了一幅好看的画。她觉得打野牛不是轻易的事情，弄不好还会丢命，又佩服又害怕，回过神来放下针线往外走，沿着通向西边的一条横路和一些人结伴而行。

到了一看，牛已被拖到一块平静的枯草坪上，人们已在坪上烧起大火，烘烤冰冻的牛身。大家热切地议论着，她挤在其中，听半晌才明白牛是自己卡死的，觉得非常有趣。剥下野牛皮，有经验的人就将牛肉按全寨的户数分开，合理搭配，多少一样，然后让各自取一份带回家。木心当然得到了牛皮、头、尾和四蹄，他将它们用背篼背回家中，连夜把牛尾巴里的筋抽掉，挂在堂屋中间的柱子上，又将牛头煮烂，剔尽肉后做了个巨大的牛头，蹄子则在灼烧后刮得黄灿灿的，放在了火塘的架子上。

做完一切，木心才满足地去睡觉，想到白天发生的事，像梦一样虚幻，翻过身脸朝向墙壁，黑暗中又好似正浮现出了山神的影子，立即在心中感谢一番，才沉沉地入梦。

梦中，他和柳馨走在野花竞放的小径上，四周彩蝶飞舞，山风扑面，清凉透骨，走到一处溪边时，又听到有轰隆隆的声音传来。他牵着她的手，转过一道弯，看见一道瀑布正从百丈高的红色崖壁上飞跌而下，银白的身影闪闪烁烁，散发的水雾弥漫于谷中，在阳光下形成了一道七色光环。瀑布下是一个方圆几百平方米的潭，晶莹得像宝石一样，一见就想溶入其中。在心醉的碧绿里，又生出一石，石上的石窝自成一池，有半人深，水从石孔中涌出，散发着白茫茫的雾。

看到有温泉，木心动员柳馨泡澡，说："这是治病的水，洗一下，保证皮肤更加光滑细腻。"柳馨先是不肯，经木心再三言说，才扭捏着脱下衣，赤条条钻进水里，从碧绿中透出冰肌玉骨的白，洁净柔弱的娇艳晃悠在水中，如七仙女下凡洗澡般圣洁。木心立在池边，看着池外更加深远的绿，把水浇在她身上，正心猿意马，又听见她轻声说："你也进来泡一下。"随即脱光衣服跳进水里，正想将一团洁白抱在怀中，柳馨却向下一沉，不见了踪影，吓得他惊慌地呼喊，刚潜入水中寻找，就被一口水灌得醒了过来。

见是梦，便后悔不该醒来，或许她就躺在水中，正想着，鸡已叫起来，声音回荡在山谷间，一鸡领头，百鸡随后，清晨前的夜色，瞬间已一片鸡声。天明后，木心即起来，用放在屋顶上的一根黄桠木，打磨成精致的木柄，插在野牛尾上，又用皮线扎紧，丝线装饰，做成一把类似鸡毛掸子的牛尾帚后，就拿出去送给了柳馨。还想给她讲梦里的事，但却未能开口，也就失去了暗示做某种事情的机遇。

十四

大年三十在白雪飘飘中说到就到了，木心家早已做好过年准备，清晨起来，他爹就朝火塘里放入一根大青冈柴，又倒进一堆木炭，他娘则在土灶上推豆腐。

豆子是头一天夜里用温水浸泡过的，胀鼓鼓的，一掐就会冒出浆来。她把木条做的磨架子搭在锅沿上，再坐上石磨，左手握住手柄，右手握一把木勺，然后朝顺时针方向转动，推两圈朝磨心里倒一勺豆子和水，雪白的浆便从两扇石磨间的缝隙中流出，又落进锅里。她的上半身好看地随着磨子的节奏转动，谐调而明快，像跳芭蕾的演员，舒缓的声音如清雅的音乐，等到木盆里的豆子掏完时，锅里已是满满的豆浆了。

木心在屋里做着杂事，豆子推完时他刚好打扫完卫生，走过去探头一看，即去抱了柴往灶膛里烧火，火燃起来后，就坐在灶前一边烤火一边看他娘做豆腐。过一会儿，锅里开始散发出豆浆的香味，她用木勺不停地搅动着，又朝里面放一些花椒籽。等到泡沫散尽，她才将豆渣水掏进一个铺有纱布的筲箕中，把浆漏进另一口锅里，又用纱布收紧，让木心帮忙用一根擀面杖不断按压，到挤不出汁时才停止。

压完后，木心又坐到灶膛前，铲出一些火炭放在装豆浆的锅里，他娘则朝锅里倒入一碗石膏水，边倒边搅动，直到筷子插入时不再歪倒。等差不多后，她将在卤水作用下已变成的豆花掏进一个方形木匣中，在上面压一张板，板上压好一块石头，又转身去做其他事了。

接着，她开始蒸小麦面馍馍，把发酵的面粉揉搓成一团，做成长条形，再切成若干块，揉圆，在上面划一个十字。蒸好后雪白的馍就笑成了四瓣，很好看，她又从泡着红纸的碗中，沾一些红颜色点在上面，馍就成了一件艺术品。把它们从锅里取出，装在筲箕里，香气便四溢开来。

此时，柳馨家也在做同样的事，但遇到了麻烦。

麻烦来自所蒸的馍总是不上气，柳馨到屋外抱了几次柴，锅里的水也烧干几次后，蒸气仍不能散发出来。一家人都很着急，折腾一早晨也没办法，就让柳馨跑去喊木心,看怎么办才好。但木心到后也没有办法,他听说过驾“雪山令”的事情,却从未亲眼见过,从情况来看,可能是着道法了。木心问:“有什么人来过没有?”她爹说:“人倒是没有来过,只在早上遇到草生,他问我做啥子,我说在蒸馍馍。”又问:“这和气上不来也不应有什么关系吧?”

木心提议找老释比问一下,随即和柳馨一起走到老释比家,先问过好,说:“高头爷,她家的馍蒸不熟,也不知是什么原因!”老释比听后,略一沉思,就笑着说:“中雪山令了,哪个人这么不地道,过年也要整人冤枉!”念过一段经文,又教了他们破解咒语的方法。俩人即道谢离开,飞快地跑回柳馨家里,用两根筷子在锅里架出一个十字,又吹出几口气,重新蒸上,一会儿灶台上便已蒸气弥漫。

雪山令正是草生无意中放的,他家人少,不像其他人要做许多迎新过年的准备,反正已从货郎那里买回不少东西,到时煮熟猪头及一些野物肉下酒就行,他对生活一贯只图轻松,又学了些法术,偶尔使使就能猎取大量猎物。这天早晨,他背完水,看天已大亮,在火塘边烤过一会儿火,便对牛肋巴说:“我出去转转,你已怀孕好几个月,不宜运动过多。”说完就自己出去了。走到路上遇见柳馨爹,又听说正在蒸馍馍,突然想起架雪山令的事,心想,已很久没有使用过,不知咒语忘记没忘记,随即默默地念了三遍咒语,他朗诵说:

奉请雪山老祖
急急降重霜
一更下大雨
二更下大霜
三更树木响叮当
龙来龙去爪
虎来虎退蹄
烈火不敢进
生风飘满锅
奉请雪山老祖

念毕,又用右手的拇指掐着中指,下意识地朝柳馨家门前一点。这就出了问题,草生本来无心,但大凡术士,在法事做到一定程度后,哪怕是潜意识地默想一下,也会灵验。他正具备了这样的本领,只是用在正道上是好事,用在歪事上就是整人冤枉了。念完后,草生并未感到什么,又转到老瓜头那里说了半个时辰的话,才回家烧馍馍,途中听见柳馨家发生的事,心里感到有些过不去,但吃过早饭,很快又忘了。

处理好事情,木心回到家,吃完饭,见母亲已开始煮腊猪头和香肠、背柳肉,和以往一样,他主动承担起了清除垃圾的事。事情必须在下午做完,因为初一到十五之间是不能扫地倒垃圾的,那样会扫去一年财运。他扫完地,又在门框上帖好请山神谷一位先生写的春联,在门板上贴好门神后,就独自站着欣赏。字很工整,上联写着"冬雪纷纷送吉祥",下联写着"春日迟迟待佳音",门楣上吊着"好运当头"的额子。木心很满意,又用红纸将木条做成的灯笼四周封好,在里面放进一盏清油灯,挂在大门正中的门楣上。

做完一切时,日已开始西沉,他便转身回到火墉边烤火。烤过一会儿,刚好将右脚搭到左膝盖上,就被母亲骂一句不懂规矩,说:"祖人先人都请回来了,还跷二郎腿。"他立即放下,才看见煮好的猪头已放在神龛前的桌子上,上面插着三根香,正敬祖老先人。立即站起来走过去,作几个揖后,又无所事事地乱转起来。

晚上,年夜饭很丰富,吃饭前木心放响一串爆竹,以宣告他家已开饭。接着,此起彼伏的爆竹声即响成一片,它们的回应在山谷徘徊辗转,惊得一些鸟从一棵树上飞起,又落到另一棵树上。他和他爹喝了些酒,饭快吃完时会留下一些剩饭,木心将它们集中在一个碗里,端到房背上分别在四只角放一些,算分封"连夜饭",让老鼠吃。他许愿说:"吃过年饭,不要乱窜,咬坏东西,打死完蛋。"又在神龛上点燃三根香,祭拜过祖先,才出门找人守夜。

除夕的夜黑得像漆,好在家家户户挂着灯笼,橘红的光散发出来,暧昧地感染着山神谷的时空,光透在石阶上,转弯抹角的路便像点亮了路灯。木心去的地方是老瓜头家里,按习惯,他一个孤人,团圆之日难免会感觉孤单,还有就是在他那里可以放肆地吹牛。所以,每年木心都要去那里坐到半夜。

走到老瓜头的坝子时,他正好被热滋扶着,从另一条石板路上下来,看样子已有点醉。山神谷有一个惯例,在除夕时会把独居或生活困难的人请到家里,和他们一起度过年夜。因每年都有许多人争着请,没请到的还会生气,十多年前,族长就定了一个规矩,从木心家开始,按顺序轮流做庄,今年刚好轮到热滋家里。他一早就将老瓜头接过去，在晚饭时又多劝了几杯酒，此时刚好送他回家。看到木心已到，自己也不先回去，一起进屋掏开火灰，在炭火上架好柴，用火筒一吹，火便燃烧起来，屋子也随之多出了不少温馨。

泡茶喝过一会儿，马飞和其他一些人也到了，他们想法一样，愿意和老瓜头吹牛。大家围坐在火塘边说话，有人提议坐久一点，说："反正要守夜，等一会儿再喝些酒。"便在老瓜头的指挥下煮香肠、野鸡和野牛肉，等他酒已醒得差不多时，便要他讲故事，木心说："讲久远的，最好和山神谷有关。"得到附和后，老瓜头开始眯缝着眼，一口一口地吐出兰花烟的清香，像进入了某种神秘状态。

"其实，山神谷现在的人并不是原始的人。"他说，"那是很早以前的事了！"随即讲出一个遥远的故事。

故事说，远古时期的山神谷一片宁静，人们安居乐业，有只猴子上天打翻了一碗水，引发凡间洪水朝天，最后只幸存下一对兄妹，俩人便准备重新造人，兄长说："兄妹是不能结婚的。"正在为难，看见沟边有一对石磨，决定一人推一扇上山，看滚下后能不能合在一起。于是，哥哥推一扇上阳山，妹妹推一扇上阴山，到山顶后，他们又同时让它们向下滚去。两扇石磨像车轮一样飞转着向山下滚去，同时到达了谷地中，从阳山滚下的稍快一些，在磨坊那里跳过溪水滚到对岸的一块草坪上，和从阴山上滚下来的合在一起，稳稳地立着。

"这时，奇迹出现了。"老瓜头说，兄妹俩从山上跑到石磨前，还在吃惊，石磨上已涌起许多血泡，它们不断膨胀爆裂，血块飞得到处都是。第二天，兄妹起来一看，已到处都有了人烟，他们就是山神谷最早的人，称戈基，过着茹毛饮血的生活。几百年后，他们又学会了放牧种田，住在岩洞或搭建的草棚里，日出而作，日落而息，岁月充满情调，直到又一群人打过来。

"他们就是山神谷人的祖先，很厉害。"老瓜头继续讲述说，那群人由一个叫阿爸白构的人带领，从北方涌来，叫羌人。他们经过山后红岩子上的独路翻到峰顶，站在山梁一看，觉得这里是块好地盘，便吆喝着从山上席卷而下。戈基人当然不肯，坚守在南山坡上，和占据北山上的羌人相持，双方都死伤了不少人。这时，又发生了一件怪事，天神的一头牛在雪隆包前吃草时，偷偷溜到山神谷后，却不见了。

天神很生气，派牛王菩萨下凡寻找，在一个岩洞里发现了牛皮，因无法确定是谁偷吃的，便检查两支人的牙齿，偏偏在戈基人的牙缝里挑出一根牛肉筋，就认定是戈基人所为。

“其实哪里是这样呢!”老瓜头叹口气说，“可能是牛自己摔死的，滚到南山坡被捡来吃了。”“但天神却认定事情就是那样。”他说。随后天神就帮助羌人，教他们用白石块对付戈基人的雪团子，用木棍对付戈基人的麻秆，又诱骗戈基人从飞水岩往下跳，几乎全被摔死。后来，羌人在山神谷住了下来，修房造屋，建筑碉楼，转眼已有几千年时光。

“那戈基人不是灭绝了?”木心问。

老瓜头突然有些忧郁，说：“当然不会，那么强大一支人，怎么都会活几个下来吧!”接着唱起一支山歌，把忧伤的声音传播到山谷里，如远古的回音，听得木心他们心里很不是滋味。

歌是诉说有关开天辟地里“分万物”的，歌词说：

神把天地来分开
神先分了天
再来分了地
天地分开在上下
太阳出来照四方
月亮出来照万世
星星分来放夜光
皇帝分来坐龙廷
……
青稞麦子长农田
八月荞花火地生
众人生来互关爱
一滴鲜血一颗心
……

唱毕，眼里竟含着泪，热滋连忙给他继上开水，又裹好兰花烟递给他，说：“瓜头爷，后来又怎样了呢?”他才稳住情绪，说：“就那样了，没有死的戈基人和羌人渐渐融在一起，相互结婚生子，传到现在已分不清谁是谁了。但戈基人有一个标记!”问标记是什么时,他却不再肯说,喊木心把肉弄好,说:“肉煮好了,弄起来吃吧,很快又到新年了。”木心立即站起来,把肉拿到菜板上切开,装在大土碗里,又放到搭在三脚上的木板上,倒好酒,坐下来刚端起酒杯,三更天已到。他说:“喝一口,新年已来临,愿我们都好!”喝完酒放下杯子,走到屋外,看见如水的夜色上空,七仙女化身的七颗星正晶亮地眨着眼。

撒完一泡尿,他又走回屋里,和大家喝酒吃肉,心里却怅然若失,被柳馨家门前的红灯勾引出的情怀久久不肯消散,听见鸡已开始叫头遍,就说:“夜守得差不多了,回去睡一会儿,明天还要起早玩耍。”几个人便分散而去,回到家中睡觉去了。

新年的第一个日子,天才麻麻亮,有人已放响火炮,因山神谷人觉得新年第一天起得早,就一年都起得早,有争先恐后开门放炮的习惯。听见响声,木心还在梦中,好似正和祖先们在一起,他们穿着兽皮,在西北黄河边的草原上放牧,羊白得像星星,吃着嫩绿色的草。祖先们骑在马背上,吹着用鹰骨做的羌笛,声音呜咽地徘徊在花草上,凄清而婉转,听得他心都快要碎掉一样。他沉浸在笛音里,望着天上的鹰出神地看,正想跑过去抓一只羊,突然天空响起一声炸雷,吓得他一惊,醒来后才知道已是正月初一清晨,火炮正陆续响起。

木心穿衣起床,看到火塘已燃起大火,走过去坐下,烤得暖和后,才从铜壶里倒出热水洗脸。随后,他走到外面转悠,见新年的早晨一片清凉,霜铺在地上,反射出清冷的光,除火炮声外,山谷寂静得如真空里的世界。他用袖筒拢着手,走在石板路上,呼出的气体在眼前白蒙蒙地散开,树枝上挂满冰凌,一切都是透彻的,寂寞装满胸怀,又滋生出莫名的忧伤。他想着梦中的事和老瓜头讲的历史,感觉深远离奇。正在用心思考,突然“嘭”的一声爆响,惊得他差点从路边的坎子上栽下去,回头望去,一股青烟正从草生家门前的坝子里向上散开,原来他以放枪替代放火炮,宣告和牛肋巴起来开门迎春了。

收回闲散的心情,他转回去,见娘已裹好汤圆,正掏在碗里放到桌子上敬祖先,爹已将香火插在木盒里的荞籽里,香头之上,青烟正袅袅升起,梦幻一样弥漫着,让他一下子想到了梦,觉得祖先们已真的回到了屋里,一言一行便包含着尊敬的成分。随后，他娘又在汤圆里加上蒸蒸酒，喊他吃，说："今天吃汤圆吉利，天天都会圆满。"木心接过来说："可能管不了多久，再下碗面。""那不行，吃面条上山会走密林林，要吃就吃馍馍。"母亲说完后，又忙别的事去了。木心吃完汤圆，又烤半块上面点有红颜色的馍馍，吃完后才穿上羊皮褂子出门。

因初一不能串门，寨子里的人正朝议话坪集中，三三两两到达的人都穿着鲜丽的衣服，柳馨也是，花枝招展地飘逸在人群里，好看得像冬天初绽的梅花。天气很好，恰逢雪后初晴，太阳已离开山峰升到半空，暖洋洋地照下来，人们依次坐在玉米秸秆上，形成了一个半圆的弧。

坝子上男女间杂，说些半荤半素的话，一些女子在绣花，看似忙碌，却多半只做样子，眼睛只顾朝坝子中间一群嬉戏的娃娃看，边偏着耳朵听那些成年女人的话，于哄堂大笑中，她们脸红扑扑的，一副甜蜜的样子。柳馨没有拿针线，斜躺在玉米秸秆上，双手抱着后脑，眼睛眯缝着望天上的白云，心思已不知飞到哪儿去了。

坐一会儿，木心站起来走到坝子中看几个小孩丢窝儿，他们一人出一个山核桃，然后用石头剪子布的方式决定先后，一个占先的男孩正站在一根划好的线上，朝一丈外的土窝里丢山核桃，几个山核桃带出黄色的线飞过去后，却没有落进窝里，他又用石片对准其中的一个打过去，还是没打中，按规则算是输了。接着由其他孩子丢，循环几次都是那样，木心便去帮忙，又轮到那娃儿时，说："我来帮你。"也不管他同不同意，从他手中抓走那把核桃，站在线上，把身子向前伸得像鹅，再伸出手，几乎将核桃放进了窝中，滚出的一个也被打中了。那娃一看，高兴得跳起来，冲过去抓起核桃就往包里装，其他几个则说不算，于是争吵起来，继而动手开打，又大哭起来，被人拉开，才发现是木心惹的事，都说他没大没小。

回到秸秆上刚坐定，热滋就抱着一坛咂酒摇摇摆摆地走了来，后面是他老娘，提着一大铜壶开水，他说："今天我请大家喝咂酒。"说完放到坝子中间，敲开泥封，把几根竹竿插在坛里，微笑着请老释比开坛。老释比坐在旁边的一张石板上，正抽烟，客气了一下便走到坛子前，举着酒竿指指点点，说："新年大吉，感谢热滋家大方热情……"说毕，自己先喝下几口，让木心执掌当酒司令。他先请族长和老瓜头各喝完一瓢，才轮流请大家进行咂饮。

咂酒是老酒，带着淡淡的苦味，劲道很足，几圈下来许多人已有酒意，便跑到边上拖起女人跳萨朗。

大家围着熊熊燃烧的大火，男女相杂，一遍又一遍地跳节庆萨朗。跳时，马风牵着八月瓜的手，跳几遍就跳出了感觉，便悄悄退出去，梭到梁子后的草甸上去了。

正在兴头上，突然有人喊："起火了！"停下来一看，玉米秸堆中已冒出一股浓浓黑烟，橘红的火焰开始窜起，灼热扑面而来，族长立即慌乱起来，其他人也本能地跑去拿水桶。热滋却让一些人留下来，从燃烧的秸秆后将未燃烧的部分抱开，一会儿便分出一个隔离带。他们又用几根树杈，把正在燃烧的撬到坝子另一边，说："等它燃，越烧日子越旺。"这时，另一些人喘着气背着水也跑了进来，见火已得到控制，叹口气把水桶放在地上，开始追究是谁惹下的祸。

祸是几个娃娃惹的，在大人们喝咂酒跳萨朗时，他们也没闲着，一响一响地放"地转转"。"地转转"是从货郎那里买的，用红纸包裹，里面放有火药，点燃后就在地上疯狂地打漩漩，又带着火星，很好看。他们本在坝子中间放，见空间被大人跳舞占领，就转移到边上，但才放几响，其中一个大的即乱转起来，转到秸堆前时，又一跳钻了进去。几个小娃娃却不管那些，继续玩耍，看到冒起烟也不说，只是鸟一样地散去了。很快，他们的名字便被旁边几个娃娃揭露出来，家人很生气，说要好好教训他们。一些人则劝说："算了，又没弄成大事。"话题即转移到了刚才的发现上。

被发现的是柳馨和木心在玉米秸堆里掏出的洞，人们在抢搬玉米秸秆时，一个洞口突然露出来，洞又延伸成一条通道，连接着一个窝，大家都感到奇怪，说："耗子不可能打这么大的洞。"仔细一看，是人掏的，里面已躺坐过多次，纷纷猜想是谁做的。其中，有个人想起一次看见木心和柳馨走到秸堆前就不见了时，才大彻大悟似地说："是柳家女子与木家儿子掏的！"又说他看见过他们钻进去。于时，大家都用眼睛盯他们，目光里带着无穷联想，弄得他俩很不好意思，转身走出坝子，很快转过弯，走向了他们套画眉的窝窝田。

窝窝田的雪已在太阳下融化，枯草厚厚的，铺在地上像毡子，他们并排坐在一起，相互对看着，突然有些难为情。木心说："不管它，又没有做啥子!”柳馨的脸仍然红红的,煞是好看,见她已带上他送的首饰,心里开始冲动,就用手揽过腰,含着她的耳根哈气,弄得她痒痒的,推开他说:“不行的,得按规矩办。”

她说的规矩木心知道。山神谷属于原始村落,野性与保守并存,对于已婚男女,弄出一些风流事时,都认为没什么大不了的,荒山野岭里,人们采药、打猎、放牧,两个男女在一起,不发生点事好像反而不正常。当然,也有例外的,就是女人的男人知道后,会约那个与自己婆娘相好的男人决斗,对方如果输了,得收手停止往来,赢了则可以继续,而那两个男人也不会成为仇人。因此,八月瓜和马风半公开的情事,也没人说三道四。而未婚女子却不行,可以自己物色喜欢的人,但得遵守说亲、定亲、结婚的程序与形式。听她一说,木心便保证说:“不干什么,只想坐近一点。”

说过一阵话,便喊柳馨起来,牵手向外走去,准备翻过梁子从另一条茅草路下山,刚走到一条弯弯路,突然听见前面一道坡后传来一个女人的声音,颤悠悠的,像幸福得很痛苦。即停了下来,移到坡上推开一丛箭竹一看,一棵高大的青冈树下,马风正抱着八月瓜,裤子已退到脚弯,八月瓜脸朝上望着树冠,咬着他的肩膀,脸潮红得像熟透的番茄。

不期而遇的情景吓得柳馨惊慌失措,转身就跑,木心赶紧跟在后面,到议话坪后,见人们已开始散去,便各自回家,心中都怀着忐忑。

到大年初二,人们开始外出拜年,木心家世代单传,没有其他晚辈侄子,反倒落得清静,但木心还是要去拜的,每年都是如此。因此,他还睡得很香甜时,他娘已开始叫他,说:“还不起来,早点去拜了,好随便耍。”木心只好起来,看见火塘里已燃起大火,母亲正忙着为他准备拜年礼品。便穿好衣走到火塘边,烤了一会儿火,等他爹在神龛前插完香,摆放好祭品,才提起礼品朝老释比家走去。

到坝子里时,看到屋里已有许多拜年的人,便站在外边,一边朝双手哈气一边观察,才发现老释比家已把碉房装饰过一番,透出一幅新春景象,门上贴着春联,只是内容和其他人家不同,显得很特别,右边是“门对青山神走来”,左边是“窗含白云鬼爬开”,横联是“该来才来”。门神是一幅画像,是老释比自己画的,像漫画里的钟馗,滑稽而简洁,却能生出无限威严。门楣上的灯笼用白纸糊成,上面画有梅花、竹子与喜鹊,一片祥和。等到人已陆续走得差不多后，木心才走进去，见老释比正坐在火塘边喝茶，右手握着烟杆，青烟苗条地升起来，在火光的映照下，沧桑如松树皮般的脸，神秘得像住在三脚上的火神。

木心立即上前，把东西放在桌子上，说："高头爷，给您拜年，祝健康长寿！"说毕，又在地上跪了三个响头。老释比很激动，站起来扶着他说："礼重了，礼重了！"又掏出一个银圆给他做压岁钱，请他坐。木心便坐在火塘边，正对着神龛子，抬眼就望见上面点着烛，香头散发出阵阵幽香，烟雾弥漫，朦胧中的祖师爷阿爸木纳，高贵而遥远，猴头、猴帽放在两边，旁边挂着羊皮鼓，再看老释比，心中不由得更加敬畏了起来。回答完老释比的几个问题，又和他的家人扯完一些闲话，才站起来说："我要回去了！"并不理他们挽留的声音，只管径直出门快步跑向了家里。

进屋后，他又拿起另一份礼品去给老瓜头拜年，出门时随手取下风干的三十八只画眉子，分出十九只提在手上，绕到柳馨家门口，用口哨把她叫了出来。见她还一幅慵懒的样子，惺忪的睡眼更加楚楚动人，怕自己忍不住会说出心中对她的向往，连忙说："这些给你爹下酒。"说毕挂到她手上，转身小跑着去了老瓜头那里。柳馨还想说点什么，见他转眼已消失在弯弯路后，骂一声"慌神"后，带着心中忽然涌起的惆怅，回屋把画眉丢在桌子上，就坐在火边，只管定定地出神。

木心的紧张来自脑海里不断闪现的马风与八月瓜的画面，幻想自己是主角时，配角却是柳馨，让他感到不道德，见到她反而不自然了。他向下跑去，到坐落在溪边的石头房子时，老瓜头已在外面转悠半天，正走回来，手里提着一块柴疙瘩。见木心又来拜年，突然很感动，说："年年都这样，我这把老骨头都快受不起了！"说话间眼睛红红的，像要落泪。木心赶紧上前接过柴疙瘩，推开门走进去，把它放在火塘里，又用火筒吹了吹，火便旺盛起来，红红的火焰跳跃着，把四周的石墙映照得幽深而厚重。

把礼品放在床上，木心见火灰里烧有馍馍，问："翻几次了？"听到已翻过两次，掏出来翻过面又放进灰里，说："等一下再掏出来拍三下，吹三下就行了。"又说："晚上到我家吃饭，早饭我在你这儿吃。"老瓜头即站起来，做好一锅酸菜汤，又把放在盆里的一只野鸡端来，说："已煮好，烤热吃。"说完放在火炭边，烤一阵后就一人撕半边扯着吃，觉得肉很香，干脆又喝了几小碗酒。

吃完后感到无事可做,俩人走出屋子朝沟内的一块平地上走。太阳已升得老高,暖洋洋的,他们一到便斜躺在淡黄的草上,眼望天空,见一朵云正向北飘去,山峰前有一只苍鹰,用盘旋展示着矫健的身影。木心让他讲故事,他却不肯,说:“新春上月的,不能讲鬼怪。”只顾含着烟斗,一口一口地咂,吐出的青烟弥漫在头顶,久久不愿散开。木心看着他,像读一部线装的历史典籍,便口含一根毛草,双手枕着头,不觉间俩人都睡着了。

很快,老瓜头就做了一个久远的梦。

他和一群人生活在山神谷的草棚中,到处都是野兽,既威胁他们的安全,也提供给他们食物。他飘然于荒草森林,拿着石刀、石矛、石斧,和一些人到处狩猎。一天,他打死一头野猪,拖到部落人聚会的一个平台上。平台像现在的议话坪,他又从山上取来由雷电产生的火种,燃起大火烧烤食物。因为猎物是他射死的,就受到了英雄般的拥戴,被人抛起来又接住,再抛起来再接住,许多女人则把他往树林里拉,想献身英雄。欢庆一会儿,肉香开始散发到四周,于是大家围坐在周围,用石刀把肉切下来分给每个人。

正吃着,突然从山上传来了呐喊声,一看,是一群穿羊皮衣的人挥舞着刀斧棍棒,洪水一样冲下来。他立即加入队伍迎战,因毫无准备,很快败退到溪涧对岸的树林里,那群人即占领了他们的草棚,在平台上烧肉吃。随后,两支人相持下来,天天都发生战争。一天,他们按天神的指点拿着麻秆做兵器和那群人拼杀,但对方拿着白木棒,一对阵,他的麻秆就断了,头上被打出几个大包。

接着,他们又按天神的指点带着雪团出征,对方却拿着白石头,他用力打过去时,雪团击在那些人身上,只是烟花一样散开。正惊诧,一块白石头已飞过来打在额头上,血开始流出来,逃回营地才发现人已死掉不少。他很生气,埋怨天神不公平,天神又对他和族人说:“仗不要再打,会死很多人,有一个美丽的地方,你们跳下去,就能生活得更好。”说完化一股风,转眼不见了。

他随即和族人一起走到飞水岩,看见那支部族已聚在那里,见到他们也不攻击,问:“你们跳不跳?不跳我们先跳了!”说话间已有一个人飞跳下去,过一会儿,崖底就传来了喊声:“太美丽了,像天上一样。”他一听,更相信了天神的话，走到崖边纵身跳下，身后还跟着一群人。但跳下后他却感到不下落，只浮在空中，其他人则像流星一样坠去，落到谷底摔得粉身碎骨，才猛然醒悟再次上了天神的当，想返回又不能。正着急，突然被一只鹰抓起，提到天上飞好大一会儿，才爪子一松，把他“砰”的一声摔在草坪上，吓得一惊，坐起来发觉是白日做梦。

老瓜头转过身，见身边的木心也正坐着看他，说：“你惊疯活扯的，梦到啥子了？”他不回答，只说：“太阳都过午了，走吧！”

走到议话坪时，一些人正在娱乐，木心便加入其中，挤到人群中一看，马风正在摆擂斗鸡。他把右脚屈起来放在左膝盖上，用左手扶着，左腿则单立在地，不停地跳动得像袋鼠。木心到时，挑战的人都已落败，有人喊他上，木心想，他已斗过许多人，累得差不多了，提起脚便纵跳过去。

但他并不进攻，只依靠自己的灵活，围着马风跳，转动得像风车，弄得本来累得快不行的马风不知所以。但他很快明白了木心的意图，只金鸡独立似的立着，始终面朝向他。木心见对手已快倒下，直冲过去，猛然跃起，想用自己的膝盖在对手的膝盖上来个泰山压顶，那样，马风的手定会松脱，按规则右脚沾地或者人倒下，就算输。而木心忽略了一个事实，对方会一身祖传的武功，见他袭来，迅速往后一跳。木心的膝盖压空，一时收不住重心，向前扑去，嘴正好磕在马风的膝盖上，整得满嘴都是血。

大家一见，都说行了，马风取胜，过去把木心扶起来，安慰说：“不打紧，经常会出这样的事。”他也不认为有什么，只是觉得大年初二流血不是好事，就告辞而去，带着老瓜头向家里走去。

到了家，他娘正在凉拌野鸡肉，见到老瓜头，立即热情地请进屋，安顿在火塘边的板凳上，又喊他爹泡茶，裹兰花烟，说：“你先坐着，我们做饭。”又忙碌去了。木心转悠一圈，看到神龛上已点燃香，前面的桌子上放着肉、酒、馍，便问：“昨天怎么不吃鸡呢？”老瓜头接话说：“昨天是鸡过年，绝不能吃。”又说：“年并不是人才过，许多动物和作物也要过，一鸡二犬、三猪四羊、五牛六马、七人八谷、九豆十麦，初七才是人过年！”

“其实天天都是人在过年。”他娘插一句话，又忙其他的事去了。木心才想起草生一早就坐在坝子里的石头上，亲热地为狗梳毛，牛肋巴也挺着肚子，给它喂肉食，原来今天是狗过年。想着想着，又感到像是在骂自己，摇着头取下几只画眉，放在火塘边烤，刚好烤熟，就可以吃饭了，便一人分一只，边撕边下酒。

吃过饭又坐过一阵，看天已经擦黑，木心送老瓜头回去，将他安顿好返回时，天已黑透，便踩着灯笼散出的暗红色光亮，体验无边静默。走到坝子前的石板上时，隐约看见一个黑影朝他扑来，到眼前却又不见了，吓得一惊，又觉得是眼花了，没有在意。

回到屋里，木心坐在火塘前，过一会儿就突然感到周身发冷，把火烧得熊熊燃烧也不行。他全身发抖，像在筛糠，上牙磕着下牙碰得“卡卡卡”地响，惊得他娘手忙脚乱，不知所以，用很多土方法都不行。正想提议去请释比，他爹却说：“慌什么，立个筷子试试，看样子像遇见什么了。”即去取来一只碗，装半碗水放在火塘边，又取来五只筷子，一双搭在碗沿上，另三支合在一起，在木心身上擦一下，立在那两支筷子上。他一边用手抚着，一边从碗中沾起水滴在三只筷子头上面。同时，他爹还不断轻轻叫着什么，当叫到祖老先人时，那三支筷子不动了，端端正正地站着像矗立的纪念碑。

看到筷子站稳，他爹说：“是祖老先人在关爱木心。”便去拿来草纸做的纸钱，在木心身上挠了挠，点燃拿到碗边，纸刚烧完，筷子也倒了，顺着一个方向躺在桌子上。他又端起碗让木心朝里面吐了口水，转身泼到神龛边的墙角里，说：“正在过年，祖先都在家里，不能泼出去。”又祈祷说：“请祖先保佑后人平安无事！”

说来也怪，过一会儿，木心竟然好了，像什么事都没有发生过，他坐在火边，眼睛望向神龛上祖先的牌位，越发敬畏起来。

初五过后，年就基本算过完了，山神谷人遵守着“破五出门，一年有余”的习俗，一些人开始外出背柴、积肥或者做其他事，牛群也放了出来，自由地在田间吃草，只在夜晚由族长抱一些玉米秸丢在圈里，弄得田野上到处都是悦耳的铃铛声。木心家是勤劳人，看日子已破五，就让他背猪粪。初六吃过早饭，木心便穿上羊皮褂子，背一个大背篼，头上顶一张围腰帕，坐在猪圈门边的一块石台上，由他爹将粪挖出倒进背篼里，装满后背向坎底下的田中，一来一往背完三十背时，就到了下午。

用两天时间，才将猪在一年里踩积的肥背完，木心把最后一背倒在地里，看到田里密密麻麻地堆起来的猪粪，像草坪上地老鼠拱起的土包，气味散发出来，分不清是香是臭，想到又要耕地播种时，就感到了生命轮回的神奇。随后，他丢下背篼，在一张石板上坐下，向往着繁花似锦的春天和萌发的心事。

挖完自己家的粪，木心又去帮柳馨家背。她家就她一个女子，缺劳力，而又因为她的缘故，很多年轻男子都乐意前去帮忙。木心到的时候，已有四个人，于是分工，两人装、三人背。木心负责背运，他忘了带盖头的围腰帕，第一次便被弄得满颈项都是粪，柳馨一见，即拿出自己的绣花围腰给他搭在头上，让其他人“哦”地发出了嘘唏。木心不管，闻着散发的幽香，粪的臭味已消失得无踪无影，感到一身都是力气。

因人多，半天就完工了，柳馨请他们吃过午饭，又一起到议话坪玩耍。

坪上仍然聚集许多人，因事情本来不多，休闲仍是一大生活内容。他们到后自然地分开，柳馨加入一群女子里，交谈绣花经验。木心用眼睛追随一阵，才转身到另外一边，发现草生也在那里，牛肋巴站在旁边，肚子向前突出，但不圆满，尖尖的像衣服下支着一把小三角。他坐到热滋旁边，听见草生正讲他在外面那些年的经历，说到怎样学法术时，认为是天意使然。草生正说得欢，看见老释比瞪了他一眼，才停下话题，拉上牛肋巴到另一堆人那里凑热闹去了。

人们似乎才想起草生，他不爱与人来往，娶回牛肋巴后更门都不大出，打猎又坏了规矩，大家也不主动约请他，但他主动来参加聚会时，又会一样对待。只是他有些怕释比，黑过山后便在屋里，享受着鹿心血泡的酒带来的活力，成天和牛肋巴消遣。木心也只是偶尔看到他在坝子上整理索套，觉得他开春又要行动了，有时遇见他带着狗悄无声息地从路上梭过，也像山谷的幽灵。

新年在边劳作边消闲中过到了正月十五，随着灯笼最后一线光亮在夜半熄灭，山神谷又开始了重复千年沿袭的日子。木心踏着他娘“新年好过，日子难过”的话语，走出屋子，看到阳光已明媚起来。心想，尽管事情似乎只在循环往复，但到来的仍然应是全新的。边想边走到田野，看见许多人已在挖田坎上的杂草根。

十五

转眼就是三月，春色已浸染在山谷中，木心从最早的一丝绿意开始，发现“草色遥看近却无”的春天，已变得满谷青翠。

木心走出大门朝山野走去，有意经过柳馨家门前时，见门闭着，便涌起了淡淡惆怅。他从“之”字形的小路走到寨子后的一个台地，看满地野花，雪白或者金黄，开在绿草里，让他找不到下脚的地方。站在一块石包上向下望去，许多田里都是忙碌的人，他们弯着腰翻挖田边地角，将夏天特别茂盛的马耳杆草根挖出来，堆放在地中，焚烧得风风火火，青烟升起来，婀娜着飘向天空，于云天相接处，又淡化在了无形之中。情景让木心有一种莫名其妙的感动，浅黄色的土地已经苏醒，散发着潮湿的气息，四周是枝叶葱郁的树，山峰上散存的白雪一片柔和，半山上开放的羊角花，粉红娇丽，一簇簇笑在碧玉般的叶子中，让他想到了有关姻缘的传说。

正出神，转身看见台地上红花绿草呈现的春色中，一个人背着背篼在移动，便跳下石包，沿着隐约在花草中的路慢慢走过去一看，是柳馨，心一下子欢快地跳到了喉咙里，但不惊动她，只躲在一丛杨柳树后悄悄地看。

柳馨正在挖蒲公英，她随意地走着，像在欣赏风景。蒲公英到处都是，开着黄色的花，金子般点缀在绿草里，朵朵都散发着春天的温润。她边走边用一把小巧的尖锄，把蒲公英轻轻挖出来，在尖锄把上抖几下，又将背篼口向右前方约一倾斜，同时把蒲公英向后一丢，就装了进去，柔弱如水的动作，诗一样悠长。木心看到她时，半背黄花已背在背上，溢出的无限春光如解冻的风，浸染着大地的心，他觉得她就如传说中的仙女一样圣洁。

“柳馨，你采花干啥子?!”木心划破宁静的喊声一响起，她即吓了一跳，回头见是木心，就埋怨他说把她吓着了，说：“都在地里做事，你来做啥子，偷懒吗?”说过一阵话，两人走到一棵白絮飘飘的山杨柳下，把背篼靠在树干上，坐到在花丛中却一时找不到话说，只好看春光，偶尔也对望一眼，心里踏实得像一块白石头。心有灵犀中默契很久，柳馨才说：“口有点渴，去弄点雪吧。”木心回答一声：“好!”即起身走到背阳的一座小山梁下，抓起一捧残留的雪，揉成雪团拿到她身边，说："快化完了，吃吧！"递给她，坐下时更挨紧了她风情无限的身体。

柳馨咬一口雪，立即被冰得张大嘴，把雪含在口中，半天不敢闭合，洁白的牙露出来，银白温润，让木心涌起了想被她咬一口的愿望。吞下雪，柳馨用手拍着腮帮子，哈口气说："冰死了！"又吃下几口，便把雪放在一块石头上，看晶莹的水往下滴落。木心又靠紧一些，抻手揽着她的腰，正把嘴凑过去想对她的耳根哈气，旁边的几棵树后突然走出一个人。

来人是麻伊子，她提着一竹篮野菜，从他们前面走过时狠狠地看了木心一眼，即吓得他背后发凉。他想，春天是毒药猫发作的时期，每天夜晚都能听到猫嘶春的声音，本来就很害怕，现在被她看可不是什么好事，立即打招呼说："麻姨，采野菜吗？"麻伊子却不答，只把篮子提了提，就阴梭梭地走了。

他们再没心情，柳馨说："回去吧，还要到田里做事。"说毕，站起来背上蒲公英便走，木心只好跟在后面，一路都用眼睛盯着她的身影和一背黄花。

到寨子边分手后，木心走到地中，见粪堆已撒在地上铺成了粪层，爹娘正收拾工具准备回家，上前接过扛在肩上，回到屋里吃过晌午饭，问："还有没有事做？"听他爹说"只等犏牛耕地了"后，又出门走向老瓜头那里。

老瓜头不在，门虚掩着，一只麻雀站在树枝上欢快地抖动着身体，不时发出呼伴唤侣的叫声，春天也就在那一声声鸣叫里更加热闹了起来。木心又沿溪边一里开外的五斗种地走去，小路两边全是滴翠的草，草中开着星星点点的花，水清凉地流淌在石上，吐出汩汩细语，浸入心肺的气息沿溪涧散开，氤氲起潮湿的气息，滋润着花一样的心情。五斗种是老瓜头的地，位于寨子最西面的森林边，成不规则多边形，斜躺在半山坡上，因播种时能撒五斗种子而得名。木心到的时候他正在背肥土，见到木心很是高兴，说："不帮家里做事，跑来这里做什么？"木心说："帮你背几背。"上前接过背篼，和他一起走向了田边的树林里。

肥土是千年落叶腐烂而成的，树林里到处都是，走在上面如踩着软软的棉絮，老瓜头已挖好一堆，周围全是锄头挖过的黑色痕迹。他因没有养猪和其他牲畜，所以没有粪，就在林中找，再将它们背到地中，倒在浅黄色的土地上，一堆又一堆黑土，就如清油浸润过一样，土腥味散发出来又进入呼吸，使他们的精神也焕发起来。因有帮手,仅两个时辰一堆肥土就已背完。木心见还有一只田角未覆盖到,又爬到一座土坎上方,用刨锄向下刮。黑色的土很快被刨成一堆,又顺着一个小土槽向下滑去,堆积在田边。

正挖得起劲,木心发现有几个山萝卜,高兴地问:“山萝卜要不要?”听到老瓜头说要,即把它们扯出来,用须联结在一起,顺着肥土梭了下去。老瓜头即上前捡起来挂在一根枝条上,又回身看了看肥土,说:“差不多了,下来背,完工后烧山萝卜吃!”说完拿起背篼就往里面装。他连滚带走梭下来,背上肥土朝田里走,因距离很近,一会儿便背了个干干净净。木心放下背篼,站在地边向下望,田里遍布的肥土堆,像非洲草原上土拨鼠拱出的小土包,密密麻麻地给人许多联想和希望。

他们把山萝卜甩在背篼里,下到溪边,洗过手,又随手拾起几根干柴,在一块石头前用打火石点燃火,等烧出一层灰,才把山萝卜放在里面盖起来,坐在火边拉拉杂杂地说话。过了一会儿,山萝卜即散发出香甜的味道,木心又缠着他讲故事,说:“讲点什么吧,比如和粮食有关的事。”老瓜头咂几口烟,想了一下,说:“也行,反正人和心都闲着,讲个‘狗求情牛拉地’的故事给你听。”

“唉,要是那时人们懂得珍惜粮食就好了!”老瓜头叹口气,把思绪调整到久远的时光,讲述说,那时的玉米一个节结一个苞谷,天花还是米,青稞、麦子、荞麦从脚到头结的全是籽籽,只需种一点地,粮食就多得吃不完。他说,人们都很轻松,没事便到天上去玩耍,但食物来得太容易,也导致了大家不珍惜粮食。一天,一个女人的孩子拉完屎,她图方便,随手拿起半块馍馍就给他擦屁股。事情发生在灶台前,刚好被午睡起来的灶神菩萨看见,立即跑到天神那里告了一状。天神很生气,想让凡间的庄稼只生长空杆杆,不结果实。

“那样凡人不是都饿死了? 还多亏了那条狗!”老瓜头说。

当时,狗正在天神前卧着,听到天神的话,连忙站起来跪在他的面前为人类求情,它情真意切,哭得十分伤心,说:“只要给凡间留条活路,自己愿意下凡,承担吃屎的任务。”天神见它很真诚,稍一感动就动了恻隐之心,紧握着玉米秆向上抹去时,在半中腰松了一下手,抹其他农作物时,快到顶端才松开。这样,一棵玉米就只长一个苞谷了,青稞麦子只在顶端结籽了,凡人要种很多地才能满足需要。

“这可苦了天下人。”老瓜头接着讲述说，从此人们只能日出而作，日落而息，只顾得上每天吃三次饭，因出的汗多，反而只洗一次脸。几千年后的一天，天神从云端经过，看到人们正在挖地，烈日当空，他们不停地抹汗，瘦得一层皮包着一把骨头，再次动了恻隐之心，让他骑的一头牯牛下去传话，吩咐说：“去告诉他们，人应该每天吃一次饭，洗三次脸。”牛下去后，却把话说反了，回到天上即被天神一脚踢在嘴上，让它从此失去了门牙，又罚它下凡世代拉犁耕地。

“所以，我们现在都在用牛拉地。”老瓜头结束讲述时说。又说：“山萝卜应该好了。”掏出来一人分两根，放在石头上晾一会儿，拍去灰，剥皮吃下，吃时感觉香甜无比。又坐了约一个时辰，灭完火，木心到树林里捡一背篼干柴，背到老瓜头家的坝子里，又抓两块疙瘩到屋里烧起火，感到口有些渴，便烧开水泡着苦丁茶喝。

喝一会儿，木心突然感到肚子疼痛起来，像刀子在绞，过一会儿又想拉稀，拼命似地跑到房后的茅坑里，拉得像水在喷溅。拉完后又想吐，腹胀得难受，刚回到屋里，又想去拉。正不知何故，老瓜头也出现了同样的情况，两人你来我往不停地跑，让对面半坡上采野菜的一个女人看得很真切。她骂一句“屁股朝天，不管这边”后，继续采摘正冒出嫩苔、青铜钱一样圆润的鸡儿苔，但忍不住总要回头望，每一次总会看到露天茅坑上，晃着一个人的屁股。看到很久都那样，觉得事情不好，连忙跑下坡赶到老瓜头坝子里，正想开个玩笑，却看见他们已瘫软在柴垛上，连忙问：“你们咋个了？”问清情况后，她说：“是吃山萝卜中毒了，可能没烧熟。”又立即跑去喊柳馨爹，说：“他懂得怎样处理。”

很快，柳馨爹到了，简单看了一下他们的状况，就让女人在门前的土坎子上挖一个长条形的坑，自己跑到他们挖山萝卜的地方端来一茁箕土倒在坑里，又烧一壶开水倒在土里，蒸气便白茫茫地升腾起来，俩人连忙一个扶着一个，让他们伏在蒸气里使劲呼吸。等到蒸气散完，柳馨爹才说：“用生长它的土去毒，叫以毒攻毒，但还不行，你们得再拉三次。”又削了些大黄，煮成水让他们喝下。半个时辰后，木心和老瓜头又开始一前一后轮流跑了三次茅坑，才坐下，喝那女人烧的酸菜汤，吃烧馍馍。柳馨爹说：“恢复一下就行了。”说毕，与那女人一前一后各自朝家里走去。

柳馨的爹是山神谷的医生，会一套祖传手艺，以治疗跌打损伤、肚子疼、止血化瘀、消肿止疼与挑夜子（去白内障）见长。山神谷许多病都是他治的，使用的药也是山中的草，有羌活、大黄、独活、香头子、雪上一枝蒿、车前草、艾蒿、金银花、蒲公英、雪胆、雪莲花、红锦天等，经他的手一搭配，总有离奇效果。他还会化水镇痛，为人低调和善，极受人尊重，人们都叫他“柳爹”，有许多他治病的传说。

老瓜头和木心靠在柴垛上休息了一会儿，已全好了，相互看一眼，觉得很奇怪，感到有些不好意思，见时已下午，木心站起来说：“我回去了！”转身稳稳地走在石板路上，在上坎的转弯处却碰到了麻伊子。

她正从磨坊回去，低头走着，因时值三春而丰腴的身体，在天蓝色的长衫下突显出莫名的诱惑，木心赶紧让她先走，擦身而过时，又被她泛红的眼睛一瞪，弄得打了个冷战，望着她拾阶而上的身影，发现阴丹布裤子紧裹的屁股，反而比脸美妙。

到家里后，被他娘数落了几句，又关切地问完情况，便让他去休息。木心躺在床上，却想着一天的经历，到傍晚才入睡。睡到半夜，好似听到一个女人在窗外叫他：“木心、木心，出来，和我们去耍……”声音很真切，又像在梦里，他惊醒过来，到处都黑洞洞的，寂静得使人心里发慌。他转身又熟睡过去后，那声音又传来时，在迷糊中却大声答应了邀请，听到他娘问：“你在答应啥子？！”才知道已着圈套，在心里害怕起来，直到鸡叫才重新睡下。

“木心，还不起来走。”天刚亮，喊声再次传来，吓得他赶紧用被子蒙住头，不敢答应，直到他爹过来问：“马风喊你为何不答应？”才钻出来，把头从窄小的窗口上伸出去，问：“做啥子？清早八晨的。”听说是族长让他们上山到牛场吆犏牛，才起来洗脸吃饭。

到达牛场，时辰还早，他们就到岩窝棚子生起火，坐在草铺上休息，说些关于女人的事。木心无意参与，柳馨在他心中如高山上的雪莲，纯净得像山泉之水，见犏牛正在一块舒缓的坡地上吃草，起身走了过去。

因海拔高，牛场还处在初春时节，草刚发出新绿，枯黄相间中，是蒲公英点点黄色的花蕾，草甸周围是树，枝头上尽是初始的绿，清新得让他沉醉，山杨柳上的鹅黄，精致得难以想象，鸟起鸟落，清脆的叫声音乐一样飘然在山野的春光里。正进入观赏状态，马风他们已走出棚子，喊他去吆牛。

会合后一起走过去，马风从包里取出一些岩盐分给他们一起撒在青草上，又对着前面的嫩草撒尿，然后“哞儿、哞儿”地喊，分散的七头犏牛即竖起尾巴，撒欢般奔跳着汇聚于一起，跑到撒有盐的草甸上欢天喜地地吃。等它们吃完，他们分别站在牛的两边，由木心在后面一赶，犏牛即跑向了下山的蒿蒿路。木心他们则紧跟身后，吹着口哨，人和牛都显得激情四溢，才唱过几曲山歌，已到达麻伊子被野猪撵上树的那块荒田里。

荒田是山神谷春耕时关犏牛的地方，两百平方米的平地，两边是岩石形成的石壁，一边是隆起的土包和茂盛的树，外侧是深好几丈的崖壁，牛从西边的一个缺口进去后，只在口子上拦几根木头，便再也无法逃出去。靠山的石池中，还不多不少盛着一池水，不落不溢，清凉透骨，人们有时还会到池中取用。

把犏牛赶进去后，几个人便坐在栅栏外的草地上休息，只一会儿，已跑来许多的孩子，因为春耕对他们而言，是一件好玩的事。犏牛有七头，都有名字，每个名字又对应着它们的特征，退休的老牛叫花甲，两头小牛称花儿和小黑，用来耕地的分别是粉嘴、杂花、毛头子和白眼。它们已喝够水，正卧在草坪上悠闲自得地反刍，大人孩子则排成一线，坐在上边的石坎上看，像想看出什么名堂似的。正品头论脚，族长背来了一大背玉米秸秆，让马风他们丢进地里，又撒了些盐，看到犏牛围着吃起来后，才说：“都回去休息，明天好开始耕地！”说完拿起皮绳向山下走去，其他人则跟在后面，一路都是乱七八糟的说话声。

第二天，木心一早起来，帮他爹捏面坨坨，每一个都有铅球般大，要捏很多个，面是大家凑的，数量根据各自土地面积的大小而定，从三升到五升不等。面按习惯交到木心家，因为他爹是耕地的好手，处事公平，又不带私心，把面交给他绝对放心。耕地的事每年都由他和热滋完成，养牛的事由全家人一起做。木心把面倒进面槽，掏入一些水，放入一点盐，便开始搅和，揉糍实后，捏成一坨又一坨面团放在背篼里，一早晨就捏好了一背。

吃过早饭，木心背着面坨出发，他爹走在后面，手拿一根柳条，到牛圈时热滋已等在那里，稍微息过一会儿，即开始喂牛。他们走进去，让犏牛排成一排，然后把面坨坨拿在手中，依次放进牛嘴里，过程和谐庄重。当然，给不拉犁的喂得稍少一些。喂完后又让它们喝足水，给四头要劳动的牛系好鼻索，两头搭配成一组，分别由热滋和木生牵着，走到田野里。

地从山下耕到山上，以便按时令播种，木心把犏牛赶到待耕的地里后，看到那家人已将架担、犁头准备好，立即让粉嘴和杂花并排站在一起，把枷担横架在它们的颈项上，用皮绳绑紧，又把犁头挂在枷担中央的皮扣中，才走到前面牵起牛，由他爹扶着梨头开始耕地。随即，山神谷便响起了回肠荡气的耕地歌。

歌是木心爹和热滋唱的，他们分散在两块地里，声音此起彼伏，牛来回往返地走，仿佛不知疲倦，每走一次，身后便划出了一条长长的沟壑。于是，沉睡一冬的泥土被翻出来，黑油油地散发出好闻的土腥味，到中午就犁了一大片。休息时，土地的主人又送来了午饭，几个人一起坐在田边的树荫下吃，牛也除去了枷担，在旁边吃过草，又卧下来休息。一些人则在把堆到地里的粪撒开，均匀地铺在田中，让它们在犁地时翻到土里增加肥力。

吃过午饭，耕地再次开始时，牛已有点不太情愿，被鼻索牵着架上后，拉起来却不卖力。木心爹只好不时扬起手中的柳条，但不真打，撑犁人从不忍心打耕牛，只要条子一扬，就会起到作用。同时，耕地时唱的歌再次响起，歌词说：

……

啊拉嗨——啊拉嗨

花椒树儿做犁头

犁头弯弯翻黑土

桦木树干做犁头

牛儿拉犁不回头

杨柳树干做枷担

又轻又绵不用愁

八月瓜藤做犁扣

吱吱嘎嘎牛加油

啊拉嗨——啊拉嗨

一犁胜过一千锄

牛儿啊，快点拉

感谢您不停留

……

唱过几遍，木心爹就动起了感情，把歌唱得格外婉转，声音闪悠悠地回旋在山神谷的春天中，如感动时空的天籁。牛在歌声中不觉间也加快步伐，循环往复地紧走，到最后，撑犁的、牵牛的和在后面耙地的人、拉犁的粉嘴和杂花，都已泪流满面，泪珠顺着脸颊滚落，又滴入泥土，如滋养希望的甘露。

到下午，地已犁完五斗种的面积，木心把枷担解下，让牛休息一会儿后，又牵着走到牛栏里。热滋也像约好似的，牵着毛头子和白眼到了，按规矩为牛准备晚餐的两户人，已把拌有面汤的玉米壳倒在石板上。他们把牛放进去，看吃得差不多了，才让没有劳动的“一老二小”三头犏牛享受，关好栅栏回去了。

耕地进展得很顺利，十来天就快完了，木心一直为他爹打下手，但耕柳馨家的地时，他要求撑犁，犁几圈后质量都不是很好，被他爹批评了几句，显得闷闷不乐。犁完后安置好牛，就一人走向黄昏的山野，想散一下心再回去，但在天擦黑时又碰到了麻伊子。

她一个人蹲在草丛里，不知在做什么，木心经过时突然站起来，吓得他一跳，本想恨她一眼，却见她春光焕发，一脸红润，眼睛含着情，看他时也好似充满爱意。木心感到事情有些奇怪，打过招呼转身就跑，在转弯处回头时，她的目光仍在追赶着他。

最后一天耕地是帮老瓜头犁五斗种，给牛喂好面坨坨，木心和往常一样，把两头犏牛牵到他的地里，枷担和犁头也是木心家的，过程便多出一件事，他爹扛着犁头，他扛着枷担。走到地里，木心将牛架起来，但开犁不久，粉嘴便开始扯怪，它先是一左一右地拉，后又停下不走，一赶又跑得飞快，拉得他爹扑爬跟斗，犁把都撑不住。正在为难，木心赶到前面，拉起绳子牵着走，但几个来回后，事情更麻烦了。见状，老瓜头说：“从未见过牛这么烦躁过，干脆让它们息一下，反正剩得不多了。”

于是，把牛放到柳树下啃草，三个人坐在犁头枷担上说话，说着说着又扯到了毒药猫。听木心说过前两天的事，老瓜头立即接过话说：“猫在春天都要发情，也是毒药猫最凶的时候！”他让木心要注意，夜里有人喊时不能答应。木心听他一说，害怕起来，因为上牛场吆牛前的夜里，自己好似答应过一次。边想边站起来走到田边的阴凉处，才回过头，就看见杂花正低头朝他冲来，还未作出反应，两支尖尖的角已抵到他的胸口上，他向后一仰，栽到了田坎下面。

老瓜头与他爹正在说话，突然见他栽了下去，赶紧跑过去一看，木心已栽倒在一丛艾蒿中，脚指向天空，吓得跳下去就拉他起来，扶到先前坐的地方，木心才醒过来，问："杂花怎么会撞人呢？"两人面面相觑，说："它在那里吃草，动都没有动。"木心说："刚才是它扑过来撞我，才栽下去的，现在心口还在疼。"回头一看，杂花确实在柳树下，安闲淡定，不像撞过人的样子，感到事情很奇怪，老瓜头说："赶快开始犁，犁完好牵着它们回去。"

接着，由老瓜头牵牛，继续犁剩下的部分，牛重新被架起来后，反而格外卖力，很快便将半片坡地拉完。解开绳，犏牛也不用牵，木心在后面一赶，两头牛就沿着山路走进牛栏里，卧坐在蒿草上等美味的晚餐。

第二天，木心他们又将七头牛一起赶到牛场，等到第二年相同的时候才会再去吆它们下山了。

回到山下，木心突然感到浑身无力起来，到议话坪旁边就再已无法走动，脚软得像面条，只好坐在石头上说："走不动了，葩得很。"马风他们开始还不信，说他又不是面捏的，后来看到不像在开玩笑，便由两个人一左一右扶着他往回走。

到家后说明情况，惊得他娘不知所措，忙去喊他爹，问明事情缘由后，觉得不会致命，送走马风他们，即让木心坐在火塘边，向祖先通报情况，又让他喝下一碗陈艾水，吃过饭，上床睡了。

夜里，木心神思恍惚，好似外面总有个女人在喊，一入睡就做怪梦，梦中浮现出的笑脸却是麻伊子。有时，他还好似和她在一起，坐在磨坊里很亲热地说话，她刚要有所动作，她的女儿香春却会适时出现，喊："妈，不准那样害人！"他又被喊声惊醒，反反复复到鸡叫才睡着。

几天后，木心依旧瘫软得不行，柳馨来看他，见他话照说，饭照吃，酒照喝，只是全身无力，身体和橡皮泥一样，拉起一串，放下一堆，急得直流泪，又不好意思在他人面前哭，便走过去对他的爹娘说："去请高头爷看一下！"

她的想法正和他们相同，于是由她帮忙去请来了老释比。

老释比到后，了解完事发前的奇异情况，说："可能被毒药猫把魂抓走了，它本想害死他，又不敢太明显，就使用了勾魂术……"老释比决定用法术去邪，同时适当惩治一下它。

当晚，老释比由小释比陪伴，带上法器走到木心家，许多人都在得到消息后赶来看热闹，老释比让大家坐在火塘边，把对着神龛的一方空出来，又让木心坐到板凳上后，法事开始在火塘与神龛之间展开。

老释比作的法事是踩红锅，属于一种驱邪赶魔的法术。他让热滋他们在火塘的三脚上架好一口大铁锅，用青冈柴烧起大火，一会儿，火焰便在锅底乱窜起来，吻着冰冷的铁，青黑的颜色转眼已变得透红，热气直冲周围的人，烤得大家纷纷把板凳向后退。老释比见火候已到，起来站在神龛前烧燃香，又向木心的祖先作过通明，才坐在板凳上，抓一把柏枝粉吞下，然后请来祖师帮忙，又将神界中负责驱妖降魔的各路神请到身边听命。

随即，老释比进入到另一种状态，变得神圣起来，惊得一些人站起来退到了堂屋观看，另一些人则跪在地上。木心娘问："这娃怎么了?"老释比唱一样地说："他被毒药猫抓住了魂，正压在石磨缝中，他病得最凶时便是有人磨面的时候，只需四十九天，他就会被吃掉……"

吓得木心他爹和他娘一下子瘫软在地，磕头说："请您救救他，这娃年轻心好，不曾得罪过她。"老释比说："晓得了，这就为他治疗。"说完，叫人退去柴火，在两边各放一根板凳，火焰立即暗淡下来，铁锅底及周边的一圈红色却变得格外耀眼。老释比抓起几张草纸放到锅里，纸"腾"的一声就燃烧了起来，他又在一张纸上喷了口清水，放到火中烧掉。然后跳上板凳，一边敲打羊皮鼓，一边念经文《毒》。他唱诵说：

……

我是羌人的释比
随身带着沙罐罐
沙罐用来装鬼血
铁锅用来装鬼肉
毒药鬼的血好喝
毒药鬼的肉好吃
毒药鬼的血和肉
能治大病与小病

恼火的病也能治

若不害人快退去

要走就是现在时

……

唱毕，他架好雪山令，一脚踏进红锅，伴随众人的惊呼，人已在锅底上踩踏几脚后，跨到了对面的另一根板凳上。然后，他再返回，一来一往踩过三次，喊道：“快将毒药鬼抓过来放进红锅里烫！”话音一落，就走出两个人将木心扶着，提到一根板凳上，踏着释比诵唱的经文，在锅里踩了三次。踩时，每一次都伴随着人们的惊呼，但木心走在石板上感觉不到烫，只是从屋外传来了几声猫的惨叫声。踩完红锅，老释比又用草纸在锅底里点燃，等燃成灰烬，又将纸灰放在碗里，冲水让木心喝下，说：“回来了，毒药鬼惨了！”喷一口水到门外，自己才恢复过来。

大家立即把老释比扶到板凳上坐下，递过茶和烟，说：“太神奇了。”他却不坐，说要回去，热滋他们就把他送回了碉房。返回时木心已好转不少，正自己走动招呼看他的人，觉得释比很灵验，大家又谈论了一番，才各自回去。随后，木心也上床睡觉，连梦都没做一次就睡到了天明。

第二天，他走出去，到溪边的小路上随意散步，看见麻伊子艰难地走在通向磨坊的石阶上，拄着一根棍子，显然脚伤得不轻。后来他听说有人看见她光脚坐在草坪上，脚板上全是水泡，回转时看到她的女儿香春一脸忧郁，木心又同情了起来。回到家，他爹说：“去问了老释比为啥子他的魂总会被抓，是因为火焰矮。”又拿一根红线让他套在手腕上，说能辟邪。此后，木心果然再也没有发生过类似的事，还变得了格外胆大起来。

治好木心的病，已到谷雨时分，播种点豆全面开展起来，每一家人都忙碌在自己的田地里，伴随布谷鸟的叫声，到处都是锄头耙土的声音。木心家三个人，还缺一个，就去请柳馨帮忙，播种时正好是谷雨天。

他们一早走到田里，按计划在坡度较大的地上先种洋芋，按从上到下的顺序，由木心爹挖窝子，木心娘丢种子，柳馨运送，木心负责盖窝。一行人排成一排，木心爹从左挖到右后又从右挖到左，一排一排地向下移，每挖一窝，木心娘就丢三四块洋芋种到坑里，木心则在后面用刨锄钩一勺土将它们盖起来。他们的脚步移动的节奏伴随着锄头挖地的节奏，游移的身影就像一字排开的大雁滑动在春天的田野上，画一般深远。

到中午，洋芋播种完后，他们坐下来休息，吃从家中带的馍馍和咸菜。吃时，两个老的和两个年轻人自然分成两处，木心的父母心里很高兴，时不时用欣赏的目光看柳馨，弄得她反而不好意思起来，便站起来说："去喝点水，口渴了。"木心也跟着起来，说要陪她。

俩人朝田边一处长有桦木树的坡上走去，喝水不去溪边却向山坡上走，是因为木心想让她喝桦木水。到了桦木林中，他们在一棵较大的树前停住，用弯刀在树身上砍出一条倾斜的刀口，又摘下一片野棉花叶，折成杯状接在刀口下，从树中渗出的汁，就线一样流进叶子中，接满后递给柳馨。她喝在嘴里，一下便被清淡中带的香甜味道击倒了，幸福的感觉涌上心头，眼里也含着深远的情意。

木心接了几次，见她已不再要，才自己接来喝，返回时遇见的一棵新桦木树桩却让他心疼起来。那是被人新砍伐的，树干倒在一边，枝上的新芽刚好发出嫩绿的点，树桩上的刀口流满汁液，又因已在空气中发生化学反应，形成的泡沫笼罩着整个树桩，流淌到地上后又形成一片被浸泡过的痕迹。木心感到不忍，突然觉得树木也有生命，它们于无声中表达着自己的情感，绿叶或者花朵，全是生命的呼吸，树桩上的水，也是桦树的眼泪。

到了地里，他爹已耙平剩余的土地，见他们到后，说："抓紧时间把玉米种下去。"随即抓起耙子走到田边，其他人跟在身后。种玉米的过程和种洋芋差不多，只是木心娘丢的种子变了，她将玉米种兜在围腰中，右手精确地抓出七八粒，手一扬就丢进了窝里。柳馨承担点豆子的事务，她在两排玉米窝之间，用小尖锄挖出一个小窝，左手从围兜里掏出豆种，丢进去后又一钩盖起来，动作熟练，弯腰的身影如弹奏古典音乐的弦，结实浑圆的臀包在绣花长衫里，散发出诱人的气息。木心有点心猿意马，盖窝子时就漏掉了一些，被他爹责怪好几次，才定下神来。他们默契配合，种完时太阳刚好滑到山峰背后。

播种时节最热闹的场面是集体劳动，按习惯，每年各家各户种完后，都会齐聚到老瓜头田里，五斗种的面积要不了多大工夫，人们汇聚一处，还带着为春种收官的含义，所以，劳作非常轻松愉快。木心爹带头挖窝子，他在前面，后面跟着九个男子，排成一线，从上到下边挖边退，到达地边，又上去挖下来。柳馨娘和其他十个女人承担着丢种子的任务,她们一人跟随一个挖窝子的人,将种子丢进坑中,由木心他们紧随其后,用土把种子盖起来。最后是十个种豆子的,其中有木心的娘,也排成一线向下边退边种,在播种歌的节奏指挥下,动作协调,整齐划一,热烈的场面使人心情激荡。

歌由柳馨娘引唱,众人齐声相和,节奏明快,歌声伴随锄头挖地的声音,回响在山神谷的峰峦之间,悠扬深远,仿佛把现场的人都带入了远古的世界。她的歌喉婉转圆润,一首接一首,好似心中的歌永远也唱不完,她领唱的第一首是《种田歌》,歌词说:

隔沟相望过沟难
扛把锄头下田园
人人都说春天好
玉米洋芋播种忙
隔行点豆妹妹好
哥哥挖窝嫂嫂填
庄家种好莫贪耍
上年辛苦下年甜
……

唱时,许多未投入劳动的人也在旁边应和,到处一片和声,许多人都把自己感动得含着眼泪。老瓜头插不上手,坐在地边的石头上,含着烟杆,用泪光追随着劳动的场景。他们愉快地播种,一次播十行,完成后重复进行时,另一批人又接替上去,让累的人休息,歌声却不间断,半天时间,地就种完了。随后,大家散坐在田边的草坡上,开着玩笑。正在欢快,族长突然说:“今年的春播还未完成。”他接着说,早上经过麻伊子田边时,看见地还未种,原因是她伤了脚,无法到地里劳动,问:“有谁愿意帮助她家?”见大家都不回答,就对热滋说:“你去一下如何!”

“可以,但只能在明天,我后天要上山去。”热滋说完,抬起头朝人群看去,刚好与麻伊子的女儿香春的目光碰到一起,发现她充满感激,娇柔的脸如春天的花朵,像她母亲一样的身材含苞欲放,双眼明媚如绽开的杏花,一下子对自己的决定满意了起来。到下午,人群开始散去,在回去的路上,香春悄悄走到他的身边小声说:“热滋哥,谢谢你!”声音如燕语莺歌。

按约定，热滋在第二天早早吃完饭，即前往麻伊子家，香春已等在门口，他却不进去，说：“得出工了。”拿起刨锄就走，香春只好跟在后面，随后是她爹，麻伊子则坐在门前的石凳上，将脚向前平伸，脚后跟放在地上，目光恍惚，一脸无所谓的样子。

播种时热滋挖窝，香春丢种子，她爹盖窝，完成一片后又一起在行间点豆子，因人少，不大一块地用去了两天时间。香春和热滋从来没有相处过这么长时间，在劳作的节奏中协调而愉快。播种完后，热滋把工具送到她家时，竟有些不愿离开，日光追随她转了好一阵，看到她娘正在看他，目光怪怪的，才拒绝了她让他吃晚饭的挽留，向家中走去。路上，心却空空的，至少有一角被香春占据了。他走到寨子高处向下望去，播种后的田野一片浅黑色，像覆盖着一层带着褶皱的沙，被夕阳的光晕抚摸着，暖暖的气息已遍布在山谷的时空。

同时，草生也完成了播种，大家都对他又开始在荒芜多年的地上种植，种植时又只在土地上撒一遍种子，然后只耙一遍的方式感到奇怪，并作为饭后闲暇的谈资，议论了很久。

十六

其实，草生在春节期间并没有闲着，他又请来了龙安府的端公倒钩刺学巫术。那端公本是一个心术不正的人，在道行里名声不好，又善使邪术，在当地混得很艰难，就沿着松岭关路到了茂州，想在州府与土官治下的地域间浑水摸鱼，日日坐在茶馆里等机会。草生黑山后，得到许多钱，便在城里享乐。一天，他又到茶楼上喝茶时，看到倒钩刺坐在那里，猴腮脸、尖嘴巴，身子细长得像抽条的竹竿，黄色的衣服背后印着八卦图，手伸在桌子上，贴在骨头上的皮肤苍白得有些阴冷，指甲很长，缝隙里尽是黑色的污垢，一看就是怪人。

草生走上去，喊一杯茶，才上前招呼他，说："好久不见，来做啥子?"喝完茶，又让他搬到自己所住的客栈隔壁，喊上牛肋巴，三人玩了个够，才分手回去，离开时，又约他到山神谷过年。

所以，在大年夜的夜色中，他如约前往，草生则在飞水岩悄悄迎接，到后就门都不出了。倒钩刺被哄得高兴，就教草生学一直想学的锅拐，经过七天学会后，又教他学定根法。学时，草生天麻麻亮就披上羊皮褂子，坐或站在房背上的东南角上念诵咒语，但坐着或站着都不能动，每次一个时辰。他乐此不疲，每天都按时念诵咒语。咒语说：

一二三四五
金木水火土
你来我不来
谁来不清楚
圈圈比你大
如有物来此
进圈不言语
不动就不动
泰山压顶永无踪
南斗六星君

北斗七星君

太上老君急急如律令

到正月十五,他已把咒语记得倒背如流,为验证它的灵验程度,有时便站在房背上,用手一指,并将咒语默念一遍。

这就出了新问题,一些人会走着走着,就莫名其妙地突然迈不动脚了,定一下才会恢复知觉。正月十三那天,木心前往沟里收落叶,走在路上遇见一头牛,便吆喝着向前跑去。正跑得欢,那牛却突然停住,害得他收不住脚,碰在牛屁股上,胸口都疼了起来,便生气地拿起一根枝条抽打,但它还是不动,过一会儿才走开。类似的事不断发生,但无人知道是草生干的,以为山神谷又出现了神秘事件,就去找老释比。

老释比测算好大一阵,才说:"有人在作法,但和我不是一个道行。"有人即提议说:"知道是谁吗?收拾他一下!"老释比说:"不行,自古以来各行道间素来互不相干,已是规矩,由他吧,他也不会平白无故地乱整。"

转眼已到正月十六,木心在黎明时分起来撒尿,刚拉开门,即看见一个幽灵般的影子背着背篼,风一样走下台阶,后面跟着草生和那只黑狗,连忙退回去躲在门缝后看,听到草生正说感谢他教授法术的话,才晓得草生已向端公学会定根法。天明后把事情告诉老释比,又告诉了其他人,人们才都知道草生又学会了一门邪术,对他更疏远了。

草生却顾不得管这些,一个人一旦被鬼迷住心窍,便会朝认准的方向奔去,并觉得是正确的。他在地里种完让人感到奇怪的种子,便开始整理绳索,想上山在冰雪初融的山野安放一些,猎取几只香獐多换些钱。牛肋巴的肚子正一天比一天大,小三角形正变成大三角形,让人害怕。他积蓄下不少精力,又学了新法术,变得更加有恃无恐。

草生打猎是在黎明前悄悄出发的,山神谷素有春天不狩猎的规矩,尤其是三月后,凡间万物都处于繁殖时期,几千年的习俗,就是一个无赖的人想违背,也要顾忌三分。所以,草生出发时有点像做贼,带上狗,背着绳索和猎枪,从木心家门前梭下去后,又沿溪边的小路,很快隐没到了春意盎然的森林中。

草生走大半天,才到达他使用过黑山术的门坎山边的一片谷地。

谷地方圆有几十公里,溪涧两边斜插着几座山峰,峰腰上有许多野兽踏出的毛毛路，野物们穿梭于峰谷间，吃鲜嫩的草和叶，等时令一过便迁徙到更远更高的山中。草生在溪边坐了一会儿，蹲在水边捧起几口水喝下，又沿着一条山沟向上爬，翻过几座梁子，就发现几处野物经过的地方，还有一个"贡子"。他安装好几十根套子后，又带着狗沿着半山坡的一片树林，边返回边寻找，眼看已快到寨子，却仍一无所获。心想，莫非又是山神知道自己的行踪后，把野物藏了起来。正纳闷，狗却突然叫起来，林中也"嗦嗦嗦"地响，一会儿又跳出一个灰黑色的动物向前跑去，狗追在后面，朝着溪沟的方向跳跃而去了。

草生准备好猎枪，提在手上跟着梭过去，想等那野物被逼到溪边时开枪，但他刚好越过一个岩台，就传来了狗惊慌失措的叫声，立即纵跳下去，在一棵羊角树下与狗碰了个正着。狗一见他，立即靠在他的脚杆上浑身发抖，半边脸肿得像面包，耳根处流着血。草生大惊，跨到溪边一看，一只熊刚好涉过溪水，向对面的竹林里走去，正想举枪，它却隐藏到了一根松树背后。原来，狗把熊撵到溪边后，熊突然转身，挥掌给了它一下，几百斤的力气拍到狗脸上，瞬间就让它感到了难以承受，头脑一片空白，几乎昏迷，冒出几十颗金星，才反应过来开始痛苦地哭叫，回头用一只眼睛一看主人还在山坡上，已不能依仗人势，转身就跌跌撞撞地往回跑了。

草生见狗受伤，心里不踏实起来，只好随着溪边的小路往回赶，在半丛茅草中捉住了一只正在抱蛋的野鸡，整死后倒提在手里，到寨子边后躺在一棵桦树下睡到天黑，才阴梭梭地潜回家里。

一进去，就看见牛肋巴尖尖的肚子正从柱头后支出来，又吃一惊，问："做啥子，神忽忽的?"听到声音，她才从柱头后伸出不算难看的脸，说："挂箐箕，打到没有?"草生心情不好，说了声："打个球。"便把鸡丢给她去毛，自己坐到火塘边的板凳上只管喝水。

晚饭主要是吃鸡，草生还喝了几口酒，边喝边说白天的事，喝完就上床睡了，睡下不久即开始做梦。

梦中，他走在溪边的小路上，四周全是雾，白茫茫地如走在棉花里，走着走着便飘浮起来，落在山峰尖上，四周都是万丈深渊。正感到害怕，天空飞来一只鸟，让他坐在背上，鸟飞到半空，又见霞光四射，仙草飘香，看得陶醉时，花丛中突然钻出一人，凶神恶煞地对着他甩出一把飞刀，眼看就要被射中,他连忙把身子向后一偏,却滑落下去,半坠半浮地落到了安放套子的谷地。他打个滚,爬起来去看绳套,看过几根,就发现一根套子上拴着一只草鞋,边猜想是哪个整的冤枉,边取下来随手一丢,那只草鞋却轻飘飘的,还未落地就变成了一个老头,走过来说:“野兽飞禽都在孕育后代,不要伤天害理,收好套子过日子去吧!”他却不听,说:“没有麝香卖,哪有好日子。”让老头走开,少管闲事,也不理他,又向前走,才几步,背后突然一声轰鸣,回头看时脚下一绊摔到了一块石头上。

惊醒过来后,脸上还有些生痛,回想梦中的经历,觉得是山神在提醒他,便不再入睡,瞪着黑暗直到天明才起来。

但草生并没有收回套子,七天后,他又做了一个背着柴疙瘩回家的梦,醒来即往谷地赶,到后一看,一根套子上果然拴有一只獐子,它刚好死去,身体还带着温热,取下来等到天黑才背回去。

到了家,他把獐子倒挂在堂屋的柱子上,用刀在后腿上划出一道口,然后向下剥皮,剥完后把皮子甩到火塘后的柴垛上,又用刀从胸口正中剖开,一刀下去,才发现獐子肚里已有一只小獐子,即将成熟出世。牛肋巴一见,惊呼一声,便捂住嘴不再说话,草生则一脸无动于衷的样子,把小獐子取出来丢在地上,让半边脸依然肿得发青的狗含到外边享用。接着,草生让牛肋巴炒一碗獐子肉吃,把剩下的挂在火塘上的木架上,抽了半夜兰花烟,才躺到他婆娘身旁。

到五月,草生在猎取到两只麝香后,才解除套子,把牛肋巴一个人丢在家,到茂州城卖了个好价钱,又与臭味相投的倒钩刺逛完几次窑子,才买些东西回家。到寨子时看到人们都在地里薅草,偷偷笑了笑,走到自己的地里,看到撒下的种子已长出半米高,密密麻麻的,碧绿的叶子像油浸过一般,心里一喜,走进去用手扯了一会儿杂草,到下午才回家。

到坝子上时,牛肋巴正在门口朝路口张望,看到他就说:“死到哪里去了,吓得我几天睡不着觉,好似快要生了,娃天天在肚里弹腿,弄得心都一揪一揪地疼。”说完转身进屋,吃完草生买的几块点心才消气,和他说乱七八糟的事情。

过了一段时间,牛肋巴果然就生了,时间是正午。她先感到肚子很痛,但生不下来,草生在身边急得毫无办法。他本想让她靠自己,眼看到下午仍不行，婆娘已被弄得有气无力，才着了慌，跑去喊会接生的柳馨娘。

当时，柳馨娘和一群人正在地里帮老瓜头薅草，十多个女人一字排开，从田边往上并排而上，动作整齐有序，锄地声伴着柳馨娘领唱的歌声，热烈欢快，到下午时已薅得只剩下最上面的一小片了。有人让她再引唱一首，说："鼓一口气就完了，唱支《薅草歌》。"柳馨娘便站在田坎边对着她们，稍一调气，一首悠扬的歌便已唱起来。她唱的是《戈西莫》，歌词是：

阿姐阿妹都来哟
来呀来把草草薅
笑不够咧唱不完
拔草扶苗喜连连
阿哥阿弟都来哟
来呀来把草草薅
笑不够咧戈西莫
唱不完哟戈西莫
我累你疼在心尖
……

歌声刚好落下，草生已站在坎子上喊叫着说："柳嫂，快去看看我家牛肋巴，她生半天都没有生下来！"声音很着急，大家停下挥动的锄头，齐齐抬头一看，见是他，又准备继续薅地，柳馨娘却回答说："这就去。"又对大家说："你们继续薅，让春枝和我一起去帮忙。"说完，摇晃着溜到路上，又小跑着到了草生家。

一进屋洗过手，跑过去一看，她们也紧张起来。牛肋巴已被折磨得像变了形一样，躺在床上，身下是一摊血，已没有一点力气，只能发出断断续续的呻吟。柳馨娘过去一摸，即惊得说不出话来，肚里哪里是人，是两根棍子卡在出口。心想，奇怪了，莫非要生妖怪。见那孩子总不肯出来，采用传统方法催过几次生也不管用，就喊春枝说："快去找你柳爹拿些催生子来！"

她说的催生子是一种鸟，长着肉翅膀，能从一棵树滑行到另一棵树，山神谷习惯让妇女使用，具有催产效果。过一会儿，春枝便将一包用黄纸包着的东西拿了过来，说："柳嫂，是不是这个？"边说边喘气，站在一边看着。柳馨娘接过，立即让草生拿来一只碗，把包里的黑色粉末倒入碗中，冲些水，扶起牛肋巴让她喝下，说："等一会儿看，也不知效果如何。"便坐在床前的板凳上，擦着额头上的汗，好像比刚才薅草还累人似的。

过了半个时辰，听到消息的人又赶来了许多，站在坝子上议论说："是不是送成都府？"但话一出口就被一个声音骂了回去，说："瓜的，到成都府要走十多天，人都死几十次了。"正相互辩论，牛肋巴又发作起来，嘶声蛙气地叫，柳馨娘赶紧站起来，跑过去一看说："已见效果，产门都开了。"话刚说完，一个脑袋已经伸出来，头顶圆下尖，很是怪异，到最后落地时，在场的女人们又突然不约而同地发出一声惊呼："啊呀！"原来，生下的孩子没有脚掌，脚杆下尖尖的，呈浅黑色，中间还分了个叉，一个女人说："怎么会是獐子脚呢？"边说边吓得不断后退。

柳馨娘镇静了一下，说："怕什么，还不是从他娘肚子里出来的！"说完就剪断脐带，用一片棉布包裹起来，又为牛肋巴换下被褥，收拾完地上的血草纸，见她已缓过神，才把孩子交给她说："没事了，给他喂点奶吧。"然后转身回家，众人见牛肋巴已平安，也各自散去，三三两两走在了通向自家的石板路上。

第二天，牛肋巴生獐子脚儿子的消息已传遍山谷，老释比叹息一声，说："自作孽！"就不再言语，草生却恰好颤抖着双脚走了过来，说："高头爷，她生了，请取个名字。"说完便站在他前面，弯着腰，眼睛透出可怜状。老释比说："取好名容易，做好人难呐！"又说"就叫山神保吧！"说完转过身望着山峰，像入定的神。草生连忙对着他的背影道过谢，跟斗扑爬地跑了下去。

草生回到家里，对牛肋巴说："他叫山神保。"又问她的情况如何，见已好转许多，才看他儿子。他用手将被子提起，见包在小棉布中的山神保因才吃完奶，格外精神，一双眼睛滴溜溜地转着，手胡乱舞动，好奇地看着他，但又显得惊恐，随时想躲进棉布中。过了几天，草生又发现他总在棉布里乱蹬，想挣脱出来，索性解开放在床上，才回头，发现山神保已坐起来，双手撑在床板上，双脚朝前平放着，姿势就像一只獐子，被吓得惊魂不定。正疑惑，黑狗恰好飞跑进来，把嘴伸到床边，正想表示一点亲热，山神保却突然惊慌起来，向里边一滚，就缩进被子下，只露出一个脑袋，恐惧得吱吱乱叫。

过去一月，山神保已能从床上梭下地，在堂屋里爬行，有时还会翻出门坎，到坝子边的钉木树下半卧半躺地玩耍半天，嘴里总含着一根草。这让木心和其他人都吓得不轻，从草生家门前经过时，往往会碰到他正在歪歪扭扭地爬行，想到一个月的娃娃就能那样，觉得像遇见了妖，加快脚步离开了。但山神保怕狗，一见它就会纵跳着乱躲乱藏，有几次还差点摔到坎子下。黑狗被草生教训几次后，才懂得事体，见山神保出门便躲得远远的。

山神保成长的过程也是为山神谷人提供谈资的过程，每过一段时间就会有一个故事产生。这天，木心从外面回来，从溪边一道石壁下经过时，头上被撒了一把泥土，抬头看又悄无声息，只有岩缝中的几枝艾蒿在动，以为是一只野鸡飞到石壁上的小洞里找吃的，正向外刨土，便不再管它，继续前行，才走几步，背后又挨了一块泥团，打在背上，土粉四处散开，灰尘腾地溅起，吓得他向前跳出一米多，回头一望，只见一个小脑袋一闪又缩了回去。木心快步走到旁边的一块岩台上，才发现是山神保蹲在洞中，正嘻嘻地笑，也不知他是如何过去的，岩壁笔直光滑，中间只有一条蒿草长成的横线与路连接，不足两寸宽。正奇怪，一只野猫从石头后窜出来，又沿那条蒿草线飞跑过去，感到事情不好，他立即跳到洞口下方，刚好站稳，果然山神保已被吓得从洞里纵出来，直直地向下滑落。木心一个弓步将他接住，感觉很轻，还未细看，他已在怀中一个翻滚跳到地上，手脚并用地纵向了他家的坝子里。

转眼过去一年，山神保已像传奇故事一样在山神谷中传开，一岁时大家都好奇地前去给他做满岁，柳馨娘还做成一对鱼形馍馍送了过去。

山神保穿一件新水红色长衫，阴丹布开裆裤，脚上的鞋子很特别，尖尖的像三寸金莲，他扶着墙站在坝子边，眼睛胆怯地望着人们，有时也离开墙子走几步，但身子摇摇晃晃，像跳芭蕾舞的演员。

周岁的仪式由柳馨爹主持，他在坝子中间放一只大竹筛，里面放着弯刀、猎枪、纸、馍馍和锄头，然后把山神保带到前边，让他坐在地上，说："神灵保佑你顺利成长，无病无灾。"又叫他拿筛里的东西，说："喜欢啥就拿啥，拿啥以后就做啥！"喊过好几声，山神保却不动，只用眼睛望着筛里的东西，一点不感兴趣。又等了一会儿，木心突然想起他平时喜欢在嘴里含一根草，就到旁边扯来一把嫩草放在筛子里。这时，山神保才露出欢喜的样子，伸手把青草拿在手中，一边把玩一边放到嘴边嗅味道，弄得草生和牛肋巴很尴尬，大家也觉得没趣，便分头散去了。

到了六月，葱郁再次回到山神谷的山野，地里的庄稼绿油油一片，族人的牛已赶到火地上，由春枝自己看管。她上山时总要带着自己才几岁的儿子，坐在树林边的草甸上，看他伴着牛摇响的铃声，磕磕碰碰地走，目光里尽是关爱。

春枝是族长的儿媳，从山后的月亮谷嫁过来，和他男人生活得筋筋绊绊，时常发生争吵，在她怀上儿子后，他就赌气外出做了背夫，一直没有回来过，听说已在龙安府做倒插门，帮那女人家经管着一队骡马，但从不走到茂州的陇东路，而是走龙安古道到甘肃，路很危险，一次在翻越摩天岭时，遇到土匪，被打死在了当年邓艾偷渡的峰岭上。每一个消息都会让春枝悄悄地哭很久。生下孩子后，想到他对自己的无情和折磨，也就收回挂念的心，只当他已不在世上了。

坐一会儿，春枝把孩子抱起来，解开衣服给他喂完奶，便牵着他向山梁上走去，想到新火地边搭的守荞子的棚中，让他睡一会儿。

俩人走在蒿草路上，她拉着他的小手，路不长，但走了很长时间。到达棚子前正想过去，却听到棚子里有一男一女说话的声音，显得很亲切，听一会儿又听得不是很清楚，便绕到不远处的一棵白桦树下，靠着树根，让孩子躺在腿上，不久就都睡着了。

正睡得香，春枝忽然又被草棚里传来的惊叫声惊醒，立即站起来望过去，却又安静起来，便不再管他们，背上孩子沿毛毛路往山下走，快到上牛场的路时，才看见热滋和香春正走下来，那毒药猫的女儿身上粘有许多干草。她觉得不便碰面，便藏到一丛杨柳树后，等他们走远后，才慢慢下山。

十七

热滋和香春是相约上山的，自从帮她家播完种后，香春就把他装在心里，用十八岁的心消化着他，赶都赶不走，同时又被麻伊子让她学毒药猫术的要求苦恼着。一天，她站在路口，等热滋经过时拉住他说："热滋哥，想让你陪我上山走走，行不行？"热滋停住脚，见她娇小玲珑的脸上忧郁正淡淡地浮现出来。心想，这女子也是可怜人，毒药猫的事又与她无关，却受到被冷落的连累，一股疼爱突然从心中升起，让打猎的汉子变得满怀柔情，他回答说："行，反正没有太多的事，明天一起到新火地去，那里清静。"他们约好会面的地点和联络方式，才各自走开。

第二日，热滋早早出门，走到离她家不远的山路口，把食指和拇指并在一起，放进嘴中，压住卷着的舌尖，用力一吹气，一声响亮的忽哨便飘入了香春的家中。不久，便见她走出大门，沿着从门前通过的石板路，偷偷摸摸地走到他的身边。

随后，他们默契地走去，只一个时辰便到了新火地边的树林中，站在一棵桦树下，看远方的云。它们正飘浮在蓝天下，轻得像梦，映衬着翠绿的山峰，画一样美丽。他若有所思地说："其实那不怪你，只是大家都有些顾忌，才让你那么孤单！"又说："毒药猫其实是一种遗传，又不是都想学。"一句话说到香春的痛处，转过头就用眼望着他，瞬间又涌起眼泪，说："就你还疼我，我有很多话都找不到人说！"说完像要哭出来的样子，热滋忙安慰她说："你不学就是，那有什么，我又不怕，会照看你的。"边说边拉一下她，又朝前走去，她定了定神，才跟在后面，向火地边的草棚走去。

树林凉爽而清静，他们走在亮脚林中，踩着叶子腐蚀后积累的肥，软软的如踏在棉花上，走到溪边喝过泉水，又采集到一些野菜，扯一根藤子捆好提在手上。热滋说："有些凉，还是出去到火地边好些。"走出林子，辗转好几个地方都不合适，她说："还是到守荞子的棚子里吧！那里没有人。"于是，他们走到棚中，热滋先坐下来，但喊她也坐时，她却说要站一会儿，说："站着望得远，你看山峰前的那只鹰，飞得多高！"望着蓝天下急速滑动的影子，定定地出神。

热滋坐过一会儿，觉得躺下舒服些，便倒在干草上，用双手抱着头，嘴里含着一根香草玩着，心里想着老瓜头讲的有关毒药猫的事情，问："你娘出去的时候你们知不知道？"见她没有回答，又问了一句，她才说："有时知道，她出去时人还睡在床上，只是睡得很沉，她床底下有碗水，看见搭着一根麦草时，才知道她又出去了，但不敢经常去看，如不小心触动它，魂就回不来了！"边说边侧身跪在他旁边，仍不坐，手里一边编织着几根狗尾草，一边向他讲述家里的事。

她说，毒药猫发作的时候多在春季，她娘也是。每到那时她就特别担心，害怕她被捉住回不来，或者给打下记号，好在她还没有吃过人，只吃过一些鸡，让猫王很不满意，多次逼她，还惩罚过她几次，那次抓木心的魂也是被逼的，如果再不弄个人就要整她了。猫王还让她发展成员，说："按规矩你女儿的年龄已满十八岁，该学得了！"毒药猫是只能传女的，她家就她一个女儿，只能传授给她。但麻伊子有些不肯，被打了一顿，第二天还全身疼痛，床都起不来，后来又说，自己不学就弄来吃掉，没办法，她娘只好强迫她在三月开始，每到月圆时就让她学毒药猫术。

"那可是活受罪，弄得人难受！"香春说。学习时先要念咒语，很难记，她到现在也只能记个大概，好像有"变啥成啥，吃啥有啥，顺着月光，天井上下，毛发成堆，抓啥变啥……"的话。她娘说："本来是可以遗传的，那样就不用学了，但香春不行！"原来，香春在三岁时，她娘便在她的肚脐里放入三粒青稞，又吹了几口气，但青稞既没有跳动，也没有改变方向，否则就会不知不觉传授给她了，那样，连自己都不知道就成了毒药猫。后来，她娘又总会在她的脚指头间塞一粒青稞，对着它哈气，弄得痒痒的，让她现在还条件反射似的怕人哈气挠痒。

"后来我已长大，娘被人捉住后弄得受了伤，就不想让我再学！"香春继续说，"但事已由不得她，她只好让我学。"说完换个姿势，说脚下都麻了，热滋又让她坐，见她还是不肯，就用力一拉，使她跌坐下来，但屁股刚一落到草上，她就发出了让春枝刚好听见的惊叫声。

热滋吃惊不小，连忙坐起来问怎么回事，香春嘴里疼得滋滋地呻吟，说："不好说！"又在他的再三要求下，挨过半天才说："反正都说了，就告诉你。"

"我是今年才开始学的,"她讲述说,开始的时候要在半夜到磨坊里,由娘教她,那里水哗哗地响,很吓人,当然,有人推磨时不会去。有一次,她正学习,来了一个测试法力的人,那人由她的师父带着,站在磨子前,她师父抽闸放水一冲,磨子就飞快地旋转了起来。她一见,定一定神,伸手便将磨子抱住,那磨立即吱吱嘎嘎地扭动着,却转不动了。听她师父说:"行,你出师了!"她才放开磨盘,然后化一道烟,从窗子里穿了出去。

学过两个月,麻伊子认为香春应该学成了,就在五月十五的晚上让她考试。她在对着天井的火塘上架一口平底锅,然后用青冈柴烧红,又拿出藏在一个不为人所知的地方的神奇口袋,里面装着一百零三种动物飞禽的毛,据说摸到啥子毛就会变成啥子。麻伊子又在一只碗里装满水,放一根麦草在碗沿上,说如果她学成后,灵魂会沿着月光飞出天井,好用麦草给她搭返回的桥。等月光透过天井,正好照在锅里时,麻伊子让她脱光衣服到里面打滚,说如果不被烫伤就学成了。她走进红锅,刚要进去打滚,突然一只蝙蝠从光柱中穿过,吓得向后一退跌坐在锅里,即被烫得翻跳起来,但屁股上还是很快起了两个大水泡,看还不行,她娘说:"明年春天再学。"

"我很担心,怕春天又会很快到来!"她说。但热滋也没有办法,那是她家的传统,谁都不好干涉,如果得罪麻伊子,或许会被整得变形。就问她:"烫伤好没有?"见她摇头,又说:"我会配治疗烫伤的草药,给你弄点敷上。"也不管她愿不愿意,跳下棚子,到林中采来一些草药,放在石板上砸成泥状,用两片冒火叶子包好,拿到棚子里要给她敷,见她不好意思,推辞着不肯,就说:"只当我是你哥,如果化脓就危险了。"

她才解开裤腰带趴在草上,让热滋褪去裤子,耀眼的白色肌肤一下展示出来,丰腴饱满,光滑洁净,照得热滋头晕目眩,在那两半皮球般圆润的弧形上,两处烫伤极为醒目,红红的仍未结痂。心想,也难为她了,怪不得拉她坐下时叫得那么痛苦。随即用手在伤疤周围轻轻抚摸了一遍,按伤口大小弄好草药泥,分别扣在上面,说:"只两个时辰药就会见效,我们到时再回去。"她只好一直趴着,他则坐着用目光爱抚她的屁股,听她吐了许多苦衷和心里话。

过几天,香春的烫伤已好,只留下淡淡的两个像眼睛一样的疤痕,至于对学毒药猫的担忧,却因一件对她来说更为伤心的事终止了。

那天，她正在田边扯猪草，突然听到有人喊她快回去，说她娘出事了。香春立即把背篼甩到背上，跑到家里时，坝子上已有很多人，她娘躺在柳树扎成的担架上，奄奄一息，脸上尽是青包，衣服也被撕得稀烂，正用眼睛寻找着什么，见香春到了，突然眼里滚出泪来，拉着她的手就不肯放开。“抬回屋去，在露天坝头死后是不能进屋的！”有人提议说。大家一听，觉得是那样，就抬着她进屋，让她睡在床上，一些女人立即围上去，帮她换好衣服，换衣时又发现麻伊子全身青肿，一块连着一块的青包像葫芦串，感到非常吃惊。

给她换的衣服是水红色长衫，阴丹布裤子，新的，穿在身上，衬托得她风姿绰约，大家好似才发现她的好看，柳馨娘说：“原是个美人，怪不得她的女儿出落得像野牡丹花！”说完叹了一口气。香春一直伤心地抽泣着，心想，如果她能好，哪怕学毒药猫也行，就不断地问：“娘，你怎么了？”麻伊子语不成声，只说：“豹子、豹子、豹子！”挨到半夜，伴随鸡的第一声鸣叫，她却清醒过来，说：“饿，想吃点东西。”香春赶紧去做好一锅蒸蒸饭，掏一碗，上面放着几片老腊肉和盐菜，端给了她。她不用人喂，自己坐起来吃完后，又喝下一碗酸菜汤。正当大家都以为她已好转时，老释比到了，过去看一下说：“回光返照！”说完走到了外边。

然后，香春又问她：“怎么了？”她说：“遇到豹子，被咬了。”说完过程后又倒在枕头上，如先前那样快不行了，眼睛老是盯向床前的地看，像有什么放不下似的。香春只是哭，全然没有主意，一个有经验的老女人说：“是不是有什么东西要看！”边说边弯腰在床底下用松光照着找，见有一只碗、一只形状奇特的皮口袋、一把麦草，立即拿出来放在了枕边。

刚一放下，麻伊子就眼睛一亮，颤抖着手将口袋扎紧，又看一下香春，便一动不动了。伴随香春的哭声，黎明的第一缕晨曦已从东边的峰尖上露出来，人们默默地退出房间，见老释比已完成准备，就帮忙把麻伊子抬出来，放到堂屋里，点燃香，烧完上路钱，老释比在她的脚下贴上符咒，又测算日子，说：“没有犯重丧。”让香春爹不要怕，下午就可以送去火化了。

随后，大家坐在坝子上，议论着麻伊子离奇的伤势，听一个人复述完在她最后清醒时讲述的经过，才知道她遇到了一只老豹子。

当时，天刚亮，麻伊子就起来吃过早饭，提着一个竹篮走出家门，因她总是神神秘秘的,没有人问她去哪里。她走下石板路到达溪边,又跨过溪水走到对岸的山坡上,一直向上爬到峰峦脚下,才一边走一边采摘羊耳葱,准备回去包青稞包子。她走到一丛杂草前时,感到草在动,心想,可能是野鸡或者哪只小野物,并不管它,直接走到跟前,又看到一片树叶上有血,感到奇怪,怀疑是一只鹰在吃抓住的野鸡,便"哦——"地大喝一声。但声音未落,从草丛后已冒出一颗豹子头,想到草生前两天打伤过一只豹子,才觉得遇到了麻烦。

正想转身离去,那豹子已一跃而起,将她扑倒在地,她条件反射地扬起双手打了它两耳光,打得它一愣。然后,她护着颈项,双手死死顶住豹子的脖子不让它咬。豹子被顶得火起,不再讲章法,将她翻过来扒过去,一气乱啃,累得不行时,才放开她,歪歪斜斜地走向山峰中的一个岩洞。

麻伊子与豹子打斗时,传出的声音惊动了老瓜头。他当时正在半坡上的树林中找荞面菌,先是听到一个女人在叫,又听到豹子的吼声,感到大事不好,立即一边大喊一边向上赶去。到后一看,豹子已不见踪影,只有麻伊子在地上痛得遍地打滚,想扶她下山,她又走不动,就跑到寨子里喊马风、木心他们,上山用柳树杆和柳条扎成担架,把她抬了回去。

"被豹子啃得那么惨,怎么会不出血呢?!"人们正百思不得其解,木心走过来说:"清楚了。"见大家都望着他,又说:"草生听到情况后,知道那只被打伤的豹子就在咬伤麻婶的附近,立即赶上去找,结果那只豹子已死,就拖回来,我正好遇见,一看,原来是只老豹子,嘴里的牙已掉得干干净净。你们想,用牙根咬人,当然只能啃起青包了!"热滋听后,说一句"千古怪事",即站起来招呼大家去帮忙,他则去安慰香春。

下午,山神谷用传统的方式,把麻伊子抬到野外的火坟场,在边沿架上柴火火化,老释比也亲自到场,将她的碗、麦草和皮口袋也拿到火焚场,念诵完丧葬词后,又边念咒语边把那些东西丢进火焰中。皮口袋一入火堆,即"嘭"的一声炸开,里面飞出的各种毛发飘进火里,化为颜色奇特的烟,回旋着上升到半空时,又变成许多禽兽的形状,闪闪悠悠地消散了。

麻伊子死后,热滋成了香春无形的依靠,她爹是一个木讷的人,基本不说话,性格软弱,因老婆的名声而显得有些卑微,对于他来说,她死不死反倒没有什么。但香春很苦,她很悲伤,一段时间后已瘦了不少,觉得"天长地长，不如有个讨口子的娘！”见到热滋就想哭，弄得他也很不好受。而对于山神谷来说，麻伊子死后，毒药猫也就没有了联络员，其他地方的毒药猫便不再到磨坊聚会，磨坊变得清静起来，连木心也敢一人前去磨面了。

接下来，香春的家里总会时常发出奇异的声音。尤其在躲煞时，更把人吓得不轻，很多人都在夜晚听到了铁链子拖在地上，哗哗地响，还有人在挨打，不时传来像人又像猫的惨叫声。天明时，一些人跑到香春家看，撒在地上的灰烬中尽是铁链子印迹，酒杯和茶碗已被打翻。过后，香春又经常梦魇，听到翻箱倒柜的声音，吓得不敢睡觉，往往坐到鸡叫后平静下来时，才睡上几个时辰。她去找热滋想办法，热滋又去请教老释比，认为最好的方法是新修一座房子。

事情超出了香春的承受能力，她开始害怕黑夜到来，长时间睡眠不足与伤心，显得憔悴而衰弱，一幅病美人的样子，让热滋很怜爱。麻伊子死后一百天，热滋出门去山里，见到香春病怏怏地走在到田地的路上，问：“做啥子？也不在家休息！”香春一见是他，突然想哭，说了句“扯猪草”便哽咽起来。热滋赶紧走过去，一手扶着她，一手用食指为她拭泪，安慰说：“一切都会过去的！有什么事就说！”香春一听，即扑在他怀里，像个小妹妹似的哭得很伤心，很久才说她没办法重新修房子，问热滋能不能帮她，等他答应后，才抬起头对着她含泪地笑了一下。

热滋答应帮她后，不再去山里，转回寨子联络了一些人，又请到两个老石匠，和他们说了香春想新修房子的原因和存在的困难后，立即得到支持。他又去找老释比，请他测算良辰吉日，主持修房造屋的仪式。等他答应后又去香春家，说：“大家都愿意帮你，房子后天就动工！”让她准备好茶叶和中午的饭食，说其他的事全由他管。说完，在她光洁的额头上亲了一下，转身就走。

新房建在老房子旁边，老释比去看后，认为原来的房子坐北向南，门对着阴山，压住了阳气，须改为坐东向西，大门面对溪沟，可接纳顺水而来的好运，他说：“就这样，午时动土。”说完走过去在长方形的四个角上插入四张符，烧香祭祀四角神，又念修房造屋经《漠河而格》。经文说：

皇天菩萨教造房
先在四周砌墙基
平了地基挖墙基

黄土稀泥抹好墙
刷上稀泥砌石块
砌好房基的四角
再把房柱立起来
立好房柱上房梁
横梁用力拉上房
横梁安好补楼椽
敬天敬地还神愿
再修房楼修三层
楼墙之上补房椽
房椽要用粗竹竿
还要补上竹丫枝
补完竹丫再敬神
敬天敬地上六层
竹丫枝上抹稀泥
稀泥未干撒干泥
撒完干土砌边墙
边墙上面建石塔
塔子上面供天神

念毕，老释比走到坝子中，坐在一块石头上，接过香春递上的一碗茶喝下，抽着烟看石匠在四只角之间，用锄头划完线，又说一句“大吉大利”就转身走了。

热滋见石匠师傅已划好线，便招呼木心他们开挖地基，他带头走到一个角上，挖下了第一锄。随后，几个年轻小伙子挥动着锄头，一上一下地挖土，另一些人却用刨锄把土装进茁箕，让另一拨人端到坝子边倒掉。

到下午，深一米、宽约三十厘米的墙基就已挖好。然后，老石匠开始砌墙子，两个人跳入基槽，把一块石头放在地上，用锤子敲打三下，边敲边说吉利话，接着，便开始砌起来。木心负责和稀泥，他将堆在地上的黄泥用锹拍细，加入草筋，倒入水搅和成糊状，由马风端到石匠那里。他们默契配合，石匠把人们放在手边的石头像垒积木一样砌在一起，一层石头一层泥巴，大石块砌边,小石块塞缝填心,只两天时间,石墙就冒出地面形成了墙壁。

修房子时,需要拆老房子的石头做原料,香春和她爹只好暂时住在临时搭在坝子边的草棚里。草棚呈长方体,隔成三间,一间堆放从屋里搬出的东西,一间做她的卧室,一间供她爹居住和兼做厨房。她主要负责烧开水,在一只铜壶里煮茶,煮好后倒进碗里让帮工的人喝,大家都很随意,只中午饭由她家提供,烧馍馍或者洋芋面疙瘩都行。热滋很卖力,木心和马风他们也一样,第三天就开始安门了。

安门仪式仍由老释比主持,他在开门的地方放上刀头等祭品,燃烧柏枝和香,又敬了门神。等在旁边的木匠看到仪式完毕,立即过去把做好的大门框架安装好,又退到一边,老释比再走向前,杀死一只鸡,把血撒在门架上,说:"砌墙了!"石匠一听,即走过去蹲在墙基边,凭感觉快速地砌了起来。木心边和泥边看他们,不时和其他人说几句话。热滋负责打下手,他把传石工搬过来的石头放在石匠师傅手边,不时询问一些有关砌墙的知识,问:"为什么不吊线也砌得笔直?"一个石匠回答说:"眼看一线,手砌一片,上下垒齐,墙壁无斜。"

石墙在石匠的手中向上延伸,到一定高度手够不着时,热滋搬来几根木头,一边以新修的墙体为支点,一边架起马杈搭成一个支架,再在支架上搭上木板。做完后,他说:"可以了,继续开始!"石匠便站到枝架上面,继续向上垒砌,修完第二层,又迎来了一个重要仪式。

上大梁和安立柱在六月初六进行,一大早热滋就赶到香春那里,在准备好的柱子与大梁上挂好红,然后,喝了一碗她递过来的酸菜汤,看她已准备好肉、鸡等祭品,说:"一起去请高头爷!"便带着她走到碉楼里说:"今天上梁立柱,请您前去帮忙!"说完就毕恭毕敬地站着,等他准备好法器,才一前一后照顾着老释比走到工地。他们走到时,已有很多前来帮忙的人站在坝子中,见到老释比,都退到两旁让他过去。

老释比走到石墙内的中心,点燃柏香,放好祭品,作完法事后,喊一声"收龙口了!"几个等在一边的木匠便把大梁吊上去放在石墙上,又在大梁中间顶上一根柱子。一个木匠又杀了一只红公鸡,把血撒在梁柱上后,随手一丢,那鸡便扑腾着翅膀落到了地上。随后,人们给大梁系挂上红,摆上月亮、太阳馍和腊肉等让大家坐在坝里吃,还请老释比算好了盖房顶的时辰。

盖房顶的时辰到来前的几天，热滋仍在香春家忙碌，他将从旧房子拆除下来的靠木杆放在新砌的墙边，把椽子堆放好。干活时，香春总在身边，做一些不需要太费体力的事，但主要是陪他，房子还未修完，已像一家人了，大家都认为他会成为她家的女婿，戏称他为“毒药郎”。但热滋并不太在意，他是好心的猎人，知道香春的底细，被人们一开玩笑，反而有些动心了，脑海里即浮现出她丰腴的屁股和上面的疤痕。

盖房子时，山神谷空前地热闹，几乎所有人都到了，木心娘与柳馨娘也在其中，她们负责帮香春煮饭，说话间问到香春和热滋的事情，香春却说：“也没什么，只是觉得他实在。”又说：“他大我好多岁呢！”说毕，走到一边，端一盆羊耳葱到溪边去洗。俩人见她不好意思地走了，又说她们的两个孩子好像有那个意思，经常在一起，会不会出事，还是按老规矩请个媒人说合算了。商量后当即决定，找媒人的事由木心家负责，柳馨娘说：“只要柳馨同意我就没有意见！”正说着，那边已传来喧闹声。

喧闹声来自盖房子的人们，他们在热滋的指挥下，正将放在地上的靠木杆向上传送，一些人站在中间的支架上，一些人站在墙顶，一些人站在地上。木心在中间负责传送，正寻找柳馨的身影，听到有人喊：“上来了。”立即回头，见马风几人已把一根木杆递到眼前，立即接住向上送去，热滋他们接到后，使劲一拖便拉到了大梁上。然后，他们又将木杆按照和大梁垂直的方向横搭在南北两边的石墙上。正紧张有序地进行，柳馨爹又带头喊起了上梁号子。他喊唱道：

嗨哟嗬，嗨哟
大伙们咧
好汉子哟
拉起那木头
如飞羽毛咧
大伙们咧
好汉子哟
胜过常山赵子龙
阳雀过山嘛
远传名咧

来了来了哟
真来了
好比唐王李世民
木头站在青山上
笔直端正上云层
请你回家哟
做栋梁咧
松木喷喷香哟
……

柳馨爹唱一句，木心他们就“嗨哟——嗨哟”地应一句，一领一唱的声音浑厚悠长，回荡在山峰谷地，古朴而苍茫。

架好靠木，木心他们从搭在墙上的独木梯把椽子背到上面，在靠木上一根挨着一根铺开，热滋又对它们进行固定后，人就可在上面行走了。这时，从下边传来了嬉闹声，一群女人背着还魂草蔸鱼贯而来，柳馨走在前面，木心一见便立即跳下去接背篼，说：“刚才看不到你，原来去挖草蔸了！”抱下背篼，让她去喝茶，自己却背着爬上房顶，把还魂草蔸倒在椽子上。接着，一背又一背还魂草蔸被背上去，很快铺了厚厚一层。

“背黄泥了！”热滋喊声刚落，一背和好的黄泥已背上来，倒在还魂草蔸上后，柳馨爹即过去刨平，每一次都那样，他将黄泥巴均匀地铺开，铺满房顶后，又喊人背上一些过滤过的细黄泥撒在上面。然后，指挥大家用棒槌猛夯，噼噼啪啪的声音随即此起彼伏地响起，如击打时光的旋律。

盖好房顶，已是黄昏，香春招呼前来帮忙的人坐在坝子里，喝过茶，然后吃饭。吃的东西很丰富，都是前来帮忙的人带来的贺礼，有腊肉、野猪肉、干野鸡和野菌、野菜，只有酒是香春早准备好的。热滋仍然扮演着组织者的角色，跑前跑后地照顾大家，还发动香春和他爹敬酒，那中年男人木木的，走在后边，话说不出来，眼里却含着泪，反而让大家都像咽下了什么东西，心里哽哽的，说：“算了，不用敬，我们自己晓得喝！”便纷纷开怀畅饮起来。

夜晚，热滋又打扫干净坝子，在中间烧起一堆火，开一坛咂酒庆祝香春家的新居落成，到深夜才离去。

接下来几天，热滋又请木心他们帮忙，协助两个木匠和一个石匠，在房顶上砌起了边墙，在靠山一侧盖起了楼子，还在顶端的边墙中间修了一座石塔，塔顶放了一块象征天神的白石头。木匠又在房内的地上铺了木板，隔出几个房间，把原来的东西搬进去，还在火塘上安放了一只铁三脚，原来的旧房基则被清理出来，铺一层肥土做了菜园。

“终于可以入住了，过两天去请高头爷来安神。”热滋说。

香春很激动，心想，不管怎样都要好好报答他，也兴奋地说：“是可以住了，今晚就搬进去!”和他含情脉脉地告别后，整理自己的卧室去了。当晚，香春睡在还带着泥土气息的新房子里，梦到她的娘说要去投胎，一惊醒来，感到一阵欣慰，翻过身沉睡过去，又梦见把自己交给了热滋。

安神在五天后进行，老释比吃过早饭，在热滋和香春的邀请下走到她家。他进去后，把法器放在火塘边的老桌子上，洗完手，站在从旧房子里搬过来的老神龛前，焚烧柏枝，点燃香插在神龛里，又让热滋把三块白石头放在火塘里焚烧。然后，他一边敲打羊皮鼓，一边念诵请神的经文《植》。经文很长，说：

敬神净水端在手
要用净水敬神坛
敬神之时要诚心
敬好神坛好显灵
请神祭品敬得好
黑羊脾骨敬得好
黄羊连蹄敬得好
清洁之水敬好天
只要有了清洁水
虽无敬物也能敬
如若没有清洁水
必有祭物才能敬
腊肉香火敬得好
祭物好好祭山神
祭神食物敬好了
刀头供品敬好了

开亮之神敬好了
太阳之神敬好了
天佬神和天皇神
管年辰神也敬好
天神娘娘敬好了
最大天神敬好了
谷中地神敬好了
诸神神母敬好了
女神娘娘敬好了
神坛门神敬好了
请神神童敬好了
关帝神位敬好了
火神菩萨敬好了
请来诸神都敬好

老释比唱完，见火中的白石头已烧得通体透红，便端起一只铜盆，在盆里放一层柏枝，走到火塘边蹲下，把手伸进火塘中，拿出热气灼人的白石头放在盆里，柏枝瞬间即燃烧起来，冒出袅袅青烟。他站起来，围绕灶头转圈，嘴里喊着要请的十二位家神名字，转完一圈又回到神龛前，先请祖先归位，又请灶神、火神、角角神、堂神等。随后，他爬到房顶，在石塔前烧香献祭，请天神回来，说："神都归位了，不能得罪他们！"说完，从梯子上下到堂屋，又敲着皮鼓唱了一段有关居住习俗的经文。他唱诵说：

羌人房屋有三层
各层用途各相异
底层用来关牲畜
中间一层住家人
房顶楼子放粮食
中间堂屋修火塘
塘中架起铁三脚
上坐鼎锅煮菜饭

唱毕，拿起法器，在热滋的护送下回去了。

十八

因为麻伊子的意外之死，山神谷停止了一场在五月初三至初五举行的喜庆活动，人们并未感到日子有什么不同，除了草生家地里开出的花。

花开在草生家的田园里。当六月的庄稼地一片翠绿的时候，许多人意外地发现他家的地上，长着不足一米高的植物，绿油油的全是互生的叶子，形状像羽毛，过了不久，又开出好看的花，紫红的颜色间杂着纯白的花瓣，美艳得让人陶醉。花在不同时段开放出来，凋谢过后，茎干顶上接着长出了很多青色的果。地里花果相杂，神秘地呈现在人们眼前，谜一样地被议论着，但没有人去问草生是什么。

这天，木心到野外去找天麻，走到草生地边，正看着紫红色的花想心事，突然碰到一个东西，抬头一看，是一个到山神谷做生意的挑子客的担子，便打个招呼，和他在路边的石头上坐下来，问："卖些啥子?"那人回答说："针头线脑。"说完又开始抽烟。烟是洋烟，用白纸裹着烟丝，有五寸长，他递给木心一根，又掏出一根火柴在鞋子上一擦，火就冒了起来，闪悠悠的像黑夜里的鬼火，他把火伸过去为木心点燃烟后，开始东拉西扯地说话。

"那是些什么庄稼?"说了一会儿，木心用手指着草生的地问。

"罂粟，也就是鸦片，这个你都不晓得，到处都在种，很来钱的!"那人说，接着又开始介绍鸦片的好处，最后强调说："只能卖钱，千万不能吃!"说完担起挑子走了。木心则继续进山，到火地边的树林里找了半天天麻，回到寨里把知道的事告诉了其他遇到的人，过几天，大家都晓得了草生种的庄稼叫鸦片。

两个多月后，收割罂粟的时候到了，在人们的关注中，草生从茂州城请来了两个人，说是收割罂粟的。木心他们很好奇，都跑去看，那两人坐在坝子里，正在整理工具。草生站着，牛肋巴生过儿子后正变得丰腴起来，已比原来好看许多，正靠在门柱上纳鞋底，山神保则缩在边沿的一丛树下，像乘凉的獐子。见木心他们来了，草生说一句"坐"，便不再表示什么，他们随即蹲在地上，围成半圆，看那两人弄工具。

一个人的工具是一把烟刀,他用两片竹子将刀片夹在一端的中间,只露出一丝锋利的刀刃。夹好后,又用羊皮绳捆扎起来,在尾端打一个蝴蝶结,说:“行了!”边说边用自己的手指试了试锋利的程度。另一人的工具是一个从外面带来的斑竹筒,筒子有尺许长,碗口粗,筒口中间安装有一把月牙形的薄片。他将它固定好,清理完筒内的灰尘,也说一声:“行了!”然后起身跟着草生走向地中。一群人则跟在他们的后面看热闹。

到达地里,那两人一个在前,一个在后。前面的用左手拇指和食指夹住烟桃,右手握紧烟刀前端,一旋转,便在青色的桃子上划出一圈小口。他完成一棵又割另一棵,割过之后,刀口子里很快就流出了白色的汁液,像人奶,在众人的惊叹声中,另一个人已紧随过去,一手握住割过的烟桃,一手用竹筒上月牙形的薄片,沿刀口轻轻一刮,汁便沾到薄片上,又滴落进竹筒里,一天下来,就收集了一筒子。那人说:“产量很好,看来这里非常适宜种植,明年可多种一些!”草生答一句“也是!”就收工回去了。

收割共进行了半个月,最后一天,一个神秘人赶到,人称“花老板”,他带着一匹骡子,两个大汉,每个人都背着一把称为“盒子炮”的枪,一进山神谷就显得耀武扬威。他一直走到草生家的坝子里,开始收购鸦片。

草生即把经过熬煮后已干燥成块状、呈黑色的生鸦片拿了出来。花老板一见,拿到嘴边嗅了嗅,说:“上等烟膏!”用装在皮口袋里的秤称了,又数出一大堆银子给草生,说:“明年留给我,我出高价!”随后,带着随从向飞水岩赶去。

白花花的银子很快产生出巨大诱惑,山神谷里的一些人开始动了心思,族长则显得拿不定主意。他不知道种鸦片是好事还是坏事,决定出去考察。回来后感到鸦片确实能给山神谷带来繁荣,但也会带来动荡和灾难,就去找老释比商量,问:“其他谷地都已种植很多,实力也因此壮大了不少,我们种还是不种呢?”

“一些事是难以阻挡的,但要定个规矩!”老释比说,“按祖先定下的方法,组织大家到议话坪商议一下!”族长一听,即去敲很长时间都没有响过的钟,敲完就和老释比一起先到了议话坪。

过一会儿,族长看到寨人已到齐,便站在一块石包上讲话,说他感到种植鸦片烟已势在必行,因为山前山后的太阳谷和月亮谷都在种植,并且在购买大量洋枪后实力已经壮大，人也有钱了，但鸦片也有许多危害，特别是吸食上瘾后，族人就会毁了。他说："今天召集大家，就是商议种还是不种，如要种，得定下遵守的规矩！"话音刚落，即响起闹哄哄的声音，场景像一群马蜂在飞舞。

"种当然好，又省事又来钱！"一个人说。"不种为好，种了会破坏几千年的安静！"又一个人说。持种和不种态度的两拨人开始争论起来，只好表决，族长让人拿来两只土巴碗放在他和老释比前，说："每人拿一粒石子，想种的放在左边的碗中，不想种的放在右边的碗中。"人们听他说完，即纷纷上前把手中的石子丢到了不同的碗中。丢完后，又让木心和热滋点数，在大家的监督下，左边碗中的石子多出七颗。

"那就定个规矩吧！"族长说完，老释比便起身走到一块白石前，在前面烧起柏香，又念完经文，才让大家跪在前面，发誓说："种植罂粟后，一不能争利，二不能抢夺，三不能吸食，四在遇外敌时要齐心协力，五要遵守祖先留下的规矩！"说完，杀死一只鸡，将鸡血撒在白石上，还强调了一句："坏规矩者如同此鸡！"然后，事情就算定了下来。

仪式结束后，木心和热滋正往回走，突然一个从火地上下来的女人对他们说："春枝放的牛出事了。"两人一听，立即调转方向朝火地爬去，到达时已气喘吁吁。俩人站在一棵树下估计出事的方向，木心说："怎么是牛出事，人不知好不好。"热滋说："先不管，到了就会知道！"便屏气凝神地听，听到牛的叫声从火地边的树林里传来后，才沿着一条蒿蒿路钻过去。

到后一看，一头母牛正卧躺在青草上，背上压着一根粗大的干树杈，春枝蹲在旁边流泪，两人连忙跑过去，合力把树干抬起移到一边，去扶那牛但没扶起来，它只是"哞、哞"地叫，眼睛却望着站在旁边的牛儿子。热滋问春枝："怎么回事？"她定一定神才说，牛本来在火地上吃草，到中午，太阳大起来，一些牛就转移到火地后的那片树林中。这头牛却带着春天才出生的小牛儿走向另一个地方，她心想，那也没什么，等它们走进树林后，她又坐在一块树疙瘩上绣了半天花，才起来去看它们在哪里。

她沿着毛毛路走过去，进入林中，看到牛正在一块空旷的草坪上吃草，小牛儿在身下吃奶，就坐在不远的坡上看，正准备继续绣花，突然一股风吹来，很大，吹得树梢呜呜地响。牛刚好在一棵老树下，一根横向伸出的树枝本已枯朽，经不住风，折断后掉落下来，正好砸在牛腰上，一下子就把它砸得趴在了地上，不能动了。

“可能是腰杆断了!”热滋说，“回去请柳馨爹看一下。”又走到春枝身边，安慰她说：“不要紧的，又不怪你!”说完喊木心去叫柳爹。木心一听立即转身向山下跑去，半晌才带着柳馨和她爹走了上来。

到达后，柳馨走过去和春枝坐在一起，说宽慰的话，柳爹则走到牛的身边，仔细检查后说：“腰打断了，已无法站立起来，只能杀掉才能减轻它的痛苦!”说完摇一摇头，走到一个背来的木箱前，打开取出些许药粉装进一只牛角里，又倒半角水摇匀，走到牛前说：“帮我一下。”热滋便走过去，把牛头搬起，让木心把嘴掰开，柳爹便把牛角嘴伸进它的嘴里，一抬，药水就灌了进去。

“这是用山上的草药配制的镇静粉，可以减轻它的痛苦!”柳爹说，“只能这样，回去和族长说一下，明天来杀它!”大家都心里不忍。走时，热滋从火地后的溪沟里接来一皮口袋水，喂它喝了下去，其他人又割来一堆青草放在它前边，才离开返回，春枝由柳馨牵着，仍一步一回头。

第二天，热滋和马风、木心几个人一早就赶到了火地。他们到达时小牛儿正跪在它母亲的肚子前，伸着头吃奶，便悄悄坐下来，不愿影响它，等它吃饱后开始在草坪上弹跳着玩耍时，才走过去，将刀具放在皮褂子上。那牛一见，仿佛已知道即将发生的事情，开始用悲痛欲绝的声音喊它的儿子。等它跳到前边，即伸出舌头亲切地舔儿子的脸，眼里的泪水滚滚而下，看得木心他们不忍下手。

又等了半天，牛将小牛舔舐一遍后，才让它到一边去玩，然后，吃下一些青草就望着远方的云，半眯着眼，如入定一样。热滋才走过去，用手摸一摸它的头，把羊皮褂子遮挡在它的头上，用一根绳子扎紧，才由马风抓住两只角，以迅雷不及掩耳的速度在它的脖子上横抹了一刀。血很快涌出来，牛却并未挣扎，过一会儿就无声无息地死了。木心取下羊皮褂，见它的眼睛还圆睁着，像充满了对牛世间的留念。

然后，他们剥下皮，把皮子、肉装在背篼里，向山下背去，热滋则把小牛儿抱在怀里，和它说了不少话。到了寨子，他把小牛儿交给春枝，和其他人一起把肉背到议话坪时，见族长已等在那里，说：“已完事，肉都在这儿!”放下背篼便和其他人一起坐在石头上休息。族长看了一下,喊人把肉从骨头上剔下来,按寨子的人户分成很多份,让大家各人取一份回去吃。说:“大家都吃点吧!该做啥还去做啥子。”说完,他背着手,也不管其余的事,闷闷不乐地回去了。

接下来,山神谷一直艳阳高照,太阳出奇地大,走在露天的路上像火在烧烤,木心只好早出晚归,在树林里采挖草药以躲避火辣辣的太阳。这天,他又约到柳馨,两人沿溪边的小路行走,到达一个水潭边时,看到一棵大树斜伸出来,树荫覆盖着潭边的一块草坪,他便把带的馍馍和咸菜放下,一起向溪沟边的山野上爬去。刚到达一条沟槽,就发现长有许多细莘,随即停下来,木心用一把尖锄在前面挖,柳馨在后面扯,连根带叶搂起来又放在石头上,一会儿就挖出了大片细莘。

“差不多了,汗都把衣裳打湿了。”柳馨说完立起身,把手伸到身后,揉了揉腰。木心听到后也停下锄头,说:“好吧,我们到溪边休息!”边说边丢下锄头,从上到下将她放在石头上的细莘一把把收拢,抖掉泥土用藤条捆扎起来,收完时刚好够一大一小两背。俩人即用牛皮绳背在背上,扶着树干下山,到潭边后放在地上时,汗水已湿透衣服,泥巴沾在上面,浑身都不舒服起来。木心见她的衣服已贴在背上,提议说:“今天这么热,风都没有,干脆洗个澡吧!”见她有些不好意思,又说:“我到树后面的路上放哨,你洗完后再帮我看人。”

说完,他沿着通向潭边的小路走到一棵树后坐了下来。柳馨犹豫了一下,还是抵不住清凉碧水的诱惑,先脱下衣服,蹲在水边把粘上的泥土揉搓干净后,挂在一根树枝上晾晒,又回头望一望四周,连木心也没有看见,才放心地脱下裤子,光溜溜地站在水中。水清澈透明,凉爽而不冰冷,人浸泡在里面,身心都一下子清爽了起来。柳馨姣好洁白的身影隐约在碧绿的潭水中,纯净而美妙,像一首诗的诗眼。

木心坐在路旁,心却在水边,用目光悄悄透过绿叶,看到她正泡在水中,水轻轻浸润着她的胸脯,一对丰富的饱满弹指欲破,耀眼的白像月光般圣洁。过一会儿,她走出水潭,站在水边的一张石板上,用手整理着水淋淋的头发,把背朝向他,呈现的曲线如古典的琴弦。他正欣赏诗意般的精致,柳馨突然喊了声:“你坏!”吓得他立即把头转向另一边,觉得不好意思起来,心想，如此冰肌玉骨的身体，是不能轻易动得的，即使在以后的某一个时刻，也要像珍惜灵魂一样珍爱她。喊一声“我下来了！”站起来走到潭边，她已将肚兜系好，面向他说：“衣服还没有干，我到林中去，你也游一下吧！”便走到他刚才坐的地方坐了下来。

木心脱去衣裤，跳进水中，游过几遍后站在水中间，让水刚好浸到颈项。他一边享受着清凉，一边深呼吸，大声对她说：“太好受了，干脆你也来一起游。”见柳馨不干，便走出水面，正好柳馨也在看他，赤裸健康的身体当即让她的心跳加快了不少。正穿衣服，突然走来一个人，他是山神谷的快嘴，善传话，准备路过水潭往沟里去采草药，见到他们，也不说什么，打个招呼就离开了。

过几天，木心和柳馨在清水潭洗澡的事许多人就晓得了。

太阳持续着像在发疯，从来不怕干旱的山神谷，玉米苗已卷起叶子，树叶和草也显得萎靡不振，地上到处是灰尘，溪沟里的水小得已快冲不转磨子。老释比说：“龙王不高兴了，还是去求一下雨吧！”他的提议很快得到大家的认同，于是决定去求雨，事务由族长安排。他考虑半天，决定由热滋、马风、木心与老释比的儿子小释比上山，求雨的祭品由他自己准备。他把他们召集起来说：“明天就出发，一定要把雨求下来！”

回到家里，木心便开始准备，他把一只铜锅装在皮口袋里，又装入弯刀、几个烧馍馍，一壶酒，和他娘说过一会儿话，便去房间睡觉，并很快做了一个梦。

梦里，他晃晃悠悠地走在求雨的路上，像是在飘，到求雨的海子后，想喊龙王出来，问他为什么不下雨，但喊半天都没有反应，却听到海边的山岩上“嘭”的一声，跳出个土地神，问他：“你找哪个，闹得本神午觉都睡不成？”木心回答说：“找龙王，神也要午睡？”那土地一听，有些不满，说：“不睡做啥子，又没有公事！”又说，龙王旅行去了，要顺便到东海去拜访老龙王，找个关系好调到大一些的海子。木心不信，心想，神界也要走关系？弄得连正事都不好好干了，两个多月也不下一次雨，就说：“他肯定在里面不出来！”土地神见他不信，说：“自己去看！”说完用手一推，把他推到了水里。

木心一惊，清醒过来，睁着眼躺过一个时辰，见一丝光线已穿过墙子上的窗口透入，即起来背着皮口袋走向族长家里。

走到时，其他几个人也已到达，一起吃完春枝做的荞麦面块，才背着东西，由热滋提着祭祀龙王的鸡，向牛场后的龙池走去。

龙池隐藏在雪隆包东边的几座山峰之间，很远，要走两天。他们走到黄昏时刚好走完一半路程，便在草生爹与他娘发生艳遇的红岩子岩洞神水窝停留下来。放下口袋，热滋立即走向外面找到一些干柴，抱回后又在原来的火灰上烧起大火。岩窝里有锅、碗、木桶等日常用具，他让木心去接一壶水挂在火上烧开，把用具清洗了一遍。小释比则坐在干草上休息，马风很兴奋，走一天山路也没有疲倦感，他有武术功底，体质超人，提上猎枪就走到了峰梁后的草甸，一会儿就响起两枪，热滋说："有好东西吃了！"坐下来愉快地喝泡好的山茶。

才喝半碗，马风果然提着两只贝母鸡走了回来，说："烫掉，烤着吃。"说完把枪靠在岩石边，便躺在干草上休息。木心和小释比即主动起来，烧好水就烫鸡拔毛，弄好后又把鸡穿在一根细木条上，抹上盐巴、辣椒面和花椒粉，架在火上，翻转着慢慢地烤，快熟时还拿出几个烧馍馍立在火边。天黑下来时，烤鸡与烧馍的香味已散发到神水窝外的树林里。

几个人围在一起，撕着鸡肉吃，边吃边喝酒，有酒意后即开始拉扯男女之事的话。鸡吃完，木心又拿出干咸菜，与大家一起和着烧馍馍吃，给火添加上几根柴，才一起走到草铺前，向后一倒，并排躺了下去。

睡到半夜，外面突然传来砍树的声音，他们被惊醒，坐起来一听，声音正由远到近，有用刀的，也有用斧子的，还夹杂着怪声怪气的喧闹声，但并没有树子被砍倒的迹象。吓得几个人大惊，赶紧烧大火，相互看着，小释比一拍大腿，说："刚才吃饭时都很饿，忘了祭奠山野的鬼怪精灵。"

说毕，他站起来，取出些腊肉，倒一碗酒端到岩窝边，点燃三支香插在地上，说："我们不是有意的，确实忘记了，请原谅，现在都已很累，来吃点东西，快去休息吧！"说完，将腊肉掐成小块丢向东西南北四方，又把那碗酒泼了出去。很快，林中绊树枝穿林子的声音开始渐渐远去，最后消失在了一弯新月守望的夜色里。

第二天，他们从黎明开始出发，踏着朦胧的曙光走向红岩子峰梁，翻过去就到了山梁后起伏如曲线的白岩梁子。

白岩梁子是山神谷和太阳谷的分界线，山梁北边，一望无际的深沟里住着太阳谷人，一座大山全是白石组合的岩体，山腰以下是被溪水切割而成的绝壁，山腰以上则是宽广的山坡，长满灌木与杂草。木心他们走在上面如走在一长串“八”字的顶端，路只是一条有人走过留下的痕迹，延伸在草丛中，前后左右尽是开满野花的草甸，云浮在峰谷间形成云海，缥缈虚幻，像可以行走的白色原野。

走了半日，木心在一块岩石边停下说：“休息一下，有点累了！”说完放下口袋，站在路边向西望去，云正好散开，太阳的光芒照在远方高耸的雪隆包上，于峰峦间形成了一片温润的橘红色，白雪纯洁在天空下，神秘的气息扑面而来，让他瞬间在心中升起了神圣的想法。近处突兀起来的岩石则通体洁白，闪耀着莹莹的光，他想，难怪要称这里为白岩了。

“我想在哪天去朝拜雪隆包，看还有没有上天的路。”木心说，“你们看，那里简直就是一座水晶体！”热滋接过话说：“想一下可以，还没听说有人去过。”说完就让大家赶快走，到石碉楼吃午饭。一行人即起身向前走去，看见路上有许多绽开的贝母花。

在石碉楼吃过烧馍馍，喝一些泉水，又向前走去，翻过九坐起伏的梁子走到龙池时，天已黄昏，晚霞布满天空，把山峰也染成了红色，宁静得空气也像停止了流动。他们坐在离龙池边不远的一块岩台上，一眼望去，龙池躺卧草间，被几座雪峰环抱在脚下，只有他们所在的东岸是舒缓的草坡，但到水边只有一道入口，被栅栏拦着，上千亩的水面一片碧蓝，幽深无限。木心突然想起老瓜头讲的故事，感到龙池确实有几百米深。

原来，龙池并不在白岩梁子高入云天的峰峦间，而是在太阳谷北边的山梁上，是木姐珠与斗安珠缘尽返回天上时，跨入天门前回望时流的泪形成的，很灵验，自古就是居住在山谷里的人心中的圣湖。但那边的人喜欢在湖边的草甸上放牧牲畜，久了，牛尿马粪便污染了湖水，让住在湖中的龙王再也无法忍受，就在一天夜里背着湖走了。他一路飘飞，走到白岩梁子后又一路向西，直到听不见那边的鸡鸣狗叫，才停下来，让山神谷从此有了一片叫龙池的圣洁之水。

正出神，热滋喊道：“该下去了，天黑后看不见找干柴。”几个人立即拖着皮口袋向下梭去，到了水边，又沿岸行走，直到南边山峰脚下的一座岩窝里，才放下口袋。

进入岩窝，大家一看，好像不久前刚有人住过，锅、碗、盆都很干净，石缸里还装着清水。“可能是挖药的。”马风说完就去砍柴，不一会儿便拖回一抱羊角树，木心升火烧开水时，小释比也把红公鸡提出来拴到一丛灌木下，让它自己找虫子。大家七手八脚做好饭正准备吃，却听到龙池东边的山坡间传来了喊“救命”的声音，大家面面相觑，心想，是不是又遇到了怪事呢？刚才从那里过来时什么都没有看见。但声音却在持续传来，很清晰，分明是人的喊叫。

见状，热滋便喊马风和他一起去看，提上猎枪踏着暮色中的花草向声音跑去。他们沿着池边转过一道弧形的山路，又沿着上山的一条毛毛路向上爬。爬到一座坡梁一看，隐约有两个黑影在转圈，地上的草已被踏出一圈圆圆的印迹。热滋大声问：“你们在做啥子？”连喊几声，见仍无反应，马风便朝天开了一枪，“嘭”的一声响，震得空气都如爆裂起来一样。那两个黑影才一惊，站在原地不再转动，眼睛瞅着四周，一脸惊恐。马风和热滋立即跑下去，一看是两个山梁后边的人，说：“先到岩窝再谈。”一人扶着一个朝原路返了回去。

回到岩窝，把那俩人扶到草铺上坐下，木心递过两碗茶水让他们喝，由小释比敬过山神、精灵、鬼怪后，又请他俩一起吃完饭，抽了几口烟，他们才缓过劲来。其中一人说：“活见鬼了！”另一人却说：“还不是怪你不信邪！”接着说，他们是山后木梭寨人，这片湖水本来是他们寨子的，叫北峰湖，湖水清澈秀丽，一年四季不涨不消，四周是舒缓的草甸，每到夏天，寨子里的人就把牛马赶到那里放牧。有一年，寨里养了一头大牯牛，它天天到湖边的一棵神树上磨角角，最后把树皮全部擦掉，树死了。

“这还不算！”那人又说，牯牛见树已枯死，又带一群母牛在水中嬉戏打滚，弄脏了水面，湖一气之下就迁到了这里。他说：“也是怪事，此后只要木梭寨的人来到湖边，就会云雾缭绕，很难走出去，我们已转了两天圈子！”这时，小释比才想起他们无论如何都是求不下雨的，就说：“早点睡吧，明天一早送你们离开，免得家里人担忧。”

天明后，送走木梭寨人，小释比主持大家开始求雨，他带着羊皮鼓、柏香跨过阻挡牛马的栅栏，直到水边的祭台前，等木心摆好刀头、酒，热滋在祭台旁边升起一堆火，又在火中放入几块白石头后，便提着羊皮鼓，在祭台前的草坪上一边踏着猴步，一边敲打，口中念着《求雨经》。他念诵说：

天神爷哟快下雨
不下万物活不起
山边起云啊水边起雾
带来水滴润山野
我们找雨翻山梁
九道梁子九道拐
天神爷哟快下令
让那龙王把水喷
地上庄稼正干渴
凡间人畜无水喝
我们求雨过沟壑
九沟九坎九分险
再不下雨不客气
挖开龙池水流尽
……

唱完，几个人跪在祭台前，背对着水，敬献祭品和酒，掐下一片鸡冠子放在祭台上，把鸡血涂抹在象征龙王的白石头上。把鸡放生后，又一起站起来转过身面对池水，由小释比把烧得通红的白石头抓出来，使劲抛进水中，伴着红透了的白石入水后腾起的白雾，小释比带头喊叫道："快下雨，快下雨，超过高山大露水……"其他人也争先附和，马飞还打了几枪。小释比边喊还边使劲敲打着羊皮鼓，各种声音惊爆起来，回荡在池边的峰谷中，天瞬间就黑了下来。"快跑回岩窝，不能回头！"小释比喊完即带头跑去，木心他们也紧跟在后，刚到岩窝坐下，雨就唰唰地洒了下来。

雨下了一天一夜。

期间，他们没走出岩窝一步，出去方便时也只是退出去走回来，木心问："为什么要这样做呢?"小释比回答说："本来雨求完后应立即跑回去，但山神谷太远，我们只好躲起来，因为求下来的雨哪里有人回头看，就只下到哪里！"木心"喔"了一声，便躺在草铺上，等到雨停后才走出去看了看天，提议说："我们该回去了！"出发时又回望了一会儿雪隆包。心想，一定要去朝拜一次。

几个人随路采了一些飘带葱、石板菜、香香菜，在红岩子岩窝住过一晚，下山走到寨子时，却见很多人都在向山上跑，惊问："发生了什么事?"一人随口答道："春枝的孩子被埋了!"热滋大惊，心想，山神谷怎么也会多起事来了，立即取下皮口袋交给木心说："我去看看，你帮带回去!"就跟着那些人一起向火地跑去。

赶到时，火地边一座黄土坎下已围着许多人，春枝正撕心裂肺地哭，柳馨娘和其他几个女人一边劝说一边陪着流泪。热滋挤过去一看，一个原本掏来休息的土洞已垮塌下来，赶紧问："娃娃呢?"柳爹指着塌成一堆土的洞说："在里面压着。"边说边蹲下去接替一个刨土刨累的人，用手拼命似地向外刨着层积的黄土。

热滋也加入其中，过了两个时辰孩子才被挖出来，但已死去，手上还握着一朵百合花，春枝一见即扑过去，抢过孩子搂在胸前，不停地喊，一会儿就昏了过去。几个女人赶紧上去，把她扶到一棵树下，说："不能让她再抱着孩子不放了!"柳爹立即过去把孩子接到手中放在花草上，为他洗脸，弄干净了身上的黄土，族长已带来一套新衣服，又请柳爹给他换上。

换好衣服的孩子躺在花草中，戴着猫猫帽，帽子上绣着美丽的花，前半沿是半圈溜圆的银饰，帽子扣在头上，把两只小耳朵也遮住了，露出的脸洁净而稚嫩，眼睛闭着，像熟睡的样子。他身穿一件水红色长衫，沿边尽是刺绣的云朵、花草等图案，脚上穿一双花鞋，躺在那里，双手放在身体两侧，手里依然握着那朵百合花，让在场的人心都快疼得碎了。族长忍受不住，喊一声"孙子"后，即哭得肝肠寸断，几乎一口气抽噎不上来。

正在悲伤，老释比被小释比扶着赶了上来。他坐在地上喘完几口气，才对族长说："他是来哄你们的，逗你们开心，现在已到天上做天神的童子去了!"又劝他不要伤心，说："一寨人还靠你当家呢!"族长听他一说，止住抽泣，抓住老释比的手让他作主，说："娃才几岁，看能不能给他个好归宿?"说完便由热滋扶到一边独自悲伤去了。老释比问清出事的时间，掐指一算，说："孩子是来玩的，不需要忌讳什么，下午就安葬吧!"

接着，他让已赶到的木心几个人去砍两棵山杨柳，做成一副担架，又采集许多鲜花铺在担架上的青枝绿叶间，才轻轻捧起孩子放在上面，让热滋和马风抬着,向火地后的一片森林走去。人群则跟在后面,连春枝也没有发出哭声,只是一手扶着担架,看着熟睡般的孩子机械地走。空气沉寂得让人心悸,悲伤漫延起来,没有表达出来的情怀,压得人有些透不过气。

走到森林中的一棵松树前,老释比让大家停下,把担架放在两根平伸的枝干上,斑驳的阳光随即透过绿叶,落在孩子身上,在山风中轻轻地晃动着,如童话里的情境。人们很少说话,沉浸在对一个消逝的生命的怀念里,春枝坐在旁边,望着孩子的眼里,尽是不舍的爱怜。

“孩子并没有死,他还要成长,和树 ·起长大……”老释比的声音破空而起,他说,“我们为孩子举行树葬吧,就是这棵树了!”这时,大家才看到眼前的那棵松树,离地三米高的树杆上有一个树洞,洞口呈竖立的椭圆形,上面是茂盛的松枝,叶子滴翠,松香阵阵。

老释比见时辰已到,即站起来敲打羊皮鼓,吟诵《丧葬经》,经文说:

有天空就有大地
有山峰就有树木
有积雪就有流水
有烟火就有人群
有生命就有灵魂
有出生就有死亡
……
母亲身怀六甲时
已经先定死时辰
然后才有出生日
什么时候该你病
什么时候该你死
出生之前已注定
……

念毕,让春枝和孩子告别。随后,她被扶到孩子前,但没有出声,只是定定地看着,当一滴泪滴在他脸上后,那孩子的脸立刻变得红润起来,像吃奶时的情景。春枝不能自已,又解开衣服,掏出一对洁白饱满的奶子,朝孩子的嘴挤了几滴乳汁,才转过身,伏在热滋娘的怀里,号啕大哭起来。老释比一见，拖长声音说："送孩子上树吧！"柳爹即站在已搭好的木架上，由热滋将孩子抱起来，走到架子前递给他时，那孩子已变得柔软起来，如活着一样。

柳爹将他抱在怀中转身站在树洞前，双手捧着放进洞中，又让他坐着靠在洞壁上，两只小手放在前面的小腿上，像打坐的童子。然后，在洞口贴上一道老释比画好的符后，才转身离开跳到地上。

老释比又让人拆去木架子，走在前面，带着一干人向新老火地间的梁子走去，到梁子后大家站成一线回头望去时，见那棵松挺立在山原上，梦一样悠远，青翠的针叶间，挂着泪一样晶莹的露，一只洁白的鸟正从树梢飞起，盘旋一圈后又冲天而去，转眼就消失在了白云飘动的蓝天里。

回到寨子，热滋一干人见发生这样的事情，已不好再去族长家讲述求雨的经过，便一起集中到老瓜头家，让他煮些瘦肉。煮好后一人一块，边吃边撕边喝酒，几句话便说到春枝，木心说："那洞已有很多年，怎么会垮塌呢？"老瓜头说："还不是怪你们求下的雨！"话一落地，就让他们都感到了很奇怪。心想，雨求下来反而会出事，啥子原因呢?！显得很不理解。老瓜头见状又说："事情是这样的。"随后讲述了事发经过。

早晨天一亮，春枝见下了一天一夜的雨已停，就牵挂起放在火地上的牛，觉得该去看看，就从床上拖起孩子，给他喂完饭，背在背上便向火地走。娘俩一路有说有笑地走着，到火地后见牛平安无事，而太阳已高升起来，照在潮湿的花草上，闷热而且潮气袭人，春枝见黄土坎中的洞里依旧干燥，地上还铺着草，就和孩子钻进去坐在草上，逗玩了很久。

"如果一起出去就没事了！"老瓜头说，坐过一些时候，春枝发觉已听不到牛铃声，想去探望一下，自己即站起来向外走，刚钻出去，身后便突然传来"轰"的一声，洞塌了。吓得她惊声喊叫，不顾一切地刨土。"哪里还来得及呢！"他说，"事情就这样发生了。"又说："干旱了几十天，土坎上的地已裂出一道道口子，雨水一下子浸灌进去，她和孩子到里面休息时，水正好饱和，就塌了。"

听老瓜头说完后，几个人都闷闷不乐起来，喝些酒就散了，尤其是热滋，心里很不好受。他本心善，情感丰富，在心中装入对香春的同情后，心又让可怜的春枝占去了一角，以至几天后在路上遇见她时，见她已憔悴得像秋天的荷，突然涌起扶她走过一段路的心愿。

十九

木心没想到在白岩梁子产生的朝拜雪隆包的想法会强烈起来，让他如常的生活又多出了一件事，开始收集雪隆包和前往路途的情况。

想到如此重大的决定得有个人商量，木心首先想起了柳馨，她总是居住在他的心中，连青冈树也好似变得柔情似水，生出的惆怅美妙而折磨人，却说不清它的滋味，离她远觉得心空，离她近觉得心怯。这天中午，他走出去，经过柳馨家门前时吹了两声口哨，见她走了出来，就问："去不去山里转转？"她回答说："好的，但要等一会儿！"说完转身又回到了屋里。木心独自向前走去，在一个转角处坐下来，见天气很好，决定到他们第一次约会的羊角花梁子上去。

不大一会儿，柳馨到了，已用心装扮过一番，清秀得像天上的七仙女。他说："我们到羊角花梁子上去行不行？"见她点头同意，便接过她背上用来遮人耳目的背篼，甩到自己的肩上，一起朝溪边的小路走了下去。过溪上山到梁子上后，他们又穿过一片丛林，钻入几株茂盛的羊角树下。地上绿草茵茵，野花点点，被树荫遮盖的地方，正好是一片柔软的草坪。

俩人坐下来，望见梁子下葱郁的沟壑，两只鹞子正盘旋在空中，像滑行在青绿的水里，天地宁静得仿佛空气都停止了流动。享受过约半个时辰的静默，木心才说："我想去雪隆包一次！"又说他去求雨时见到过那座雪山的壮观，已被圣洁的晶莹迷住，不去恐怕很难了结心愿！"只是不知路途情况如何。"他叹口气，不再作声。

突如其来的想法让柳馨不知怎样是好，她听说过那个地方，很高很远，夏天也会下雪，就说："先不说这些，问问去过的人再决定。"但问谁却不知道。俩人又并排躺倒下来，望透过绿叶的天，过一会儿，木心伸出手，柳馨头一抬，自然而然枕在他的手臂弯里，幸福的感觉一下从心中升了起来，他一回头，猛地叼住她的耳根，弄得她浑身酥麻得想跳岩。

但一切都只限于这些，名不正则行不顺，木心觉得，任何一种实质性举动，都是对她那一身清纯的亵渎，虽然他对她早已充满向往。随后，他站起来走到林中，帮她捡菌子，柳馨见状，也紧跟过去，提着背篼接，半天就拾满了一背，有荞面菌、马皮包、腊腊菌、杨柳菌等十多种。背着它们下山，走在路中，柳馨说："你确实想去还是去吧！一辈子也难得有一个好心愿。"说完走在前面，不时转过头看他，好像他已经告别出发了一样，显得依依不舍起来。

跨过溪涧，他们向老瓜头那里走去，见他正在坝子里坐着，打过招呼，又取出许多菌子放在门前的茁箕里，其余的让柳馨自己背回去，他却留了下来，想打探一些事。

送她走后，木心坐到老瓜头对面，问："有没有人去过雪隆包？"老瓜头一愣，问："突然想起问这个做什么？"他说："我想去朝拜一次，那里太神奇了，我求雨时望见过它。"老瓜头说："这可不是容易的事！我自己就去过，但只走到冰缝前，上面尽是冰雪，上不去，只有一条路的影子蜿蜒于白雪中，俗称神仙路，传说就是洪水朝天前到天上的路。"

他说，到山脚下得走四天，中途只能在红岩子、龙池、牛滚塘栖息，山高草低，什么都有可能发生，要去也最好有个伴。"那可不是玩的，有这种想法的人不少，但没听说有人真的上去过！"老瓜头说完，咂一口烟，又说："现在路上已清净不少，以前可不是，妖魔鬼怪到处都有，老释比的祖师就是从上面下来的，他一路降妖捉怪，后来才有人敢去那里。"

"看来可以去试试！"木心下定决心后，告别老瓜头往回走，晚上又把想法说给他的爹娘听，并引发出了一番争论。俩人想，生死有命，要去就让他去吧，便同意了，但木心把想法告诉热滋、马风后，他们觉得去不去都无所谓，态度显得不置可否。让他感到像讨了没趣似的，便不再宣言，只在暗中做着准备。

日子按既定方式向前走着，转眼已到冬季，大家闲暇下来，开始考虑其他的事。木心娘与柳馨娘觉得两个孩子已老大不小，经常在一起到荒山野外，弄出事来会被笑话，私下一商议，决定请个媒人按传统习惯来确定他们的关系，如果测算的八字不相冲突，就把亲事定下来，过两年好把婚事办了。

说亲的媒人是热滋的娘，人都亲切地称她为妫妈，面目和善，半生都在做好事，远近有很多姻缘都是她撮合的。她听木心娘一说，立即满口答应，说："按木姐珠定的规矩来！你们去准备吧，这亲事我说定了！"便送木心娘出门，自己嘻嘻哈哈地笑着转到柳馨家去探听底细。

过了十月初一的牛王会，木心娘就提着两份礼品走到热滋家，说："这些是前两天从挑子客那里买的点心和一只猪头，你看行不行？"妁妈说："哪有不行的，都是心意而已，礼节做到就行了。"接过来放在神龛前的桌子上，又说："晚上就去，你回去等消息。"

傍晚，妁妈吃过晚饭，对热滋说一句"我出去给木心说亲"便往外走，突然想到已给别人说过不少亲，自己的儿子却还单身，谁又给他说呢！那香春确是不错，儿子也好像对她有意，但愿她没有学会变毒药猫。想着心事走到柳馨家门口，人未进去，笑声已先钻进了屋里。

柳馨娘一听，立即站起来准备迎接，但妁妈已跨进大门，被门槛一绊，差点一个扑爬栽在地上，好在被柳馨娘及时抓住了一只手。妁妈站定后，把礼品放在桌子上，仍然笑嘻嘻的，说："这是木心家送的！"坐下来就称赞木心如何好，说他家里人都不错，只一个孩子，过去也不会受气。又看着柳馨，称赞她是山神谷最精巧的姑娘，秀外慧中，已成熟得像六月的桃子，应嫁个好男子……说得柳馨不好意思起来，站起来走进自己的房间，却把耳朵留下来仔细地偷听。

接着，妁妈开始说自己的来意，她说："我来的路上你家没有在路上放倒钩刺，也没有关门，更没有抽走独木梯，还让我到火塘边坐，说明已有意愿了，就看孩子的八字合不合！"柳馨爹在一旁不作声，只顾一前一后地碾着草药。她娘就说："主要看孩子愿不愿意！"说完站起来给妁妈倒茶。妁妈一听，立即大声说："闺女，说句话啥，木心如何？"房间里却不作声，见已得到默许，妁妈便念起了说亲词。她说：

花不开不香
话不说不明
如不把话说明了
为啥吃酒不知晓
讲明事由心里明
吃酒明了事天成
自从有了天
自从有了地

凡间就有了男

凡间就有了女

成双成对

生儿育女

是木姐珠定下的规矩

……

念完，将礼品提起来递给柳馨娘，见她伸手接了下来，说："事已成，我去合八字。"拿起柳馨的生辰八字，就风风火火地赶到木心家，要了木心的生辰八字，又一起带着走到老释比家里，请他测算。

老释比采用铁板算的方法掐完一阵手指，说："八字不相冲，缘已注定，只恐怕有缘无分！看他们的造化了！"他还得出结论说："他们从俄巴巴瑟居住的羊角花梁子经过时，拿了一只羊头上的角，注定要成一家。"妁妈听后，道过谢，便转身回到家里，准备送还"八字"，讲一下吃"开口酒"的事。

过了几天，木心爹背着一些粮食、腊肉、酒和妁妈一起走到柳馨家，她说："他俩八字相合，给你家送'庚帖'来了！"说完后，他们坐在一起，拉些家常，柳馨家请来亲戚邻居，吃完开口酒，又商议了一些其他事情，确定了吃"订婚酒"的时间，至于婚期，说还得看情况再定。妁妈说："正式成为亲家后，要常来常往，好让孩子多些了解！"说毕离去回家，心里又担心起了自己那老大不小的儿子。

十天后，木心请来热滋、马风等好友和家门亲戚到家里吃"订婚酒"，他们一早起来，准备好丰富的宴席，柳馨娘也前来帮忙，煮的腊肉、野鸡、野菌等，摆满了一桌子，桌子不够，又去邻居家借来几张，摆成一坝子。吃饭前，特地请到老释比前来主持，他在神龛前点燃柏香，向神灵敬好酒，说："木姐珠来见证过了，有子要成婚，有女要嫁人，今天成亲家，就是一家人。"又说了许多吉利话，宣布婚事已成，说天神会让木心和柳馨平安吉祥，俄巴巴瑟会保佑他们天长地久。

随后，他被木心爹请到上位坐下，各自饮酒、敬酒，热热闹闹到傍晚才散，只热滋喝得心事重重，想找人倾吐一番，又没有合适的人，便独自到老瓜头那里坐到半夜才回家。

凡事都有一个规律，一些事一旦明确，反而会让当事人变得不自然起来，柳馨和木心订婚后，在传统意义上成为恋人时，却影响了平常的随意，反而让交往多出一些无形束缚。他们见面时反而有些不好意思，相约到山中劳动或消闲也变得不自然起来，好像怕被人看见一样，每次约会都像做贼般心虚。

进入冬月，山神谷又变成了一片寂静世界，弥漫在天地间的空旷让人心悸。木心顶着阳光先走到寨子旁的一个小山包，对着柳馨家吹过几声口哨，即看见她背着背篼走出了家门，便隐藏在草坡后面。等柳馨走近后，又带着她隐没于枯黄的草树丛中，向他们曾经套画眉子的地方走去。他们一路上眼观四面、耳听八方地东张西望，名正言顺之后，反而显得很不自然。

到达荒地中，他们并排在一起朝上走，边走边拾野棉花叶子，不一会儿已走到林子边，背篼也快装满了。木心说："到林子里坐一会儿。"柳馨伸头向四周望了望，说："好的，看来不会有人！"钻进去看到一丛柳树下有一小片草坪，枯草上铺着一层厚厚的干树叶。一坐下，木心就说到雪隆包去的计划。"过两年就去，"他说，"老瓜头说要结婚前去，结过婚就不行了！"却不说为什么，但暗示了他不会对她怎么样，说着伸过手揽住她的腰，要她躺下。柳馨突然想到那次看到的八月瓜和马风的情景，脸红得发烫，人也被撩得想死，他俯下身，在她的眼睛上亲吻了一下，正想向下把嘴滑到她的嘴唇，却传来"啪"的一声，像一根树枝被折断了。

木心只好钻出林子，见不远处几根树枝在动，过一会儿就走出一个人，是牛肋巴。她背着背篼，背篼里装着獐子脚儿子，正从林中走出，也不知她上山来做啥子。木心悄悄蹲在一从黄连树后，见她走到荒田里，把背篼靠在草坡上，提出山神保，那孩子一到地上，即纵身一跳，卧在一棵树下，嘴里含着几根草嚼着，快乐得吱吱乱叫。过一会儿，他又跳跃起来，渐渐向木心靠近，逼得他连忙梭入林中，拉起柳馨说："山神保来了，我们从后面走！"一只手提起背篼，一只手拉着柳馨，猫着腰钻到山坡后，才顺着另一条路下山。快到寨子时，又各自走到一边，悄悄向家里走去。

在路口，木心遇见了种鸦片发财的草生，他刚好从茂州城回来，请的几匹骡子驮着许多东西，和木心和气地打招呼时，主动说："买了两支好枪，走，去看看。"到草生门前的坝子后，几个赶脚人把货取下来，收起草生递过去的银子，转身就走。

草生把一只皮口袋打开，取出一长一短两支枪，说："长的是中正式，短的是盒子炮，威力都很大。"说完拿起短枪，"叭、叭、叭"地放了一气，爆豆般响起的枪声，惊得山神谷莫名其妙地抖动。放下枪，草生才发现大门锁着，骂一句"这个婆娘哪里去了"，就从一张石板下取出钥匙，打开门，喊木心进去坐，但他谢绝了，也没告诉他牛肋巴和山神保在窝窝田晒太阳。

几天后，草生请来一批外地人开始加固房屋，他沿着坝子边沿修起一道墙，在入口处筑起一根碉，门用结实的桦木做成，里面横一根杆子，哪怕一头牛也撞不开。工程进行到腊月，一算账，却已付不够工钱，那些人便不肯走，说："给不够钱就在他家过年！"弄得草生没有办法，想打猎换钱，但有好枪后仍徒劳无功，他一进山，山神就会把野物藏起来。便在一天悄悄梭到门坎山前，又黑了一次山，猎取到十三个麝香，一批岩羊、野猪等。他把不值钱的丢在那里，鹿子则只取出鹿茸与鹿心血。在夜半悄悄回到屋里，关紧大门，用麝香支付完工钱，打发他们天一亮就走了。

草生再次使用黑山术的事几天后被山神谷人知道了，眼看春节临近，热滋想去打一只鹿子，一是可以吃新鲜肉，二是想送给香春和春枝一些。他每次遇到春枝都觉得心紧，担心她那林黛玉一样的身躯会出问题，便在腊月前一天早晨，带上猎枪顺着溪沟向门坎山走去。

路辗转在森林中，到处是积雪，但已有人走过，他踏着印迹放开双脚急走，路边的溪已封冻起来，到处是晶莹的冰，偶尔有一个冰洞，里面闪着清凉的水，"哗哗哗"地像在歌唱。到达门坎山的山门后，看见雪地变得一片狼藉，他感到很奇怪，就顺着乱七八糟的脚印走，在一个大岩窝旁边，横七竖八的动物尸体突然出现在眼前。它们形态各异，已冻结成冰块，麝香全被悉数割去，剩下的只是拿不走的肉。正猜想是谁干的，草生的黑狗已出现在他前面，它晓得成堆的肉仍留在山中，独自跑来，想叼一些回去吃，见到热滋，一惊就跑走了。

热滋一下子明白了又是草生在使黑山术，再也无心打猎，便转身往回走，在途中顺手打了三只贝母鸡，回去送一只给春枝后，径直走到老释比家里把事情说了，还强调说："该管一下了，这样下去山神谷会受到报应！"但老释比沉默不语，像装着无限心事，一口气咂了几口烟，才说："你回去吧！"

黑山后，草生心里毕竟有点虚，请一匹骡子驮着山神保，带上牛肋巴，在猎狗窝里放入许多食物,打开为它设置的小门洞,锁好院门,到成都府卖麝香去了。

一家人经过"一锣一鼓十六关"的茶马路,走二十多天才到成都府。到后他们即奔赴斑竹巷,找到牛肋巴的爹,见他仍住在大火后留下的屋子里,老婆已到一座寺庙出家,一心信佛去了。牛肋巴喊一声:"爹!"眼里已涌起泪水,又让山神保喊外公,他却怯怯地躲在身后,站立不稳,阴生盯着他,感到怪怪的,问:"怎么穿那样的鞋子?"

见他问,草生过去取下一只套在山神保脚上的绣花套子,说:"不知怎么就长出一双獐子脚来!"说完又给他套上。阴生一看,惊得一口气差点卡在喉咙里,长叹一声说:"天意!"把他们安顿在了旁边的一间耳房里。

草生显得轻车熟路,卖掉麝香和十对熊掌,一下子又有了很多钱,给牛肋巴买了几套衣服,给阴生也买回不少东西,还给山神保买回一只拨浪鼓。随后,他到处乱逛,把牛肋巴与山神保丢在家里,重温了一遍曾经的放荡生活。

到腊月初十,草生觉得该回去了,问牛肋巴:"还是回山神谷过年吧!走前去不去看一下你的娘?"她当然想去,一家人随即赶到寺庙里,请一个小和尚去请她娘。她走出来,见到他们却毫无表情,像见到陌生人一样,双手合在胸前,只用眼光清扫着他们。牛肋巴见喊一声"娘"也没反应,赶紧递过一包银钱,说:"给你,拿去置办点东西!"但老女人不要,见到山神保的脚后,念声佛号"阿弥陀佛……"转身便朝佛堂走去。草生只好把银钱放进功德箱中,心想,这样也相当于把钱给了她。出来后,又转到一个交易枪支的地下市场,买了几百发子弹。

回到山神谷,他们打开院坝门,一进去黑狗就弹跳起来,像人一样站立着,把前脚搭在草生肩上,用嘴不停地亲他的脸,尾巴摇得像上足发条的钟摆,让他高兴得不停地摸它的头,好一会儿才赶它下去。搬回东西,给脚夫付过工钱,一家人回到屋里,掏出火塘里的万年火种,添一些干柴,一吹,火便熊熊地燃烧了起来,山神保却一纵跳到一边,像獐子一样卧在了铺在地上的羊皮上。

寨子重复着春节前的准备,草生家的事全由牛肋巴负责,他反倒显得无所事事,到溪边的挑子客那里又买一些过年的东西回家后,就一个人带着黑狗到处乱转，偶尔也到议话坪和其他人吹一些牛。人们心里都防备着他，但又被他讲述的外面世界所吸引，草生一到就会围着听他说事。

快到除夕时，接连飘下几场雪，厚厚地堆积在山谷中，到处一片纯白，放眼尽是银色的世界。许多野物也被雪从高山上压了下来，在谷地中觅食，热滋他们时常穿着草鞋出去，走到火地后的森林中，打几只岩羊、獐子背回来，把一些肉挂在火塘上，一些送给在议话坪上休闲的人。草生也动了心，打猎本是他的专业，想和学黑山术以前一样，到山上消遣一番，就在腊月二十九的清晨带着猎狗，向寨子后的阳山坡上走去。

才走到半山腰，那狗就闻到许多野物的气息，它仔细分辨出散发的味道，就朝一只硕大的香獐追去，很快从一片青冈林中撵出一只灰黄色的獐子，吊在胯下的麝香隐约可见，估计有七两重。草生一见，立即兴奋起来，提起新买的快枪，跳到一座山梁上望着狗叫的方向。一看，它们正一前一后，一会儿隐入林中，一会儿又闪现在枯草丛里。转过几圈，那香獐见从上跑很困难，便掉头朝山下寨子西边的田野跑去。

草生一见，知道它会朝下跑过田野，然后跳过溪涧向对面山上逃去，凭经验判断，那是死路一条，因为它几乎没有机会跨过溪沟。他转身就向下跑去，边跑边将枪子上好了膛。跑到田边一看，香獐正在一道田坎边，口像是很渴，正埋头吃雪，见狗已转眼追到，他心里刚一喜，却见狗突然右转向门坎山的方向撵了过去，香獐却跳下田坎，跑到溪沟对面钻进林子里不见了。那狗一直汪汪地叫着，追着空气疯了似的朝沟内冲去，弄得草生莫名其妙，使出定根法也不起作用。

原来，狗撵獐子的叫声早已惊动老释比。当时，他正一个人背着手在离家不远的田埂上散步，狗叫声响起时正想着草生黑山坏规矩的事。心想，这样下去会得罪山神，如果再告到天神那里，怪罪下来都会受到连累，看来不得不再警告一下他了。抬头一看，獐子已被追赶着从田野里栽跟斗一样逃下来，眼看就要被咬住，他赶紧将不知谁丢弃在田边的一只草鞋抓起来，朝狗丢去，念动咒语，放了“长山”。

草鞋在空中划出一道弧线，翻滚着落到狗和獐子之间，在狗的眼里，就变成了一只獐子，它一拐弯，就将狗引开了。随即，草鞋像獐子一样奔逃着，充满诱惑地向深沟跑去，狗则被咒语控制着，任草生拼命地喊它也不管用，只管朝草鞋追赶而去。撵到门坎山后，它又开始在四周的山梁上转圈，从白天撵到黑夜，又从黑夜撵到白天，一刻也不停，吓得草生不能自已，跑到山中又是打枪又是呼叫也无济于事。

谷中不断回荡的狗叫声，让人们都知道了狗被放了“长山”，也知道是老释比放的，却都不说出来，认为惩罚一下草生是天经地义的事。

狗一值不停地撵，到第七天，声音已嘶哑得小了不少，从草生前面跑过时，他看到它嘴里已滴着血，到下午，便累死在了他黑山时设置陷阱的一棵树下。草生跑过去，想看一看它到底撵的是什么，走近时发现树上挂着一只烂草鞋，才知道被整了冤枉，恨得不行，但又不敢和老释比斗法，只能吃哑巴亏，便说狗着魔了，把它背回坝子，在狗平时出入的门洞外的坡地上，掩埋后建起了一座狗坟。埋好后他坐在那里，伤心地哭过一回，才踩着夜色回到屋里。

到除夕，草生又拿起一些肉去祭狗，丝毫没有过年的心情，整天没精打采的，白天就一人背着枪到树林练枪法，子弹一声声打在空气里，空荡荡的，回旋在山谷中，寂寞悠远，让大家又生出许多同情心来。晚上，他便喝鹿茸泡的酒，强壮起激情后便和牛肋巴实施再生一个健康孩子的计划，一个春节就在悲催与激情中过去了。

二十

春天又来到时，山神谷的春播已悄然无声地发生了变化，一些人不再种植玉米或者洋芋，像草生一样开始种植罂粟。他们把花老板送来的种子撒在犁过的土地上，然后把泥土耙平，感觉比以前轻松了不少。草生还扩大了种植面积，他把溪沟边的一片荒地开垦出来，撒上种子，用黑得冒油的土壤盖着。

罂粟的种植让以前的热闹场面淡了不少，人们各自忙碌在自家的地上，帮老瓜头种植时，也只一起劳动了半天，因他也在土地中种了一半罂粟，所以很快就播完了。种完后木心走到他家，坐在板凳上又问起雪隆包的事，他说："我必须要去一下，否则不结婚！"老瓜头就说，去当然可以去，就怕没有决心和胆量，又说那个地方在夏天很美，走过牛滚塘就是广袤的草甸，景色比山神谷还好。"你想！"他说，"四周是高大的雪山，雪山下一片舒缓的草甸，五彩缤纷的花朵与雪山映衬，有时雪峰上还绕着彩虹……"

强烈的诱惑与心中的信仰综合起来，使木心更加坚定了到雪隆包的信心，他充满激情，像一个迷失的人突然有了目标，为实现它忽然间已拥有无尽的力量与一份好心情。

喜悦得有人分享，最佳的人当然是柳馨，他便去帮她家种庄稼，一到坝子就听到有争论声传出，是关于种还是不种罂粟的事情，很激烈。走进去一看，见柳馨坐在板凳上，一会儿看她爹，一会儿看她娘，像不关自己的事一样。

木心到时她爹正说："那东西种不得，会害人！"她娘则说："都在种，族长也同意，又已立下规矩，会害啥子人呢！"就那么争论不休，得不出结果，直到木心说鸦片也可以做药后，她爹才让步，同意播三斗种的面积。

种完地，几个人一起回去，木心和柳馨却梭在后头，走完一段田间路便向另一个方向走去，说是要到树林中喝桦木水，刚翻过一道山梁，就遇见了香春和热滋。

他们也是种完香春家的地后，想到野外走一走，碰到一起后，便同路而行。香春说:“我们到火地上去,好看看羊角花开没有!”一致同意后几个人向山上走,还没到火地就听到铃铛声,才想起春枝在那里放牛。她已开始从儿子的死中缓过神来,但一到那地方仍会伤心,族长的儿子也就是她的男人始终没有音讯,看来是真的被打死了,族长也早已把她当成了女儿。

他们到火地梁子时,春枝果然坐在那里,望着照顾她儿子成长的松树梢,满脸都是泪水。听见有人,赶紧站立起来用手抹了抹眼睛,转过头,见是热滋他们,就努力做出笑容问:“你们来了?”接着走上前一一打过招呼,几个人便坐到守荞麦地的草棚里,说些无关紧要的话,热滋想到在草棚中看到的香春的屁股和洁白中的疤,不自在起来。春枝藏着心事,柳馨一见,即说想走走,边说边跳下石包,向牛场方向的小路走去,木心立即跟在后面。

过一会儿,香春也走出棚子,说到那边去摘野花,走一段路却不见热滋跟随,只好怅然若失地站在一根嫩绿的桦树下,用手掐着树叶。

热滋很为难,内心里斗争了许久,才决定陪一下春枝。他站起来转到她对面蹲下,看见她和前些日子相比,已好转许多,丰腴而清秀,只是脸上还透出忧郁,一种关爱之情瞬间便从心中升了起来。他想,香春只能做妹妹,她还年少,很单纯,而春枝已成熟得像六月的水蜜桃,只是那男人不知是不是像说的那样被打死了,心里涌起了拥抱一下她的冲动。说:“都已过去,你还得好好活着是吧!”又说:“山神谷每一个人都对你好,都尊重族长,见你一个人,又不知怎样帮你。”他本想说自己不知道怎样帮,觉得不好说,就扯上了大家。

“有些事是别人帮不了的,”她说,“我知道大家的心思,但又感到无可奈何,就是忘不掉那孩子,我每次放牛都要来这里遥望。有时,还真的会看见他隐约在青枝绿叶间,在和松鼠一起玩耍……”说毕,脸上又已涌起悲戚的表情。热滋抚慰她一下的冲动再次泛起,正想揽过她的肩膀,树林那边却传来了山歌声。

山歌是香春唱的,歌名叫《空心树子无感觉》,悠长的声音从绿叶后飘来,怅然若失的情感,已渗透在每一句歌词中:

哥哥坐在山那边
树叶遮住看不穿
空心树子无感觉

杠费青藤情意深
白云飘过青松顶
小妹无依泪湿衫

唱完一首又唱另一首，到最后已像在边唱边哭，春枝说：“那女子在意你呢！快过去看看她，怪可怜的！”边说边走下去，说要去看牛，望向他的眼一片迷茫。热滋立即走过去，见香春仍在树下唱歌，说：“怎么唱歌也把自己唱伤心了。”话才说完，她已倒在他的胸口上，感到像靠着大山一样实在。热滋弯起食指，替她刮了刮脸上的泪水，才牵着她的手，说：“走，去喊木心他们。”俩人沿着延伸在梁子上的小路走去，到林中时见木心他们亲热地坐在一块石包上，两只手紧紧攥着，喊一声：“走，回去了。”便转身离开，柳馨他们也立即跳到路上，跟在后面，两对人便一前一后地走在了下午的时光里。

过了一段时间，山神谷开始继续举行上一年因麻伊子的死而中断的活动，五月初三一大早，柳馨娘就走到木心家门口，说：“一起去请歌吧！”木心娘答应一声，即带着准备好的祭品，走出大门，又一起去喊妁妈她们一批妇女，花枝招展地向寨子后面的梁子走去。

队伍中跟着柳馨，她很好奇，问：“我们为啥子要过这个节呢？”妁妈主动接话，说：“为感谢歌舞女神！”又讲述说：“女神教会了我们歌舞，纪念她已有几千年历史，每年除有未满花甲的妇女意外死亡外，都要举行。”说话间已到梁子上，一座石砌的塔子立在中间，她们走过去，看到峰梁两边的深谷已装满青翠，几朵白云飘浮于绿色的空气中，空灵而缥缈。柳馨娘让她们拿出刀头、酒、月亮馍馍、太阳馍馍，燃烧起柏枝、香腊，跪在塔前，说：“女神，我们来请歌了，请把歌和舞赐给我们！”

请到歌回到山梁下，她们又向每家每户传歌。从高头爷开始，柳馨娘每走一家，到门口就说：“歌请来了！”那家人的女人即回答一声“接了，你们辛苦了！”说完就端一盆蒸蒸饭酒请她们吃。因此，走到最后一家时，一群女人已有了醉意，柳馨娘走动时开始出现飘逸的感觉，只好由柳馨扶着她，从石板路上返回经过木心家门前时，见他站在坝子里，便眨了眨眼睛。

木心便悄悄跟在后面，从一条岔路走到他们通常约会的地方等。不久，安顿好半醉的娘后，柳馨便走了过来。她也吃过不少蒸蒸饭酒，走得气喘吁吁，脸红扑扑的像番茄。他立即扶着她，向树林中走去，在他们平常约会的地方坐下来，让柳馨躺在他的臂弯里，看着她喝过酒的样子，爱得心都疼了。

过一会儿，柳馨已睡着，甜蜜得如山中的八月瓜，他认真地看，被许多情绪缠绕，用左手枕着自己的脑袋，望天上云去云归，却不敢动，怕惊醒她。相持了半晌，他才偏过头，被那小巧玲珑的粉红脸颊诱惑，亲了亲她的眼睛，正想把手放在她起伏的胸尖上，柳馨已醒过来，翻过身朝向他，一只手搭过来搂在他的腰上，让他立刻心旷神怡得像要溶解了。

躺到下午，柳馨的酒意才散去，坐起来说："回去吧，还要做晚饭和聚会时吃的东西。"站起来拍一拍身上的草，拉着他就向寨子走去。在岔路口分手回到家里，木心娘已煮好晚饭，是一锅青稞面块，里面放有羊耳葱，盛在碗里清香四溢。他一口气吃完三碗，也不收拾，又出门走下石梯，沿溪边跑到老瓜头家里，拉他一起到议话坪。

他们到坪上时，已聚集许多人，因已接回歌舞，山神谷又沉浸在了欢快中。热滋在坝子中间升火，他趴在一堆干柴边，用火柴在鞋子上划，但老是划不燃，族长见了，走过去伸出他的长烟杆，猛咂几口，烟斗里的火就红红地冒喷出来，引燃了热滋手里的一束干竹枝。随即，他将干竹枝朝柴堆下一塞，火便燃烧了起来。

"按规矩，今年由我做会首，大家欢快几天，不喝完这坛咂酒不回去！"族长说完，见大家一片欢呼，就请老释比开坛。开完坛，他又说："今天要让妇女们先饮，男人都靠后。"伴随哄堂的笑声，由妁妈带头，按年龄依次跟在身后，族长当淘水司令，嘻嘻哈哈地喝完一圈后，男人们才喝到第一竿酒。随后又喝，循环三圈，女人们就有了酒意，开始围着火堆和咂酒，拉起男人跳萨朗。

歌舞持续到半夜，一钩新月早挂在天边，族长见大家都疯得不行了，咂酒坛底也温热起来，才说宣布说："明天继续，散了散了！"抱起半坛白得像开水的青稞酒就向家里走去。随后，人群也三三两两地陆续离开了，只有马风和八月瓜例外。

节日的欢快被酒发酵后，还会引发青春的骚动，八月瓜和马风便是其中之一。他们在歌舞中已传递好信号，等到大家散伙后，便向议话坪外的田野走去。

俩人踩着淡淡的月色，沿蒿草覆盖的田埂，走到一座守老熊的草棚子里，见里面很干燥，棚外散入的野草清香已挤满“人”字形空间，铺的草垫还在，八月瓜刚坐在上面，即被马风搂抱着腰乱亲，弄得她透不过气。

亲一会儿，马风将她和自己的长衣衫脱下，铺在草垫上，让她躺着，自己则俯卧在上面欣赏她的美艳。棚外新月如钩，好似挂着满腔情意，夜空中不时传来轻轻的虫鸣。看过一会儿，他伸手褪去她的裤子，让她翻过身趴着，那丰盈得像满月一样的屁股，瞬间就照耀得他头晕目眩起来。

刚绽放完激情，外面已有两支火柴头晃动着走过来，惊得他俩不知所措，赶紧穿好衣服躺在草垫上，那火柴头却径直朝棚子下的横路上隐去了，一个女人边走边喊：“山神保，你在哪里？”一直向溪沟深处走了过去。

“原来是草生两口子，可能是山神保不见了！”马风说，“等一等，如果找不到就去帮他们！”两人坐在棚子里，看到两支火柴头在田野与树木间晃来晃去。过一会儿，就听到牛肋巴叫道：“在上面！”草生立即赶过去，和她一起站在一棵长得像伞一样的黑刺树下，喊山神保下来，但树上却没有反映，静得像月光朦胧的夜色。见半天没能弄下来，马风说：“去帮他们一下！”见八月瓜有所顾忌，又决定先送她回去再返回。

转回来走到火把那里，草生和牛肋巴仍在树下不知所措，马风便从他们背后的坎子上跳下去，吓得他们魂都丢了。看清是马风后才安下心来，马风说：“看见有人找东西，感到可能需要帮忙，就来了，原来是你们，什么事？”草生说：“山神保在上面，不肯下来！”原来，他们从议话坪上回去后，不见他在屋里，以为又像以前一样钻到了床底下的羊皮上睡觉，就没管他，等洗完脸和脚上床躺一会儿后，终不放心，让牛肋巴去看了一下，才发现他不在。

“在院坝里找了半天，最后才在院外的路上发现他丢在路上的草，顺着找来，没想到蹲在这棵树上。”草生说完，又指了指树冠。马风向上一望，见山神保正蹲在树冠里的一个枝丫上，身子靠着树干，呆得像一只木鸡，喊他也没反应。马风便抱紧树干，爬到树上轻轻一拉，他就倒了下来，连忙接住，一只手抱着，一只手搂着树干滑到地上，把人交到草生手里时，那孩子仍然保持着蹲卧的姿势，气得草生抬手就给了他一个耳光。

随着“啪”的一声，山神保才打个激凛，惊醒过来，转动小脑袋朝四周看了看，问：“我怎么在这里呢？”又说，他在园坝里玩耍一会儿后，蹲在墙边的一棵树下听从议话坪传来的歌声，门突然打开，进来一位白胡子老人，喊跟他出去，说外面好玩得很，便牵着他走，来得这棵树下又让他走了上去。“上去时像走大路一样，但一蹲在树丫上我就什么都不知道了！”山神保说完，草生接一句“日怪”，就带着他往回走，牛肋巴跟在后面，马风走在最后。

第二天清晨，山神谷每一家人的房子上，都飘起了缕缕青烟，人们忙着准备上女神梁子还歌的食物和祭品。柳馨也在跟她娘学做事，在她娘的指点下，掏出小麦面放在面槽里，兑上温水，和均匀后又揉成一团，然后拿到面板上擀成圆形的饼，说：“娘，行了，你来弄形状。”她娘即走过去，把面饼拿在手里，只几下子，就让它们变成了太阳、月亮、山峰。柳馨等弄好后，拿起来放到火塘上的平底铁锅里烙，翻过几番，见已有硬度，又取出来放在滚烫的火灰里烧。随后，她坐在火边，等一会儿翻一次，三次过后才取出来，拍掉火灰立在塘边，喊她爹说：“要得了！”

她爹即走过去，洗净手，拿着做好的太阳、月亮、山峰馍走到神龛前，放在上面，又燃烧柏枝和香敬祖先神灵。馍馍则一直立在那里，第二天早晨才取下来背到山梁子上。

柳馨家做好准备时，木心和其他人家也已准备好，正午过后，议话坪上又聚满了人，一如从前地在歌舞中欢度五月初四。

到初五，木心一早出门，沿小路到野外打露水，走在路上时，看到已有许多人开始返回，便加快脚步走到溪对面的半山坡采了一些艾蒿和菖蒲，回去时从柳馨家门前走过，又顺手在门框挂了一些。走到自己家里，把剩下的挂在门楣上，吃完早饭再出来时，太阳已照在山腰上，正慢慢向下移动。他背上祭品往外走，到议话坪时，山神谷能上山的人已集中到了那里。

人群中，每一个女性都进行过认真打扮，柳馨穿着水红色长衫，脚套一双绣花鞋，戴的饰物银光闪闪，精致得像山野的百合花。她娘和一群中年妇女穿着天蓝色长衫，年老的女人则穿着黑色长衣服，她们不上山，只在坝子里等人群回来。族长喊一声：“出发了！”即带头走向山路，人群随即跟在后面，木心走在柳馨身后，像其他人一样，为她采集了一束野花送到她手里，芳香便散发出来，又引来两只蜜蜂，“嗡嗡嗡”地盘旋一会儿后，才双双离去。

一行人蛇一样蜿蜒在青翠的树林、野草中，五彩纷呈，木心感到每一个行走的人都像诗句。到达梁子，木心把东西放下，又接下柳爹的背篼，平时空旷的梁子上瞬间热闹起来。稍事休息后，族长站起来，把祭品摆在石塔前，其他人也随之拿出带的腊肉、各式馍馍等，然后烧起柏香，女人们把花束插在石塔前献给女神。族长手拿一枝燃烧的柏枝，围着石塔跑完三圈，才请老释比主持祭祀。

老释比即从人群中走出来，念祈祷风调雨顺、寨子平安的经文，感谢女神教会了山神谷人唱歌跳舞，然后接过族长递过来的红公鸡，掐一掐鸡冠，把血点在白石上后，又喊未结婚的女子上前，用食指沾起鸡冠上冒出的血，在每个人的额头上点了一点，柳馨和香春也在其中。仪式完后，他喊一声："吉祥如意了。"族长即端起酒杯，带头向妇女们敬酒。他先走到柳馨娘前，双手递过酒杯说："辛劳一年又一年的，敬你一杯，慰藉辛苦，事事平安！"感动得她连忙接住，说："都辛苦，都辛苦……"一口就喝了下去。

接着，男人们开始依次向女人敬酒，几圈下来，许多人都有些醉意，便随意坐在草坡上一边分享背上山的食物，一边唱歌。唱的歌是《俄尼沙》等，共十二首，曲调悠扬古朴，缥缈在石塔的四周。男人们则在歌声中喝酒，相互敬来敬去，不久便开始说酒话。草生也在其中，就某一个问题和热滋争论起来，声音很大，影响到了那边唱歌的人，族长一见，走过去干脆一人又敬下一大杯，将酒量不是很大的俩人都放倒在了草坡上。

热闹到中午，族长让木心朝天放枪，随即响起连续的吆喝，人们纷纷起来，收拾好自己的东西，而后向回走，到梁子的尽头时，路又分成两条，一条通向寨子，一条通向背后的山谷。谷中有一个圣湖，卧在树林中，水温热清澈，湖边围着栅栏，连牛马都不能进去，只有每年的五月初五，山神谷的女性才能到湖中沐浴。她们鱼贯而去，男人们则从另一条山路上跑下去了。

一群女人一到湖边，就敬女神，说："让圣水洗去身上的尘埃，让我们过清洁高尚的生活！"边说边脱掉衣服，走进水里，进行天体似的洗浴，碧绿的水中，一下子就装满了白色的身体。她们泡在水中，开着或荤或素的玩笑，柳馨她们只好躲到湖的另一边。这是规矩，洗浴时，女人们会通过对话的形式把做女人的好处和经验传授给年轻的女子，声音掠过湖水又钻进柳馨与香春她们的耳朵，像是无关紧要的场景中，学到知识的姑娘们，已心花怒放。

柳馨心里想着木心，正想到关键处，突然水中落下一物，溅了她一身水花，抬头一望，一只松鼠正立在松枝上，前脚抱在胸前啃着一个松果。她游移到奶妈身边，问："为什么要在湖中洗澡，而且只能是这天呢？"奶妈又先说一句："是木姐珠定下的规矩"。随后才告诉她说，湖水是木姐珠的浴池，她每年这天都会在这里洗澡，一天，正洗得高兴，却被一个放羊娃看见了。那个看她的人是斗安珠，健美而纯朴，一眼就看得她动了凡心，最后只好违反天规下嫁，到山里和他做夫妻后，山神谷才开始有人繁衍。"看和被看都会把魂勾走！"奶妈说完，又问她和木心的事，说最好不要让他看，看时眼神也会勾走她的心，说得柳馨不自在起来，想到那次在溪涧的碧潭里换着洗澡，心想，他肯定偷看过，要不自己怎么会心猿意马呢！

"所以木姐珠定下规矩，不能让男人靠近湖水！"奶妈正说着，那边已有人穿衣，说："走得了，还要到议话坪去聚会。"柳馨也连忙开始穿衣，见其他人正陆续从水中起来，场面纯洁得让人生不起邪念。

到议话坪时，男人们正在做抱蛋的游戏，年长的女人们在轻轻唱着古歌，声音低沉婉转，遥远得只能意会而不能言传，见一群女人嘻嘻哈哈地涌进了坝子，都站起来迎接，然后围坐成一圈，把剩下的食物拿出来，一边对歌一边分享，欢乐到傍晚才踏着黄昏回去。

一寨人沉浸在歌舞中时，一个人却心事重重，就是香春，山一样可靠的热滋对春枝的关爱让她怅然若失，看春枝的眼神也就多出了一些敌意。但春枝并不觉得，她虽然已意识到他对自己的热情，但觉得那是善良的表现，他只是同情她。而同情往往是一些事情发生的前奏，如果这种同情被忽略则会身处梦中。她还是和平常一样，从不拒绝他的关爱，靠在他的怀里时，也很踏实。对于香春，在她眼里只不过是一个小妹妹，因为一个男人去和另一个女人斗性子，她还没有想过，便不理会她，依旧对香春带着微笑。

二十一

三天的欢乐过后，时光转眼就已走到六月，山神谷又多出一道风景，四处盛开的罂粟花艳丽起来，呈现出超越想象的美。木心走到窝窝田边的梁子上望下去，红艳的花朵分布于翠绿的庄稼地中间，像天上的一片片彩云，紫红色的花朵下，是被油浸泡过一样的碧绿，叶子和叶子交织在一起，在风中发出好听的摩挲声。

他从梁子上下来，走到自己的地中，看到花丛中已有不少青色的果。它们正一天天长大，绿油油的，充满了诱惑，想到已快要收割，又担心起不懂收割技术，也不知怎样销售，便朝家走，快到坝子时正好遇到一群人。领头的是花老板，有好几个人背着枪，他自己也背着盒子炮，其余的人则拿着割烟的工具，他心中的顾虑很快便消除，打过招呼，走了回去。

花老板一行住在草生家里，人多住不下，又在院坝里撑开几顶帐篷，背枪的则在外面走动，碉楼上的观察台上，也站了一个握枪的人，凭空制造出不少紧张气氛。

过了两天，草生便通知种有罂粟的人到议话坪，说："给大家送割烟刀和教授使用方法。"大家随即纷纷前往，马风和热滋也在其中。人到齐后，花老板便讲话似地说："收割方法由我请来的师父教你们，烟膏只能卖给我。"说完就让一个刀儿匠把准备好的烟刀发给大家，又讲解使用方法，带着人们走到附近的一块地里，用一颗烟桃子做示范，又让每个人都轮流实践了一番。

等大家基本掌握了收割技术，又招呼他们回到议话坪上，花老板说："你们只负责割口，刮浆由我带的刮浆师负责，不放心可以跟踪监视。"又说"就这样定了，收割的顺序是从山下到山上，一次完后再重复进行，直到割完为止！"说完，带上他的人走出去，又辗转到罂粟地中看了一番，感到很满意，说："这里确实适合种罂粟，不种还真可惜！"转回去时，太阳正向西边的山峰滑行而下，余光照在他身后的枪管上，闪闪发亮。

收割开始后，人分成好几批，由几个刀儿匠进行指导，木心和他爹也一起走到地里，一看花已变成一片青色的果，密密麻麻地挂在碧绿的枝叶间。刀儿匠过来让他先试试，见他动作很笨拙，又做一次示范后，就走向了另一家的地里。木心只好自己割，直到在左手上划出了几道伤口，才顺手起来，越割越熟练，一遍下来已成为熟手。他在前面割口子时，一个刮浆师跟在后面，他爹轻松地在旁边跟着，他有趣地看着，一块地刮完时竹筒里已装入半筒奶一样的汁。

他们把竹筒提到草生的院坝里，放在天平上称完重，又倒在一个更大的缸里，乳液般的浆，就换成了一包包银圆。半个月后，当收割完毕时，木心家已换到许多银子，一下子成了有钱人。收割和交换期间，花老板都在现场，有意把银子弄得哗哗地响，让许多没有种植但在现场观看的人立即就动了心，决定明年也种一些换钱，而已种植的，则想再多种一些。

割烟接近尾声，却发生了一起不愉快的事，从香春家地里刮到的浆明显偏少，她和热滋说后，请他帮问一下什么原因，说："割口子时我爹不愿去跟着刮浆师，说相信他不会做手脚！结果只收到很少一点。"热滋问她到底收到多少，她却说不知道，拿出卖的银圆给他看，说："只有这些。"热滋接过来，在手里掂了掂，说："确实很少！"转身就去找那个刮浆师理论。

那人长得很瘦小，一对鼠眼溜溜地转动着，几根胡须倒立着长在嘴角两边，一看就是奸猾之人。他见热滋来问，辩解说："她家的地不肥，只长果不出浆！"热滋不信，又转身约马风和木心，一起到香春家地里，见割过的烟桃子上仍有残余的汁冒出来，在地边的一丛艾蒿中，有一株未被割到，取出烟刀划了几圈，等一会儿，白色的汁液就流淌了出来，并不比别人地里的少。

他们又返回草生的院坝中和那人理论，争吵声惊动了花老板，他抱着一壶水烟走出来，问："什么事？"听说是一个刮浆师可能偷取了香春家的鸦片后，心里虽已明白几分，但心想，绝不能一开始就失去山神谷人的信任，做这行生意竞争很大，有好几个老板都想挤进来，只是他势大，有私人武装，其他人才退缩回去。

于是，他说："怀疑得有根据，你们回去吧，这事以后再说！"话音一落就想转身往回走，但被木心挡住，让他把事情弄清楚才行。他身旁的一个跟班见状，上前想显示一下武力，好起威慑作用，正想使太极推手把他撞开，马风已斜插过去，一招擒臂别肩，就让那人摔了个嘴啃泥。花老板见势态不好，连说:“好说,好说,看有没有好办法能解决问题!”热滋说:“按我们的规矩,赌咒捞油锅!”听到花老板说一句“那就入乡随俗”后,三个人立即转身离开,向老释比家里跑去。

听完事情缘由,老释比同意主持捞油锅仪式。第二天上午,他走到议话坪做好准备,派人到草生家通知那人前来。不久,一行人便簇拥着那人一起走到了坪上,因他们从未见过捞油锅,怀着好奇,只是那刮浆师有些发抖。人都到齐后,按老释比安排,热滋和木心搬来三块大石头立成三角形,在石头中间升起大火,小释比又抱来一口铁锅放在石头上,弄成了“三石一口锅”后,又在锅里倒入几升菜籽油,只一会儿,油就开始冒泡翻滚起来。

老释比走到锅前,说:“不做亏心事,不怕鬼叫门,今天在这里按祖先的方法举行捞油锅仪式,以证人清白,查明事实真相,油不烫好人的手,做过坏事的赶快承认……”又问那人偷没偷香春家的鸦片烟,见他仍然说没有,拿过羊皮鼓敲打起来,口中念着经文《别·评是非》。经文说:

邪公勒苏笔
邪母勒咄免
专门评理说是非
说人坏话害自己
损人利益害自己
偷人财物害自己
……
黄色铜钱丢进锅
不听劝告要上当
不认错误要吃苦
捞出铜钱手无伤
清正明白天神见
手入油锅烫成骨
坏事你做没强辩
今日都来评是非
是好是坏捞后知
……

念完，便把一枚铜钱朝锅里丢去。

只见那钱从老释比手中飞出，划一道弧线，落在油面上，旋转一圈后，才沉入锅底。老释比又说："天神来了，地神来了，山神来了，土地城隍都来了，保护清白的人，惩戒心坏的人！"停下鼓声，让香春先捞，说如果她说谎，神就不会宽恕她。人们一听，都屏着气息，热滋更是紧张得气也不敢出。心想，她坐一下红锅都烫出了伤疤，把手伸进烧开的油里，那还了得，就盯紧油锅看，油正翻滚着，冒着灼人的热气。

正想阻止，香春已走到锅边，把袖子一挽，露出藕一样的手臂，一伸就钻入油锅里，从锅底把铜钱捞了出来，举着让大家看，手上除沾在上面的一层油，依旧完好无损。随着众人的惊呼声，老释比又让热滋、马风、木心也要各捞一次，说事情因他们而闹起，看是不是在冤枉好人，他们依次上前捞出铜钱后，开始让那人捞。

见几个人捞出钱后都平安无事，那人不再害怕，心想，几句咒语哪里能控制住油的温度，肯定是有假，说不定油里加有很多醋。他带着一脸无辜的样子走到油锅边，把袖子挽起，在手掌心里吐一口口水，搓一搓，刚把右手伸入，就惊心动魄地惨叫起来，闪电般把手抽出，用左手紧握住右手腕，高高举着在坝子上，跳得像刚好落地的弹簧。大家一看，伸进油锅的四根手指，已变成了一排光骨头。

证明他确实偷取过香春家的鸦片后，花老板感到很失面子，掏出枪想要杀他，却被族长拦住，说："还罪不该死，神已惩戒过他，让他归还偷的东西，自行去吧！"那人已一副可怜的样子，只惊疯地叫，柳馨爹心软，回去取来配制的治疗烫伤的药，给他涂上后，又用柳树皮包扎起来，还给他吃了一颗止痛药丸。

过一会儿，那人不再疼痛，一人走到草生家门前的老墙子边，取出他偷的烟膏，交给花老板换成银子付给香春，然后离开，独自向飞水岩走去了。

平息完事端，花老板对大家说："都是我管教不严！"承诺以后再不会发生类似的事，说现在就订一份口头协议，山神谷的鸦片由他一人收购，不能卖给其他人。见大家没有出声，又说："那算默许了。"转身回到草生的院坝，收拾好东西，又请来几匹骡子，第二天一早，出发走向了通往成都府的路。

轻松度过两个月，日子再次走到秋天，木心收完自家地里不多的玉米和豆子后，又去帮柳馨家，在地里忙碌了三天。等收拾完后把砍倒的玉米秆一堆堆放在坡地上，田野又成了一片空旷的寂静。霜降那天，他们把玉米秆背到议话坪堆放好时，才过正午，在柳馨家吃些东西后，木心说："一起去外面走一下吧。"俩人随即出门，向寨子后的神树林走去。

路蜿蜒在浅黄色的草丛里，两边开着淡蓝色的野菊花，一些在秋天才开的花也相继绽放起来，秋色已充满斑斓的色彩。他们到林中并没有什么事，只是想走走，俩人早已习惯公开单独相处，不需要再回避什么。林中到处都是落叶，一些叶正从树枝上飘落下来，发出低吟般的声音，风起处，秋声便从四周围传来，望着白云蓝天，金黄的桦树叶与枫叶相映，渲染出无边的心境。

木心和柳馨走在秋景中，纯粹而快活，转一圈后便在一个视野开阔的地方坐下来，看着岭下的寨子，许多房屋都冒出青烟，如一幅天高地远的画展现在眼前。说一会儿话后，木心又提起上雪隆包的事。他说："今年已晚，明年一定得去，最好的时候是夏天。"看到她还在担心，又说："我已做好心理准备，老瓜头说路上其实并不危险，就是太远。"边说边伸手揽住她的腰，把头伸过去对着她的耳根轻声说："去后才能和你结婚！"接着吻她的颈项，感到她温润光滑得酒一样醉人。

这时，下面响起了枪声，他们站起来听一阵后正准备重新坐下，枪声又再度响起，木心说："会不会出什么事了，回去看看！"牵着柳馨的手就向山下走。到后一看，原来是热滋在试枪，他用卖鸦片的钱买了一支快枪，今天刚好由一个枪贩子送来，正试验它的效果，目标是两百丈外的一棵树，见几枪都打中了树身上的一块结疤，很是满意。看见木心来了，让他也试两枪，试得木心也心动起来，感到快枪确实比火药枪好使和方便得多，如果上雪隆包能带一支，就更不用怕了。

回到家里，就和他爹商量，争论一晚上，他爹才同意。

木心立刻出门到溪边的磨坊里找卖枪的人，说好价后，约定牛王节那天把枪送来，但让他先交了一块银圆做定金。回去时已是傍晚，正走到门前，柳馨娘也匆匆走到，一见他便说："你们白天到哪里去了，柳馨一回来就不停地打摆子，浑身发抖，吃药也不管用。"

木心一听，转身就跑，把柳馨娘也丢在了后面。到后一看，柳馨正缩在被窝里，抖动得像八级地震一样，神智也有点不清，见他俯在身边，就问："是不是撞鬼了？"他回答说："应该不会吧，我们俩人一直在一起，火焰很高的。"说完才想到他跑到磨坊前去看热滋试枪时，是她一个人从另一条岔路上回去的，要经过一片乱葬坟，立即走出去提议立个水柱子试试。

柳馨爹已用完该用的药，但没有效果，正毫无办法，他因会祖传医术，有些不太相信其他东西。想反正没有害处，自己也没有办法，以前还给她叫过魂，就同意了。

正准备去拿碗，他娘已和柳馨娘一起赶到，便对她们说："立个水柱子试试看，你们去陪一下柳馨，她有点害怕！"说着取来五根筷子，在碗里装入半瓢清水，走到柳馨床边，用筷子在她的身上来回扫过几下。走到堂屋里对着大门的地方，把碗放在地上，他蹲下来，在碗上搭两根筷子，将另外三根合在一起头朝上立在平放的两根中间，用水一淋，喊一声"孤魂野鬼"，三根筷子就稳稳地站立了起来。

柳馨爹一见，准备到神龛前取纸钱，却被木心制止住了。他站起来走到灶背后，取下一把菜刀，又从火塘里铲起一些滚烫的紫木灰，走到矗立的筷子前，把灰倒进碗里，伴着"滋——"的一声，挥起菜刀就砍在筷子上。只听"哐——"的一声响后，三根筷子飞转起来，在空中翻转几圈，又径直朝门外飞去。他又端起碗，走到门口，把水朝外泼掉，还朝外吐了三口口水，然后才关上门，去看柳馨好没好。

很快，柳馨不再打摆子，坐起来对他们说："不冷了，只是没有力气！"木心娘便把她扶起来，穿好衣服，牵到火塘边坐下，又煮一碗柴胡汤让她喝，然后烧起大火，让她出完一身大汗，木心才和他娘一起回家。

牛王节那天，那人果然守信，赶着几匹骡子驮着一批枪来到了磨坊。木心一见，即放下祭祀牛王菩萨的事，到家里拿起银圆，跑到磨坊边时，枪贩正坐在门前的石头上休息，两匹骡子放在草坪上吃草，货物已搬进磨坊中。

木心一见到他就说："你来了，枪呢？"那人即把木心带到磨坊里，打开一只木箱，里面是清一色的中正式步枪，枪管黑亮亮的，闪烁着莹莹的光。他拿起一支枪拉动枪栓，清脆的声音悦耳动听，让他兴奋不已，当即如数付清了银圆。那人见他好说话，又送了他一百发子弹。

把枪背到议话坪，热滋他们正好祭拜完牛王菩萨从山上下来，见到他立即围拢过去，把枪像接鼓传花一样地传着看，草生也在其中，接过一瞄，又拉动一下枪栓，说："好枪，去试试。"有人就跑到坝子外的一块田坎下点燃五根香，木心递过五发子弹，草生接住装入枪膛，分开两脚站成八字，稍一瞄准，"叭、叭、叭"几枪打过去，香头就全熄了。众人一声惊叹，又让热滋来试，但只打中三枪，木心自己却一枪都未打中，只好虚心地向草生请教，他也不保留，就讲述了射击要领，最后说："关键是多练！"

正要离开，枪贩来了，听到有人赞扬枪好，就说："还有九支，都是一样的，才从汉阳兵工厂运出来！"一些人便开始动心，拥着他走到磨坊，把剩下的九支枪和子弹全买了。

一个冬天，山神谷到处都是快枪的声音，热滋还打了几只岩羊。木心则一心练习枪术，他在离柳馨家不远的一块草坪上，用各种姿势瞄准，目标是溪对岸一棵树上的马蜂窝。有时还在百十米远的地方挂一块小钱，枪管上吊着一块石头，眯着眼睛瞄准。柳馨无事时就来看他，手里提着茶水，在一起时，他们已自然得像一个家里的人。

练习一个多月，检验效果时，他已能打中两根香头了。热滋说："行了，就是麻雀都比香头大。"木心便自信起来，以另一种方式练习，时常背着枪到森林里，却没有遇见什么，打的两只野鸡，也被子弹打得只剩下了一把毛。

转眼已到腊月二十一，正准备过年，草生却又惹出了事。

事情是惹怒了山后的太阳谷人。

原来，草生因大面积种植罂粟而有很多钱后，在上一年冬天黑狗又被放了长山，已无心打猎，感到闲得很无聊，在屋里盘算几天后，决定另走一条路，垄断山神谷的鸦片生意，销售上则和花老板联手，由花老板在成都府负责销售，他负责供货。想好后，便在腊月初一走出大门，到成都府的花老板家里，把设想一说，立即就得到了他的同意。两人又决定在老西门的烟花巷买半条街开烟馆，挂"山神谷药材皮毛集散中心"牌子，由花老板负责经管。

谈妥后，草生才去看老丈人，买好一些过年的东西和一千发子弹，请两匹骡子驮着，自己穿一身绸缎马褂，背着盒子炮，走在路上像衣锦还乡的成功人士。

一行人晓行夜宿，到惊马关时，正走在悬崖上一条只能容一人一骑通过的偏桥上，对面也走来了一队马班，双方都没注意，走到偏桥上碰到一起时，才发觉对方。偏桥是一边依附崖壁、一边临空用木柱支撑搭成木架，再盖上木板和泥土建成的，只有两尺宽，走茶马路的人都会遵守一个规矩，到桥头时要大声喊："我要过桥了！"连喊三声，如对面有人马过来，即应答三声："我已在桥上了！"听到后，桥头的人就让骡马在旁边等，对面的人马过完后，才能上桥。

那队人马正往成都府赶，上桥时按规矩喊过三声，那时草生他们还没到桥头，没有听见，而他们开始上桥时却忘记了传递信息。现在碰到一起，当然是草生理亏，看对方有十几匹骡子、七八个人，但没有枪，便不想让。这又坏了规矩，两队人马在桥上意外相遇时，数量少的要让数量多的，走的距离短的要让走的距离长的。

草生只有两骑三人，赶脚的骡夫正想退后，却被他制止了。他想，两匹骡子都驮着子弹，很重，桥上不能调头，只能由人扶着骡子一步步退到桥下，如失蹄会人骡双亡。他抬头望了一下头顶，万丈悬崖垂直而下，让人头晕目眩，脚下白浪滔天，声响如雷，一河江水撞击着崖壁，又野马般奔腾而去，站在偏桥上，不要说后退，就是站着不动，也会背皮子发凉。于是，他强行让对方后退，对方又不肯，双方便争执起来，草生性起，掏出枪，对方才软了下去，因怕枪一响惊动骡马后，都会活不成，便大度地说："我们退回去，你们先过！"于是小小心翼翼地扶着骡马，用半个时辰才退到桥头的平台上。

草生他们跟随过去，经过时又抖了一下威风，让对方更加感到受了羞辱，用眼瞪着他们翻过一座山梁后，立即从驮子中取出当时来不及取的五支枪，直追过去。

赶到梁子上一望，草生他们正走在一条山沟里，大摇大摆的，就喊："站住，有话要说！"草生听到喊声，猛然一回头，五个人举着五支枪正对着他们，一惊，即把双手举了起来，又对两个脚夫说，赶上骡子快跑，说毕自己一个翻滚扑到一块大石包后面，举枪打飞了对方一个人头上的狐皮帽子。

趁他们一起卧在山梁后不敢抬头，草生喊一句："有本事到山神谷找我！"飞身跑到了沟壑外的又一座梁子后。对方却没有放枪还击，只传来一句："太阳谷也不是好惹的！"转身回去了。

一行人回到山神谷，草生开始过起安稳日子，把无理抢路的事忘得干干净净，他知道太阳谷就在山后，认为他们也不至于为那点事兴师动众。眼看春节快到了,便背上装有散弹的猎枪,准备到对面的山里打几只上树鸡吃,才走到磨坊旁边,就看见几个人从飞水岩走了上来,有一个好像似曾相识,却不答话,只看他一眼,便径直向族长家里走去。他使劲地想,到半山上的树林中,才想起那人就是狭路相逢中的一个人。

那群人径直走进族长家,坐在的火塘边,喝着茶,等春枝做晚饭,其中一人说:"我是太阳谷的族长。"又指着另一个年轻人说:"这是我儿子!"接着把发生在惊马关的事说了一遍,认为那是坏了千年规矩的,得有个说法,"太阳谷是讲信义的,把尊严看得比生命重要。"他说,"现在,山神谷的人让我们受到了羞辱,得有个说法,否则就前来攻打……"

山神谷的族长一听,感到事态很严重,赶紧说:"好说,好说,快过年了,两支人已和谐相处几千年,如果为一个人的过错动刀枪,不值!不值!"还想说些好话,听春枝喊吃饭了,立即请那几人围坐在铁三脚边,吃饭喝酒,席间又不敢多劝,怕喝多了酒反不好说话,只说一些各自部族里的事情。饭毕,春枝收好碗筷,又煮好一壶茶,加柴把火烧大。大家坐下来,正要旧话重提,热滋走进来附在族长耳朵上说:"事是草生做下的!"族长听后说:"知道了,去请老释比来。"

转过身坐下,喝完一碗茶,那族长又说:"感谢山神谷的热情周到,但树要分杈,事归两头,各是一码事,今晚就得把事议定才行!"说话间,老释比已赶到,听过介绍,那几个人立即起身站立,恭敬地让他先坐,说话的语气也和善了不少。

"啥子事呢?"老释比问。听完事情的经过,他说:"确实是山神谷亏理,那怎样办呢?两个部落世代相处,各守本分,遵循着祖先传下的规矩,现在我们出了不肖子孙,也不能把他拉去杀掉!还是按老规矩办如何?"一说完,就抽起了兰花烟。

提到老规矩,双方就从争论变成了商量,说话间又知道了草生的身世,那族长说:"原来是岩保的儿子,多好的人,住在红岩子时还到太阳谷的木梭寨过年,他娘水秀就是我们那里的女子!亲家里道的,那就按释比爷说的办。"又商议定时间和地点,喝干一坛咂酒,那行人才去睡,第二天清晨就离开了。

老规矩是由山神谷组织一次和解活动,邀请太阳谷的人参加,地点因必须在两个寨子中间，就定在红岩梁子。准备工作由山神谷完成，族长便安排热滋带几个人先到梁子上的一块草坪里，在靠山的地方建起一座石塔，塔上顶着白石头，又清理好场地，在神水窝里放了许多干柴和柏枝。

回到寨子，其他人也在忙碌，按需要准备和解时用的馍馍和其他东西，祸是草生惹的，就由他出钱到松州买回了一头牦牛，关在春耕时关犏牛的地方，由牛肋巴照看。到了约定的腊月二十八，能上山的人一早就出发向红岩梁子爬去，草生牵着牛，牛角上挂着一根红布。

到梁子后，他们在草坪上坐下来，阳光虽好，但照在冬日的山野上却没有多少热量。族长又让木心在草坪中央烧起一堆大火，把牛拴在石塔前的拴牛桩上。见太阳谷的人还未到，木心又拉上柳馨走到远处的一座峰峦上，看远方的风景。他们并排站在峰顶的一棵松树下，心中即涌起了“一览众山小”的感觉，远方山原起伏，覆盖的皑皑白雪亮得耀眼，天空流动着蔚蓝色的孤独，峰岭像奔马似地向远方伸展，山与山之间的沟壑则深邃无限，堆积的白雪铺在地上，树枝的影子印在上面，枝枝杈杈，如天然形成的画。

正想表达点什么，身后已有声音传来，木心和柳馨便转过身向梁子背后望去。在通向红岩梁子的一条独路上，太阳谷的人正鱼贯而上，他们踩着背阴处的积雪，滑溜溜地走，手脚并用，很是辛苦，木心立即拉着柳馨的手跑到草坪上对族长说：“他们来了！”又跟着族长走到草坪外的入口处迎接。过半晌，太阳谷的人爬了上来，见面时两个族长已像老熟人，握手拥抱，像是来参加一个庆典，而不是解决问题。

把一行人迎接到火堆边的石头上坐下，柳馨娘已和其他几个女人端来茶水，态度亲切，说话和风细雨，双方都很客气，那边的女人一见，也主动站起来帮助做事，两边的人说说笑笑，年轻的姑娘只管把目光往对方的年轻男子身上扫。

休息一会儿后，两个族长商议了一下，齐声说：“仪式开始！”等大家集中到石塔前站好队，山神谷的族长便站到一块石包上说：“事做下后不能挽回，像水倒在地上不能收回一样，但浸入地下的水会长出花草，做下的事也能悔过……”又说：“今天请大家来，就是给太阳谷赔罪还理的，山神谷的老释比年事已高，不能上山，请小释比协助太阳谷的释比主持今天的仪式。”说完走入人群中，和太阳谷的族长站在一起。

随即，太阳谷的释比走到石塔前，装束和山神谷的一样，小释比跟在身后。这又是一个太阳谷的莫大荣耀，把主持权让出来，是族长和老释比定的，说那样效果更好。果然，太阳谷的释比一上去，那边的人就感动了。

两个释比围绕塔子走完一圈，然后跪下，燃烧柏枝和香腊，磕过三个头，又开始边敲羊皮鼓边请天神等一干神灵做见证，说山神谷和太阳谷已结下“梁子”，现在要冰释前嫌，请他们前来作证。说毕站起来，在敲响的羊皮鼓声里，两人开始一齐念诵经文。经文说：

常敬天地太阳谷
常敬天地山神谷
神坛上面立白石
十月初一杀猪羊
猪血喷在大门上
一心敬神心里诚
勤劳守信安家业
山前山后本同源
怨恨如毒毁亲情
赶到八梁九山去
……

念诵完一段，就让草生站在塔子前，燃过香，又让那几个人站成一排，接受草生道歉。草生许完愿，走到他们面前说：“是我坏了规矩，不该用枪指人，伤了兄弟的心，请原谅！”刚说完，那几个人已齐声说：“没事了！”相互拍过肩膀，然后各自退去。释比也接着说：“没事了，所有的过错都在这头牦牛的身上，让它带走！”接着又开始念诵《替罪经》。经文说：

来还愿时牛无错
释比和人也无错
山前山后没有错
错在一时迷了心
请来天上启亮神
快把所有错引走
牦牛可有啥子错

吃尽花草不留根

吃了花草乱屙屎

这个不能怨释比

替了草生去投生

经声一落，热滋就和太阳谷的一名刀儿匠走到牦牛前，用皮褂子蒙住牛眼睛，无声无息地把它杀死后，又把血洒在白石上。释比说："错已走，和平至，以后如同一家人，有事相帮，有难相助，万年和好……"

主持完仪式，释比又变成了平常人，他们混在人群中，东拉西扯地说话。山神谷的人则开始忙碌起来，柳馨她们在神水窝里生起大火，对带来的腊肉、野鸡肉和馍馍进行加工。热滋、木心他们负责剥牛皮，剥完后又把牛剖开，割下头放在石塔上，取出内脏，把肉用几根木棍撑开，架到火堆上烤全牛。

伴随烤牛的香味，两边的人已展开欢快的活动。他们在火堆边推杆，由太阳谷的女人推山神谷的男人，反之亦然，欢歌笑语中输赢已变得一点都不重要，每个人都很快活。男人们还到草坪外打了靶，打完后又回在坪上斗鸡、抱蛋、玩老鹰抓小鸡游戏，一群人倒过来伏过去，好几次都差点把烤牛架弄倒，吓得热滋喊："弄倒就吃灰了！"喊过几次，人群才转到稍远的地方，开始奔筋和扭棍子。

热闹到午时过后，牛已烤熟，大家坐下来，由热滋把肉削下，一块块放在大家面前，柳馨娘也带着人把其他东西放在人们前边。大家席地而坐，围着火堆形成了一圈男女。马风又抱来一坛咂酒，请大小两个释比开坛，敬山神、地神和四方神，大口吃肉喝酒，边吃边说，梳理着相互间在历史上的关系，许多人竟是亲戚。

酒能生情，让人越吃越有感觉，正在兴头上，和奶妈坐在一起的一个太阳谷老女人突然站起来，走到草生前，抱住他就哭，嘴里喊着："外孙，你都这么大了！"弄得大家莫名其妙，听奶妈一说，才知道草生娘水秀是她的女儿，当时私嫁岩保，生气没有认亲，后来听说岩保已死，女儿也风一样飘向了雪隆包，时间一久，早已把事情淡忘。现在见到草生，才知道缘由，又突然想念起女儿来，弄得大家都在眼里含着泪。

柳馨娘等她哭过一阵，才上前劝慰说："这该高兴，现在相认了，以后常来往就是,还伤心啥子呢!”刚说完,火堆前已响起歌声,便转身扶着水秀娘坐了回去。歌是太阳谷的女人唱的,她们看见水秀娘的伤感传染了人们的心,便以歌来化解,发起了对歌比赛。歌由一个声音清脆的女子引领,她唱得婉转如画眉的叫声。她首先唱的是《没有好男也枉然》:

葱白衫子点滴蓝
姐儿美丽又少年
一身穿的绫罗缎
没有好男也枉然

唱毕,便等山神谷的男子对,却一时没有声音,人们都朝他们看,眼看沉寂不是办法,柳馨爹便出了风头,他回唱了一首《那世能配好姻缘》作答:

隔河看到姐穿蓝
手拿口弦舌尖弹
弹断弹断又接起
那世能配好姻缘

声音竟然很好,带着磁性,被柳馨娘骂了一句“老不正经!”一群人已笑成一团。接着,酒伴歌声,双方都不甘示弱,一首接着一首,荤的素的都唱了出来,唱完一首《男女交情》后,人们见烤全牛已变成一个光架子,酒足饭饱情更浓,便由两个族长带头,站起来跳萨朗舞。一群人紧随其后,山神谷的男人穿插到了太阳谷的女人中,相互拉着手,围着火堆,用舒缓的步子踏着轻柔的歌,跳得柔情似水。

到太阳偏西时,太阳谷的人才说该回去了,但不告别,男女跳到一起,呈一曲线向草坪外的山路跳去,到树丛边后,才一个个隐藏到了梁子后的小路上,只有空旷的山野,仍隐约着优美的舞姿。

随后,山神谷的人收拾好东西,线一样蜿蜒在下山的路上,几个年轻男子的心中,已装着太阳谷那几个唱歌的女子的身影,满怀心事地走在枯草纷杂的路上。回到寨子,每个人都感到年已提前过了一样,有些懒散,按习惯略做些准备,除夕已经来到。

二十二

过完春节,春天也很快来到,人们又开始了忙碌,但忙碌的方式已改变,主要是对罂粟种植面积的扩张,木心和柳馨家把窝窝田开垦了出来,香春家也请热滋帮忙,把她娘被野猪逼上树的那块荒田翻挖了出来。到三月,山神谷周边已全是新开垦过的土地,到处黑油油的,散发着腐质土的气味。族长预感到罂粟种植将带来不安定环境,族群会需要很多银圆后,决定烧一片火地种植罂粟做集体经济。他召集寨中有威望的几个老者经过一番商议,决定在新火地和老火地之外再砍一块火地,然后把现有火地长出的杂树清除焚烧,让三块火地正好形成一个金三角,说:“那样既好管理,又少砍伐森林!”

砍火地是一件热闹的事。一早,木心就背着一把大弯刀,前去约出柳馨,到议话坪时族长已在做动员,他对聚集的几十个人说:“形势正在悄悄发生变化,有备才能无患,但准备需要花钱,今天上山,就是要新砍一片火地,和原来的两块火地一起,作为寨子的罂粟种植园,收入用于公共事务!”说完,他喊一声:“出发。”一行人即辗转而上,很快就到了砍伐地。

随后,族长开始分工,让男人们砍树,女人们砍原来火地上新长出的灌木和清除蒿草。柳爹和热滋负责铺“火底”,这要求很高,稍有闪失就无法将火地烧完,等一群人排成一线,砍倒一排树后,他俩即把倒下的树按树梢向下的顺序排成一排,又在树梢下压了许多小树及枝条。然后让大家依次向上砍去,后一排树梢压着前一排树根,层层叠加,让砍倒的一片树就如地上铺了一层厚厚的褥子。

砍伐的声音响在山中,树不断倒下,到中午就已砍出了一大片,听到族长让大家休息,人群便放下弯刀斧头,聚集在三个火地之间的山梁上,相互开着玩笑,只有柳馨和木心坐在稍远的地方,说亲热的话。不一会儿,几个人已背着背篼走了上来,一见他们就喊:“吃午饭了……”边喊边走入人群中,一人发一块蒸馍馍,一窝咸菜。吃完后,有人又到梁子下的溪沟里背来一桶水,倒给人群喝。随后,人们开始横七竖八地躺在青草上,嘴里嚼着一根草，闭着眼睛养神。

木心他们却围在老瓜头身边，让他讲故事，老瓜头说："讲啥子呢？说说烧火地的事吧！"又问："你们知不知道砍火地是木姐珠教我们的？"见都不吱声，便讲述说，以前山神谷是不砍火地的，只是随意烧一片荒地，在上面撒上种子，也就是平常所说的刀耕火种。时间久了，问题开始出现，烧的时候不能控制火势，一烧便会烧光一座山，每到春季，到处都是烟雾。那时，木姐珠正喜欢上斗安珠，天神不同意，便设计刁难他，其中就有砍火地烧火地一事。

"还不是幸好有木姐珠相助！"他讲述说，天神让斗安珠在规定的时间内砍完一大片火地，等砍下的树干了，又让他去烧，告诉他说："在四只角点燃火后，你要站在中间，才能烧完。"斗安珠很老实，一到火地就按天神说的方法在四只角点燃大火，自己跑到中间立着。但火刚好点燃，天神就让风婆婆打开风口袋，向火地吹起大风，风助火势，从四方腾空而起后，又立刻凶狠地向他扑去。斗安珠才晓得上了天神的当，想跑已来不及，只好在一个土坎子下，使劲掏出个土窝，把头抵在里面，夹紧双臂和双腿，在嘴唇上蒙着一片马蹄叶。

火燃烧过来，焰舌一舔，他全身的毛就没有了。"那时的人全身都长毛，你们不晓得！"老瓜头说，他已经受不住，心说："这下肯定会被烧成黑炭了。"正着急，天空却下起了瓢泼大雨，瞬间把大火淋灭。雨是木姐珠下的，当时，她正在花园里看花，突然闻到烟火味，问："哪里在烧火？"一个侍女说："是那个凡间来的人在烧火地。"她一听即知道事情不好，赶紧传来东海龙王，命令它飞到火地上空，吐出大水才将大火浇灭。

随后，木姐珠立即赶过去，看到斗安珠缩在土坎下，赤条条的，像块木炭。她边伤心流泪，边过去扶着他走到不远的一潭水里让他洗澡，等洗好后走出来，他已赤条条一个，除头发、眉毛、胡子、腋窝和胯下，一根毛都没有了，赶紧叫侍女给他腰上拴起一张兽皮，才一起去找天神说理。

"这样，除那些地方外，人就不长毛了！"老瓜头说，"后来，木姐珠嫁到凡间，就把烧火地的方法带了下来……"还想再讲点什么，那边已有人喊："砍树去了……"即站起来带着几个人随大家走过去，和一群人又开始砍，到傍晚才下山。

砍三天后，依次倒下的树已有一大片，族长又让木心他们在四周砍出防火隔离带，说："过一个月来烧，都回去！"于是带头下山，人群纷纷跟在身后，只有马风和八月瓜钻入树林，到火地下方木心第一次看到他们的那三块石包间的草坪上，亲热了很久。

烧火地那天，族长亲自带着热滋和木心几个人前去。他们先从新砍的火地烧起，在引火线上的树梢下塞入几捆干竹子，打燃火镰，竹子立即噼里啪啦地燃烧起来，不久就引燃了半干的树，火势迅猛地发展，很快又燃成一线，而后像卷地毯一样向上卷去。

他们站在燃烧线的外边，望着火，想到斗安珠的事，木心说："他怎能站到火地中间烧呢！"热滋也说："就是，要不我们现在都还长着一身毛，连衣服也不用穿！"说话间，火已大起来，烧得噼噼啪啪地响，火焰腾空而起，闪着橘红的光，通过火幕，木心看到山峰抖动得像水面的波纹。

燃烧几个时辰，火才渐渐熄灭，一大片树木只剩下了黑色的土坡，一些大树则变成了整根木炭，到处都散发着缕缕青烟，灰烬依然热气腾腾。族长又带着他们走到梁子后，清理焚烧砍倒的灌木。到下午烧完后，又回到新烧的火地上，把没有烧成灰烬的树丫一根根拖到了边沿。

到谷雨时节，播种又一次在山神谷展开，人们除种植口粮的地外，其他的地都种了鸦片，播种也变得相对容易了起来，大片的土地上，只需要把种子撒进土里，再耙一遍就算完成了，只用二十天，谷中的土地就已播完。

然后，人们集体到火地播种，由族长带着大家，到后一看，烧过的地方已生出许多蒿草，点缀在一片黑色中，清新得让人心醉。撒种的事由柳馨娘、木心娘和灼妈她们负责，因要把种子撒均匀，得有高超的技巧，香春她们只能在一边帮忙打下手。男人们则负责耙地，几十人呈一线从上到下，前边的女人们扬着手向前慢慢下移，后边的男人们倒退着耙土，他们经过的地方，黑色的土便平整得如宁静的海面。

春种完成后，一些人开始上山挖药，他们住在龙池周围的山洞里，在雪线下的草甸中寻找虫草，一去就是两个月。但陆续回来的人都传言说："雪隆包有野人……"一个人回到寨子说起来时，心中还有些害怕，他说："一天中午，我在一座山坡上挖虫草时，突然看到另一座梁包上坐着一个人。那人穿着兽皮，腰杆上围一张像是豹子皮做的围腰，头发很长，转过头时几乎看不到脸，吓得我大喊一声，他却不应答，站起来就往雪隆包方向跑，快得像风滑行在草叶上。”

传说让木心开始担忧，他得益于手中的快枪壮胆，自己又到过龙池，觉得并没有什么，只要做到对山尊重，遵守规矩，便不会有什么东西作怪，已决定在六月出发朝拜雪隆包，并做好了准备。所以，木心听说野人的事后，即跑去向老瓜头讨主意，走到时他正靠在墙边咳嗽，看来身体已大不如前，便过去扶他坐下，说过一会儿话，才扯到雪隆包野人的事，老瓜头说：“我也听说了，好似那不可能，就是人野了，也还是人吧！”正说着，从溪边钻过来一个人，他也是才从龙池挖虫草下来的，听到有人在说野人的事，就走过来搭腔，说：“我也看见了，是真的！”

他说，他当时在一条沟的这方，正在草坡上埋头找虫草，走到一个小岩台上时，想休息一会儿，随即转身坐在一块石头上，抬头朝对面一望，就看见一个披头散发的人正在一处悬崖的横路上，快速地走，比岩羊还灵活，听到他问是哪个，也只回了一下头，并不答应。

接着，事情越传越凶，说那野人要吃人，身高二丈，吃人时伸出的两对獠牙，刀一样闪闪发光，又说山后已有人被吃了，还有一个人看见他用一只手臂挟着一个女人，走进了一个岩洞里，第二天到岩下一看，只看见他抛下的几根人骨头……

传言像病毒一样扩散着，每一个人都讲得活灵活现，把山神谷也带入了恐惧之中。但木心还是决定要去，到五月的一场盛会举行之后，他到柳馨家拜年节，送去一盒点心，告别出门后又和柳馨一起到外面散步，他说：“到六月我就出发。”她一听，当即吓得不知所以，担心他会被吃掉，自己也落得一场空。木心一见，赶紧说：“哪会那样，既是人，就没有人吃人的道理！”又安慰她说：“只有去一次才晓得情况，不朝拜一回就不能和你结婚。”见她已再没什么话说，便带着她走到树林转悠了半天才回去。

下定最后的决心，木心又到老释比家里，说：“高头爷，我要去雪隆包，想请你指点一下！”老释比一听，立刻说：“自从祖师爷从那里下来后，还没有人上去过，恐怕很难，也许能到山脚下就不错了。”又说也没什么，走稳路就行，还传授他学会了念《避邪经》。

“每天坐在房顶上，日出时念七天就会灵验！”老释比说完，又教他遇到邪恶时的处置方法，画一道符让他缝在衣角里。回去后，木心第二天清晨即坐在房顶上，看到太阳从山后一露脸就念诵说：

世有作邪公恶鬼
世有作邪母恶鬼
今天要唱什么经
唱段吉祥顺利经
凡间鬼怪见得多
受邪头疼喉也疼
羌人释比在身后
驱邪赶鬼作法事
要把作邪鬼怪赶
赶到八梁九山去
……

念过七天，出发的日子也到了。

上山前一天，柳馨来帮他准备东西，她带了一双云云鞋和两双绣花鞋垫，说："在晚上休息时换脚！"又把放在旁边的一件蓝色长衫和裤子折叠整齐，用一根红布带子拴好放在皮口袋里后，就坐在板凳上看他。木心则在擦枪，他把枪拆散，用一块布擦得铮亮，能照出自己的影子，擦完后把枪装好立在柱头边，又将一把吊刀与一把弯刀磨得锋快，站起来找了一双结实的草鞋、羊毛袜子、牛毛绑腿放在床边。见他娘已按往返半个月的行程，烧好十五个烧馍馍，捆紧一束咸菜，从火塘上方取下几根干肉，装好一小皮口袋酒。他走过去搬过来，让柳馨把皮口袋子打开，装进去，扎好口子，又在上面系了一只铜壶，把一百发子弹、火镰、引火棉装进鼓肚兜里。说："差不多了，休息一会儿吧！"

木心和柳馨坐到外面的坝子里，心里却涌起悲壮的离别之情，依依不舍的感觉提前出现在俩人心中，木心的爹娘说："我们有点事。"背着背篼出去后，屋里屋外一下子寂静了下来。他和她突然被一种说不清的氛围裹紧，不知怎么办，柳馨也不说什么，只是依偎在他怀里，轻轻唱着古老的情歌，唱一会儿就唱到了《贤妹无郎守空床》。歌词说：

太阳落山四山黄

贤妹出来收衣裳
衣裳搭在肩头上
伤伤心心哭一场
有人问她哭啥子
你家有郎我无郎
你家有郎同床睡
贤妹无郎守空床

唱完,竟把自己感动得泪水夺眶而出,伸手抱住他的颈项就朝下拉,本想让他亲她一下,外面却已响起说话声,木心的爹娘背着一背猪草正走回来,又一起对柳馨说:“快到下午了,吃过晚饭再回去。”放下背篼,很快煮出一锅青稞面块,一起吃完后,柳馨才由木心送回去。

返回来倒在床上,木心却很长时间都没有睡着,到银白的月光从天井上射下来时,才有睡意,一入睡便梦到一个白胡子老头带着他走在山梁上。

第二天鸡刚叫,木心即爬起来,穿上麻布衣服,打上毪子绑腿,在羊毛袜子外套上草鞋,朝腰间的鼓肚兜里装入一把吊刀子,吃过早饭,又把羊皮褂子裹成一圈拴在了皮口袋上。随后,他走出家门,带着热滋借给他的猎狗,踩着黎明的微光,开始向远方的雪隆包走去。

出门后,他的爹娘站在坝子前的岩台边,直到他的背影隐没在弯路后,才把心放回肚子里,回屋给猪煮早饭。

二十三

走了两天，木心才走到他求过雨的龙池，到时天已晚，彩云布满天空，燃烧得四周的山峰都变成了红色。他走在池边，看见水中装着一池晚云，比天空还深远，走到人们栖息的岩窝，里面还透出温暖，看来一些人刚住过不久，岩檐下还放着柴火。他点燃火，到池边提回一壶清水挂在火苗上，拿出一个烧馍馍烤着，脱下草鞋，扯一把长在岩窝边的草，擦过脚，套上柳馨给他的云云鞋，坐在草铺上，身心都涌起了飘逸的感觉。

吃完饭，天已黑透，周围静得让人心里发慌，狗卧在火堆前，像打盹的样子。木心想，明天走的将是从没有走过的路，不知会遇到什么，好在高耸入云的雪隆包让人在任何时候都不会迷失方向，又想会不会遇到野人，遇到后该怎么办，思考很久才入睡。

醒来时已到黎明，从岩窝望出去，天边已现出鱼肚色，一抹亮光呈一线横在峰顶，笼罩着峰峦下的沟壑山原。他感到高山的清晨依然凉气袭人，便坐起来烧起大火，把羊皮褂子披在背上，过一会儿，天就麻麻亮了。木心烧好开水泡半块馍馍，又掰一块给狗吃，吃完后喊它说："伙计，走！"即向西踏上了陌生的小路。

路其实和之前走过的差不多，沿着山梁蜿蜒向前延伸，直到峰梁的尽头。木心快步行走，翻过十八座长满青草的梁包后，已到下午，正担心能不能走到牛滚塘，前面又是一座高大的草坡，影子般隐约的路沿着坡度直达顶端后，又隐没到了后面。他只好顺着线一样细的路爬上去，很久才到达顶端。

到后，他停下来一望，坡后很陡峭，几乎垂直的山坡上，青草萋萋，路呈"之"字形向下，也只是一条野物走过的路影子，尽头是一个塘，水呈墨绿色，形状圆得像锅，四周全是陡峭的草坡。

他小心地向下走去，感到很难站稳。心想，这么陡的地方，草再好也不可能有草食动物来吃，在上面一失蹄就会滚进水里。到了牛滚塘，心里一放松，劲已增大不少，看到塘边有一小片草坪，便把皮口袋取下放在草叶上，一推，让它梭梭板一样滑了下去，自己也抱紧枪，坐在皮褂子上，用脚控制速度与方向，滑到了草坪。

到达草坪，才发现塘边有一个草棚子，显然已很久没有人住过，棚子显得有些破败。木心只好沿着水塘西面的一条出口绕到羊角林边，割了一大捆山毛草，砍下几根藤条，返回后把棚子修整了一番。看到草棚已不会漏雨后，他才捡回一捆干柴，立好三块石头，在石头间生起火，又提了一壶水坐在石头上。见天色尚早，拿起枪走到羊角林中，不久就发现一根羊角树枝丫上蹲着一只火塘鸡。他瞄准鸡头，一枪把它打在树下，但落下时，它却不停，一直往下滚，最后停在了一棵树根上。他抓着树干挪下去，在一条横路上，突然发现有一只烂草鞋，像刚丢弃不久，一边的地上，有一个人踩的脚印，大吃一惊，立即就往回走。

回到草棚中，把鸡毛褪掉，抹上盐，插一根树枝，又把另一头插入土里，让鸡像站立着一样烤着火，想起刚才看到的痕迹，突然想起传说中的野人，心里有点发虚。他站起来走到出口外，站在高处，大喊了几声："哪个……"但除了自己的回声，峰原草甸一片寂静，连狗也紧张得"汪汪汪"地叫了一阵。见没反应，他又拖回几根柴，心想，晚上一定要把火烧旺。

等鸡烤熟，木心拿出装酒的皮袋，烤半块馍，取一颗咸菜，从皮口袋里翻出铜碗泡好茶，敬完天地神灵，才和狗一起慢慢吃。

吃完时夜已深，几口酒加上一日行走的疲劳，他很快涌起睡意。又给火加上许多柴后，就倒在散发着腐质气味的干草上，盖着羊皮褂子，很快进入了梦乡，而且一入梦就是柳馨的身影。

她正从塘边陡峭的草坡上走下来，像没有重量的羽毛一样地飘在草尖上，到棚子里后说："我不放心你一个人到雪隆包，所以赶来陪你……"他很感动，伸手把她抱在怀里，感到温香软玉般撩人心房，把头陷入她的胸脯里，又觉得清香的气息让人窒息。刚从后面解她的腰带，她却说："不要忙，到水中去洗个澡！"挣脱出来走到外面，脱光自己，把衣服搭在一棵羊角柴上，回头看他一眼，便走向水塘边。他赶紧追出来，看到月亮正挂在天空中，很圆很大，把山原照得一遍雪亮，柳馨立在水边，被如银的月光沐浴，圣洁得像精雕细刻过的白玉，黑色的长发搭至腰际，把洁白的臀衬托得越发圣洁。他被散发出的诱惑牵引，急走过去，站在后面搂着她，双手握着一对饱满，腰紧贴着她的屁股，头从她的肩上伸过去，一边亲她的肌肤，一边望着水面。

“我们一起洗吧！”木心刚说完，突然响起一声爆响，塘里的水旋转起来，越转越快，最后形成一口漩涡，又产生出巨大吸引力，把柳馨朝水里拉，木心吓得立即抱住她向后拖，狗看见后也飞跑过来，含着他的腰带拼命向后拉扯，嘴里呜呜地叫着……

正向后退，被石头一绊，不由摔倒下去，他一惊醒来，坐起一看，狗正惊慌地叫着，火堆上的柴正一根根自动向后退去，吓得立即跳到柴后，把它们捡回来重新架上。

刚坐回棚子，柴又开始朝后退去，像有人藏在黑暗里向后抽拉。木心想起老瓜头说过，山里过夜时，可能会遇到火柴头自己往后退，那是怪物精灵在退火，不能让它们把火退熄，否则会有麻烦。又说如果遇到时也有办法，便走过去，一边念着老释比教他的《避邪经》，一边把退出的火柴头调一个头，让燃烧的那头朝外，调换完后又背对着火骑在柴上，将右手的中指、食指、拇指触在一起，咬出血后向外点去。过了一会儿，夜色里立即响起惊慌失措的翻滚声，随后又嘻嘻哈哈地消失在了草坡外的夜空里。

木心才知道是一群精灵来和他搞恶作剧，放下心，见火已熊熊燃烧起来，映红了塘中的水，回到棚子中，倒下便一觉睡到了天亮，只是，希望延续的和柳馨相关的梦没有再来。

继续前行的路已很难找，他只有凭借经验和狗的嗅觉在草甸中穿行，好在雪隆包已耸立在前方，只要能通过便不会走错方向。

走了大半天，才终于翻过最后一道峰梁，眼前豁然开朗起来，雪隆包的雪峰和木心站立的山梁之间，是一片开阔的草甸，一条清溪缓缓地流淌在绿色的草丛中，在阳光下荧光闪闪。想到越过那片草，就是雪隆包脚下，木心兴奋起来，打一声呼哨，小跑着颠了下去。

跑到草甸边沿，才知道草甸原来很大，抬头望去，连视线也要飞越好一阵才能抵达对面的山脚。草坡很舒缓，斜躺在雪隆包下，地毯般柔软，各色青草无边无际，青翠欲滴，中间开满各色野花，娇艳而洁净，有很多花还是他不曾见过的，香气袭来，使人如沉没在仙境里，美得心花怒放。草甸向下延伸到溪水边，对岸则是原始森林，顺沟壑而起，满山古木参天。木心想，要走到雪隆包脚下还需要很长时间，太阳已向西边滑去，得先找个安身的地方，其他事放到明天再说。

他继续向草甸中流淌的小溪走去，狗欢快地跑在前边，兴奋得不知所以，但走一会儿却突然大叫起来，木心一听，立即把子弹推到枪膛里，平端着做出射击状顺着狗的叫声跑去。

到后一看，一块石包上坐着一个高大的人，他穿着深黑色的麻布衣，披一头长发，络腮胡子几乎遮盖着脸，在阳光下和石包的深灰色融为一体，难怪他没有发现。心想，还真的有野人，正要举枪瞄准，那人却大声问："你是哪个，来做啥子?"边问边从腰间抽出盒子炮指着他。

见是人，木心不再怕，大声回答说："我是山神谷的，想上雪隆包找一下祖先上天的路!"又问他是谁。那人说："我是野人，没有姓名。"说完从石包上跳下来，吓得狗立即缩到木心身后，身体前倾着紧张地望着他。木心收好枪，等那人走近，盯着他沧桑的脸看半天，也没有发现传言中的獠牙，只是那双眼睛，充满警惕和机灵。木心问："你到底是谁，野人也会说话?"他却回答说："你今天走不到那边，再说那里也没有适合栖身的地方，如不怕就跟我走。"木心想怕啥子呢！如果他要害人，在没有发现他时已下了手，就跟在他后面向草甸东南边的崖壁下走去。

半个时辰后，木心跟着走到了崖壁，向下一看，岩身矗立而起，光滑得像板壁一样。他们又顺着崖脚边已踏出的小路行走，不久就到了一座房子一样大的岩窝。

岩窝里很宽敞，又向阳，入口是一片平地，放着三块石头，上面顶着一口铜锅，石块间全是雪白的火灰，朝里一边摆着石凳、一块顶端平滑的大石头立在岩窝的石壁边，上面放着许多用具，有一只铜碗、一把刀、几个土罐子。再朝里走却是一个平台，有两张床大，四周塞满老人须，中间空出的地方正好可以睡两个人，厚厚的干草上铺着一张熊皮，一床浑浊的被子已看不出颜色。

木心很吃惊，感到他一个人已在这里生活过很久，不知是怎么过的，把皮口袋立在一边后，坐在石凳上望着他却说不出话来。那人也不言语，到旁边的岩檐下抱来几根干柴，点燃火，又端着锅准备到下边的溪水里接水。木心一见才说："用这个烧开水。"说完从口袋中取出铜壶，到溪边提壶水放在石头上，又说："我是山神谷木家的人，叫木心，住在猎人草生的房子旁边，前年到龙池求雨时看到雪隆包很壮美，就下决心要来朝拜，出发前传说有野人，差点就不敢来了。”又问他：“野人就是你吧?”边说边笑了笑，补充说：“其实野人也是人，不会人吃人的。”

听到草生，那人一神，半晌才说：“我认识的，牛肋巴是我妹妹!”接着说，他叫阳生，是山神谷阴生的儿子，因传说他爹是在养尸地生的，都害怕他。后来，他爹的爹牧羊人死了，他爹就到成都府学到一手好木工活，在斑竹巷立业安身了。再后来，他也学会了他爹的手艺，因在绵州城使“孤拐”术整人，反而娶到一个大户人家的女子，用钱买到一个军官当。

“塞翁失马，焉知祸福呢?”他说，当军官就要带人打仗。一次，他带几百人去阻击另一支军队，在一个地方用法术将他们引进包围圈，一下子就全歼了，没想到带兵的是那支军队总司令官的心腹，比儿子还亲，当即放出话来，悬赏十万大洋要他的头。但他不怕，打完仗后已因功晋升成团长。当时，各派军队间打来打去，过半年多时间，那支军队又打过来，把他所在的那派军队彻底打败后，又洗劫了他妻子的家，弄得人都找不到了。接着，还要继续追杀他，好像不达目的不罢休一样，地盘已更换主人，在毫无立锥之地的情况下，唯一的选择只有逃跑。

“我就躲到这里来了，从红岩子后的那条沟过来的!”阳生说，“事情就是这样。”说毕，水已烧开，他又朝水里放些树叶，煮一会儿，水就变得像泡了龙井茶一样。木心拿出自己的铜碗接半碗，俩人就坐在石凳上喝，到傍晚才吃晚饭。木心把剩下的烧馍馍、酒、肉、咸菜全部拿出来放在石桌子上，说：“现成的，先吃这些!”阳生说：“也好，粮食是最好的食物!”

随后，在火边将馍馍烤热，一人拿一块干肉撕着下酒，边吃边说，到很晚才吃完。木心到溪边洗过脚，穿上云云鞋，返回后和阳生一起躺在老熊皮上，脚对着火，很温暖，床铺也很软和，四周都是干燥的老人须，吸热保温。心想，亏阳生想得出这些办法，否则冬天就无法熬过了。不久，便沉沉地睡死过去，感到和家里一样舒服。

二十四

阳生出逃的时候是在五月，他藏在山峰上那个教草生黑山术的怪人那里，随着春天的到来，上山的人也越来越多，他很是害怕，在一天夜里悄悄潜回城中，到一个要好的朋友那里，要了一床军用被盖、冬夏两套衣服、一只短枪、三百发子弹、一把弯刀、一百根索套和一口铜锅、一只铜碗，一大包馒头与五十个银圆。

他天不亮又返回山中，让那人帮忙买了一件麻布衣衫、几条裤子、几双羊毛袜子、两双毪子绑腿、五双草鞋和十盒洋火，用一条口袋装好，化装成背夫，和一群脚夫走上了茶马路。

他沿松岭关路翻过观音梁子，到茂州后，却不敢入城，在一处路边的石壁上又发现贴有对他的通缉令，觉得到处都有眼睛在搜寻着他。只好连夜赶路，用七天时间才从山神谷背后的深沟里，走到了雪隆包下的草甸中。

到达时因正值六月，草甸繁花似锦，阳生一下子就预感到了眼前的山水、草甸能够帮他逃过劫难，是持续生存下去的地方。他沿着山脚走，发现落脚的大岩窝后，烧起大火，靠在石壁上度过了山野的第一个夜晚。

第二天，远离危险的阳生却一下子又感到了生存的压力，他盘点完自己所带的食物，只能满足七天需要。感到往后的日子一定很难后，他立刻插上短枪，背着弯刀和索套跨过溪水，走进了对岸的森林中。

森林很宽阔，黑压压的望不到边，眼前全是筷子一样插着的一棵棵松树、桦木和其他杂树。它们冲天而起，树上挂着的老人须密密麻麻，淡黄的颜色，吊在树上如唱戏人的胡子。

进去后，他发现有许多野物活动的印迹，几只身体庞大的火塘鸡悠闲地走在林中，见到他后并不害怕，因它们很少见过人，反而用眼睛好奇地看他。见出现的机会很好，他拔出枪，把枪管架在一根横伸的树枝上，三个点射就打倒三只，其他几只发现不是好事后，才张开翅膀疯叉叉地逃命去了。

把鸡挂在树上，阳生又侦察野兽出没的情况，一天下来就掌握了它们的活动规律。回去后，他把鸡毛退掉，在岩窝入口的地方用石板做一个火坑，立三块石头做灶，又砍了几根树木在上边搭起一个架子，把鸡挂在上面，正想烤半只吃，才发现逃离时把重要的东西——盐巴忘记了。心想，这可不是小事，没有盐吃半年就会须发变白，那不就成“白毛男”了，他拿出带的东西胡乱吃下一些，愁了一个晚上。

天明后他又走到森林中，在野物经常出没的路上安装好几十根套子，返回后沿着溪涧边的崖脚走，发现很多岩洞里的土都是灰白色的，被野物舔过，心里一动，想，它们不是在舔盐吗！停下来钻到一个洞里，用手指沾上灰土一尝，果然有盐味。回到岩窝，他立刻在溪涧边掏出一个坑，坑里铺着石板，又用一根空心树做成水槽，把水接到离水坑高一米的地方，直冲下去。坑满后，水已像煮沸一样地翻滚着，他又到那些野物舔过的洞中，刮下一大包盐土放在水里，冲一会儿后，又将水槽移开，让水泡着盐土，过半日，水就变成了盐水，他称它为“盐池”。

把头天打的鸡放在盐池中，他转身到草坡上向雪隆包方向走去，在草地上发现有很多飘带葱、羊耳葱和菌子等野菜，便顺手采摘一把羊耳葱挟在腋窝下，带到发源于雪隆包的溪水边，放在地上后，坐在一块石头上看天空盘旋的鹰，孤独感涌现出来，心里又想起了那个娇小玲珑的小姐与那段阴差阳错的好时光。

坐到傍晚，阳生才回到岩窝，把鸡捞出来晾到草上，洗完野菜，回去把火吹燃，做一个烤肉的马杈式架子，将半只鸡穿在枝条上，架着烤熟，吃时竟有了足够的盐味，他很满意，又喝下了一碗羊耳葱汤。然后，他把滴干水的两只半鸡放到架子上烘着，才躺下睡觉。

岩窝外的夜黑得像墨，偶尔响起的几声野物叫声，伴着溪涧“哗哗”的流淌声，空寂而深远。好在他带过兵，杀过不少人，杀气重，山中的精灵鬼怪都不敢骚扰，加上雪隆包脚下本是一片净土，反而很清静。

接下来，为生存而战仍是主要的事情，阳生每隔三天去森林中查看一次索套，每次都有猎获。他把野物背回岩窝，剥下皮后把肉浸泡在盐池里，入味后再取出来砍成小块，挂在木架上烘，干肉则移到另一边，挂在插入石缝里的树杆上。这天，阳生又进山背回一只山羊，见它的毛很好，想到深山的冬天都会很寒冷，剥下皮后，他将它反铺在草坪上，在上面撒上一层火灰，然后裹紧，放到岩窝旁边的岩檐下，又压上一块大石头。

第二天，阳生找来一把石铲，把皮子搭在一根横着的树杆上，左手提着，右手握着石铲使劲地铲削，把粘连在皮子上的血肉铲干净后，又在夜晚时坐在火边，边烤边揉，把一张皮弄得柔软如一张棉布。随后，他在皮子的一端掏出两个孔，双手正好伸过去，套在身上，就成了一件简易的皮褂子，太阳落山后，背心也就暖烘烘的不再发凉了。

又过去半个月，阳生的心才稍许安定下来，食物已基本能够解决，而且最不缺的还是肉，只是肉吃得太多，嘴却裂开许多血口子。这时，他才感到植物做食物的好处。他便在进山查看套子时，于草甸中寻找到了野白菜、野芹菜、山葱、野青笋和森林中的地卷皮、木耳、菌子等几十种野菜。于是，他几乎每天都去采摘，采摘时只采野物与虫吃过的品种，所以，他也没中过毒。采摘的野菜除当天食用外，还把多余的晾晒在岩檐下，做成干菜。

到九月，清晨和夜晚已带着凉意。中秋节时，太阳高挂在蔚蓝色的天空，阳生走到草甸北边的山坡上，采摘一大捆石板菜后，开始坐在草坡上看远处的雪隆包。正看得出神，一大片云已从雪峰后飘过来，很快又覆盖住了头顶的天空。云由白变黑，瞬间便雷鸣电闪，雨雪夹着冰雹劈头盖脸地打下来。他惊得站起来就向下跑，到岩窝时，全身都已湿透，头上被打起了好几个包。他立即拿出一套衣服换上，刚好把火烧旺，外面又已云过天晴，一道彩虹弓一样插在溪沟两旁，不见首尾，美丽得令人陶醉。

阳生领教了高山的厉害，再一次想到数九寒天的日子，岩窝肯定会冰冷如铁，如不提前想办法，就会被冻死。他坐到傍晚，烘干衣服，煮一些干肉，煮好后又在肉汤中放入一些石板菜，只简单地填饱肚子。收拾后又坐在火边，但仍感到冷，到半夜，还打起摆子来，把三斤半重的军用被盖裹在身上也不管用。他知道已感冒，坚持着烧起大火，倒一碗开水喝下去后，才好些，但高烧却不退，弄得他一个晚上都迷迷糊糊的，像飞在半空中。

天明后起来，头仍昏沉沉的，没有力气，便沿着岩脚顺溪水向东走，在一片草坡上掏出一把羌活，回去煮水喝下，才好起来。想到已有几天没进森林里查看套子，等太阳出来后，他便又走了进去，不久就在一座山崖上碰到一头野猪。

它很肥壮，突然相遇，人和猪都大吃一惊，阳生反映略快一筹，在它发愣的瞬间，已取出盒子炮对准猪头打出三枪，随着枪响，猪翻滚而下，落到了溪水边。

阳生赶下去，见它已头浸在水里死去，估计有三百多斤，便回去拿来刀子，以腿为单位，砍成四块，内脏当然不要，丢弃在溪边的石头上，等野猫、土豹子来吃。他把肉背回岩窝，发现两只后腿连着的肉里，还有两团油，一高兴，摘下来用两根柳树夹子挟住，挂在架子上，准备吃野菜时用。猪腿则架在火堆上，烧光毛，又烧透皮子，提到盐池里泡着。想起不远处有个大石窝，又走过去滚过来，放在溪边，接住水，在里面倒一包盐土，做成一个小盐池，专门用来淘水煮菜。

接下来，阳生开始为过冬做准备，一心思考着如何在岩窝里度过难以想象的寒冷，见天空半阴半晴，就提起盒子炮向草坡上走，想打一两只火塘鸡吃鲜肉。爬到一座岩台层叠而起的山梁时，一块岩石下突然窜出一只岩兔，吓得他一惊，过去一看，岩下有个洞，洞里是它的窝，里面已塞满干草、苔藓和树叶，塞满后，兔子又钻了进去，弄出一个草洞，在里面很是暖和。他受到启发，心想，山上到处是草和干燥的老人须，弄来塞在岩窝里，人睡在中间，就和岩兔一样可以过冬了。

他立即行动，除查看套子，把猎获的野物做成干肉外，便四处采集柔软的草和干燥的老人须，通过比较，发现老人须柔韧而温暖后，就不停地采收。

老人须在林中的树枝上挂着，他将它们收面条一样抹下来，几棵树就可以弄一大背，而后背到岩檐下晾晒起来，一个月不到已弄好一大堆。等到彻底干燥后，阳生又将它们抱到岩窝里的平台上，从每一道岩缝开始，使劲地塞，一层层向外增厚，又从三面向中间靠拢。

总共用了七天时间，他才把岩窝里的空间塞满，中心则刚好空出一块空间，够两个人躺下睡觉，人钻入里面，就如岩兔钻入草窝一样。为了不让岩窝口的冷风进去，阳生又到山中，在溪沟下的松林里砍回一捆竹子，剖成篾条，编成两个和岩窝顶一样高、五寸厚的长方体笼子，在里面塞满老人须后，顶在岩窝口，上下固定住，岩窝就成了一个房间。

阳生弄好自己的居所，又去山坡上采集到许多毛草叶，晒干后铺在石台上，睡在上面软和得如棉絮一般。他还去剥下一百张桦树皮，撑开压平晾干后像一张张木板，用钉子柴上的钉子连接起来，隔在老人须围成的“卧室”里，立即有了精装房的感觉。做完这一切后，又用十多天时间来完善，感到很满意，在一天夜晚坐在火边，吃下半只上午打到的鸡时，想起带的馒头早已吃完，已有很长时间没有吃到过米面了，也不知日子要持续到什么时候，心里惆然起来。

日子挨到十月中旬，秋的色彩开始浓艳起来，从岩窝到雪隆包脚下，一大片草甸已变成泛滥的红艳，草在秋霜的浸染下绽放着最后的美丽。阳生感到气温正日渐下降，成熟的草籽和树上的果实，也把无数野物吸引了出来，它们正抓紧时间对能量进行补充，对于要等到第二年四月才结束的冬季，它们比人类更清楚应该做什么准备。他从早到晚都活动在草甸与森林中，存储生活必需的食物，收获的猎物也越来越多，岩窝里的火坑上方挂得密密麻麻的，岩羊肉、野猪肉、獐子肉、鸡肉，有十余种之多。他把干透的肉收起来挂在另一角石壁上，野菜也晒干后存储起来，到初冬时，已准备得差不多了。

初冬的一天清晨，岩窝外落下一层清霜，衰弱的野草与树干上尽是月光般的白，冰凉的气息迎面扑来。阳生走出去，到草甸边时，看到草丛中的溪水边，有一个黑影正缓慢地移动着，样子笨拙，有时还像人一样站立起来，用手摘灌木上的果实。看了许久，他也没弄清是什么东西，感到很奇怪，转回去取下枪，挎上刀，再悄悄从坡上走回到附近，躲在一个土包后把头伸出去一看，原来是一只黑熊。

熊健壮肥硕，想再吃几天草籽后回到洞穴冬眠，没想到会遇见人类，而且是一个处于生存危机中的人，也就注定了它度不过冬季。阳生见是熊，把枪的保险打开，当熊像人一样坐在草地上，双手搂入一抔野草吃草籽时，瞄准它胸前的一弯月牙形白毛，打出了一个点射。枪声瞬间惊爆空气，一串火舌喷射而出，又钻进熊的胸口，还没明白怎么回事，熊就倒在草地上，冬眠般永远睡了过去。

阳生确认熊已死后，才走过去，发现它很大，有两百多斤，一身黑得油亮的毛闪着蓝幽幽的光，温暖柔软，觉得熬过冬天又多出了一些把握。他将熊拉到一处较陡的草坎子前立着，自己站到前边，两手分别握住它的两只前脚，用背一拱，搭在背上，然后，任两只后脚拖在草中，半背半拖地弄到了岩窝前。

阳生用一天时间才把皮剥完，肉分成小块浸泡到盐池里吸收盐味，用做山羊皮褂子的方法，用五天时间对熊皮进行加工，把它弄得柔和如一床棉絮，又晾晒了五天，才铺到岩窝里的“床铺”上。

夜晚，他睡在上面，感觉已非同一般，心里涌起新的踏实感。估算一下后，觉得一个冬天的肉食已经足够，便到森林中收套子，走进去时，发现林中许多地方已有积雪，除松竹外，树上的叶子正纷纷扬扬地飘落下来，飞转在树枝间，平白增添了不少萧瑟的景象，风经过时，瑟瑟地响。阳生一下子就被这声音弄得忧伤起来，突然生出一种莫名的孤独感。

干脆坐在石头上，静默半天，才沿着查看索套的路线，边走边回收安装好的套子。他知道再下几场雪后，林中的积雪将会有一两米厚，野物会因寒冷与难以觅食往低海拔的山神谷迁移，要在开春后才慢慢返回，而那时又正是繁殖季节，有不能狩猎的禁忌。收到最后一根时，竟然套住了一只麝香，他取下来甩到肩膀上，提着收回的套子便往回走，到岩窝后把麝香割下来放到火边的石板上烘，又和几十块用不出去的银圆一起放在岩窝里的一个石洞里，窝棚随即散发出了浓郁的香味。

雪已压向草甸四周的山脚，到处一片枯黄，阳生仍然无法克服包围他的孤独，无事可做时只好用四处闲逛的方式打发时间。小雪那天，他见太阳很好，就踏着初冬的寂静走向雪隆包脚下的溪谷深处。路延伸在草丛中，是野物走出来的，他顺着一些脚迹前行，翻过一匹梁子，走到了溪谷下方的又一块草甸上。

草甸因地势稍低，草半枯半荣，草叶间闪跳着野兔与野鸡。他漫无目的，信步游走，突然发现一片浅黄色的草与众不同，高出其他草许多，一些鸟吊在上面吃食。走过去一看，原来是一大片野青稞，淡黄的茎干上挂着饱满的颗粒，心里一喜，喊一声：“粮食！”立即脱下衣服把袖口和领口用藤条扎紧，扣上扣子，把衣服变成了一只口袋。

接着，他用刀把青稞穗割下来，捆成一束后塞进衣袋中，半天便割了一袋子，背回去后又倒在岩窝边的岩檐下，任它们自己晾干。接下来，阳生又用同样的方法，到谷地里收割了七天，只是使用的已是进山时背来的口袋，背回的青稞穗层叠在岩檐下，有一人多高。等干透后，他坐在火边，一束一束地揉搓，搓时，青稞籽落进放在地上的铜锅里，发出沙沙的声音，让他感到从来没有那么动听过。

把揉搓下来的青果籽倒进口袋里，几天下来已有一整袋，约三百斤。他想，已够吃半年多，等吃完时，那片草地中的野青稞又会成熟，粮食已不再是问题，很是高兴，破天荒地吼唱了一首山歌。随后，他走到一片乱石中，找到一个大石窝后，把它抱回岩窝里，又到溪边找回一块打磨得光滑如玉，有几十厘米长的圆石柱。然后，他坐在石凳上，把青稞籽放在石窝里舂，一个时辰就舂出了一窝面粉。

他把青稞面倒在铜锅里，兑上水，揉成团，弄成馍馍的形状，放进火灰里翻过三翻后，一块青稞面馍馍已经烧熟，香甜的气味随即散发出来，弥漫在岩窝里，充满诱惑。阳生把它立在火边，静静地欣赏，又煮好一块干肉，半锅羊耳葱汤，才慢慢地吃。吃时，他把馍握在手里看了半天，放进嘴里后已一脸泪水。

冬天很快主宰了大山里的世界，溪涧被冰封起来，到处都是厚厚的积雪，白茫茫一片，雪隆包上白云缭绕，雪峰无限神秘，圣洁得让人心碎，峰顶直插天空，又和蔚蓝融为一体，使人想到远古时从蓝色中延伸而下的通天路。岩窝上的大片岩坡因为是阳山，雪后被太阳一烤，又融化成晶莹的水渗入草根，满坡都是干燥的枯黄。

天晴后，阳生爬向坡上打发时间。岩坡很大，枯黄的草、黑色的岩石和停留在岩台脚下的白雪，成带状层叠而上，望上去像一张斑马的皮。他从岩窝走出，沿一条斜伸的小径向上，行走在斑马线之间，只见坡顶上裸露的峰峦下边，灰蒙蒙的山峰无限苍茫。山体多已风化，呈现出奇异的形状，崩塌的岩石聚在峰脚下的草坪上，步入其中像正走入了八阵图，好几次阳生走进去都费了很大的劲才走出来。

岩石间生活着没有迁徙的岩羊，它们辗转在石阵中，寻找雪化后露出的枯草，或者啃食低矮灌木的根，有的到了山峰间的崖壁上，像贴在石壁上一般，和峰峦融为一体，灰褐的颜色像时空的记忆。阳生惊异于所见的一切，并从中吸收着生命的意志，让逃难的日子增长了不少信心。他并不猎取它们，存储的食物已足够支持到来年夏天，只是偶尔打一只鸡回去，烤全鸡或煮鸡汤喝。他在山坡上流放日子，也流放自己的心情，孤独总没法排遣走，和人相聚只有躺在枯草上做的梦里才出现。

冬天并不总是艳阳高照，进入腊月，雪多起来，一下就是七天，鹅毛般的雪飘飞而下，及目所接，尽是片片雪花，除他的岩窝，到处一片洁白，偶有一两只高山寒鸟飞到火边，也一惊又飞走了。阳生只好躺在老人须围成的床上，躺累后又坐在火边，吃饭已变成随意的事，并不按时，只以“饿”为标准。他将火烧得很大，大雪到来前从森林中拖出来的枯树，山一样堆在岩檐下，足够让整个冬天都能燃烧。

无事打发光阴，他就舂青稞籽，一窝又一窝地舂成面粉，又收集到一只小口袋中，隔三天烧一个馍馍，和干肉一起吃，很管用，一天吃一次也不会饿。

日子已被白雪包围，初晴时，阳生正感到无聊透顶，一只松鼠从溪涧那边的松树上跳过来，准备到岩檐下找食吃。它慢慢地挪到岩窝边，先胆怯一阵，见火边有一些掉在地上的食物碎屑，一伸一缩地靠过去，看他一眼，才捡起来吃。吃时，它坐在地上，两只前脚捧着食物，吃得很享受。阳生一见，又随手掰下一小块馍丢过去，吓得它一惊跳到旁边的柴垛上观察一会儿后，又跑过来抱起就跑。

事情重复三次后，松鼠不再心怀警惕，时常从树枝上跳越过来窜进岩窝游来荡去，不再把自己当外鼠。第五天，它进去后却在老人须墙上掏出一个洞，回到林中搬来许多松果，放在岩檐下的一个小石洞里用土盖起来，才跳到火边吃阳生丢给它的食物，独自乐得东倒西歪，到晚上时又径直钻到老人须洞里睡了。他不管它，任它自行其是，但伴着明晃晃的月，睡觉时第一次感到有了伙伴。

此后，阳生有了一只松鼠为伴，日子生趣不少，天晴时他到岩坡上混时间，松鼠也跟着，在身边的岩石、树上跳来跳去，如大山的精灵。

临近除夕，太阳高高在上，阳生又到岩坡上去散心，看到一片平整的干草地后，便躺下去望天空的云。松鼠则在旁边跳来跳去地玩，当跳到一棵高山杨柳枝上得意忘形时，不知从哪里突然冲下一只鹰，箭一样向它射来，惊得它吱吱乱叫，一转身跳下树枝，钻入了阳生怀里。那鹰却用力过猛，收不住自己的冲力，一头撞在枝杈间，跌跌撞撞地翻滚到树下，正想重新飞起来，阳生已抽出枪抬手一点，把它打死在了岩台边的树根前。

到下午，阳生提着鹰回到岩窝，因为没有吃鹰肉的习惯，只取下两只腿骨，其余的则挂在老人须墙上做装饰。取腿骨是他想到了一次在九峰山中宿营于一个村寨时，有一位老人吹的笛子便是用鹰骨做的，呜呜咽咽的笛音盘旋在心里，久久不能散去。他白天带兵操练，夜晚就到他那里去听吹笛子，日子一久便成了笛友。那老人有一张松树皮般沧桑的脸，刚毅得如刻在岩石上的画，说笛子是从大西北草原带来的，吹过几千年还是这个样子，做法并不复杂，鹰骨是最原始也是最好的材料。

驻扎的半年时间里，阳生除听他吹奏，也跟着他学吹，掌握了鼓腮换气技巧，能吹出十多支古曲。他还主动为那老人当助手，学会了笛子制作方法。现在，无意间打到一只鹰，记忆被随之换醒，他觉得自己也应该做一只笛子吹。便不再到岩坡上打发时间，只坐在火边，把鹰腿骨清除干净后，又放到锅里煮，到差不多时，取出来晾干，掏出骨头里的油，一端的关节则不掏通，以做天然的塞子。

把鹰骨做成两根空管后，阳生用刀仔细地把表面打整得光滑如玉，又分别把骨管一侧刮成平面，然后将两根腿骨并拢，抽出皮口袋上用来扎口子的一根皮绳，把它们紧紧绑在一起。做成并列的一双骨管后，他又在同一平面上各钻出六个孔，孔与孔的距离恰好是手指自然张开时，能准确按住的距离。

当一只古老的骨笛，出现在阳生被记忆唤醒的工序中后，他开始做哨片，因材料需用竹子，他就在羊毛袜子外套上草鞋，背着枪，提着弯刀跨过溪涧，在森林里踩着没入脚弯的雪，走着内八字腿的姿势，一个时辰才前行二百米。挪到一棵松树下时，旁边才有一丛箭竹，翠绿的叶子上盖着一层白雪，绿色与洁白相间，使冬日更加纯净了。他选出一根有百年竹龄的老竹，从根部砍断，刀落下时，雪也落了他一身。

阳生把竹子拖回岩窝，将枝叶去除干净，把竹竿放在火边慢慢地烘烤，直烤得竹身冒出油来。差不多时，他才将竹竿顶端最细的一段切下，做成两截约二寸长的竹管，去除枝节，又分别在侧面剖出一片薄而相连的竹片，复原后则刚好能盖住管心。含在嘴里一试，见哨片已能发出呜呜的声音，他又把哨片一端插入鹰骨笛管，用嘴包含住哨片，鼓起腮帮子一吹，带着凄婉的声音便回荡在了空旷的山野。

乐器让生活增添出许多色彩，阳生心里滋生出从未有过的悠远情怀，雪后初晴时，他让松鼠坐在他的肩膀上，带着骨笛向岩坡走去。到达前几天打下老鹰的地方后，他坐下来，吹出一支《折柳曲》，笛音缥缈，被微风带向了雪隆包的冰峰，充满离情别恨的氛围浓郁起来，弄得心里转瞬间已怅然若失。他吹一曲，沉思一会儿，到下午时已将从老者那里学会的十多支曲子吹了一遍，直吹得自己泪流满面。吹奏时，他和雪隆包相向而立，发现随着笛音从鹰骨中传出，那片圣洁之上的云，飘逸得像萨朗的舞姿。

松鼠和骨笛，淡化着冬天的寂寞，日子也仿佛加快了前行的步伐，阳生发现外面的冰雪悄悄融化时，草甸上的草根已开始返青。他站在岩坡上望去，枯黄中正透出绿来，及目都是“草色遥看近却无”的景色，搬起指头一算，应该是来年四月光景了。

草绿起来的时候，落去叶子的树枝上新芽也已萌发，嫩绿开始浮游于树梢与树梢组合的空间，飘洒的雪夹杂着雨，预示着阳生的生活已发生转机。五月初五，他走在生机盎然的草甸上，踏着无限新绿，采摘了一把新鲜野菜，回去煮成一锅鲜汤，喝下时感到自己吃到了世界上最美味的食物。

融化的冰雪带来了生机，到山谷里过冬的野物开始陆续回到周围的森林中，阳生看到一对恩爱的獐子时，雪隆包下的世界已热闹起来。鸟在草叶间歌唱，松鼠也兴奋起来，在野花绽放的时候告别而去，回到了森林中那片浓郁的葱荣。他没有前往林中安放套子，只是偶尔打一两只野兔和长得五彩缤纷的野鸡，他恪守三春不狩猎的古老传统，闲游在花草丛中，观看出双入对的动物飞禽，想起过去带草生学黑山术的事，心里很是后悔。很多时候，他都坐在从花草间流过的溪边，回想过去，经历宛如在梦中。

日子重复着前一年的情景三次之后，他已成传说中的野人，长发及腰，胡子长得已盖住胸口，衣服破烂不堪，只有逃跑途中买的麻布衣服仍然完好，穿在身上，套上山羊皮褂子，游动在岩坡上时，像一个飘浮的影子般虚无。

那天，见天气温热起来，阳生想清洗一下衣服，就到林中砍了几根藤条，把衣衫拴在一起，坠一块石头丢入一个碧潭中，让它们由从一块石头上跌落的水冲刷，心想，过一天肯定会冲得干净。

到第二天，他去收衣裤，却已滑脱，被水冲得无影无踪，心里很是懊悔。随后，他离开溪涧，到草甸中的大石包上坐着，正观察四周的动态，看到岩坡上突然出现一个人，很吃惊，见对方毫无敌意，才站起来暴露自己，用喊声证明了自己不是野人。

二十五

相处一夜，彼此已了解不少，木心去雪隆包朝拜的想法得到了阳生的支持，他说："我晓得到脚下的路，但从未向峰顶去过，可能很难上去，除了冰雪，连路的影子都没有！"还说愿意陪他一起去。

木心感到很幸运，更加坚定了上雪隆包的信心，他用三天时间和阳生一起熟悉雪峰下的环境。到第四天，木心从岩窝里钻出，看到晴好的天空下，雪隆包更加圣洁，说："今天就出发试试！"得到阳生同意后，他们带上吃的，木心把带的草鞋给了他一双。阳生穿好后，又背上枪和弯刀走在前面，木心紧紧跟着，最后是热滋的猎狗。

他们沿着草甸向西北而行，走到山脚边时，已用去半天时间。坐下休息一会儿后，又向上爬，路很陡峻，是岩羊走出来的，费很大力气才走到峰下的山腰。他们站在一块草坪望去，雪隆包的主峰仍在远处从众峰间突兀而起，覆盖着厚厚的白雪，峰脚下延伸的冰川如松木板上的花纹，弯曲成好看的弧线，层叠着波浪般荡漾在山峰间。

"走过去还得用半天时间！"阳生说，"要到雪峰前得在途中找个地方落脚，还是回去，明天带上够吃几天的东西再来。"说完就喊木心走，说迟了下山会有危险。俩人又望了一眼雪隆包，才返身向山下走去，连走带滑，到达草甸时已到傍晚。他们不敢停留，加快步伐穿梭在花草间，但走一半天已黑下来，好在月亮很大，撒一地银白的光，绿肥红瘦的草甸依旧清晰，踏着朦胧的小径行走，也就走出了朦胧的感觉。

第二天，他们带着足够吃五天的干肉、烧馍、咸菜和剩下的老酒，经过前一天到达过的峰腰后，又继续沿着从峰坡上横向而去的小径前行，到太阳即将下山时，才在离雪隆包约两公里的地方发现一个岩洞。洞像一个窝棚，周边的岩石间长着低矮的羊角林、刷把柴、牛肋巴，旁边流淌着冰雪融化的水，四处飘浮着冰凉的空气。

他们把东西放下，到洞中时发现里面铺有许多干草，散发着野物的气息，知道是某种野兽居住的窝。收拾了一下，阳生就让木心赶紧砍柴，说：

“烧起大火那野物才不敢回来!”边说边搬三块石头立在岩洞边,顺手扯两把干草,用火柴点燃后,又在火焰上放一抱干蒿蒿,再放上一抱灌木枝,火就熊熊地开始燃烧起来。木心也砍好一堆羊角柴,抱来放在火边,又接回一铜壶水坐在石头上时,在洞口坐下一望,已是黄昏。

夕阳从雪隆包后散射出来,照着远处奔马似的群峰,天空的云像燃烧的火焰,艳丽着纯蓝的天,到处一片暖色,连雪峰上的白雪也泛着淡红的色彩。木心贪婪地看着,享受着群山簇拥的宁静,到火红的晚云渐渐变黑,天已黑透了。俩人把干肉煮熟,烤热烧馍馍,各自倒半碗酒,面对面坐在石头上,先敬过天神、山神,才碰一下碗沿,一口一口地喝。

边喝边吃肉,话题自然说到草生,听木心说完情况,阳生感到很吃惊,说:“他相信报应,一直对以前的许多事后悔!”又回忆说,他学会他爹阴生的木匠手艺后,又偷学了“锅拐”,共使用两次,一次给他带来了好运,娶到一个小姐,弄到一个军官。另一次让他杀死无数人后,自己也没有了立锥之地,只能过着逃难的生活。

“回想起来,那次确实不该用法术!”他继续说,对手打过来,气势汹汹,他就在一块草坪的四周画半圈线,念诵“画线成壁”的咒语,那只军队冲进去后,一接近画线就觉得自己前面是一堵墙壁,只能回头向一个方向跑。但他已指挥自己的队伍堵在出口处,将他们全部打死在了机关枪下。战斗结束后,他过去清理战场,见几百人躺在地上,鲜血已染红蓝花碧草,每一个人都很年轻,感到两派人打来打去地杀人,是不应该的。

他说,后来他所在的那支军队被报复式地消灭,自己被追杀,他在一个夜晚悄悄潜回成都府的家时,又一切都已改变,爹已憔悴得不成样子,娘已出家,他离开时去看她,走时,她只说了“积善成德”四个字和念了声“阿弥陀佛”。“我只用过两次法术!”他强调说,“在这里就更没有用过!”说完和木心碰一下碗,刚把一口酒喝下,狗突然大叫起来。

他们立即站起来走到岩洞外,朝狗叫的方向一看,夜色中闪着的一双绿幽幽的眼睛,像浮动在空气里,赶紧烧大火,才隐约看到那东西一身深灰色,带着点点圆形的斑点,体形强壮,样子像一只巨大的猫。阳生说:“不要怕,那是雪豹,我在以前见过它,我们把它的窝占用了!”便不再管它。雪豹和狗对峙了一会儿,也转身走开,顺着崖壁爬到岩洞上方,钻进另一个岩窝睡觉去了。

第二日，天才微明，木心即站起来走出岩洞，望见雪隆包峰顶上的白雪正露出淡淡的白，神秘感四散于峰芒四周，又形成薄薄的云，环绕着橘红色的朝霞。他想象置身峰顶的情景，觉得自己定会飘然成一朵雪花。转身回去喊阳生起来，一边烧旺火，把水烧开后，吃完饭俩人便向雪隆包的峰脚走去。

走几百米，便到了冰川，冰舌斜伸出来，铺在峰脚下，开始踏上时，一踩一个印迹，让他们有点不忍心，觉得那是万年的晶莹，不应该有凡尘的沾染。好在走出几步，草鞋上的尘土已被冰川吸尽，经过时再没有一丝痕迹。他们行走在洁白的冰原上，随着高度的增加而渐渐感到有些吃力，但没发生高山反应。过半晌，他们到达峰脚，绕着转了一阵，发现根本没有通向峰顶的路。

木心认为不可能，在远方遥望时，有许多条路的影子音符一样弯曲于峰壁上，从脚到顶，路影都在如线盘旋上升。但到眼前一看，却是光滑如玉的冰封石壁，那些路原来是冰雪形成的裂痕。阳生见状说："要上去可能会很难，得找一条通向峰顶的路！"他们便沿着峰脚寻找，边走边朝上望，但每一个地方都是险峻的绝壁，厚重的冰雪上，连鸟走过的痕迹都没有，走到雪隆包最西南端的一个转弯处时，已再无法前行一步。

他们只好停下来，向一处略为倾斜的岩台爬去，小径蜿蜒在冰雪间，如神仙走过的路，手脚并用地爬半天，也只上去了几百米。前面却笔直起来，如贴满大理石的墙壁，光滑得连壁虎也停不住，周围尽是险峰。阳生说："上不去的，另外再找！"说完，转身走在前面，滑行着向下移去。木心只好跟在后面，一抬脚便滑倒在光溜溜的冰雪上，半坐半躺地滑到峰脚，只有狗是跑下去的。

返回岩窝，他们决定沿北边形成的一条冰沟寻找。心想，找到尽头的垭口，总会有一条路吧！要不，以前人们怎么能到达峰顶再爬上马桑树到天上呢？吃过晚饭，他们坐在火边，阳生吹响了笛子，苍凉的笛音碰撞在山峰的冰雪上，又被反弹回来，徘徊在苍劲的时空里，让木心觉得有点像祖先在大西北草原上牧羊时，那种苍茫的场景。一种哀怨的情绪随即滋生出来，又化为了注目雪隆包矗立于夜色中的身影时，包含在眼里的泪。

开始向北面的冰沟爬去时，已是第三天光景，他们一早出发，经一夜冷却,冰川表面变得更加坚硬,踩在上面,两个人一条狗都如走在一面巨大的镜子上,影子映在冰镜里,如另一个自己悬在脚下,正挂在冰雪上走,掉下去便是无边无际的天空。冰沟一直沿雪隆包的峰脚延伸,弯曲成半环绕的弧线,沟里装满剔透的晶莹,他们用大半天时间才走到垭口。

垭口位于沟的尽头,风吹过来,透出寒意,他们站在边沿望去,垭口外是万丈深渊,连目光也落不到底,才知雪隆包的背面原来更加险峻,刀砍斧削一般矗立于天地之间。峰腰下却白云缭绕,目光所及的远方,平铺的白云仙境一样虚幻,冰封的岩壁中,横空出世的松树像插在石壁里,树枝盘曲,针叶苍翠,空灵而厚重,像承载着千万年的峥嵘岁月。

见仍然没有上去的路,木心有些失望,说:“回去吧!明天再看怎么办!”就闷闷不乐地走在前边,中间是狗,后面跟着阳生。

到岩洞里烧好开水,又煮了一些由阳生发现但不知名的树叶,俩人喝着“茶”,商量半天,决定第二天先返回,到阳生居住过三年的岩窝上方的峰梁上,从远处观察,可能才会有新的发现。阳生把一块干肉用几片草叶包好,放在火灰中烧,才翻一次,香味已散发出来,逗得狗不停地用舌头舔嘴。烧好后,阳生又用一块石头砸了一遍,才分一半给木心,又随手朝狗丢去一块,把剩下的酒分开,坐在一起边吃边喝。

半碗酒才喝完,木心就已感到醉意朦胧,向后倒在雪豹铺的干草上,盖着皮褂子,脚对着火,双手枕着头躺着。他眼睛瞪着洞顶,迷迷糊糊中,洞顶上的岩石花纹忽然散开,呈现出一条通天大路。木心沿路走去,很快走到大西北湟水和黄河交汇的谷地,见一群人正在绿草茵茵的原野上牧放羊群,每个人都穿着毛色纯白的羊皮褂子,一个男子坐在马背上,竖吹着一根笛子,样子和阳生做的一样。他正倾听遍布旷野的幽怨,一群女子跑过来,每一个都像草丛中开放的花一样美丽,又透出野性的气息。正想离开,已被捉住拖倒在地,她们抓住他的脚和手,使劲抛向空中,快落地时又接住,抛完三次,又提着像玩耍玩具一样转了几圈,才丢下他欢笑着跑开了。

他从绿草中爬起来,忽然又成了那群人中的一员,和其他人一样赶着羊群,正边放牧边听女子们悠扬地唱歌,看男子在草地上跑马,突然天空涌起黑云,一队骑兵从地平线外蝗虫一样席卷而至。族群中的男子立即拿起兵器迎击上去,木心也跟在其中,激战瞬间展开,直杀得天昏地暗。此后,祥和自然、充满情趣的日子一下子变得血腥起来,每天都在打仗,每天都有人死去。

战争持续地进行了几个月,敌人随着增援队伍的到来,已势不可挡,木心感到继续打下去已不可能取胜,就去对族长说:“这样会全部战死,不如撤退去重新寻找家园!”族长竟然采纳了建议,把族人分成九支,对木心说:“你随阿巴白构走,到南边去,在一条叫岷江的河谷中立足!”天未亮,他就跟着一群人悄悄向南迁徙而去了。

途中,敌人的追兵老是尾随身后,他和其他男子只能在后面阻击,边走边打,一路艰难而行,几乎每天都在发生战斗。他不知道自己何时已变得骁勇异常,用一杆青铜长枪,纵横驰骋,杀得敌人不敢近前。但形势仍然危机,一群人拖儿带女,赶着羊群,行程艰辛而凄惨,已没有脱险的可能,带头的阿爸白构说:“得想个办法,我们必须摆脱追兵!”

前方的草原仍然茫茫无边,按夜晚商议的办法,他们在半夜悄悄拔营前行,天明时却走到了四川西北广袤的草原上。随即,一群人坐下来喘息,他则走上一个突兀的草坡回望,却发现敌人的骑兵正风暴一样卷来,大吃一惊,飞奔到阿爸白构前说:“不得了,他们追来了!”阿爸白构立即起身,带几个人跑到草坡观察,见追兵果然黑压压一片,像蚂蚁般遍布荒野,发出可怕的呐喊声,一下子就感到族人又处于了生死攸关的境地。

正在危机时刻,天空突然传来一声炸响,天神出现在云端,他挥一下手,从天空传来的声音说:“向南去吧,不远就是落脚的地方!”说完抛下一颗白石头。白石如流星一样落到地面,立即向上生长,瞬间已化为一座雄伟壮丽的大雪山,把追兵阻挡在了雪山的背后。

“现在安全了,你们要散入河谷,居住在森林边沿,房子建在山梁上……”天神说完,隐没到了茫茫的天宇中。木心依然遥望着空旷的蓝天,正想这山叫什么名字时,天空又传来浑厚的声音说:“这山就叫雪隆包吧!”

他一听雪隆包的名字,又回到了和阳生一起寻找上峰顶之路的时候。他们像浮云般飘动在冰雪的边沿,看到一条金光闪闪的路盘旋而上,但踏上去又是空的,像踩在花上,走半天仍在原地踏步。正惊异,白雪下升起一个须发皆白的老头,说:“我是雪隆包的山神,这座山由白石变成后,还没有人上去过,圣山只能装在心里,不能踩在脚下!”山神说完,用手一推,让木心一个跟斗扑倒在雪地上，过一会儿，才醒了过来。

坐起来一看，阳生仍然坐在火边烤火，洞外皓月当空，他走出洞口，看到雪隆包在月光下一片圣洁，因想到梦中的情景和老释比唱经中吟诵的故事一样，让他又想起了那段经文：

……

阿爸白构是大哥

奋勇拼杀开血路

天神抛下白石块

石块化作大雪山

男女老少逃虎口

羊群牲畜才保住

率众翻过日朵山

日朵山下绿油油

……

神秘感瞬间从心中升起，他觉得上或者不上去已不重要，就回头对阳生说："明天收拾东西回去，哪里都不去了！"边说边走回岩洞中，但没有和阳生说梦里的事，只劝他和他一起走，说他妹妹就在山神谷，那里又是他的老家，不会有什么危险。听阳生说要考虑一下，倒下去又入睡了。

天明后，木心起来，走到溪边洗过脸，把东西装入皮口袋中，离开时，他朝向雪隆包的方向，跪拜在地，磕了三个头。起来正要离开，那只雪豹已站在岩洞边，友善地望着他们，像在送他们离去。

回到雪隆包外的岩窝，阳生已同意先回山神谷看一下情况。俩人在傍晚便开始收拾东西，阳生把几颗麝香和没有用出去的银圆、未打完的子弹装进口袋，木心收拾的东西主要是吃的，刚好能满足返回路途的需要，见天还未黑，阳生又去砍来一些杨柳，编成一扇笆笆门。

他们打算清晨出发，阳生把口袋提到岩窝外，又把熊皮裹起来用藤条捆紧横绑在口袋上，因为还得为可能再次前来避难留下后路，离开时，他用笆笆门把岩窝口封住了。

出发时，狗在前，木心走中间，阳生在后，他突然有些不舍，心里如打翻的五味瓶，一点不是滋味，又说不清是什么情感，只想好好痛哭一场。

走回山神谷用了三天时间，到寨子时正是黄昏，许多人都在议话坪休闲，有一个人更是每天都会到那里，坐在石头上望着从牛场下来的路。她是柳馨，这天正望得出神，突然看见火地边的路上出现了两个人影，心里一喜，站起来看，又认不清是谁。心想，木心是一个人去的，不会两个人一起回来，只顾出神地看。同时，其他人也发现了他们，挤在议话坪边，一边议论一边张望，到近处，才发现果然是木心，很惊喜，发现后面跟着野人后又很吃惊。

他们走到议话坪，木心见很多人都在，很激动，眼里已涌起泪水，和马风、热滋拥抱过一阵，才和柳馨打招呼，说："我回来了！"柳馨只是点头，却说不出话，只有眼泪在桃花一样的脸上滚滚而下。等安静下来，木心才把野人介绍给大家，说："他是阳生，是牛肋巴的哥哥！"大家都不相信，认为他不可能在雪隆包下生活几年之久。谈论间，有人已飞跑过去喊来牛肋巴，她站在他前面，用手拨开他遮脸蔽耳的长发、胡须，突然爆发出惊天的哭声，抱着他只管喊哥，像不敢再松开双手。

柳馨娘和妁妈几人赶紧过去相劝，说："见面是高兴的事，不能哭，快让你哥哥回去收拾一下！"牛肋巴才止住哭，挽着他向家里走去，路上遇见赶来的草生，又悲喜过一回，才回到家里。夜晚，一家人说着过去的事，只是山神保老是一脸害怕的样子，一直不敢喊他一声"舅舅"。第二天，牛肋巴请寨子中的剃头匠为阳生理去发，刮掉胡子，换好衣服，走出去时，阳生已变成一个英武的男人。

接下来一段时间，阳生的经历和木心去雪隆包的事，成了山神谷议论的话题，大家又从他的身上联想到阴生，唤醒了关于牧羊人和养尸地的记忆。但不久，话题又被老瓜头失踪的事替代了。

二十六

老瓜头的失踪是木心发现的，他回到家里休息了一段时间，在七月初七，他吃过晚饭后走向老瓜头那里，想和他说说上雪隆包的经历，同时请他讲一些相关的故事。心想，这次经历和做的梦很多都和他讲过的事情相似，如果再印证一些东西将会更有意义。走到他家坝子里，却见门闭着，但没有锁，推开又没有人，火塘里已有好几天没烧过火，床上的被子折叠得很整齐，屋里也收拾得干干净净。他走出来喊了几声，也没有回应，便决定明天再找他，转到马风那里说了半夜话。

第二天，木心又走到老瓜头家的坝子里，仍没有人，就顺着溪涧朝西走去，路上正好遇到热滋，他刚到火地去看过春枝，说："她一个人，放牛时总要到梁子上望那棵松树，陪她一下会好一些！"木心说："好事情，看到瓜头爷没有？"热滋才想起已好几天没有见到过他，说："没有，不知道他在哪里！"心里也奇怪起来，就提议和木心一起去找。

俩人随即一起走到他的地里，见庄稼长势很好，罂粟正开着美艳的花，地上的草也在不久前扯过一次。站在田边，他们大喊了几声"瓜头爷！"见没反应，又走到溪涧对面的半坡，到他平时经常去的地方找完一遍，到下午依旧不见人踪影。回到他的家，面对冷屋冷坑，判定可能出事后，又一起到族长家汇报情况。

族长正在坝子里安装一根板凳，他们到时正将最后一只脚插好，看到他们走过来，随手把板凳翻过来一放，说："坐吧！"自己走去放下了工具。

在新板凳上坐下后，木心说："老瓜头不见了！"族长一听，想那老头会不会和挑子客一起外出呢！就说："可能去哪里了，再打听打听！"说话间听到外面有脚步声传来，又说："可能是春枝回来了！"说完走出坝子去看，热滋一听也站起来往外走，刚出门就与她碰个正着，边打招呼边离开时，感觉她望他的那一眼，有些特定含义。

接着几天，木心他们都把老瓜头挂在心上，每天都要去看两三次，又向前来做生意、运送货物的脚夫、挑子客打探消息，都没有音讯，便肯定他已失踪。族长也觉得事情不对，派出寨子里的人在周边和山野不停寻找，阳生也加入其中，他和木心一路，沿溪涧走到门坎山一带，把可能想到的地方都找了一遍，仍然一无所有。

找好几天都没有老瓜头的踪迹，族长便召集大家到议话坪商议，人们觉得该找的地方都已找遍，实在想不到他还会去什么地方。热滋建议说："请老释比算一算，可能会有办法！"族长说："也只能那样了，哪个去请他？"木心即说："我去。"说完，小跑着赶到碉楼，过一会儿就扶着老释比到了。

"我已知道这事！"老释比一来就说，他已到老瓜头的家看过，看不出什么，算又没有依据，既不知道他的生辰八字，也不晓得他出去的准确时间，无法推算他的行踪。在木心他们失望之际，他又说："用飞鼓找人试试！"随即，用"铁板算"推算出了驾鼓寻人的日期。

寻人那天清晨，老释比家门前的坝子里就已聚集起许多人，大家按他的要求排成一队，老释比站在最前，由小释比在身边当助手。法事开始后，老释比一如以往，请来各路神灵，向他们说明做法事的原因，请他们帮忙，又用咒语恐吓道路鬼，责怪它不该把老瓜头引到一个不为人知的地方，说如果不把他带出来就要惩罚。随后，他在火塘中撒了一把柏枝，把羊皮鼓拿到柏枝燃放的青烟上，边晃动边念诵经文《神鼓》。经文说：

天皇阿巴木比塔
自古传下千秋鼓
现在继承是新鼓
天皇阿巴木比塔
杉木板凳上面坐
前有九沟的山水
后是九匹大山梁
九沟山水在眼前
九匹山梁都知晓
天皇阿巴木比塔
驾鼓寻人是心愿
带我前去看真切

念毕，祭起皮鼓，朝门口一抛，羊皮鼓随即弹跳而起，不紧不慢地向门外奔去。老释比喊一声:“跟鼓走!”即在小释比的协助下,跟在鼓的后边,热滋、木心他们则紧随在老释比身后。

鼓在经文的节奏中自行前进,快慢由老释比的法杖控制。它朝着西南方向跳跃在弯弯的路上,从石板路上下去后,又跳过溪沟,沿着上山的小路向上跳去,穿梭于森林间的小径上。到正午时分,把人们带到了木心他们冬天狩猎的筲箕塘。

筲箕塘正是一年中最葱郁的时候,虽是晴天,森林里仍显得很昏暗,老释比说:“应该已快找到了,休息一下!”边说边把法杖插在地上,说一声“停!”鼓就靠在法杖边不动了。一行人坐下来,横七竖八躺靠在厚厚的落叶上,边抽烟边轻声说着话,只有老释比一脸严肃,像已知道事情不好。过去一杆烟的时辰后,老释比又喊一声“起!”鼓再次自行向上边的一座悬崖跳去,大家一见,只好跟在后面。

鼓跳到峰脚下后,又向崖壁间一条山羊踩出的痕迹跨跳而去,在悬崖中间的一个岩洞里停了下来,老释比说:“就在那里!”说完坐在一块柴疙瘩上,一下子感到自己瘫软无力,吓得大家面面相觑。等一会儿,见他缓过气来,才抬头看上崖壁的路,立刻觉得人不可能上去,认为老瓜头也不可能行,心里开始怀疑,正犹豫,老释比说:“相信神鼓!”说完又念了一段经文。

人们才决定去看个究竟,但除一条线一样细的羊肠道外,再没有其他连接岩洞的路,说:“只有马风能上去!”提议由他去看,马风正要走,阳生说:“我在山上生活过几年,这崖壁能上得去!”说完就和马风一起,跳上一个小岩台,抓住一根藤子一荡,飞到崖壁中间,又贴在石壁上向前挪去。刚到洞口,鼓就自己退出来,跳到了老释比身边。他们钻进洞中,看到里面很宽敞,形状像一间石屋,里面有一张单人床一样的平台,老瓜头正睡在上面。

马风立即回头大喊:“在这儿!”又喊:“瓜头爷……”接连几声都毫无反应,走进一看,人已死去,连忙退出来,惊慌地对老释比说:“高头爷,他死了!”老释比一听,连忙说:“不要动他,你们先下来!”叫木心他们砍下两根树干,做成一架梯子,搭在崖壁上时,刚好能到达洞口。

老释比让木心和热滋一边一头扶好木梯,小释比和他一起上去,一前一后爬到洞口,钻进去一看,老瓜头的头朝西躺在平台上,脸色安详,像是自己走进去躺在上面入睡了一样。他念完几篇《安魂经》说:“按习俗应该为他净身和火化扬灰，先回去，明天再来抬他回寨子！”说毕退下木梯，让小释比提着羊皮鼓，带着一行人向山下走去。

回去后，木心和热滋到老瓜头屋里，找到一件新麻布衣服，柳馨娘送来了一双布鞋，有人还送了一顶狐皮帽。他们都觉得他不容易，又不知道还有没有亲人，对他来到山神谷并以神秘的方式死亡，感到迷惑不解，第二天上山准备为他举行葬礼时，寨子里的男子都去了。

到达崖壁下，小释比先上去，烧纸和燃柏香，通明相关事项，说：“我受爹的委托前来主持仪式，不是他要这样做，是祖师爷的意思！”说完让柳馨爹上去。他上去后，在洞里点燃一把草药，又撒一些药粉，才让下面的木心递上一盆水，走过去为他净身，想给他换上新衣服后再放下崖洞抬到火坟场焚烧。

当擦洗完胸部，翻过身准备擦洗背部时，突然发现老瓜头长着一截肉尾巴，但已经干枯得像一节枯枝，感到很奇怪，小释比把看到的情况向下边的人一说，木心立即就想到了老瓜头曾经讲过的一个故事，赶紧说：“不忙动他！”

故事是关于戈基人的，他记得老瓜头讲故事的时候，是前年过春节时的一个夜晚，他们喝了不少酒，带着酒意，戈基人的事是他主动讲的。他说，远古时的那场战争后，其实戈基人并没死完，两支部族间最后实现了和解，羌人与戈基人共同生活，双方和平相处，后又相互通婚。但在文化与生活习惯上，戈基人渐渐就融入了人数更多的古羌族群里。

但木心问他“现在还有没有戈基人”时，他总是说：“还有最后一个保留着原始的基因。”但不说是谁，只说真正的戈基人有一个特征，即长着一截尾巴，但尾巴会干，干的时候便是生命终结的时候。他说：“所以，戈基人都知道自己什么时候死！他们会在死前找一个隐蔽的岩窝，到时躺在里面，自己送走自己的一生。”

想到这些，木心又喊一声：“他就是最后的戈基人！”随后，柳馨爹和小释比退下崖壁，和大家议论处理方法，族长说：“得尊重他的习惯，我看就葬他在岩窝里为好！”得到大家同意后，他们又走到崖壁上的洞中，给他穿上新麻布衣衫和鞋子，把帽子戴在头上，抚平沧桑的脸，让他平躺在石床上如熟睡一样，才烧起柏枝，由小释比念《丧葬词》。退下去时还砍断了那根可以当绳子的藤条,烧毁了木梯。族长说:“他可以安静地睡了,我们下山!”带着一行人回到寨子,把情况说给老释比听,又叹息一阵,才各自回家。

接着,族长召集起山神谷中的几名老人商量老瓜头的后事,认为他的房屋、家当、土地上的罂粟、玉米总得有个处理方案。但商议半天,也没有合适的办法。最后,族长突然想到阳生,说:“老瓜头来时,我们弄好那间房子给他住,还让出一些田地,现在他又把它们留了下来,如果阳生要留下来,干脆交给他管理看行不行?”几个老人相互看了看,认为没有什么不妥,只是不知阳生作何打算。族长便让人去喊他。

不久,阳生和木心一起走来,族长问:“下一步想到哪里去?”阳生说:“我也不知道,已从前来做生意的挑子客那里打探到一些信息,追杀他的那支部队又被另一派消灭了,现在已很少发生战争,好似统一了。”又说:“也不知到哪里好,在草生家住又不是长法!”族长就把处理老瓜头的房子等想法说了,他一听,觉到很好,但又不好意思无故接受山神谷人的馈赠。于是,大家又一起争议半天,阳生最后才同意。

过了两天,阳生请木心帮忙,把石屋收拾得干干净净,在床上铺好从雪隆包带回的熊皮,又从牛肋巴那里抱来一床被盖,住进了老瓜头遗留的家里。

忙完老瓜头的事,地里的鸦片也快到了收割的时候,寨子里的人便开始做准备。花老板不再到寨子里,收购和运送由草生负责,他已成为远近闻名的烟老板,养一群骡马,由一支装备快枪的队伍押送。平时,那些人居住在他家院坝边搭建的房屋里,负责在门边的碉楼上站岗,也到地里巡逻守护,顺便保护地里的庄稼不受野物侵害。

眼看离收割还有几天时间,木心觉得该去约一下柳馨了,他从雪隆包回来后忙于寻找老瓜头和随后到来的事情,有些冷落她。清晨起来时,看到天气很好,对他娘说想去林中采野菜后,吃过早饭,就背着背篼走出家门,从坝子边拐弯走到柳馨家,见她正坐在门槛上绣鞋垫,说:“一起去采羊耳葱!”说完看着她,心里痒得像蚊子在咬。柳馨不说话,到屋里放下针线,不久便背着背篼走了出来。

采摘羊耳葱的地方在牛场后的草坡上,很远,要爬半天才到达,木心边走边砍下一些山杨柳枝,把皮子剥下来,撕成许多细条,塞在腰间做绳子,又给柳馨弄了一些。到牛场的岩窝棚子时，木心说："休息一下再走。"带她坐在岩窝顶的石板上，从溪边接回一小皮口袋水让她喝，又向她讲述那次自己在林中挖药时，草生讲的事情，吓得她直往他怀里靠。俩人便抱在一起，很久后才站起来继续向山梁爬去。

到草甸上，羊耳葱如羊子的耳朵般长得满坡遍野，他们将它们雪白的根一起扯出来，一把又一把地捆扎好，捆好后又丢进背篼里，边采边朝上爬，到背篼快满时，已到达梁坡上和太阳谷人一起联欢过的草坪。他们把背篼放下来，一起走到岩边向下一望，青翠的山谷雾气升腾，透着一股凉意，立刻又转回来，在背风的地方靠着草坡躺下，木心说："到下午再回去！"

俩人轻松自在地享受着充实的时光，柳馨让木心讲去雪隆包的经历，心里升起许多仰慕之意，看他的眼睛也带了无限柔情，目光像水一样流淌在他身上，又转化成火辣辣的感觉，让木心觉得身上像太阳的光芒在爱抚。他们以柏拉图的方式爱过一阵后，才起身离开，木心将羊耳葱一起装到自己的背篼里，让她背空的，说："下山的路很陡，你空手走吧！"

他们从牛场东边的另一条小路下山。路其实是一条草径，顺梁子而下，一边是茫茫草甸，一边是茂密的松林，人正好在草和树的分界线上行走。走完陡峭的岩坡，便是稍缓的草坡，路变得好走起来，木心和她并排走在花草上，握住她的手，穿梭于稀疏的杨柳树之间。正要跳下一道草坎，下面突然窜出两只像狗一样的动物，灰黑的毛油光闪亮，木心喊一声"豺狗！"立刻吓得柳馨双腿打战，只能被扶着走。

这时，木心才想起已转了一大圈，还没有看见那群牛，因为火地上已种鸦片，春枝在夏季会把牛赶上牛场，只在下山的路口设置一个木栅栏阻挡。他觉得奇怪，但没有说，走不远又闻到一股腐肉的味道，感到不好，便让柳馨在草台上等着，自己钻进一丛灌木后的蒿草中，刚走几步，一群苍蝇就"嗡"的一声，黑压压地飞起来。他赶紧跳过去一看，果然是一头牛，已被吃得只剩下半只骨架，立即转身回到柳馨身边，说："回寨子报信！"背上背篼拉着她就向山下小跑而去。

到寨子后，木心把柳馨送到家，放下背篼，到族长那里把事情说了一遍，还强调说："光看到的豺狗就有两只，牛一头都没看到！"族长听后并不慌张，春枝却紧张起来，说："快去看看，没有了牛……"说话时眼里已含满泪。

族长就让木心去通知马风和热滋，又说："把阳生也喊上！"等他们都到了，才安排说："你们组成狩猎队，上山去找牛。"

几个人一听，即分头回去准备好枪和馍馍、酒、干肉。第二天一早，又拿上羊皮褂子，在议话坪集中后快速向牛场爬去。

他们到岩窝棚子放下东西，就沿着一条横向的蒿草路向东查找牛群的踪迹，到木心看到死牛的地方时，听到有响动，悄悄潜过去一看，几只豺狗正在撕扯牛肉，举枪就打。枪响后，豺狗像中邪一样奔跑起来，有三只落地后又向坡下栽去，躺在草丛中蹬几下腿就不动了。另外几只则连跑带滚，风一样向岩坡上逃去。

他们看到打死三只，想它们已受到惊吓，暂时不敢再去整牛，于是返回岩窝棚子吃过晚饭，又在火灰里埋入一块干肉，烧好后边吃边喝酒。热滋说："豺狗看来不少，也不知还有没有未被吃掉的牛！"提议明天先找牛，遇见豺狗朝死里打。三个人又说了一些豺狗曾经吃完牧羊人，也就是阳生他爷爷的羊群的事，觉得那些小东西很厉害。"你们想，专掏屁眼，把肠子都会拉出来，如果整人，那还了得！"木心说完，几个人就倒下睡了。

第二天，他们从牛场开始找牛，通过对比足迹确定行走的方向后，开始向东北方的草坡寻找，在几处岩台下的山杨柳树丛中，又发现了一头牛的骨架，心想，可能已没有活牛了。又继续前行，走到两座岩坡之间的草沟里时，突然传来了牛低沉的吼叫声，他们精神一振，小跑着上到坡梁，向沟壑里一看，立刻惊得目瞪口呆。

草沟里三面环绕着几十米高的石壁，只有一个入口通道，里面是一块不大的草坪，五头母牛和四头小牛倒在地上，草已啃噬干净，一头公牛蹬着八字脚，头朝外，两只角刀一样指向外边的几十只豺狗，随时准备一击，角上还粘着血，旁边倒着三只死豺狗。他们一见，立即躲到一个草坎背后，露出头，举枪就是一阵点射，但只打死了七只，其余的拼命似地跳走了。随后，他们跳到草沟内，那头公牛见到人，头一歪就倒了下去。热滋进去一看，牛都还活着，只是饥渴得瘫软了。

"看来已对峙好几天了，牛都瘦得不成样子了！"木心说完，叫大家到草坡上割下一堆嫩草，又去沟坎下接了一皮口袋水上来，分头蹲在牛前面，一点点给它们喂，弄了大半天，才让它们歪歪斜斜地站立起来。到傍晚，见牛已能走路，便赶着它们走到岩窝棚子，卧在前边的草坪上栖息。

眼看一时收拾不完豺狗，木心又回到寨子搬援兵，把猎狗也一起带上了山。然后，一群人从红岩子前的山梁开始，用包围的方式向下围猎，赶到寨子后的林子里时，豺狗被围成一团，有百来只。它们惊慌失措，见人狗紧逼不舍，便奔向溪沟，随即又向对面的山峦冲去。人群追击到寨子，又换一批男子向上撵去，狗也越赶越欢，草生也在其中，他跑在最前面，边跑边开枪。又打死三十只后，豺狗群更加恐惧，一直跑到筲箕塘，又朝一条悬崖上的小路跑到山峰上，翻到后边的阴阳谷地界去祸害了。

这让阴阳谷人非常气愤，他们认为是山神谷把豺狗赶到他们那里，才造成巨大损失，以至成了后来冲突的引子。

二十七

赶走豺狗，地里的罂粟已经熟透，收割便成了山神谷最重要的事情。开割时，全寨人都走进各自的地里，按收割顺序刮取罂桃上的浆，到下午，许多人家里都收获了一大木桶。把汁背回家里，倒进铁锅里熬，直到洁白的汁液变成黑色的浆，稠得像糨糊，才铲出来做成长方体形状的烟膏，一块块放在木板上。全部收割完毕后，又卖到草生那里，烟膏立即就变成了沉甸甸的银圆。

草生已经坐大，是远近闻名的富商，一直和花老板联手，专门负责组织收购鸦片，再由运输队武装押运到成都府的烟花巷，由花老板销售，平时则收购山野里的动物皮毛、药材、麝香、灵芝、雪莲等名贵物品运出去销售。同时，也把外面的日常用品运进来，为交易方便，他在磨坊前沿溪涧的一溜草坪上依山修建了一排房屋做商铺，在出入口派人守卫。

见罂粟收割又已开始，草生在大家开刀割桃后，即忙碌起来，他走到每家人的地里，查看收割情况，带着请来的割烟师，边看边指点。

大半年风调雨顺，罂粟长势特别喜人，加上种植面积扩大，收入将是上一年的十来倍。草生满心欢喜，走到香春家的地里时，见她一人站在那里，还未开始收割，问："这么好的鸦片，怎么还不割呢？"香春说："没有人手，爹不会割！"说完露出愁容。草生又望了一下地里密集的青色烟桃，说："这样吧，我让人来割，你守着就行，到时只管背银圆回家，不收工钱，看行不行？"香春一听，心想，大家都在忙，一时也请不到人，错过时令会损失不少。回答说："当然可以，就是太麻烦你，不好意思！"草生说："那有什么，反正都卖给我，我还能赚很多钱的！"

第二天，草生请到两拨从外面来的人，分成两组帮香春收割。他们都是熟练工，收割中按快、狠、准的方式，收割后的烟桃子乳汁点滴不剩，一天下来，地里的罂粟已割完一遍。一大桶烟汁随后被背到草生的院坝里，香春也跟着，她见烟汁倒进用三块大石头顶着的一口大铁锅后，便主动抱来一捆干柴蹲在灶门口前烧火。不久，熊熊的大火即燃烧起来，一会儿，锅里就腾起热气，汁液由白变黑，最后稠成了一锅糨糊。

他们将它们铲出，放在几张木板拼成的面板上，做成正方体，等凝固后，用秤称好重量，又按通行的价格，当场付给了香春一堆银圆。银圆沉甸甸的，香春装在一只麻布挎包里，高兴地回到家，把银圆放在一个用柏木做成的箱子里，用一把锁锁住。

半个月后，地里的罂粟收割完毕，木箱里的银圆也已装满，正好一千个。香春从未见过那么多钱，反而心里很恐慌，像有一种不好的预感，他爹却好似对那些钱毫无感觉，一如既往地过着怯懦的日子。香春想，应该用卖鸦片的钱改变一下家中的面貌，为她爹置办一些绸缎做的衣服和被子，同时也打扮一下自己，还想为热滋买些什么。想到热滋时，脸上烧呼呼的，透出两腮的红晕，如罂粟花一样艳丽。

第二天，她走到磨坊边草生修建的商铺时，正人潮如流，沿溪的一大溜草坪已全部变成交易场所，到处一片喧闹，和往年相比又热闹了很多。香春才想起听到过的话，说每到罂粟收割季节，山神谷都是一个大集市，“成都有什么，这里就能买到什么”已是一句口头禅。心想，果然是这样，难怪大家都称这里为“小成都”了。

她走进人群，看到草生修建的商铺里，摆放着很多东西，有银饰、布料、做好的成品衣物和其他日常用品，一些房屋则开成吆店子，供客商居住，挑子客、背夫、脚夫也云集而来，各人找个地方放下挑子，吆喝着做生意。香春慢慢地走，看着五彩纷呈的东西，目不暇接，正准备回头去选一些自己中意的货物，突然听到那边有人喊：“看西洋镜，看西洋镜……”

回头一看，草坪边的一块石包前，已围起一堆人，一个三脚架支在那里，上面顶着一个箱子，箱子上搭一张红布，有人正将头伸进布里，也不知看到了什么，围着的人则伸长脖子看那人。过一会儿，那人缩回自己的脑袋，只说：“好看，好看！”却不说看到了什么，接着又一个人钻进去，看许久才退出来，笑一笑，也不说什么，径直走了。等一会儿后，香春也交了两个小钱，把头伸进去，那生意人立即摇动一个手柄，随着手柄的转动，香春就看到里面闪过许多画面，一个男子和一个女子手拉着手在走，到河边后，便停下来抱在一起亲嘴……弄得她很不好意思。缩回头走到一个百货挑子客那里，选半天，却只给热滋买了一把打火机。

带着打火机走向热滋地里，见空无一人，鸦片已收割完毕，地里尽是割过的桃子，遍身伤口已变成黑色伤疤，支棱在枝条上，在风中瑟瑟地抖动，透出落寞的凄婉。香春离开，转回去经过春枝的地里时，看到有两个人正在地中，一前一后地收割最后一小片烟桃子，在夕阳下组合成了男耕女织的画面。就走过去，一看却是热滋和春枝，心里一下痛楚起来。心想，在她娘麻伊子死后，自己就把他当成了一座靠山，时常感动于大家都疏远她的时候，是热滋给了她许多温暖和帮助。许多时候，她甚至想把自己全部交给他。但热滋有些善心泛滥，同情她，又去同情春枝，结果就被那个少妇的风韵迷住。

香春很难受，她想要的并不是这些，是更多更深的情怀。但当她看到他们两个人在一起劳作的情形时，只好悄悄转身走开，把打火机装进自己的贴身衣兜里，无精打采地回到了家。然后，煮好饭和她爹一起吃完后，独自坐到坝子里，望着天上的月亮，发了半夜呆。

热滋当然并不知道这些，一个暗恋自己的女子的心很轻很柔，飘在身上如一片羽毛一样，不用心无法感觉。他收完自家的鸦片，就去春枝家，想帮她一把，和她在一起已有说不出的感觉，虽心里痒痒的像有虫在咬，但不知道用什么方法去挠。这天，他已帮春枝收割三天罂粟，眼看就要完成，却被香春看到，不知不觉中，一个人的心已被他伤害了。

他们到傍晚才把最后一片烟桃子割完，收起汁液，提回她的家里，进屋后热滋见族长不在，问春枝："你爹呢?"春枝说："到茂州城开会去了，说是有关禁烟的事。"边说边洗手开始做晚饭，热滋则把烟汁倒进锅里熬，等白色汁液变成黑色糊状，又做成烟膏时，饭已做好。

两人坐在火塘边的三脚前吃，有一个白面锅魁、一碗老腊肉、一盘干獐子肉和两样素菜，吃饭时，他们说了许多话，还喝下不少酒。春枝认为她男人真的已死，说："要不怎么现在还不回来，丢下我一人，儿子也没了。"说到儿子时，她又开始伤心，脸上开始滚落泪滴，热滋立即把话支开，说鸦片的事情，他说："今年都会卖到不少钱，日子会好过不少!"突然想起族长开会禁烟的事，又有些担心，心想，会不会种不成了呢?!

不知不觉间，已到小半夜，热滋站起来告别想走，春枝却突然抱住他说："我很孤寂，一个人总无法入睡，老想儿子，有他心里才踏实。"说完，头已靠在他的怀里,像小猪一样乱拱着。热滋心里又开始像病毒发作一样痒起来,也伸手抱住她,说:“都过去了,有我呢!”说完就搬起她的头找嘴,一口含住,弄得她像患重感冒一样全身打着摆子。水到渠成的情感随即上升到另一个高度,他们变得默契起来,相拥着走进春枝的卧室,在她的引导下,做了半夜男欢女爱的事情。

鸡叫头遍时,他们仍沉浸在相互创造的意境中,粘贴在一起,说些有关未来的计划。这时,狗却疯了似的乱叫起来,隐约中好像还有人的跑步声,纷乱杂碎。热滋说:“是不是出事了,我眼皮跳得很!”春枝安慰说:“不会吧,可能是那些做生意的人到处走动,惹得狗叫了起来!”说完又亲他一阵,正要继续做些有关爱的举动,又传来几声枪响,随即听到有人喊叫着说:“土匪进山谷了!”

随后,窗外已出现马灯照出的光,人们惊慌起来,朝磨坊边跑去。热滋也起来混在人群中,春枝跟在后面,像刚好在路上遇见一样。只是,细心一看就会发现她苦涩的脸,已如春雨过后的桃花般温润。

跑到磨坊,已有许多人聚集在那里,议论着发生的事,说是幸好发现得早,否则大家都会很惨,还多亏草生的几个押运员,及时发现后开了枪,他们才逃跑。原来,那些住在“小成都”的人,经过一天交易,收获丰厚,都心满意足地躺在了床上睡觉。到下半夜,有一个挑子客听到鸡叫头遍,狗也乱叫起来,便出门方便,正张开八字脚把一泡尿射向一棵草,突然背后出现几个黑影,用枪抵着他说:“别动,把钱拿出来!”他一惊,把尿出一半的尿收回肚里,说:“大爷,我光溜溜地出来起夜,钱都在房子里,得回去拿!”几个黑影一见,果然光光的,也不说话,只用枪一抵,示意他快回去。他走在前面,几个黑影跟在后面,走到房门前,他突然一个纵步跳进去,把门一关,杀猪似的大叫起来:“土匪来了,土匪来了……”

喊声惊醒了其他人,随即响起一片喊声,守在磨坊里的几个守卫听见后,提着枪冲出来,隐约看到几个黑影正朝磨坊跑,问一声:“哪个?”见他们不答,却卧在地上打枪,也开枪还击,双方便对射起来。那伙人本想抢劫一番,见有人防守,枪还是快枪,又不知底细,便边打边躲到溪涧边的坎下,逃向了飞水岩。但草生这边的几个人却不敢去追,怕挨黑枪,叫出房里的人问明情况,见没有任何人被抢,放下心,开始在周边走动着巡逻。

过不久，天大亮起来，人们开始散去，柳馨爹也在其中，他走时说：“树大招风，钱多招匪，看来安宁日子到头了！”语气像个先知先觉者。一行人牵成一根线朝寨子里走去，都以为土匪并未抢到什么，觉得以后加强防范就行，大家边走边说着话。到寨门口正要散去，突然听见木心惊恐万状地喊：“香春家出事了……”喊声传到时，热滋也走在人群中，一听，即像被人用针刺了一下，奔跳起来，越过走在前面的几个人，如被追赶的马一样纵身奔了上去。

木心是准备到磨坊查看情况时无意间发现香春家出现异常情况的。听说有土匪后，他从屋里出来，心里当心着柳馨，就朝上走去，到她家时见平安无事，一家人都到磨坊去了。他绕向寨子西南角，想经过原来由老瓜头居住、现在由阳生居住的房子喊阳生，走到香春家坝子靠山的土坎子时，扭头一望，看到坝子中扒着一个人，像是香春爹，门大开着，喊几声又没人答应，知道已出事，吓得当即大喊起来。

很快，热滋已到，见木心还在坝子里探头朝里张望，两只脚把裤子也抖得唰唰地响，喊他说：“快进去看看！”率先跳了进去。木心只好跟上，跨到那人身边，热滋正拍他的肩膀，见毫无反应，才把他翻过来，一看正是香春爹，脸已变形，胸口上插着一把柳叶刀，已了无声息。暂时不管他，冲进屋里，一边寻找一边喊香春。屋子很乱，翻得像一群野猪拱过，装银圆的柏木箱子和香春都已不见。随即，陆续赶到的人也加入到寻找之中，但到中午也没有找到香春的影子。

“肯定被土匪抢走了！”赶到的老释比说：“那么精致的女子，被抢去还有什么好事，快分头去追！”热滋一听，猛然醒悟过来，带上木心和阳生立即拿起枪朝飞水岩追去。经过磨坊边时，草生的几个护卫也加入其中，赶到飞水岩向下一望，哪里还有人，只一条飞瀑闪着银白的光，跌落出巨大的轰鸣，水珠飞溅，在两边的石壁上潮湿出一片阴影，阴影中生长的草，凄迷地抖动着。问过从外面进来的几个挑子客，也说没有看到香春和几个人，其中一个还说：“香春我认识，真的没见过踪影！”

热滋想，追是追不上了，只能慢慢打听，那伙人抓她走，就肯定不会在半路上害她，说：“先回去再从长计议吧！”

回到香春家，坝子里已有许多人，香春爹已被收拾整齐，放在两根板凳搭起的一张木板上,脸被清洗后与平常没有什么两样,还是一副卑怯的样子,身上穿的一件阴丹布长衫是全新的,已有一些年份,看来他一直舍不得穿。人们叹息着他的苦命,说:"放着也不是办法,还是去安葬了好!"热滋也觉得这样最好,又站出来当了领头人,当即分工,让妇女把屋里的东西整理好,食物用于葬礼时使用。

随后,柳馨娘负责牵头安排生活,老释比主持安葬仪式,采用铁板算的方式计算好时辰,说:"没有犯忌,今晚就可在火葬场边火化。"男人们一听,立即出发,到山里一人砍回一捆干柴,扛到火葬坟后,又堆放在坟圈的外边,在烧他妻子麻伊子的几块石头中间,架成一堆立方体。然后,再回到香春家中,用一张木板把她爹抬到火坟场,放到柴堆上,让他平躺着。其时,夕阳正散照下来,浸染得四周的青峰带着淡淡红晕,一种凄婉的感觉从花草中滋生出来,让人心里酸酸的不是滋味。

老释比烧燃香,点燃柏枝,边敲打羊皮鼓,边为他念诵古老的《丧葬词》。丧葬词很长,其中的两段说:

……

人既有生也就有死
水要还流来又流走的债
人要还生和死的债
水欠下的债千年万年也还不清
人欠下的债
用成堆的金银财宝也还不完

你到雪隆包上躲灾去了,没有躲脱
你到深山老林中躲灾去了,没有躲脱
你到十二岩台躲灾去了,没有躲脱
你到长长的路上躲灾去了,没有躲脱
你到寨子里躲灾去了,没有躲脱
你到舅舅家躲灾去了,没有躲脱
你到家门房族中躲灾去了,没有躲脱
你到子女那里躲灾去了,没有躲脱

……

一念完，热滋就将一把燃烧的干竹竿塞入柴堆下，火焰随即“嘭”的一声腾起，瞬间就包围了香春爹单薄的身体。人们注视一阵，才开始陆续离开，热滋则回到家里，背出了几坛老白酒。回到香春家坝子后，大家七八个人围成一圈，吃着柳馨娘和其他女人做的饭，觉得心里堵得心慌，边吃边喝酒，好多人都醉了。

第二天清晨，火坟场上的火已熄灭，只有几根残柴上还冒着缕缕青烟。热滋和木心、马风、阳生几个人在太阳刚好照到火坟时走到那里，把已成一坯白灰的香春爹装在一个土坛子中，拿到土坑里和麻伊子放在一起，盖上石板，才默默转身离开，每个人心里都装着自己的心事。

回到坝子，柳馨娘和几个热心妇女已经提前到了，她们将香春的衣物收拾折叠整齐，又放进柏木箱子中，把不易腐烂的东西放在干燥的地方，其余的则清理出来，等寨子有事时统一使用。热滋还对所有东西都进行了登记，他说：“万一香春哪天回来，好归还给她！”说话时声音带着悲戚，忙完后就一人坐在坝子边的石板上，闷闷不乐地抽烟，直到下午春枝来看他，才一起离开香春家门前的坝子。

三日后，族长回来了，他已知道山神谷闹土匪的事，但不知香春家出了大事，回到寨子就和几位年长者商议，他说：“周围山谷里的寨子，也都在种植鸦片，暗地里充满竞争，山神谷因出产最好，已激起许多人的贪欲，听说山后的阴阳谷已计划占领这里，我们得做好防卫准备！”又喊春枝去叫热滋与马风他们。等他们到来后，又把会议内容与听到的事情介绍了一遍，说：“山神谷也要建立自卫武装，大家看怎样做才好！”

商议半夜，最后决定恢复以前平时为民、战时为兵的传统，每一个年轻男子都是战士，一统计刚好有七十人，族长说：“武器由各家自备，必须是快枪，子弹用火地里收获的鸦片烟换钱购买，我当统领，由阳生负责训练队列，任作战指挥官；马风教武术，草生教枪法，木心做联络人。”又决定第二天就开始准备，自卫武装叫“神猎军”。

几人离开后，又到磨坊聚在一起，叫来草生和阳生，商定了组建方法，阳生说：“事贵神速，从受土匪袭击来看，建立自卫武装已很有必要！”说完自行离开，其他人也回去了。

过了七天，山神谷的七十名青壮年男子就集中在了议话坪上，由阳生简单进行完队列训练后，列成一排听族长训话，他说："从今天起，你们将继承祖先的荣耀，是山神谷的保护者，要随时准备一个烧馍馍、一皮口袋水、一杆枪、一百发子弹、一把弯刀、一件皮褂子、一双草鞋和其他需要的东西，要平时训练，战时出征！"说完后，他跳下石包，从队列中穿过，检查每个人的装备，发现枪并不统一，有些还是明火枪后，让草生统计好数据，尽快联系，用部族统一用于公共支出的银圆买一批枪。说："最好有两挺机关枪，那家伙我这次在茂州城看到过，打起来很厉害！"

又过半个月，七十人已训练有素，威武得像一支正规军，阳生用他在部队任军官时训练士兵的方法组织训练，效果很快显见出来。草生联系的枪也已运到，那枪商见做成一笔大生意，一高兴又送了五支盒子炮。把枪配备给神猎军后，一下就像武装到了牙齿。这天，木心到议话坪训练时，柳馨过来看他，一见就心里一动，发现木心从未如此威武，只笑着仔细地看。

木心已按要求统一装束，头上包裹着一张黑色头帕，额头上方的帕圈里插着两根鹰翅，身上穿着一件灰麻布衣衫，袖口做成了紧口。腰带为深红色布条，吊一把弯刀，鼓肚兜里装着成排的子弹。他下穿天蓝色裤子，小腿上打着麻布绑腿，脚上是一双结实的草鞋，肩上挎着快枪。柳馨边看边和他一起朝议话坪走，到后一看，每个人都是一样打扮，他们排在一起，出枪、踏步，弄得惊天动地，尘土飞扬。

神猎军每天坚持训练半日，从清晨开始到午时三刻，队列是基本内容，每天都要站半个时辰，其他则轮流进行，由草生和马风一人一天，分别教授枪法和武术。对于枪法，山神谷的每个男子都有基础，草生把掌握的技巧讲给他们听，经过几个月练习，都有了百发百中的本领。马风教授的马家拳，则要慢得多，他就走近路，除让大家坚持练习基本功外，专找实用的动作教他们，几个月下来，一个人也能弄翻三五个人了。

到了十月初一，山神谷除开展传统的祭祀牛王菩萨，进行感恩还愿和其他娱乐活动外，又多出一项对神猎军的检阅。这天，人们祭完牛王神，便集中到议话坪看比武，阳生首先出场，他指挥队伍排成一个方阵，进退转向，站立卧倒，变化自如。接着是马风，他带领大家打了一套马家拳，打得拳脚呼呼生风，又演示擒拿摔跤，看得人眼花缭乱。最后由草生指挥射击，队伍十人一批，趴在一个田埂上，百米外插着一排点燃的香，枪声响过后，香头已依次熄灭了。

演武完毕时，已到黄昏，人们烧起大火，喝咂酒、吃羊肉，跳锅庄，因为有了自卫队，山神谷人们心里就踏实多了，欢快到深夜才散。

同时，山神谷在训练自己的武装时，还展开了对防御工事的修建，寨子依山临崖，在路口矗立着千年碉楼，本身已具备防御功能，只在原来的基础上增加了一些射击孔。防守的重点在飞水岩，那里是进出山神谷的唯一通道，也是一道天险，族长和阳生他们认为，守住那里就等于守住了山谷，便组织寨中的石匠，在崖壁上修建关楼。

关楼建在飞水岩上，墙体用石头砌成，村中的石匠拿出最精湛的传统技艺，把墙体砌得坚固如铁，厚两米，朝外的一面全用石墩扣成，光滑如壁。在路口则留出大门一座，门仿照茂州城门做成，坚硬的桦木板有几十厘米厚，两扇门板下装着木轮子，推上后在后面横放一根碗口粗的木头，加上门外就是悬崖上盘旋而下的石梯，最多只能并列两人，无论如何都是推不开的。

城墙高六米，以石梯通到墙顶，朝外的一方修建有齐腰高的垛口，又在墙顶上铺着石板，搭了一座简易城楼。

工程用三个月时间才完工，族长和马风他们站在关楼上，临渊而立，只见一片雪花般的水跌落下去，崖底雾气腾腾，沿南边的峰崖錾凿成的石梯曲折而上，延伸到与关口齐高时，又线一样横向城门。阳生说："真是险，在这上面架上机枪和几只快枪，千军万马也休想通过！"当即建议既然修好了关楼，就该派人驻守，说："三人一组，由神猎军轮换守卫。"族长说："行，军事由你指挥！都得听你的。"又问马风和木心他们有什么看法，见没有异议，说："就这样定了。"

过了一段时间，他们又在关楼后边北崖间一块倒斜向上的崖壁下，修起一座营房，里面搭一排木板床，铺上青稞草，草上再铺着牛皮，可供几十个人休息睡觉，一座完整的工事建成了。

建成后，寨子里的人都来参观，一些女人站在城墙上向下一望，就吓得尖声大叫，同时在心里却生出许多踏实来。人群中，柳馨爹一脸平淡，他观看了好一阵，做出若有所思的样子，转悠半天才说："如此雄壮的关楼，该有个名字！"族长立即接话说："就是，名字由你取！"他不回答，只叫人在关门前搭好一根木梯，随手从地上捡起一粒木炭，爬上去在大门上方用行楷写了“飞水关”三个大字。退下来才说：“刻出来，填上红颜色！”随后，一个石匠爬上去，开凿了两天，字凿完后又把字填成了红色。

做完有关军事上的事后，眼看已到腊月，族长说：“又快过年了，大家各自做些准备吧！”香春家被抢劫后，山神谷建“神猎军”的事已传向四面八方，土匪也没有再来打主意，日子似乎又恢复了平静，草生便邀请马风几个人，准备到外面置办年货，他说：“这次到绵州，那里热闹得很！”心想，好久没去过那里了，自从在九峰山上学会黑山术，已有许多年时光，去看看师父也好，也许还会有什么意外收获。

“好好在家陪你娘！”出发时，草生对山神保说。他长着獐子脚的儿子已经快十岁，越长越像獐子，性格孤僻，走路像跳芭蕾舞，有时还纵跳而行，速度很快，狗也追不上。听见他爹的话，也不理会，躲到院坝边一丛树下的枯草坪上晒太阳去了，草生不再管他，插上盒子炮，和几个人牵着马和骡子走向了飞水关外。

一行人经过茂州城，走松岭关路，翻观音梁子，到绵州后找一家客栈住下，晚上又到一家酒馆喝酒。才坐下，草生就听到有人正在说他的师父，大概说他已失踪，其中一个人说：“听说去了千佛山，一去就没有回来，昨天还遇到从山上下来的人，说是山里也没有见过他！”另一人则说：“管那么多做啥子，弄不好黑山把自己黑死了，喝酒！”但草生很在意他们的话，走过去接住话题，敬上几杯酒，又了解到很多情况。

第二天，他就动员其他人一起，请一辆马车，沿着尘土飞扬的黄土路赶到九峰山脚下。他让马车在山下等，自己带着一行人向山中爬去，转弯抹角两个时辰，才到达他师父居住的地方。走入隐藏在松树与杂树相间的岩台一看，果然已很久没有人住过，草棚上的草已被风揭去不少，门虚掩着，走进去就感到四面透风，棚顶筛子一样露出星星点点的蓝天，床已塌陷一角，柱子间拉着蛛丝网。落寞的感觉一下子升上草生的心头，他退出去，站在岩台边望着万峰千壑，在心中把那几个月的时光，回忆了一遍。

走时，他想，那古怪的老人已不可能回来，便点燃一把火，把草棚子烧了，等火熄灭后才下山，见马车还等在那里，招呼大家一起坐到车上，伴着破碎的马蹄声，黄昏才回到客栈。

接着，他们到街上玩了两天，喝盖碗茶和听人说书，知晓了许多事情。绵州已由另一派军人掌管，说是已不再打仗。草生想，阳生也不用再怕，应该回来找那个小姐。又转到他们放“锅拐”的地方，但深宅大院已变得破败起来，见转眼就物是人非，心里又感慨一番后，说：“明天买东西，后天上路，回去要走五天，春节已快来到！”找一家饭馆吃过饭，回到客栈便各自睡了。

天明后转到集市，选购了布料、盐、茶叶、竹叶青酒和其他过年用的东西，分装成十二口袋，见时间还早，便两口袋一驮搭在骡子背上，就朝西走，在一家骡马店住了一夜。第二天一大早，他们又开始翻山，到达观音梁子时天已快黑，让骡马停止下来，观察一阵后才走到梁子上的一个长岩窝，把货放进里面，骡子牵到林中吃草。草生说：“把火烧燃，煮饭吃，今晚就在这里过夜！”说完，自己却躺在岩窝里的干草上吸纸烟。

夜里，他们喝了很多酒，一个人说：“喝完算事，难得背。”最后，便带着醉意，颠三倒四地和衣躺在岩窝里。

日子正好是腊月十五，月亮圆圆地贴在天上，特别大，也特别亮，白晃晃的月光洒在地上，如天晴时清晨的霜。几个人正睡得香甜，突然被一队人马惊醒，起来一看，原来是另一队人马到了，看样子不像客商，和他们一样是哪个部落的。也不和他们搭话，把东西放在长岩窝的另一头，开始生火煮饭，后来又划拳赌酒，闹得不可开交。

草生他们很不满，正想过去说事，骡子却大叫起来。原来，那群人的骡子和草生他们的骡子遇到一起，不知什么原因打起了架，它们一对一地人一样站立着脚踢嘴咬，边打边嘶鸣。那边的人立即跑过去拉架，却只照着草生他们的骡子打，草生一见，跳起来奔过去就将一个正在挥舞柳条的人摔翻在地。随即，两群喝足酒的人一拥而上，在梁子上的草坪中打成一团。

那边本想占着人多势众，将草生他们一举制服，但没想到有马风，他跳进人群，使出看家本领“马家拳”，又把一根棍子当枪使，几下便将对方放倒一片，那领头的被打得特别严重，被马风抵在一棵树上，像打沙袋一样揍过几十拳后，已瘫软在地动弹不得，大喊：“停下，服了！”大家才住手，把骡子分开拴在林中，各居一边，愤愤地睡了。

天明，草生他们正准备起身，坐起来才发现已被无数枪口指着，问：“什么意思？”对方说：“你们打伤了我们的领头人，要给个说法！”马风一看，那个被打得惨重的人果然歪歪斜斜的，已站不成人样子，说："都出手，你们也打不过我们，你们不是已说过服了？"那些人说："拳脚服，但枪不服！必须得有个说法。"相持中，马风知道他快不过枪，他们的枪又在驮子里，一动就会被打成筛子。正不知如何办，另一队骡马恰好走到，一看架势，立即停住脚步，观察一会儿，才小心上前劝说。

最后，在第三方的调解下达成协议，对方要求赔一匹骡子用于驮那个人，见没有办法，草生他们只好答应，把十二袋货物装成十袋，搭在五头骡子背上，由马风断后，才警惕地朝梁子下走去。

路上，几个人闷闷不乐，感到有些吃亏，草生挑逗说："以前从没受过这样的气，现在我们已有'神猎军'，反而这样！"说应想法报复一下，只是不知道用什么法好。其他人也一言一语地附和着，走过山下的溪沟开始翻土地关时，草生说："翻过去就是茂州城，他们也会钻进不知哪条深谷中，再不下手就得吞下这口恶气！"

一行人被愤怒弄得有恃无恐，好勇斗狠的狼性被一场变故激发出来，便决定在土地关警告一下他们。事情由马风负责，他让其他人赶着骡马先走，自己在关口埋伏起来，想到不远已是州府，关下的驿站里驻有兵，枪声一响会引来军队，便决定用飞镖。

他躲在关口的一块石头后，探出头望着通向关内的小路，不久就看见那些人蜿蜒着正走上来，很是小心，手里的枪看样子子弹都上了膛。接近关口的地方是一个长着杂木树丛的岩坡，路从中间向上，如斜拉的线一样牵来。当一头骡子驮着那个被打伤的人拐上一台石阶时，马风打出了一支飞镖。一道白光闪过之后，刀已插在鞍子上，吓得骡子一惊，前脚抬起，背上的人向外一歪，落下时正好把它朝岩坡下拖去。走在后面的人一见，立即丢下枪去拉，但被路边的树枝绊了个跟斗，只好眼睁睁看着人和骡子一起向岩坡下跌落而去，一人一骡滚得像两块柴疙瘩，瞬间就已翻到了坡底。

马风一见弄翻了人，立即梭到坡后向茂州城跑去。追到草生他们后把情况一说，都觉得不妙，也不敢在城中住，只管连夜赶着骡子一心朝山神谷赶。

二十八

那群人见事发突然，立即将骡子牵到关口上的一小块草坪里，由一人看守，跑到下面一看，人和骡子都已全无呼吸，很意外。正寻思骡子受惊的原因，看到一把飞镖插在鞍子上，大声说："有人暗算！"拔出镖一看，上有"山神谷马风"几个字，又说："是山神谷的人干的！"不再要死骡子，只抬着人和收起那支镖，赶向茂州城向官府报案。

他们是阴阳谷的，和山神谷一样没有入州归流，州官并不想管，推托几天，只象征性地到土地关前后搜寻一番后，就不了了之了。他们见破案无望，只好带着一具尸体回到了谷中。

尸体一到就在阴阳谷引起愤怒，那人正是谷主的儿子，一家人捶胸顿足地哭过半天，按传统方式焚烧安葬后，将全寨人集中到议话坪，听一同出去的几个人把事发经过说了一遍。当然，他们隐瞒了先用枪指着对方的事，说完又拿出飞镖交给谷主。他接过一看，见是山神谷人干的，说："上次赶豺狗过山还没有去说理，现在又杀死我儿子，也就是你们未来的谷主，此事决不罢休！"经过表决，一致同意对山神谷开战。

征战工作立即开展起来，阴阳谷人多势众，三天时间就集合起三百人的队伍，他们都是部落里的武士，好勇斗狠，对战争有一种天然激情，每个人都使一把大刀，背着枪，装束如远古的战士，身穿牛皮褂子、黑色麻布长衫，包毪子绑腿，宽余草鞋，系黄色腰带，头上盘着白帕子，插一根野鸡翎，出发时发出"荷、荷、荷……"的喊声，威武气盛，只是枪多是明火枪，快枪很少。队伍浩浩荡荡地从山谷出发，又沿岷江河北进，到山神谷入口时，休息后又转到太阳谷。

那天，正是腊月二十一，热滋和其他人正在议话坪上练武，突然有人跑来说："阴阳谷的人已打过来！"说完又跑去报告族长。族长一听大惊，心想，就要过年了还打什么仗呢！连忙吹响牛角号，不久就把全部人马集中到了议话坪里。见大家已到齐，他站到一块大石包上说："阴阳谷的人来袭击我们了，事是草生他们引发的，他们对我们出产鸦片本来非常妒忌，一直有争夺之心!”又说,他们明天晚上便会到飞水关下,估计后天一早就会攻打,由阳生组织神猎军准备出征迎战。

经过一夜准备,出征定在腊月二十二日清晨,七十人的神猎军排列在议话坪上,在人们的注目下弥漫着悲壮的气氛。队伍呈一字长蛇阵排列,热滋在最前边,随后是马风和木心,每一个人都表情凝重,在族长的指挥下跳“出征舞”。他们踏跳着整齐的步伐,斜背着枪,右手举着弯刀,边跑动边一上一下地挥舞,嘴里发出“嗬哈、嗬哈”的声音。在议话坪跳几圈后,热滋领头跳上山路,向飞水关踏步而去。路上,寨人已分列两旁,手里端着酒为神猎军壮行。

春枝也在人群中,她见热滋踏跳过来,立即上前,把一碗酒递给他,等他一口喝下,又把一个从老释比那里要的护身符给他挂在脖子上,然后含着泪拥抱他一下后,才退到路边,和其他人一起唱着《出征歌》送行。其他老人、女子也一样,向前去征战的人敬酒、送护身符,生离死别的氛围瞬间渗透在空气中,压得山风也沉重了起来。

神猎军踏着《出征歌》的节拍,向战场走去,歌词唱到:

山神啊
保佑我们的山水
没有了山水
我们怎能活
为了土地
为了山水
为了子孙
我们要出征
此去不知能否把家回
保佑我们战胜敌人平安归
……

歌声雄壮婉转,让人肝肠寸断。

队伍开到飞水关,立即将关门紧闭起来,由神枪手守卫在城墙上的垛口后,又派马风带领几个人出关前去侦查。

他们走到离关二十里的地方,远远望见一队人马蜿蜒在松茂古道上,立即让大家爬到路坎上的一个高坡后隐藏起来，等他们走近一看，有好几百人，举着的一面旗帜上写着“阴阳谷”三个大字。他心里一惊，觉得那支人数量太多，很不好惹，又仔细观察，发现他们的枪支并不怎样，三分之二都是明火枪后，才安下心来。

随即，他悄悄地说：“撤回去，沿坡背赶紧跑到后面的山梁，他们就看不见了，快！”带领几个人立即返到坡后向回转，一路小跑着回到飞水关后，把情况说了。族长听后说：“不能大意，他们的人有我们四倍多，大家商议一下看怎么办？”阳生说：“我们防守，他们进攻，有险要之地可依，问题不会很大！”草生、木心和其他人也认为是那样，最后决定发挥神枪手的优势，由十人卧在城墙垛口后，每个人由两人协助递枪装弹，共三十人一组，分两组，其余十人负责警戒联络，同时作预备队。

准备妥当，崖下已传来人群喧闹的声音，一看，阴阳谷的人已赶到，黑压压的一片，他们对着飞水关指点了一阵，便在崖壁下的水潭边搭起帐篷安下营寨，还在空地上烧起了大火。夜幕下，阳生看见他们围着火堆，跳着武士舞，喝酒唱歌的声音穿过空谷传来，感到气氛很紧张。他让大家不要轻敌，说：“可能是想迷惑我们，可能偷袭！”让神猎军立即加派岗哨，其他人回营房休息，一听到枪声就立即投入战斗。

天刚亮，阴阳谷的人开始发起进攻，先是派人送了一份“开战书”上来。书上说：“尔谷逞强，前番赶豺狼过山，祸害吾谷，今番又打死谷主儿子，此次前来讨伐，如认错归伏，交出凶手，即可撤兵停战；否则，攻入关内，人畜不留！”族长听柳馨爹念完战书，思索着没有说话，草生怕族长改变主意，把他交出去平息战争，自己就完了，也不等族长命令，一把拖过下书人，说：“是你们先动的枪！”一刀割下那人的耳朵，吓得他捂着头惊叫着跑了下去。

跑到下面，把事情一说，立即引起一片愤怒，阴阳谷人感到又增加了一分耻辱，立即朝关口上放枪，并调动五十人开始发起了攻击。

一队人跑到崖壁下，然后沿着石梯向上冲，一人抱着一包火药想炸开关门。阳生他们居高临下，阴阳谷人的一举一动都看得清清楚楚，等他们冲到离关口有五十来米时，他命令说：“准备开枪，但不能打致命的地方，先吓吓再说！”说完喊一声：“打”！十杆枪便爆豆子一样响起来。伴着枪声，冲在崖壁上的十个人头顶插的野鸡翎已折断掉落，子弹擦过头皮，“啾”的一声，弄得火辣辣地疼,几个人吓得一跳想隐蔽,看到光滑的石壁无处可藏,一慌张,便滚入了下面的水潭里。其他人则紧贴在石壁上,动弹不得,等枪声一停,立刻朝后退去。

不打死对方是族长的意思,他觉得引发事件山神谷也有责任,让他们知道打不进山神谷后,能坐下来和谈,以传统的方式像和太阳谷那样化解纠纷最好。看到对方退去,也不追打,让另一班人上墙值守,其他人到营房里吃女人们送来的饭。

阴阳谷人首战败退,气得谷主不停地骂人,他想,在对方的阻击下想爬崖壁进攻,很难攻打进去,得有其他方法配合才行。便召集大家商议了半日,决定集中五十枝快枪,爬到另一座和飞水关楼相对的悬崖中间,掩护其他人从石梯上进攻。

到下午,阴阳谷人就按策略开始攻击,因为有掩护,子弹横飞过来,草生他们再不敢无所顾忌地轻松阻击,他带的十个人只能趴在垛口后还击,准确性已大大降低,加上他们仍不想一枪毙命,一群人很快就攻到了关门前。阳生一看不行,说:“不能再这样,得往死里打!”经族长同意后,他立即下命令说:“先打冲在前面的!”同时让另一些人在旁边向对面山崖上开火压制对方的火力。

这样,草生他们赢得了短暂射击的时机,他抬手一枪,就将一颗子弹射进了对方一个人的额头,随即又开了十枪。随着枪响,只见崖壁上的人群中,那十一人先是一神,接着又朝崖下像滚皮球一样翻转了下去。剩下的人一看,立即加速向上冲爬,草生他们又抓住空隙,各打出几发子弹,使对方又有十多人翻滚到了崖脚边的水潭里。一个时辰后,进攻的五十个人已损失一半,剩下的不敢再进攻,开始后退,关上的人见后,也没有在他们背后开枪。

阳生见此,站起来观察,看到对方已退到崖下,觉得他们已不可能再进攻,就说:“他们今天已不会再攻打,留两人放哨,其他人下去休息!”正要转身,对面却射来一颗子弹,正中他的胸口,人一歪就向下倒去。木心大惊,跳过去抱在怀里,一看,血已从嘴里渗出来,阳生动一动嘴,想说什么却说不出来,用手指指胸,木心立即伸进左胸前的包里,摸出一只他在雪隆包重做的羌笛,交给了他。阳生接住后,又抬手举到眼前看了看,把它交到木心手里,笑了一下，头一歪就不动了。

族长见阳生战死，很是沮丧，让人把他抬到崖壁下的岩窝里放着，去通知牛肋巴。不久，她就跑了下来，一看兄长已死，大哭一阵后说："早就晓得你迟早要死在战场上！"便不再悲伤，加入到了其他正从事后勤事务的妇女中，默默地做事。同时，山下也笼罩着惨烈的气氛，阴阳谷的人把二十多具尸体从潭水中捞出，放在草坪上，又从山上砍下一堆柴，连夜焚烧。火光闪烁中，一排平躺的人渐渐消失，烧人的气味散发起来，飘进飞水关里，加上阳生躺在木板上，弄得关前关后都阴风惨惨。

战斗进行到第三天，阴阳谷人开始孤注一掷，派出更多的人，一人举着一张桦木板做的长盾牌，走上石阶后护在身侧，整个身体则躲在后面。他们勇猛地朝上冲，草生他们开枪时就蹲下，子弹打在木板上，却只能打出一个个小眼子，很难伤到他们。同时，五十支快枪手射来的子弹也压制住了神猎军，打半天，阴阳谷人只滚下去几个，神猎军却伤亡有十来个人。一看不是办法，马风说："攻到门前就麻烦了，用枪关枪才行！"族长心里仍不想死人太多，一直没有同意派机枪上阵，现在看到形势不好，就同意了，说："不要照人打，吓唬一下！"

于是，马风从营房中抱出机关枪，架在垛口上，瞄准下面崖壁上的人，一勾板机，就打出了几十发子弹。枪的威力很大，打在木板上后，虽然不能洞穿，但像有人在推一样，十来个站立不稳的人没被枪打死，却跌下悬崖摔死了。他看到崖壁上的人开始畏惧，又朝对面打掩护的人打出一梭子弹，雨滴般的弹头便射进岩石里后，一线灰尘腾飞了起来，几个头埋得慢的人，瞬间已只剩下半个脑袋。

阴阳谷的人大惊，只好收兵，把死去的人弄到山下的草坪上焚烧，谷主一见又折损二十多人，坐在帐篷里喝了一夜闷酒，第二天就挂出了免战牌。山神谷人一见，也停止了放枪，把战死的人挨成一排放在崖脚下。凄惨的气氛弥漫于谷中，死去男子的家人更是悲伤不已，问："这样下去，什么时候才是个头啊？"族长也不知道，仇已经结下，并且越结越深，看来不打个胜负是不行了。他安慰她们几句后，走到城墙上，望着山下出奇的平静，突然心中一震，心想，他们会不会有新的计谋呢？！

立即转身回到营房，召集热滋他们商议，讨论半天也没有讨论出什么结果，正在沉思，老释比恰好走了进来，说："他们会不会从山后来偷袭?!"大家一想，猛然醒悟过来，一算时间，绕道从红岩子后的山梁翻过来，已快到了。立刻让草生带领二十个人前去查看，热滋说："如果对方上来，一定要把他们阻挡在梁子下。"

草生立即带人出发，用火柴头照明，只半夜功夫就赶到红岩梁子。一行人见没有动静，便住到神水窝，烧起大火，烤熟了两只路上顺手打到的上树鸡。

吃完已是黎明，他们倒在干草上睡一会儿后，又吃下一些带来的烧馍馍，才到梁子后的独路口安装起一道木栅栏，人想通过只能翻越或撤除，要费不少时间。他们又到一个小土坡上，放一排大石头，趴在后面，枪口刚好对着上山的路，连一只獐子也休想跑过。

做完一切，已是下午，正准备休息，突然林中传来响声，一行人立即躲藏在石头后，将子弹推上膛，屏气凝神地听。

响声由远到近，从山梁下辗转传来，到那条独路上时，果然是一行人影，有五十多个，带路的是太阳谷木梭寨的银宝。草生一见，果然是阴阳谷人想偷袭，但对他爹的生前好友银宝带路，却迷惑不解，也不管他，说："不能打带路的!"就瞄准其中的一个人，一枪把他打翻在了路边的树丛里。

突然爆响的枪声，吓得那行人立即伏在路中，同时开枪还击，子弹打在石头上，迸出点点火星。草生见他们枪打得猛，悄悄说："不能让他们翻过栅栏。"说完从坡后转到另一边，连打三枪。那群人见又打翻了自己三个人，说明山神谷已有防备，立即拖起同伴的尸体，向后逃去了。

银宝却未走，等那些人跑下梁子后才站起来走到栅栏前，说："我不知道他们是阴阳谷的，来攻打你们，他们让我带路，说是上山找野牛!"又说，他回去就向族长说明情况，我们是友好部落，不能让阴阳谷人再通过太阳谷的地盘了。说毕，朝草生他们挥一挥手，转身就向山下跑去。草生他们又在岩窝里守了两天，等太阳谷传来消息说，他们已派人守住谷口，不会再有人偷袭后路，才下山回去。

赶到飞水关把事情一说，族长惊出了一身冷汗，心想，要不是老释比及早察觉，山神谷现在已被攻下了。表扬草生他们几句后，又说："休息一晚，明天还得负责守关事务。"那几天里，阴阳谷偶尔也进行一些试探性的攻打，但不来真的，也没有人员伤亡。眼看已到腊月二十七，族长说："要过年了，也不能这样打下去，古时候过年还要休战呢！"随后，他走出关门，举着一杆黄色的旗子以示愿与对方协商。阴阳谷的人一见，也挥动黄旗表示同意，族长便向下走去，带着木心和马风，但走出去不远，就中了阴谋，被一枪穿透了胸口。

马风手快，在族长倒下的瞬间，立即拉住，草生则赶紧还击，见崖上的石头后有一个头冒出来看，一枪将它打爆后，背起族长就向关内跑，墙上的机关枪也响起来，用雨点般的子弹打掩护。他们退回关门后，到营房放下族长，见他被打中了左胸，血流如注，柳馨爹立即将衣服撕开施救，却被他制止住说："不行了，族长由热滋继任，他宽厚善良，能公平处事……"说完，就慢慢闭上了眼睛。春枝一见，立即扑到他身上，哭得死去活来，但很快被一群也流着泪的女人们架开了。

热滋随即召集还能战斗的五十名神猎军说："族长已死，从现在开始，我们不能再对阴阳谷人有丝毫仁慈，只要他们进攻，除打掩护的外，神枪手全部都打点杀！"又让大家小心他们在夜晚乘机偷袭，多派两名岗哨，不能掉以轻心。说完，又去安慰春枝说："还有许多事要做，不要怕，还有我呢！"转身走到人群中，让大家吃饭后休息，养足精神。接着，他大声说："明天就和阴阳谷决一死战！"

夜在清风中慢慢消磨着，到午夜，一轮弯月升上飞水关上空，洒下苍白的月光，照得关内关外一片凄切。

天亮后，热滋正想发动诱敌式攻击，把阴阳谷人引出来后，用快枪点杀，便爬上城墙观察，不看不知道，一看吓一跳。关下的草坪上，已密密麻麻地站满了身着黄军装的军人，他们排在阴阳谷人前面，把阴阳谷人挡在后边，队伍前还架着几门山炮。

热滋很奇怪，阴阳谷人不知怎么搬来了官府的军队助阵，那些军人并不可怕，只是那几门山炮，听说威力很大，能把关口炸开，正不知如何是好，队列中走出一位军官模样的人，后面跟着两个卫兵，走到关下后，又沿着崖壁上的石梯向上走来，边走边挥手。热滋想，他们可能有话说，只上来三个人，就是到关门前，如有其他图谋，也无济于事，先看看情况再说。

"不要开枪，听我的口令！"他下命令说。随后，趴在城墙垛口后，暗中让埋伏的神枪手把子弹上好膛。过半个时辰,那几个人到了关门前,站在石梯上喊道:“我是成都府派来调解你们冲突的,也是山神谷人,叫羊保,八月瓜就是我婆娘,请放我进来,有话要说!”

热滋他们一听,才想起八月瓜的男人在一次外出赶骡马失踪后,一直杳无音讯,没想到已当上团长,带那么多人来平息战争,不能不放他们进来,便喊叫着说:“等一下,我让几位老人来认一下,看你是不是羊保再说!”随即喊来柳馨爹和其他几人到关墙上认,他们看过半天才说:“是羊保,没错!”听说是,马风有些忐忑不安,心想,和八月瓜的事可能要结束了,如果事情被他知道,还不把自己打成筛子?也不说话,悄悄梭下城墙,到营房的火塘边把八月瓜拉到一边,说明了情况。

八月瓜一听,也惊得呆立在地,嘴半天合不起来,惊醒后又立即往外走,走到坝子里时,羊保正好从关门跨进来,两人眼睛一对,就吃惊地看着对方。羊保一身军装,威武俊俏,脸上透出英武气息。羊保也惊异于八月瓜仍然素雅美貌,透出自然的野性来,看过一会儿,才说一声:“我回来了!”也不管她感觉如何,走到营房里和热滋面对面坐着,介绍此次的来意。

原来,山神谷和阴阳谷争斗并死伤很多人的消息传到成都府后,督军认为,山神谷的鸦片很出名,如果能乘机让他们归流,作为自己的防区,定能解决不少军费。便对羊保说:“你是山神谷人,带上你那个团的人马前去,平息这场纷争,然后,驻军茂州城,负责那里的防御!”受命后,羊保立即带人出发,坐车到灌江口,又沿茶马路开拨到茂州城,将人马驻扎下来后,自己才带着一个营赶到了飞水关下。

他说:“后天就过除夕了,还打什么仗,他们已同意讲和,就看你们愿不愿意,有我在,谁都不准再开枪!”说完喝下一碗茶,望着热滋和其他几位长者,热滋说:“我们早已愿意讲和,他们不肯,非要报仇雪恨,也没办法!”其他人也说:“就是、就是……”羊保一听,说:“这样最好,明天双方派人到我的营帐中谈判。”说毕,带着两个卫兵走了。

第二天,热滋按约定时间,带着马风、草生、木心出关赶到羊保的营帐里,见里面有一张行军桌,阴阳谷的人已先到,他礼节性地和谷主打过招呼,便坐在他们对面。羊保则坐在中间,威严而和气,在外面还围着一圈士兵站岗。他开场说:“自古以来即以和为贵,战争让人不得安宁,这不,打成这样，谁都没得到好处是吧！”见双方都不作声，他便让阴阳谷先说前来攻打的缘由。那谷主瞅一眼热滋他们，讲述了一遍战事的起因，感到很委屈。

热滋随后说：“失手害死过你儿子，但你们也失信打死了我们的族长，这样，就算扯平了！”说完都不再作声。接着羊保说：“行了，就这样，阴阳谷明天撤走人马，回去安葬死者，山神谷也撤关收兵，回寨子安葬族长和其他战死的人……”阴阳谷的人还想提出有关赔偿的事，被羊保瞪一眼，不再敢多说话。随后，又一起喝下停战酒，发了永不开战的誓，才各自回去。

腊月三十，山神谷交出飞水关，由羊保派军队驻守。

热滋让神猎军把战死的同伴抬回火坟场，准备好一切起程回撤时，已到下午，气氛变得悲壮起来，好似空气也要凝固一样。

神猎军共战死二十三人，一字排开放在崖壁下，人已坚硬如铁，老释比颤抖着白色的胡须，为他们念颂安魂的经文，让人给他们进行清洗和换衣服。说来也怪，当各自的亲人为他们做那一切时，每个人都变得温软起来，脸上也带着血色，像感觉到了寨人对他们的崇敬和怀念。收拾完后，他们被放在杨柳树干做成的担架上，由两人一组抬着向寨子走。

原来七十人的神猎军，已成了由四十六个人抬着二十三个人，一人举着旗帜的队伍，走在峰谷间的山路上时，太阳已滑到山后，昏暗的溪涧边，石板路无声无息地伸向前方，只有疲乏的脚步声回响在山谷里，每一声都把心踏得很破碎。热滋和木心抬着族长走在前面，心情沉重，低垂着头，双脚一步步向前挪动。转过弯，就看到寨里的男女老少已分开站在路的两旁，从寨门口一直排到磨坊边，眼睛突然湿润起来。

大家像送战士出征时一样，端着酒迎接他们，唱着《征战歌》，歌词说：

……

腊月出兵腊月寒
大营扎在飞水旁
飞水关前打一仗
死的死来亡的亡

腊月布兵正下雪
子弹乱飞无处立

守关拿枪交叉打
弯刀出手会流血

除夕到时撤兵回
回去双亲把人埋
爹娘双双正流泪
战死沙场留英名
……

歌声悲壮凄婉，把人弄得肝肠寸断。神猎军走入队例中，人们边唱歌边把酒敬献给热滋他们，因两手抬着担架，就喂到他们嘴里，每个人一碗。对战死的人，则把酒撒在他们身上，木心走在热滋后边，忍不住想大声痛哭，正想放出声音，却听人说："战士是不能哭的，自古征战裹尸还，战死是让祖先骄傲的事！"立即收住悲痛，昂首挺胸地向火坟场走。等队伍过完后，人群又跟在后面，在沉默中一起走到了火坟场。

到达场地，一行人见已堆起一排柴堆，便将死者平躺着并排放在柴垛上，然后围成一圈，目视着他们最后的面容。老释比也颤颤悠悠地到了，他一身作法事时的装束，坐在石头上休息一下后，便掐着手指计算时辰。说："就在今夜火化，在黎明前完成，有这样一群后生，我们应该感到无限荣耀，快泡一坛咂酒，让我们和他们一起辞旧迎新！"说完，拿起羊皮鼓走到前面，边敲打边念《丧葬词》。他颤声唱诵说：

天上降下了灾难
地上睡倒了尸体
该战的时候要战
该死的时候要死
水流来了也会流走
人既有生也就有死
……
天怄了，云怄了
雪山怄了，森林怄了
十二岩台怄了

大山沟怄了

长长的路怄了

歇气坪怄了

大河小河怄了

桥也怄了

……

唱毕，咂酒已泡好，他又走到酒坛前，举竿开坛，说："让我们把第一竿酒敬献给这些远去的勇士！"然后点出咂酒撒向柴垛，自己又咂一口后，就让大家依次喝酒过除夕，又接过马风递来的一根火柴头，点那堆柴火。因在干柴上放有猪油，一挨火源，火焰就腾跃起来，用橘红的色彩，裹紧了那些永远睡着的人。随即，人群中的所有男子都在小释比的引领下开始跳铠甲舞。

人群呈一字长蛇阵，围绕燃烧的火堆转着圈，他们穿着战时的衣服，右手一上一下挥动着枪，踏着老释比敲打的羊皮鼓节拍，步伐整齐雄壮，还间或响起热滋吹响的牛角号声，"呜—呜—呜"的，像天地哭泣的声音。人们用高抬腿的方式跳着，小释比跳在队伍的最前面，引领跳铠甲舞的人变幻着队形，"嗬哈、嗬哈……"的喊声响彻天宇。老释比看着在火光与青烟中跳动的队伍和被火焰包裹的死者，泪眼蒙蒙，场面已幻化成远古征战的情景。

此时，跳铠甲舞的人已如古代带甲的武士，他们驰骋在广袤的草原，用狼性主宰着自己的世界。在他眼里，每一个人都是英勇善战的身影，纵横于天地间的绿草黄花，英武的面容如灵魂的影子，他觉得族人的狼性仍流淌在血液中，置身于困境时就会被唤醒。老释比使劲地敲打着羊皮鼓，默送着祈祷的经文，直到一群躺在火焰中的人，已化为一缕缕青烟，才将悲壮的鼓点停在午夜。

随后，跳铠甲舞的人群停止下来，围成一圈，向化为一堆炭火的死者默默注目了一番，才沉重地离开，在旁边的火堆旁坐下来，继续喝酒，每个人都不说话。女人们仍旧承担着服务者的角色，向男人们敬酒，眼里充满敬仰之情，包括那些失去亲人的妇女，眼里也没有了悲伤，只有一种对死亡的理解和超脱。

"新年的星光已照到我们的祖先和神灵，月亮快出来了，让我们将这些远去的人安顿到族人团聚的地方吧！"老释比一说完，人们即纷纷起来，将骨灰收集到二十三只土罐子中，放到了存放骨灰的千年火坟坑。做完一切时，新年已经来到，大家又开始跳丧事萨朗。老释比说："山神谷从来没有这样守过岁，旧的去后新的就会来，都回去吧，太阳依然会从东山升起！"说完，颤颤悠悠地向寨子走去，人群跟在后面，走出了一路静寂。

二十九

大年初一,山神谷一片静默,失去往日火红的场景后,山都像空了。木心约柳馨到山野散步,出门时太阳正好升起来,照在地上的光虽然显得苍白,却仍能带来温暖。他们朝飞水关后的一片草坡走去,到寨门口时,看到羊保带着两个兵向八月瓜家走去,才想起他是她男人,心里开始为马风担心,扭头对柳馨说:"会不会又有麻烦?"也不等回答!牵着她的手就钻进了草坡下的树林。

走到草坡上,他们坐在树木边沿的一块小草坪中,看见四周一片枯黄,坡下的谷地无限宁静,唯有青翠的松树呈现出一片生机,溪水已变成一条长长的冰带,闪耀着一线晶莹的光。柳馨坐在木心身旁,头靠在他肩上,温情地注视着前方的山,木心用右手把她的腰搂着,头靠着她的头,默契地依偎在一起,半天都没说话,好似一切都在静默中。

沉默半天,柳馨才说:"夜里又开始害怕了,死那么多人,我总在黑暗里透过墙壁看到许多人飘在空中,像孙悟空一样地翻跟斗。"她又说:"其他人都没有出现这些现象,自己一个人睡,可能火焰太低了,以前就老是丢魂,春枝也很害怕,整夜都点着灯。要是俩人一起睡就好了!"说完脸已红起来。木心认真地听,心想,结婚还需要许多时间准备,便说:"不要想太多,晚上点着灯睡就不会怕!"边说边亲吻她。

下午,俩人向寨子走去,进寨子刚和柳馨分手,就遇到了热滋,他说:"正找你商量事情,到我们家里去。"一起走到他家,进屋时马风和其他几个人已在那里,木心便坐到火塘边,接过茶水。热滋说:"找你们来是想请大家帮个忙,今年的节过得很沉闷,我看春枝更不容易,想明天就和她结婚,需要请寨人到议话坪聚会,得有人帮忙才行!"接着又说了自己的谋划,问有没有好建议时,木心说:"请一下驻在飞水关的羊保他们行不行!"得到同意后,几个人即坐下来喝酒,到半夜才散去。

第二天清晨,人们还在火塘边烤火吃面蒸蒸酒,议话坪已响起牛角号声,都吃惊不小。心想,正过新年,谁又会来打战呢?跑出屋子一看,议话坪上已炊烟袅袅，木心他们正在忙碌，觉得奇怪，便纷纷向坪上赶去。到达后，看见地上已架起几口大锅，每口锅都用三块石头顶着，里面装满了水，其中的三口锅里分别煮着野猪肉、干野鸡和獐子肉，一口锅里烧着水，旁边放着一袋大米。坝子中间也烧起了一堆火，枝架上吊两把铜壶，火边立着两坛咂酒，上面贴有红纸剪成的"喜"字！

等大家到齐后，热滋才说："今天请大家来一是为能在一起过年，二是参加我和春枝的婚事，老族长走了，她一人生活得很艰难，我今天就和她结婚，住到她的屋里！"他又说："这样做是请老释比算过日子的，他说可以，山神谷遇到这么多事，应有一些喜庆的事来冲一冲，该或者不该发生的事都已发生，过去无法改变，明天还会到来，从今天开始，就让我们去迎接它。"又让木心带几个人抬着肉到军营慰劳士兵，请羊保和其他军官上来喝酒。

到中午，肉香和酒香开始弥漫在议话坪上空，老释比也到了，装束一如平常，庄重而深远，说是专门来主持热滋和春枝的婚事。他坐到火边的板凳上，喝过几口茶后，说："开始吧！吉利时辰已到！"木心即招呼人群围着火堆坐成半圆，羊保他们坐在中段，热滋和春枝站在半圆的对面。他们一如平时，装束简洁朴素，春枝的脸红红的，透出无限娇羞，丰腴的身姿散发着自然的魅力。

老释比走上前，宣布说："今天，我和大家一起见证热滋和春枝结为夫妇，生活永远都有鲜活的东西，他已继承族长的职责，是大家公认的热心人。春枝也很纯朴，但命运不佳，我算过她的八字，和热滋走到一起后，就会平安吉祥了！"接着他又请来神灵一起做见证，让他们拜祭先人，向热滋的爹娘鞠躬行礼，又对众人表达感激。然后到酒坛边打开坛子，请大家尽情畅饮，祝福新人。

随即，热滋和春枝走到酒坛边，向老释比和长者敬酒。另一边，木心他们在柳馨娘的帮助下，已准备好饭菜，当即招呼大家入座。人群分开重新组合，自然围成十多个圈子，羊保他们也坐在其中。接着，肉装在铜盆里端到了人圈里，在阳光下散发出阵阵香味，大家赶走心中的沉重，相互吆喝，一人端着一只土巴碗吃喝起来。

酒催人起兴，人们沉浸在一对男女的喜事中，忘却了过去的辛苦，他们尽情地吃肉喝酒，羊保和他带的军官们也很投入。柳馨娘和其他一些女人则一直忙于照顾大家，木心抱着酒坛子陪热滋挨个敬酒，一对一地单敬，一圈下来，热滋已有些站立不稳，被春枝扶着，才坚持完敬酒礼仪。见人群都已有酒意，柳馨娘又让帮忙的人盛来白米饭，一人一大碗，那是一年里难得吃一次的，比肉还珍贵。人们都很高兴，一些人吃完两碗后，又去一口大锅里掏酸菜汤喝。

坝坝宴结束时，已到傍晚，太阳开始滑向山峰后神秘的天空，人们带着酒意，收拾好场地，便围着火堆跳萨朗！萨朗是专门在喜庆时跳的那种舞蹈。他们男女分开，女的由柳馨娘领头，男的由柳馨爹带队，两队人对唱着古老的歌曲，从《若英波》开始，一直跳到《萨由啊由勒》。悠扬的声音中，伴着脚踏的节拍，人们跳得轻快抒情。两队人不断变化着队形，跳一阵后柳馨娘就带着女人们穿插到男子队伍中，组合成一队，男女手手相牵，只是每次都恰好由热滋牵着春枝的手，队形一会儿成圆，一会儿成队，节奏则时快时缓。

在跳舞的间隙，热滋和春枝就坐在酒坛边，向边跳边来喝酒的人添水，一人一次咂饮一瓢，越喝越有兴致，酒催舞，舞伴酒，循环不息。跳到黄昏后，人们又把一对新人夹在中间，成一字长蛇阵跳出议话坪，沿石板路用歌舞把热滋和春枝送回屋子，又跳着回家，到最后就只剩木心他们几个人了。散去后，马风见羊保拉着八月瓜朝她家里走去，脸色不好看起来，木心又喊其他几个人陪他喝酒说话到半夜才入睡。

夜一下子静得能听到空气落地的声音，热滋已成为老族长家的人，心里涌起一丝怅然若失的感觉，坐在火塘边像个客人。春枝见他沉闷地盯着火，上前坐在身边，握紧他的手，也不说话，心里像打翻了五味瓶。过了很久，她才刨一刨火说："我们睡吧！"站起来倒好热水让他洗，又敬过神龛和老族长，才一起走入春枝的房间。

一走进去，热滋又感到了她的温情，他见春枝已进行过一番部置，床上全是新的，色彩充满喜庆，石墙上吊着一盏马灯，床边的一只小火盆里，燃烧的柏枝正散发出幽香，很快心迷神醉起来，感觉到了春枝对婚姻的重视，反觉得这样简洁的婚礼有些对不起她。正出神，春枝已帮他脱下衣服，把他扶到床上，盖好被子，又脱光自己，跳到床上就钻入他的怀中轻轻抽泣起来。他心痛不已，顺势搂住她一身温香软玉，吻她的泪水。

醒来时外面已传来鸡叫声，热滋才发现自己仍瘫软在春枝身上。心想，怎么就睡着了呢？回忆起半夜的经历，感到她确实是个好女人，就翻身躺在旁边，用一只手把她抱在胸前，面对面地说了许多话，到阳光从天井里照射下来时，他们才起床做早饭。

吃完后，一起走到热滋家，看到一家人已收拾停当，并没有什么不同，他娘说："还不是一家人？离这么近，饭都可以回来一起吃！"说完端起一碗玉米去喂鸡，春枝也跟了过去。热滋则走出去，约起木心和马风，到议话坪边的玉米秸秆上晒太阳去了。晒过一会儿，木心站起来走到坝子边，看到以前老瓜头住的房子里，有人在进出，觉得奇怪，赶紧走下去一看，是草生一家人正在屋里屋外地收拾东西，山神保也在帮忙，一跳一拐的像跳芭蕾舞，几个人心里立刻又酸楚了起来。

看到他们，草生说："你们来了，阳生已不在，把东西收拾一下，等以后哪个人没有地方落脚时，又可以住了。"说完，开始整理柴垛，热滋他们也过去帮忙。

做完屋里的清洁后，牛肋巴开始缝被子，她已将被面洗干净，正将棉絮缝进被套里，把几件沉重的东西放好后，热滋他们退出来站在坝子中，牛肋巴也带出了阳生穿过的衣物，说："拿到火坟场烧掉，熊皮留下做纪念！"脸上布满忧郁。草生走过去，锁好门，在柴垛上盖了几张石板，对山神保喊道："回去了！"又和热滋他们道过别，走向了自己的家。

路上，草生在前，右手挟着裹成一卷的老熊皮，牛肋巴在中间，背篼里装着几件衣服，山神保在后，踮着脚尖，走得如摇晃的鸭子。阳光正从西边照射下来，使他们印在地上的影子，随着路边起伏的枯草，弯弯扭扭地如水中的波纹。

日子依旧按既定的方式行走着，太阳照常升起，又按时落下，在山神谷的记忆与忘却中，已是又一年春天。人们走向田野开始劳作，热滋组织劳动力，先帮助在战事中死了男子的家庭，帮他们犁地和播种，做完后才各自分散耕种自家的地，到春种完成时，就比以前晚了好几天。种植的植物仍主要是罂粟，满坡遍野都是翻新后的黑色泥土，在阳光下像油浸过一样滋润。

到六月，田地上的罂粟花绽放起来，一如从前般娇艳，红艳中还夹杂着粉白，热滋觉得长势比以往任何时候都好，到火地去看属于全族人的，也是满坡花蕾,含苞欲放的样子如香春的身影,想起草棚中有关她学毒药猫的事,心里牵挂起来,脑海里又浮现出了她清净的脸。他转身回去,刚到议话坪,就听到有人在说香春的事,心里一喜,立即走过去,见一个军官模样的人正在讲述和香春有关的事情。

“是这样的,也算巧合吧!”他讲述说,前年冬天,他带领一连军队从成都府出发,到龙安府完成对一支山匪的清剿后,开始从松州返回,走到一处息气坪时,队伍也坐下来休息,大家抽完烟,正靠在石头上打盹,突然传来了喧闹声,一看,是一些背枪的人,带着许多东西,还拉扯着一个女子,感到很异常,暗中让士兵做好准备。那伙人也在离他们不远的地方坐下来,但都靠着石包,明显是提前作了防备。他正思考对策,那女子却突然冲过来躲在他们身后,大喊:“救命! 他们杀了我爹,是土匪!”边喊边吓得直打抖。

他一听,一挥手,士兵立即伏在石包后,用枪瞄着他们,但对方的动作也快,躲到事先靠着的石包后面,也举起枪对着他们就抢先开了枪。子弹随即“啾、啾、啾”地从头顶上飞过,他们也立即开枪还击,用火力压住对方后,却都不敢冒出头,所以打了半天,双方都没有人员伤亡。

相持一会儿后,走在前面的一个排听到枪声,也赶回来加入到战斗中,那些人一看形势不好,想向后撤到悬崖后边,好往山上逃窜,他们留下三个人打阻击,但刚好退到一段栈道上,断后的另一个排也听到枪声赶了过来。于是,他们两面夹攻,土匪无法抵抗,被打得像滚落的石块一样掉入河里,剩下的几个也蹲在地上做了俘虏。三个排汇到一起后,见路上丢着许多皮口袋,打开一看,全是银子和麝香,一审问,都是抢来的。

“没想到就是抢的这里,还杀了人!”他接着说,抓到的五个人都吓得很惨,都说家里吃不起饭,有老人孩子,请求饶命,其中三个人还说另两个是领头的,杀人的事都是他们在干。那俩人只好承认,被拖到崖壁边枪毙了。剩下的一见,更吓得瘫软在地,提起来时像一根橡皮,看着也可怜,让他们保证不再为匪后,又给他们一些银钱,打发回家去了。

“至于那女子,她说叫香春,是山神谷的!”那军官接着说,但她不愿回来,说已没有亲人,他只好带她回到成都府,本打算自己留着,却被司令看上了。司令说:“这么娇好的姑娘哪里去找,送到太太那里去,我要收养她!”他只好听令,把她送到了司令家。那军官又说:“这不是有缘? 阴差阳错的，前几天调我换防，没想到会来你们这里！”

听完那军官的讲述，热滋心里欣喜起来，香春仍然活着，自己也减轻了不少内疚感，就走过去打招呼说：“我是这里的族长，欢迎你们，有事尽管说！”握过手，军官又坐了一会儿，才向营房走去。这时，他才看到春枝也在旁边，过去说过几句话，便拉着手走出去，却在树林边碰到了八月瓜和马风，相互招呼一声又自行走去，从寨子上边绕过，一前一后踏着青草覆盖的小路回了家。

马风和八月瓜则继续向树林深处走。自从羊保带兵到山神谷驻防，他们再也没有约会过，心里都堵得慌。在那段时间，羊保经常回家过夜，还带着护兵，弄得她很不自在，又担心事情会被知道，在一起时总感到无所适从，过程就像白开水，羊保一走，她就立即约出马风到火地后的花草上重温旧梦。他们走到那个三块大石包围着的地方，因很久没有人到过，草色已很茂盛，几朵红色的花开在草坪中，幽情四溢。他们一到，便抱在一起，像饥渴至极的人遇到了甘露，恨不得把自己淹没到水中。

折腾半天，俩人才精疲力竭地躺在花草上，温情地注视着对方，八月瓜说：“有机会和他说说，干脆让他休了我，好和你成一家！”马风觉得不可能，从来没有听说过女子主动让男人休妻的。他回答说：“不能着急，弄不好他已不能再调回来驻防了！”说完又和她一起并排躺着，透过树叶看天上跑动的云，听鸟鸣组合的和声。

回到寨子时已到黄昏，马风和她在寨后分手，从溪边的老瓜头房子边经过，走上石阶时碰到了木心，一看到他就说：“又有麻烦了，说是要铲烟，热滋让我们到他那里去！”边说边和他一起朝上走。

三十

到老族长家时，几个年长者和草生也同时赶到了，大家一起坐在火塘旁边，热滋说："茂州府派来一个官，说是专员，姓巫，专门来铲除鸦片，样子非常凶险，他穿一身黑色长衫，腰间挂着盒子炮，带着几个便衣，据说上面还命令那军官听他指挥。"又说："请大家来，是想商议对策，如鸦片被铲，明年吃什么？最好一边和他周旋，一边做好准备，谈判不成功，就来硬的。"见大家无异议，就让马风和木心负责联系神猎军人员，悄悄展开训练，又让几个老人到各家将情况说明，让大家有所防备。

过两天，巫专员果然到了寨子，把人集中在议话坪，自己站到一张高板凳上，说："乡亲们，鸦片危害很大，今天我奉上峰之命，来铲除烟土，希望得到你们支持！"又威胁说，如果敢抗命就要受到处罚，又暗示不铲也行，但得有好处，还想说些什么，从坝子外的草丛中突然飞出一块石头，正好击中他的前额，吓得他立即收回刚说完半句的话，跳下板凳，钻入护卫中间，跑回了兵营。

事发突然，谁也不知道怎么回事，热滋心想，坏了，那专员回去后肯定要来报复，又让人去看是谁打的石头。马风跑到那里，见是山神保蹲在一丛灌木中，眼睛阴沉沉的，说："打到他了，下次还打！"立即回去说了情况，草生才过去把他叫出来，说："他也晓得烟不能铲，我也觉得该硬来。"边说边拉着他儿子向外走去。

热滋才想起鸦片对草生关系最大，如果铲掉，成都府的交易所会断掉货源，因担心事端可能会由此挑起，他走到草生家，说："要站稳脚，不能无理，但需要做好准备，你和马风、木心一起负责重新组织神猎军，要保密！"说完又向飞水关走去，想看一看巫专员，道个歉。但到军营时，才知道巫专员已去茂州城告状，感觉不好，立即返回去作防备动员了。

过半个月，巫专员果然带着保安团的人又来到飞水关，一群人穿着黑衣黑裤，走在山路上如一根弯曲的黑线。到达后也不要驻军协助，径直走到寨子，见空无一人，房门紧闭，得意地说："早已吓跑，还敢打我，去把烟铲掉！"

说毕，带着团丁向地里赶去。

那块地恰好是草生的，他和神猎军正藏在树丛里的石包后，老人、妇女、孩子则躲在家里，只是让他们把门反锁了起来。

见那些人冲到地边，拔出腰刀正准备砍削烟苗，草生举起枪，以点射的方式打出一梭子弹，在地中的几个团丁帽子便旋转着飞旋出去，吓得嘶声蛙气地叫着躲到了一道石墙后边，想还击却找不到方向。正惶恐不安，身后又窜来几把飞刀，把另外几个团丁的帽子钉到了墙上。几个人只感到凉悠悠的，心想，要是他们照脑袋打，哪里还能吃饭，立即簇拥着专员逃回了飞水关。

回到飞水关，专员被军士们嘲笑了一番，觉得很没面子，决定夜晚再去偷袭。

热滋见他们跑走，感到胜得太容易，可能还会再来，立即召集马风他们商议对策，又到老释比那里请他指点。老释比说："这也是我自己的事，对他们得用一下从未使用过的法术，你们到前面埋伏，我放道路鬼引他们进来！"又和热滋他们商讨一番后，老释比穿上法衣，到神龛前作完法，补充说："你们天黑时就去埋伏，那鬼已等在那里，会引他们来的，但最好还是不要伤人性命！"随后不再说话，坐到板凳上只管抽兰花烟。

到傍晚，热滋即带领神猎军赶到了溪涧边的一块草坪上。

草坪位于寨子西边，有三百平方米大小，临溪的一面已被溪水切割出一道高百余米的悬崖，靠山一边也是绝壁，东西两边也横着一道高岩坎，人走入其中就如走进了一座围城。到达后，草生带一些人藏到溪涧对面的树林中，负责打点射吓唬他们，马风在西边的岩坎后藏匿，木心和热滋则带人躲藏在离草坪不远的台地上，只等那些人一进来，就梭到东面的岩坎下断其后路。

天黑后，巫专员命令驻军负责接应，自己带着全体团丁悄悄向寨子走去。一行人像幽灵一样走在山路上，和黑夜融化在一起，如影子在飘忽。

走到磨坊旁边，四周突然黑得伸手不见五指，到处都像立着一堵墙，人根本不能移动。正紧张，眼前却现出一条小路，隐隐约约伸向寨子，路面又像照着朦胧的月光，专员说："有月亮了，顺着路走！"自己却不走前面，只躲在中间。顺着溪边沿"路"走去，不久便越过寨房走到了草坪，见里面一片光亮，坝子中间烧着一堆火，但又没人，像议话坪上的火堆未熄，但走过去围着火一看，却是一块大白石头。巫专员一惊，清醒过来才发觉哪有什么火光，走过的路也消失了，想返回去又找不到方向。只好点燃火把，发现临溪是崖、靠山是壁，东西两道岩坎上已出现一排排火把，火光下是一排黑洞洞的枪管！

一伙人吓得呆立地上，举着火把站着，等反应过来想趴在地上，溪涧对面的树林中已响起枪声。草生用打香头的枪法，带领神枪手们一阵排子枪就把团丁的火把全部打灭了。同时，一些人又在两边的山上点燃了事先插在荒草地上的几百根松光，火光一闪一闪的，一下子就好似有几百人钻了出来，吓得一伙人惊慌失措，在两排插在岩坎上的火把映照下，瑟缩得像受惊的兔子。专员见状，正想发号施令，好让团丁攻击，才举起枪，马风的一支飞刀已插在他的手腕上，枪掉在了地下。他只好用另一只手捂住伤口，痛得“嘶嘶”地叫。其他人也有想举枪的，但还未来得及射击，也被飞来的子弹打中，或者脚跟，或者耳朵，或者手腕，枪纷纷落地，一个个疼得翻倒在地，捂着伤口，呼爹喊娘地叫！

见此，专员大喊说：“服了，讲和，我们投降！”让还没有受伤的人放下枪，收拢后将枪口向后，一枝枝倒着递给了热滋他们。

收完枪，热滋吹响牛角号，让大家合围到草坪，将那伙人的裤腰带抽出，绑住团丁们的手，退出枪里的子弹，又把枪挂在他们的脖子上，再排成一串，押送到寨子边，才让那伙人自行回去。

挪到兵营，专员已狼狈至极，恨不得钻入地缝，他双手被绑，裤子垮到脚腕，带的人也和他一样，受过伤的血已染红屁股或腿。听见动静，军官让士兵点亮火把一照，就全都笑得前仰后合，弄得那伙人更加无地自容，像日本人穿着木屐走路一样溜进了营房。随后，军官才说：“去帮他们把裤带解开！”士兵们一听，走进去解开带子，由卫生兵包扎完伤口，又送去两坛酒，说：“给你们压惊！”弄得专员哭笑不得，心里羞愧难当。

第二天，巫专员坚持要军官出兵清剿，说：“山神谷已暴乱造反，应立即镇压！”但那军官说：“出兵得有上司命令！”不听他的，巫专员只好在飞水关边养伤边生闷气。挨过七天，干脆带着人直接到成都告状去了。

在成都，他到各处游说好几天才得到支持，但只让他带原班人马返回，附带一张手令到茂州城让羊保配合铲烟，至于造反与否，却没有定论。巫专员只好返回茂州，把手令交给羊保。羊保见是司令手谕，虽心里不愿，但还是不敢违命，当即命令一营驻守城池，二营接应，三营由他亲自带到山神谷与飞水关驻军汇合，让巫专员一行也与他同行。

赶到飞水关，羊保让军队驻扎下来，因人多，一支人还驻进了磨坊前的商品交易街。他命令士兵不准擅自行动，得听他号令。晚上，他走到热滋家里，说："奉命前来协助巫专员铲烟，对抗下去会死很多人，得想一些其他办法！"热滋又让人喊来木心、草生与几位年长者，准备好酒菜一起坐在火塘旁边喝边说事。羊保说他本是山神谷人，怎么也不忍心对乡亲开枪，出主意说："看这样行不行？"大家一听，又提出许多建议，到最后达成一致意见后，他才回到军营。

回去后，羊保对巫专员说："铲烟会很困难！"还说，他自己已去探索过一番，山神谷和阴阳谷作战的神猎军战斗力很强，老释比和草生又会法术！"你们那天夜里被包围缴械，就是中了道路鬼的招，而且他们的枪法你已经见识过。"专员一心只想报仇，不肯听，执意要出战，说："不管这些，明日就出战！"

第二天一早，专员却先收到了挑战书，要他前去决斗，他当然不敢，下令自己带的几十号团丁做前锋，让羊保的军队做后应，一起排成一字长蛇队，向寨子杀去。

到了寨子，仍然空无一人，连门都未锁，也不知一夜之间人都到了哪里。巫专员走到老瓜头房子边，见地上丢有一些衣服和草鞋，一直沿溪边的小路延伸而去。便说："逃进沟里了，追！"一路撵去，却没有人，只有人走过的痕迹，眼看已到门坎山，却不敢跨进去，羊保说："前面已没有路，他们肯定在里边！"鼓动巫专员向石门坎里冲。

见他追到了里边，老释比便使出移山法，用一道石门把出口关了起来，一队人正想回头，四周已响起枪声，漫山遍野都像有人，子弹打在石壁上，溅起点点火星，"嗡嗡嗡"地响。巫专员吓得当即大喊："羊保，快来支援……"却得不到回应，当即坐在地上，只管喊菩萨。过一会儿，枪声停止，一伙人站起来到处张望，四周却静得像真空里的世界，看不到半个人的影子。正庆幸，突然从头顶降下一团乌云，瞬间又飞水走石，黑得不见五指，半个时辰后，前方才出现一线光亮，照出一条路来，一群人便朝路上逃去。

路是草生的黑山术形成的，神猎军在门坎山外已布下陷阱，一伙人沿路跑去时，即被安装的套子一个个倒挂起来，枪掉在地上，只能大喊大叫。叫声更惊慌了其他人，只管向前跑，又一个个被倒吊起来，等眼前明亮起来后，他们已全部成了猎物。巫专员也被吊在一根钉子树做成的弓上，头朝下，一只脚挂着，一只脚张开成倒“八”字的一撇，慢慢地转着圈……

被吊半天，羊保才赶到，先把他解下来，扶到溪边的草坪上坐着。随后，其他人也陆续被士兵搀扶过来，个个惊魂未定，坐在地上摸着吊肿的脚，嘴里哼哼着，一脸痛苦的样子。羊保说：“幸好我们没有中法术，否则都只能吊死在这里了！”专员一听，很生气，但又只能吃哑巴亏！问他还进不进剿时，他说：“还剿个球，回去再议！”羊保便命令士兵走在后面，掩护专员一行往回撤。

退回飞水关，专员更加恼怒，一心只想报复，羊保却将情况写成报告，特别强调说，山神谷人并不想与官府为敌，只是自卫，两次大的冲突都没有死人。他提出建议：“应通过谈判解决铲烟事宜！”十多天后，回复就到了，让他和专员代表成都府和山神谷谈判，不准再用武力。专员一看，当即气得暴跳了起来。

谈判进行得较为顺利，神猎军解散，但枪仍归各人保管使用，官府不收缴，鸦片种植继续进行，但要减小种植规模，按规定上交高额烟税。等其他事务也经过协商达成协议后，双方签过字，然后握手，就各自回去遵守了。同时，羊保也接到命令，说周围阴阳谷、太阳谷的事已解决好，不需要继续在飞水关驻军，要求他立即撤回茂州城驻守。

撤兵用了三天时间，部队分批离开，专员最先走，心里始终闷闷不乐，感到已无脸见人，走到七星关时，一气之下跳到了岷江河里。羊保最后离开，走那天想见一下八月瓜，就带上几个护兵走进寨里。到家时，见门关着，也不敲，觉得她可能还未起床，让护兵在坝子里等，自己用匕首拨开门栓，悄悄走进去，却看到马风和她缠绵在一起。当即震怒，拔出枪让他们穿好衣服，命令护兵把她们两人一起绑紧，押送到飞水关后，又一起带回了茂州城。

马风和八月瓜被抓走的消息到中午才在寨子里传开，但都不感到惊讶，认为那是自然的事，他们的相好是公开的，羊保当然会受不了。事情又不好干预，热滋说："羊保可能不会把他们怎么样，弄不好还会放了，他不是心狠手辣的人！"大家也觉得希望会那样，便不再管发生的事，忙于对鸦片的收割了。

随后，山神谷开始热闹起来，商贩与烟贩及骡马队又云集在磨坊边的交易场地上，草生仍然垄断着鸦片收购，让人押送到成都，再由花老板经营加工后销往各地，银子自然滚滚而来。到收割完时，山神谷又变得富有了，只是卖的钱有很多得交烟税，让大家心里多少有些不快。收完鸦片后，一些人又开始恢复了上山采药或者打猎的习俗，想把交的税补回来。

木心也在用上山采药的方式打发时光，他和柳馨一起去。八月初八一早，他们又约在一起，想到火地下的桦树林里找天麻，经过山路的一个拐角时，看到台地上坐着一个人，正把自己的头皮揭下来捧在手里，仔细地梳理银光闪闪的头发，当即吓得坐在地上。

听到响动，那人问："是哪个?"听到是老释比的声音，木心和柳馨才站起来，走过去一看，头皮已放回原位，赶紧恭敬地说："高头爷，是我们，想去火地找天麻！"老释比说："啊，慢慢去！"又说他们是很好的一对，只是有缘无分，天意啊！可惜不能为他们主持婚事了。说完，老释比望着天空外的雪山，像在回忆雪山上的路，木心和柳馨不知该做什么，只不约而同地向他鞠了一躬，才迷惑地向火地走去。

在桦树林中，木心和柳馨已无心寻找隐约于蒿草中的天麻，只在林中转悠。阳光正从桦树叶间撒落下来，在地上形成不规则的光亮，到处一片清幽，树下尽是草和花的组合。他们走到马风和八月瓜幽会的地方，看到花草依旧保留着人躺过的痕迹，猜想他们被抓走后的情景，心里担心起来。木心却想到了他第一次碰见他们时的情景，心里痒痒的，也想效仿一番，但柳馨不肯，只和他拥在一起亲热了一番，给了些精神享受。

随后，他们走到火地，在边沿发现一窝天麻长有七根苗子，已开花，形状像仙女座，粉红的茎干上，粉白的花素净而优雅。木心说："已空心，不挖它，明年再来取！"边说边牵着她的手向山下走去，才到寨口，就看到许多人正朝老释比家赶，也加快速度赶过去，到后才知道老释比已经离去。想到上山时见到的情景和他说的话，才知道老释比对自己的离去是知晓的，神秘与敬畏一下子就充满了心中。

老释比坐着一把太师椅,头靠着椅枕,双手搭在扶手上,面朝西方,神态安详,像在做一个永远不会醒的梦。他注视的远方正是雪隆包,轻风吹过,银白的头发和胡须飘忽起来,透出仙风道骨的神韵。人们并没有悲伤,连小释比也只是静默在他面前,坝子里沉静着,显得一片庄严肃穆,想起他为别人念过的《丧葬词》中“水流来也会流走,树老了要空心,人有生也有死”的句子,一种对人生死的理解透彻起来,超然的情感战胜了人生的无奈,要做的就是为他举行葬礼了。

葬礼在从太阳谷请来的释比主持下进行,他说:“安葬老释比要用最古老的方式,他是坐着死的,就要坐着回到他从前的地方!”他用铁板算测算出安葬的日子后,又说:“火葬在第三天上午举行,老释比还要和大家一起再生活两天。”又吩咐小释比为他换上法衣。

换衣在椅子上进行,老释比仍旧一身温热,像在配合人们为他穿衣。穿好后,依旧让他坐在原处,旁边烧起一堆火,小释比抱出几坛咂酒放在火边,大家便围着老释比或坐或立,由太阳谷的释比作法诵经。他把老释比的法器放到神龛前的桌子上,说:“它们会传给该传的人!”又请来祖师爷,向天神和其他神灵进行通报,敲打半天羊皮鼓,才到坝子中开坛。

随后,山神谷的人集中起来,按秩序饮酒,一些人则围着老释比唱丧歌,歌声悠远深沉,追述着老释比的一生和山神谷祖先的功德,一下就把人带入历史的记忆中。同时,一些人则踏着歌的节拍,跳着丧事萨朗,步伐低沉缓慢,像怕惊动老释比的睡眠,一群人累了坐下来饮酒,另一群人又接上去,一直跳了一天两夜。

持续很长时间的歌舞在第三天清晨停止下来,太阳谷的释比说:“老释比又陪了我们两天,现在该送他上路了!”说完,热滋和木心抬来一个柏木轿子,释比还念动经文,让人们排成一例,依次走到老释比面前鞠躬。完成后,让木心和热滋抬着椅子,在其他人的帮助下放到轿子中,然后喊一声:“起程了,都去送他!”自己随即走在前面,后面跟着小释比和其他一些人,热滋和其他几个人则抬着老释比走在队伍中间,其余的人跟在后面。

一行人辗转在山路上,忧郁的歌声响彻漫山遍野,老释比坐在柏木轿中,闪闪悠悠的,像是在出一次远门。

抬到火坟场,草生他们已准备好一个正方体柴垛,见送葬队伍到了,立即恭敬地立在旁边，又帮热滋他们把柏木轿子举到柴垛上放下。太阳谷释比随即招呼大家围成一圈坐在四周，开始敲打羊皮鼓，他踏着猴步，围着柴垛转圈，边跳边念《丧葬词》，内容是专为老释比唱的。他念诵说：

天底下有眼睛有嘴巴的都可能生病
都有死的一天
雪山上的盘香草
被冬天的雪压低了头
叶子也黄了，身子也枯了
也有死的一天
……
能飞上天的人
能浮在水上的人
能拿白石头黑石头作法事的人
能把长矛拧成疙瘩的人
能把火钳断成九节的人
该病的时候要病，该死的时候要死
不敢说不生病
不敢说不死
……

念毕，他点燃柴垛，人群也站起来，围着火光跳丧事萨朗，脸色出奇的平静。

跳过一阵，大家又坐下来，望着熊熊燃烧的大火，只见火光欢腾在蓝色的天空下，包裹着柏木桥子里的老释比，像母亲紧紧抱着自己的孩子。他坐在火焰中，一动不动，一缕缕青烟从头上悠悠升起，又幻化如人形，向雪隆包飘去。人们屏气凝神，只有火焰闪耀的声音，天地瞬间静得出奇，如一下子回到了远古洪荒。这时，悠扬的笛音突然划破空气传来，哀怨深远，如泣如诉的古曲《别离》和《关山月》让心里变得千滋百味，望着已化为一线青烟的老释比，热滋和木心突然涌起了想哭的冲动。

他们赶紧忍住泪寻着声音找去，在火坟边的一丛黄连树后，山神保正握着阳生用过的羌笛在吹。他坐在草坪上，双脚伸在前面，那獐子蹄子一样的脚,尖尖地斜伸在前边,让人心悸。他们都不作声,一人一边坐下来,听他吹完后才问:“谁教你的?”山神保惊了一下,看清是他们,才说:“舅舅,他悄悄教我的!”说完又把羌笛含在嘴里,鼓起腮,幽怨的声音又回荡了起来。

回到火坟场,热滋和木心又加入到丧事萨朗的踏跳中,到傍晚才收起老释比的骨灰,放到灰坑里用石板盖住。

在返回去的路上,一群人走出了一路沉默……

三十一

接下来的秋收在不经意间已经完成，过了牛王节，山神谷又沉入到了旷古的寂静中，春枝的牛已放在收割后的田野，它们坐卧在地边的草坪上，神态安详，反刍的样子像在怀想回味无穷的一生。春枝背一个背篼在荒地上拾干猪草，她面色红润，身体更加丰腴，脸上已带着喜悦的笑意，和热滋一起生活后，悬空的心一下落到地上，踏实而充满诗意。热滋则尽自己所能料理着寨子的事情，他已外出到太阳谷走访，让她很想念，木心从地中走过时，听见她正在唱情歌《盼郎》，声音悠长婉转，如画眉在歌唱。

木心的心情很好，老释比走后给寨子留下的是一片宁静，人们带着对“有生就有死”的理解，过着一如从前的生活，该做什么还做什么。他却不同，因为已议到和柳馨的婚事，他娘说：“就在今年冬天把事办了，赶紧准备吧！”一家人商量半夜，说再简单也要把新房装修一下，还得做一张新床，又托人到茂州城请来了两个木匠。木心经过春枝唱歌的地边上山，就是前去拖前一年砍的柏木，树干已用斧头砍削妥当，搭在火地后的森林中。他到后，用一只“抓钉”钉在木头的一端，系上绳子，自己在前面身体前倾，一拉，木头就跟在了后面，到寨子边的平路上，他又把它弄来立起，高耸耸地背到了坝子中。

几天后，木头才背完，正想锯成板子，热滋已回来，并主动前来帮他，他们便在坝子里架起两个马杈，在马杈间搭一根木头，然后把要锯的柏木放在上面，用“抓钉”抓稳，由请来的木匠吊好墨线，便开始改锯。改锯时，热滋和木心分别站在木头的两边，一人握着大锯的一头，然后平行拉动，一来一往，一拉一送，沿着墨线拉锯，完成一次后，一张板子也锯成了。

改锯共进行半个月，完成时坝子里的一堆木板散发出柏木的清香，接下来就是木匠的事了。他们远道而来，自然卖力，劳作在坝子里展开，俩人先装新房，在堂屋进门靠后的地方立起两根柱子，在柱子上凿出一些孔洞，嵌入木方装成木架，架子上又嵌入木板隔起来，只几天时间，新房已装修完成。装好的新柏木板灰白素净，幽香四起，在地面又新铺上地板后，新房里就已成全新的天地。木匠手巧,还在石墙的窗里装入了一只花格子窗心,雕着喜鹊闹梅图案,很精美,站在外面一看,像喜鹊的叫声都能听见。随后,木心又在格子上糊上一张红纸,喜庆的气氛开始弥漫了起来。

做新床时,两个木匠下足了功夫,他们见木心家人和善,对他们特别好,每天都酒肉侍候,很感动,就使出了平生所学。床全用柏木做原料,很大,床上还安装了一个架子,床头与床前雕刻有许多花纹,上前方的床额上雕刻的是羊角花,像开在山里时的样子。床做好后,挂上帐子,放入大红绸缎被盖,一张让人称赞不已、山神谷有史以来最华美的新床已经做成。

消息传开,引来许多人前往参观,柳馨当然是不好意思去的。但草生来了,还带着一个人,木心认识,是以前到过的端公倒钩刺。他来看时床已安装好,床板铺在床架上,正要铺草垫,那端公说:“好漂亮,我再看看!”见床很完美,又想到见过的柳馨仙女一样俊雅,心里升起妒忌,不正的心术再度泛起。他走到床前,乘人不注意,用尖利的指甲在床中间划出了一道十字形的线,还边画边偷偷念咒,嘴里却说着“好!好!好!”说完,就用手摸着山羊胡子走了。

做好床,木匠看到还余下一些木板,又主动做了两个木箱子,说是他们帮忙做的,不收工钱,只收以前说好的银圆,完工后的第二天清晨,吃过早饭就告辞走向了飞水关外。

送走木匠,木心娘说:“该说其他事了,先去合八字算良辰吧!”又让木心爹去请妁妈。

走到妁妈家时,她正在门前绣花,见到他即大声说:“道喜,道喜!”说完站起来,也不请他坐,说她这就去柳馨家拿八字,边说边让他等着,小跑着嘻嘻哈哈地去了。过一会儿,她又返回来说:“拿去,快和你家木心一起送到小释比那里算一下!”木心爹感激地一边答应,一边向外走。

走到小释比家,见他正在神龛前上香,木心爹立即上前说:“请算一下娃的婚期,看八字合不合!”小释比说:“爹走前学过一些,只是没有盖卦(出师),不知行不行?”木心爹说:“行,怎么不行,除你以外山神谷已找不到第二个人了!”小释比又推托一番,才让他坐下,拿出他们的生辰八字,用丢羊角卦的方式丢弄半天,才说:“佳期在腊月初八,两人天造地设,八字不冲!”说完又说出两句偈语:“人命皆由天定,有姻恐怕无果!”说完,催木心爹赶快回去。

他高兴地回到家里，即对木心他们说："成了！日子订在腊月初八，明天就到柳馨家报日期。"但忘了小释比说的那两句偈语。

第二天，木心家又请来妁妈，一起到柳馨家报送婚期，木心爹和请来的几个人背着送给柳馨的衣服、几十斤肉、米、挂面和一坛酒。木心则在包里装着送给柳馨的耳环、戒指、项链等饰物。一行人由红爷妁妈带头，一起走到柳馨家，见许多柳家请来的客人已到。刚走进坝子，妁妈就说："道喜了，来报个吉期！"说着走到屋里，拉着柳馨娘的手，招呼大家把东西放在堂屋里。然后，大家坐下来，她又笑着说："日子定在腊月初八，今天我们来报日期，你们要把该说的事说完！有什么意见没有！"

"哪有什么意见呢！孩子都已长大，像树子要分杈一样嫁人！"柳馨娘说，想到女儿就要到别人家里生活，心里有些哀伤，说话时眼睛已湿润起来，赶紧转过身，给木心他们泡好茶，说声"息口气！"就忙别的去了。

妁妈即把柳馨家的老者召集到一起，和木心家的管事对一些事进行商议，确定了出嫁的时间、送亲人数、陪嫁的东西等。取得一致意见后，妁妈说："就按商定的办，各自准备各自的事！"两家人吃过饭，告辞时妁妈又说："订酒已经吃过，只等着喝喜酒了！"又说："到时可不准难为我……"边说边笑，退到门外莺歌燕舞地走着。

接下来，两家人都忙碌于对举办婚礼的准备中，柳馨和木心还单独商议了许多事，只是她在那段时间反而已不好意思再到木心家。木心还请热滋相伴，赶着几匹骡马，到茂州城买回许多东西，有糕点、新鲜蔬菜、老白酒、红纸、几盏马灯和大红蜡烛，回到山神谷时，已到腊月初四。他把东西搬回家里放好，又请热滋一起吃饭，边吃边议论相关的事情。

热滋问："到时请哪个释比主持婚礼呢？"木心爹回答说："当然是小释比！""但他还未盖卦！"热滋又说。木心一听，才反应过来，想到太阳谷去请已有点来不及，大家正不知所措，想着办法，突然听见有人喊："小释比发疯了，快去看看！"热滋一听，和木心丢下饭碗就跑。

赶到时，碉房里已聚集许多人，但不知怎么办，见新族长到了，立即把他让到了里边。他进去一看，小释比正处在癫狂状态，他将火塘里的火柴头退出来，丢在堂屋中，在神龛前插上香，又在地上燃烧柏枝。然后，他拿起羊皮鼓,赤脚站到放在一根大板凳上的另一只独木凳上,头发凌乱,一脸汗水,见到热滋他们也不说话,只管敲打羊皮鼓,口中不停地念诵着什么。热滋让大家安静,退到火外边,不准打扰他,说:“可能是老释比活着的时候未来得及把自己的本领传他给,现在正采用阴传的方法教他学法事！据说,老释比也是这样由他爹传承给他的!”

正说着,小释比已从板凳上跳起来,头几乎碰到屋顶,他一上一下地跃了七次,然后对着神龛说:“阿巴木纳,弟子来也!”接着戴上猴皮帽,穿上老释比生前的衣服,把法杖立在身边,符印放在神龛上。又说:“我是神,正和天神在一起,老释比就坐在火塘上方,其他故去的释比也来做见证了。”说完,声音突然改变,和他的爹一样。在场的人已背皮子发麻,立在堂屋里,一动不动,感到背后凉飕飕的,紧张得大气都不敢出一口。

小释比又围着火塘踏着猴步跳羊皮鼓舞,把鼓打得“嘭—嘭—嘭”地响,他责怪羊说:“谁让你偷吃经书,就该挨打,祖先丢失的文字,才会在敲打的声音里鲜活起来,组成经文。”接着,他开始念经,先念《上坛经》,从“开坛鼓经”念起,一直到“阿吧白耶”,说的全是神界的事和敬神的说辞。念完后又念《中坛经》,从“请神开坛经”开始,到“养蜂酿酒”,讲的全是人间的事。最后,他念诵说:

黄土坛儿把蜜装
戈基石板盖坛口
麦草圈圈坛口拴
火塘灰灰调稀泥
调稀封在坛口上
蜜酒装好已三夜
再过三年又三载
等到蜜酒酿好了
开上一坛敬天地
蜜酒醇香真正好
蜜酒比糖还甜蜜
开上三坛蜜酒哟
敬姑爹来敬祖父

蜜酒醇香真正好
比那核桃还香甜
开上三坛蜜酒哟
敬献叔伯和家门
蜜酒醇香真正好
又甜又香把嘴麻

念毕，小释比突然镇定下来，又跳到凳子上坐着，像入定一样，房屋里静得全是人们心跳的声音，热滋和木心的心也已提到了嗓子眼。正紧张，羊皮鼓又“嘭”的一声惊爆而起，他跳下来，赤脚跨入火塘中，踏在灼热的炭火上，脚板被烫得“哧、哧”地响，看得人群目瞪口呆。

踩踏半个时辰，火已快被踏熄时，他才跳出来，目光凶狠，开始念诵《下坛经》，一口气从“解秽驱邪经”念到了“九敬经”，吐出最后一个词后，又跳着猴步，敲着羊皮鼓冲到门外，飞一样跑向了火坟场。

热滋带人跟在后面，哪里撵得上，赶到时，小释比已祭拜完老释比，说：“我要赶一根柏木到雪降包。”说着跳到横放在旁边的一根柏木前，围着敲打一圈皮鼓，然后喊一声“走啊！”用手中的鼓槌猛抽几下，那柏木就像长了脚一样，飞快地顺着通往牛场的路向上梭去了。

小释比边赶边说：“我送柏木老人去了！”口中念着“柏木老人修神路，柏木老人神路修，修好神路神好走，神仙路上快如飞……”等热滋反应过来，一人一木的影子早窜到山梁背后，过一会儿又到了牛场梁子。还惊魂未定，小释比已跳跃着转回来，说：“已送到红岩子路口，由它自己去雪山上！”像是自言自语。说完，也不管其他人，一纵三跳地回到碉楼中，等其他人赶回时，他已清醒起来，把法器放在神龛上，又在火塘里烧起火，看到热滋进来，即说：“进来坐，爹给我盖卦了！”说完又去洗脸。

木心的心平静下来，见小释比已坐下，即说：“正愁找不到人呢！就请你给我和柳馨主持婚礼吧！”等他答应后，才惊喜参半地回到家里把事情说了。

到腊月初六，两边家里更加忙乱起来，木心决定在议话坪设坝坝宴。他请草生、热滋和一批年轻伙伴，在议话坪边的土坎子前打出十一个灶洞，架上铁锅，在旁边支起马杈，搭好厨师用的面板，又从其他人的家里借来桌子板凳。他们还用杉木干搭起棚子,用玉米秸秆盖上后存放东西。随后,组织起迎新队伍,由妁妈带队,准备在初七出发去接柳馨。

柳馨这边,按习俗仪式要提前一天举行,到初七,人们就聚集到她的家里,和她相好的几个女子更是一早赶到,围绕着她忙来忙去。正午刚过,一些人正忙于做饭炒菜,听到有人喊:“接亲的来了!”跑出门站在坝子里一看,木心的接亲队伍正沿着石板路蜿蜒而来,妁妈走在前边,后面的人抬着礼品,踏着唢呐吹出的节奏,正歪歪扭扭地走。这边一见,立即说:“按计划进行。”一些人立即散开,关上大门,其他人则笑着看热闹。

妁妈一到,在坝子前就遇到阻力,不准她带人进去,说:“都是你那张嘴惹的事,把好端端的姑娘说走了,该不该骂!”妁妈赶紧说:“该、该、该!”听她说“该”,一群人立即唱起了骂“接亲人”的歌《接亲队伍来得早》。歌词说:

接亲人儿来得早
请到后园吃青草
三窝青草要你吃
三亩板地要你耖
接亲人儿身穿蓝
拽叮拽当进绣房
手撑门方生叉指
脚踏门方长蹄黄
背靠门方生背瘩
华佗再世没得法
一个背瘩九个头
十人见了九人愁

骂完,还不解气,又要唱,妁妈立即说,还是听我说一下事由吧,便唱诵说:

世间万物有来由
凡人婚配从头说
理不讲清人不知
须把事情晓众人

自古男女要婚配

本是木姐珠把规矩定

……

说完，正想叫他们让路，突然从墙上的窗口里泼下一盆冷水，虽没有直接倒在他们身上，但水跌在旁边的石包上又溅起来，水珠仍然落了他们一身，有一滴还钻入奶妈的脖子，冰得她弹跳起来说："不要为难老婆子，快放我们进去！"但那边仍然不管，又唱骂媒人的歌，一曲再一曲，最后把他们的脸都用锅烟墨涂花后，才让奶妈他们走进堂屋中。

到堂屋，奶妈见神龛前已放好两张并在一起的方桌，吩咐说："把礼抬上来！"迎亲队即把聘礼抬起，放在桌子上展示出来，想要坐下，却发现没有板凳。奶妈心想，为难媒人的事看来还要继续，便说："行了，出手不打笑面人，喜庆时候都欢乐！"一些人却答："不行！"正要动作，管事的喊道："入席了！"这时，柳馨才从房间里出来，由几位花枝招展的伴娘陪着，坐到用杉木干围起来的桌子前。管事又喊："迎亲的请坐！"边喊边把他们带到一张方桌边，却没有放筷子和凳子。

"亲家不亏桌前客，拿凳子来！"奶妈说，围着他们的人中便有人走到外面，拿来四根只有一尺高的小板凳给他们，坐下后，头还没有桌子高，又说："不行不行，我们要高板凳！"反复多次，才把高板凳抬来。迎亲的人刚好坐，司酒的人就到了，一连灌下他们三杯，说："不要光吃酒，吃点菜！"奶妈正要动手，却发现没有筷子，说："我们又不是野人，吃饭得用筷子，梳头得用梳子，走路得穿鞋子！把筷子拿来。"喊过三次，才有人把筷子递上来，但很长，每一双都有三尺许，拿起来刚夹住一块野鸡肉，后面已有人抓住另一头轻轻地扯，让他们总没法吃到东西，每夹一次菜又都要喝一杯酒，不久已弄得他们晕乎乎的。管事的见后，说："戏媒人至此，饭后好花夜！"才让他们吃菜喝酒。下桌时，堂屋里的花夜已开始进行，人们站在门边，伸长脖子观看着。

花夜在神龛前举行，三张大方桌并成了一张长方形桌台，上面摆着酒、腊肉、香肠、野鸡、牛肉和花生、核桃，一些女子围坐四周，其他人则围绕而立。神龛前的地上先放了一张羊毛毡子，柳馨由两个女子从房间里扶出，打扮得美丽高雅。她走到神龛前，先跪拜祖先，又跪谢亲人来客，把亲手做的云云鞋和其他绣品送给亲友长辈，然后，含着泪唱《答谢歌》。歌词说：

女儿今天要出嫁
山路弯弯到他家
父母长辈待我好
从小疼我操心劳
不要嫌弃针线差
一双鞋子表心意
天晴下雨脚上穿
见鞋尤见女在旁

唱完后，朝她爹娘磕过三个头，才坐在花夜席上。

随即，坐歌堂活动开始，坐在席上的女子们唱完《歌堂歌》后，歌声便一首又一首响起，透过石墙传向夜空，让山神谷尽是温馨的祝福。同时，围在四周的人开始跳喜庆萨朗，歌催舞，舞生歌，柳馨她们在甜蜜的忧伤中唱完《花儿纳吉》时，已到下半夜。

休息两个时辰，人们又在鸡叫声里起来准备送亲事宜。

柳馨的心情早已怅惘起来，由两个女子为她打扮，她穿着她娘为她缝的大红长衫，衣衫上绣的花朵鲜艳夺目，头上搭着绣花头帕，脚上穿一双绣花鞋，银饰是木心送给她的，带在耳上显得更加秀丽。打扮停当，她坐在床上，想到出嫁后，虽然不远，但还是会离开爹娘，心里难受起来，忍不住想哭，便流着泪唱“哭嫁歌”。她先唱《姊妹多了要分路》，歌词说：

核桃开花须须长
隔山隔水想爹娘
想起爹妈路程远
相交姊妹不团圆
弟兄多了要分家
姊妹多了要分路

又唱《月月爬山眼泪流》，歌词说：

一根竹竿九节节
妈妈怀我九个月
月月怀胎月月愁

月月爬山眼泪流

带着哭腔的声音从房间里传到外面，让她娘更加心疼，坐在火塘边开始和其他女人一起用“嫁女歌”回应，她们唱的是《养个女子空一场》，歌词很委婉，说：

男长十八慢悠悠
女长十八倒回头
媒婆来把期单送
父母心中如火焚
养个儿子留香根
养个女子空一场
本该合家度晚年
太阳出来亮光光
手拿围腰进灶房
妈的灶房四四方
小女走了无人钻
大小锅儿圆又圆
小女走了空茫茫
三年五载不见回
想娘想得快死人
晚年思念音信远
孤苦伶仃度晚年

母女俩一唱一和，忧伤而怅惘，把许多人都听得泪流满面，还要伤心下去，听见妁妈喊：“时辰到了，接新娘！”接着就开始念“接亲词”。等到她家的管事说完感谢话，柳馨才被从房间里扶出来，刚拜爹娘，唢呐已奏响《离娘调》，声音带着凄恻，让柳馨顿生依依不舍之情，哭得伤心欲绝，弄得其他人也柔肠寸断一样难受。

柳馨淹没在唢呐的声调里，望着她的娘，已难以站立，由两个女子扶着，等她的长辈挂好红后，才走到外面，骑在一匹马上，被迎亲和送亲的人簇拥着，一路吹吹打打地向木心家走去了。

到木心家时，已是一片欢天喜地的景象，唢呐声也随之换成了《迎亲调》，柳馨被迎入堂屋站在木心旁边，见新娘已到，人群立即把他们拥到了神龛前。

婚礼由小释比主持，他先致辞说："东方一朵紫云开，西方一朵紫云来，良辰吉时成佳偶，一心一意天地长！"接着让他们拜天地、祖先、爹娘和相互对拜，又请来天神和其他神灵祈祷说："现在木心家正办喜事，添人进口多吉祥，愿你们保佑他们，生活像太阳一样火热，月亮那样明亮，星星那样耀眼，一切顺利到永远！"

仪式上，到草生家过节的端公也在其中。他半眯缝着眼，悄悄在他们之间用指尖划了一道隔空线，见没有人注意，又口中念念有词地走了。

仪式结束后，人们簇拥着木心和柳馨走到议话坪宴请寨人，到后一看，一切已准备妥当，热滋继续承当着管事的角色，大声说："入席了，女家送亲的人坐上席！"接着安排木心的爹娘和其他长者依次坐下，木心和柳馨站在旁边，边看边准备敬酒。看到人已坐好，唢呐吹起《上菜调》，一曲一道菜，吹完十二首时，桌子上已摆满一桌，有野鸡肉、野猪肉、凉拌獐子肉、血肠、闭气肉，还有从茂州城买回来的花生米、海带丝等。

开席时，恰好太阳开始滑向西边的山峰，光照正好，议话坪上很快就热火朝天起来。

席间，木心和柳馨由人陪着，依次敬酒，一些年轻人拿他们开着玩笑，弄得柳馨脸上火烧一样地红，热滋也边招呼边加入到饮酒中，不时鼓动其他人向木心敬酒，结束时，木心就晕乎乎的了。

婚宴结束后，人们将桌子抬到旁边，从灶膛里取出火柴头，在坝子中间烧起大火，大家又跳起了婚庆时才跳的萨朗，簇拥着他俩，伴着抒情的歌声，优美的舞姿随即翩翩而起，把一个山谷的冬天也跳得温情脉脉。木心自然是进攻的对象，他任一群女子拉来拉去，在萨朗舞圈中被筛了好几次糠，到大家兴尽回去时，已晕头转向。

回到新房，收拾一下后，一家人坐在火塘边拉家常话，木心还为神龛上了香，才和柳馨一起进入洞房。

房里一片艳丽，红烛闪耀着红色的光，在一只铜盘里流着粉红的泪。俩人脱下鞋子，钻入掀开绣着羊角花与画眉鸟的被子，坐在床上靠着枕头，显得有些难为情。窗外一片宁静，夜色如水，从三更天升起的一钩新月，正好挂在窗户外边，说不出的静美。

木心说："睡吧！"帮她除去衣物，一团洁白瞬间灿烂起来，他心花怒放，把她放到床单上，自己也脱光衣服钻入被窝里，正想熊抱入怀，却发现他和她之间隔着一层壁板……

过三天，他陪柳馨回娘家走回门，一到家，她娘即看出不对劲，她脸上带着忧郁，不像新婚后的样子，问半天，柳馨才说："他们遇到了怪事，不能挨到一起！"她娘听后，也不知所以，只是叹气，说："可能是这几天你们忙昏了头，产生出的错觉！"做好饭，又请来一些亲切邻居，吃完饭后才送他们返回。

三十二

隔板的事仍在持续,木心和柳馨总也无法真正完成夫妻间该做的事情。而一切又都看似正常,但只要在床上躺下,两人间就隔着一层木板,可以听到对方说话,却看不到人,把手伸过去,也会碰得生疼,让他们不知所以。

等到除夕前夜,木心才把事情和热滋说了,问:“为什么会这样呢?”热滋也不晓得,见春枝刚好煮熟吓酒菜,说:“先喝几碗,下来再说!”正倒酒,春枝说:“可能得去请小释比算一下才行!”热滋也觉得是个好方法,就让她去请小释比来一起喝酒。

过一会儿,小释比走到,问候过他们,在上位坐下来,便一起吃喝。见已差不多,热滋就把木心遇到的事说了一遍,问:“能不能化解一下?”他回答说:“我算算!”掰着手指用铁板算的方法弄了半个时辰,才说:“可能是被人使了鲁班咒! 即中了锅拐!”木心说:“不会吧,请的那俩木匠很好,不会使坏!”又一起分析半天,才确定是到草生家的端公倒钩刺干的。木心很生气,但知道事情不能怪草生,他已在那场战事后转变,不会再做恶事。热滋见状,说:“先去问问,他也会一些邪术,说不定能化解!”又让春枝去喊草生。

草生到后,喝下几杯酒,听完事情的经过,说:“真的不知是不是他,我只知道他会这个法术! 但我不会,也不知怎么化解!”说完,又敬热滋和小释比酒,建议由小释比先去破一下。

小释比好似知道其中的玄机,到木心的新房里揭开草垫,指着床板上两道指甲划出的痕,说:“果然是着了鲁班咒,施法人的道术很深,我也破不了!”又说:“解铃还得系铃人啊!”说完,摇着头离开了木心家。

木心和柳馨被“鲁班咒”控制着,不能成为真正的夫妻,心里多少有些苦闷,一个春节也就在闷闷不乐中过了。

到四月,又是草青树茂花香时,人们走向田野重复着一年的春种,到五月播种完毕后,山神谷又循环往复地步入了茂盛的时光中。妫妈见柳馨脸色灰蒙蒙的,本该迷人焕发,却反而不如从前鲜艳了,一次到田野劳动遇到她时,就问:“和他是不是不和谐? 灰着脸,哪像个新婚女子!”柳馨感到不好意思，只好把夜晚遇到的事说了。

"作孽！"妫妈恨恨地骂了一句，教她说："床上不行，还不晓得到外面做夫妻？"接着，又向她传授做女人的经验，羞得柳馨脸上火辣辣的，未听完就走开了。

回到家，她和木心说了一遍妫妈的话。心想，怎么就没有想到这么做呢！以前都时常到羊角花梁子幽会，现在名正言顺，反忘了那个地方！又说："也是，我们怎么没有想起来呢！"

过两天，忙完地里的活，木心和柳馨背起背篼，说一声："我们去采野菜！"便走向溪涧对面，沿着开满野花的草坡，走到了羊角花梁子。俩人在他们以前躺着看云的地方坐下，阳光温热地撒在羊角树碧玉般的叶子上，簇簇粉红的花娇艳得像少妇的脸，一眼望去，已是羊角花的海洋。没有树的草坡上，则开放着单皮花、兰花、草莓花和其他杂色野花，清香散发起来，把五月浸染得心迷神醉。

木心跪在草坪上，把羊皮褂子铺好，然后抱紧柳馨就亲，边亲边替她脱衣服，脱完后又让她站在花丛中，像欣赏一件艺术品一样看着。她结实而饱满的身体，圣洁得如开放的羊角花，高雅素净又充满诱惑，起伏的曲线幻化起来，像等待弹奏的古典乐章。木心望着柳馨苗条的白色的皮肤，有些不忍触碰，扶着她躺下仰望天空时，一朵白云正悠扬在蓝色的天空下，轻盈如梦，四周的树上，鸟的叫声清脆婉转，似初夏的和声。

柳馨一脸甜美，如等待一场春雨的蒲公英，急切而心怯，轻声说："你也脱了躺下吧！"说完闭上了眼。等半天却不见动静，睁眼一看，木心已躺在她的对面，一身健硕，散发着诱人的野性，但两人之间缥缈着一片七彩光线，秀丽而透明，如炫彩玻璃一样隔在中间，透过光晕相望，对方虽更加美妙，却难以触接。木心试图改变这种状况，努力半天，不管是左右，还是上下，都有一层七彩光线交织的光板将两人的身体隔开，心越近，身体就离得越远……

到下午，情况仍未改变，但他们一穿好衣服，七色光环就消失了。感到很纳闷，只能相互看着对方，又不知说什么好，从心里感到了恐惧。木心想起他们举行婚礼时，那端公也在人群中看热闹，还用拐杖指着他们划了几次，才知道他不仅在床上施过"鲁班咒"，在他和她的影子间也施了法。说："太可恶，我要整死他！"说完，带着失望，和柳馨采摘半背篼刺笼包，牵着手向山坡下走去，心里恨得咬牙切齿。

回家吃过饭，木心就走向热滋那里，走过草生家门前时，向院子里一看，倒钩刺又来了，正坐在坝子上和山神保说话，一股怒气瞬间冲到脑门，又不便发作，只好恨恨地朝热滋家走去。

进屋时热滋正在火塘边坐着，关切地看春枝绣花，她身材已更加饱满，肚子略凸起来，看来热滋快做爹了。见木心来到，站起来请他坐下，又递过一杯茶，问："脸色不好看，遇到了什么事？"木心把事情经过讲了一遍，说："倒钩刺又来了，在草生家，想收拾他！"但热滋认为还是去找他把咒撤掉为好，说："硬整恐怕不行，他是老鬼，连小释比都降不住！"

随后，劝他不要着急，让春枝弄些菜放在三脚上的木板上，和他一起喝酒。俩人喝到半夜，木心醉得很凶，歪歪斜斜回到家时，柳馨已睡，就悄悄躺在旁边，心里惆怅得想死，很久才入睡。

醒来天已大亮，柳馨站在床边，递过一杯水，说："你昨晚醉得很凶，还说要整哪个！"又说："在一起已很不错了，心里踏实，还不做噩梦，平安无事就行，整人不好。"随后，她出去做早饭，木心又躺了一会儿才起来，头还有些晕，吃下一碗酸菜汤！到坝子里吹了半日风才好起来。正盘算是否到牛场上挖羌活，突然听见草生在喊："慢走，慢走！"到坝子边一看，那端公正从石板路上下来。他背着一个背篼，里面装着两腿岩羊肉，上面用一根皮绳横绑着一圈獐子皮，一把山羊胡子将脸衬托得更加尖酸刻薄。

木心想拦住他，又觉得不行，求他化解咒语又不甘心，便灵机一动，想先吓他一下出口气，等他第二次来时，再和草生说解除咒语的事。他立即在柴堆上取下两张已干得圈成小圆筒的桦树皮，用一根皮绳连在一起，提在手上，一抖动便"哐哐哐"地响。

随后，他悄悄梭在后面，见倒钩刺走到磨坊边放下背篼，也不知去做什么事，徘徊了半天，离开时已到正午。木心藏在磨坊墙子后，见他背起背篼正要离开，趁他不注意，把桦树皮拴在了他的背篼后边，等他走出飞水关，才转身回去。

倒钩刺并不知道自己能算鬼、作法，却不能算到人做的事。

开始时，时间还早，溪水和瀑布的声音掩盖了桦树皮抖动的声音。到飞水关下后，通向茂州城的路蜿蜒在峰峦山谷间，阴森幽静，至下午，骡马队大都早已走过,他一人走在路上,便听见“哐、哐、哐”的声音总在身后响。停下来回头张望,又清风雅静的,不要说人,连半只野猫也没有,四周静得能听见自己心跳的声音。

于是又走,但一走动,声音又在背后响起来。持续几里路后,他放下背篼,但上面捆着獐子皮,看不到后面,也想不到问题会出在背篼后。坐一会儿,见声音已消失,背起来又走,但一迈步,“哐”地就响了一声,一停住,声音又立即消失。他感到更加奇怪,又试着向前走,一迈步,声音又“哐、哐、哐”地响了起来。其时,路正悬在一座崖壁上,阴沉沉的,本已十分害怕,一只鹰又从岩洞中突然窜起,吓得他差点跌落下去。

他定一定神,见远近鸦雀无声,赶紧小跑而去。途中,声音却依旧紧迫地追赶着,他快,声音便急;他慢,声音便缓。心想,肯定遇鬼了,念完几篇驱邪咒,又咬破中指,用血乱点了一阵。但开始继续赶路后,声音并未消失,依旧一路紧追着他的行程。倒钩刺见使完平生学到的法术也没有管用,开始认为遇到了恶鬼或者道法更高的人在收拾他,自己把自己吓得了惊慌失措。

随后,他背着背篼拼命地往前跑,但越快声音追得越急,跑到茂州城时,已到深夜,人已累得昏天黑地,神志不清,只想一路跑回龙安府。接着,他又沿着松岭关路跑去,到观音梁子就一头栽倒在一丛倒钩刺中,张大嘴,一口气再没收回来。

天明时,一只经过的骡马队发现他死在路边,一看是名声不好的端公,也不知怎么死的,就把他弄到一张石板上。查看他背的东西时,发现有两卷桦树皮吊在后边,感到不知所以,一个人走过去取下来提在手中,一摇,两卷皮便碰得乱响。他笑着说:“聪明一世,原来是被树皮吓死的!”叹一回气,和其他人一起在不远的地上挖出个坑,用他背的獐子皮把他包好,埋葬在了观音庙旁边,两腿岩羊肉则煮来吃了。

过后,人们在夜间经过那里时,总有“哐、哐、哐”的桦树皮碰撞声,但都不害怕,过往行人说,那端公被树皮吓死后很不好意思,还想吓唬其他人,不理他,依旧赶路前行,走向四面八方。

倒钩刺被桦树皮吓死的消息传到山神谷时,木心正和几个人一起在磨坊边的客商驻地上闲荡,听到后大吃一惊,说:“想不到会吓死他,这下可好,还真的解不掉咒语了!”心里空前地失落,回去望着柳馨,眼里竟含着泪水。

三十三

日子在不紧不慢中过着,转眼又是三年,木心和柳馨不能生孩子已成了山神谷的闲话,他们又不好向其他人解释原因。这让木心特别怀念老释比,他觉得在他的记忆中,还没有过老释比化解不了的难事,他是从雪隆包上来的,如果还在,那端公就不敢为所欲为了。心想,阴传是没有办法的办法,是传承的最后选择与希望,并不能将所有东西传到,小释比也因此破解不了鲁班咒。

他感到十分无助,便转到火坟场,给老释比烧完香,又转到磨坊,见许多人已在为交易鸦片做准备,磨坊的墙上贴着一张公告,说的是交易规则,要大家遵守,草生仍旧控制着鸦片贸易。热滋则负责收取烟税上交,他一见木心就说:"烦死了,那些官员大小通吃,再这样下去,哪天山神谷又要抗拒了!"他牵着他和春枝的小儿子,和木心一起走,小孩很机灵,样子像正在树身里成长的哥哥,让木心感怀不已。

走完几圈,他才发现没有草生的身影,想起已很久没有见到他,便问:"草生呢?他该在场的!"热滋说:"去太阳谷了,听说他外婆病得很凶,可能快回来了吧!"边说边向寨子里走,准备各自回家。

他们说话时,草生正走在通往石碉楼的路上。

他是五天前到太阳谷的,从一个过来的客商那里得到他外婆病重的消息后,一算时间,觉得看一趟回来后正好收鸦片,便让牛肋巴做好准备。第二天一早,他背上枪和三个烧馍馍走出大门,儿子山神保一见,突然对他依恋起来,抱紧他的腰不让他走,眼睛一动不动地望着他,脚踮起来,让他心里生出了说不清的滋味,爱怜中带着痛楚,草生说:"让娘陪你,我过几天就回来!"山神保听后,才松开手,但仍盯着他,用目光送到门外时,眼里尽是泪水。

草生从寨子后的山坡走去,翻过红岩子又沿着后山的小路往下走,天黑时刚好走到太阳谷,进入梭梭寨找到他娘生前的家里,见外婆正躺坐在床上,前面放着一盆炭火,旁边煨着一只小铜锅,里面煮着半只鸡。见他到了,她一下高兴起来,说:“你来了,这段时间特别想你,也经常梦见你娘!”边说边拉着他的手,眼里泪汪汪的,说她并没有什么病,就是全身瘫软无力。

“干脆到茂州城去看看!”草生说,“听说那里有一位名医,专治怪病!”但她不同意,说一路颠簸,摇都会摇死,不去,已请中医看过,只说需要调养,找不出病根。说完,又说想睡一会儿,让草生去吃饭,早点休息。

草生睡过一夜,醒来已是鸡叫时分,见睡不着,起来走到外面一看,天刚好麻麻亮,四周一片宁静,只有鸡声此起彼伏,就在寨子里转悠。他转到寨边的悬崖上,望见崖脚下一江流水,正闪烁着淡淡的光亮,突然就感觉到了什么,心里惆怅起来。

望了一会儿,他转身回走,碰到寨中一个散步的老人问他:“是不是看你外婆来了?”他回答说:“是的!”便和他一起走。走过一段路,草生才知道外婆已生病好些时间,不阴不阳的,除全身无力,又不觉得其他地方有什么不好,请来一些中医看,吃下几十副药也不见效。那人说:“去请一下释比,他可能行!”

草生采纳了他的意见,回去把想法一说,才知道太阳谷的释比已外出到成都府给人治病去了,不知什么时候回来,商量半天,决定到阴阳谷去请。草生和那里的人结有仇,不便去,就让他爹的生前好友银保的儿子和他的舅子一起去。他们带着猪头和两坛酒出发,过几天就请了来。那释比一到就说:“按规矩释比间一般不越界作法,因为是给您老治病,我今天才来!”说完坐在火塘边,吃茶抽烟,又说:“法事在晚饭后开始!”

天黑透时,释比在神龛前开始作法事,他念半天经,在神龛前的桌子上放一只土巴碗,里面放着清水,然后拿一根麦草到草生外婆身上挠了一遍,说:“前有因,后有果,看是什么弄得你不能下地走!”说完又回到桌边,把草搭在碗沿上。随后,他坐在前边,敲响羊皮鼓,烧燃柏枝,又向神灵交代事由,说:“一切因果都快展现出来吧!”

随即紧盯着碗里的水一动不动,不久,水就变成了一面镜子,里面幻化出千山万水的景象,装的仿佛是一个世界和一个人的一生。又过两个时辰,他才说:“通向雪隆包的路上,有座石碉楼,顶端有一颗灵芝仙草,她是太婆的女儿水秀的化身,病是想念造成的!”还说仙草长在四周都是悬崖绝壁的石柱上,人难以上去,只有亲人才能采摘,但有危险,看怎么办?

草生在旁，听完释比的话，说："我去试试，也许能行！"他心想，灵芝草是娘的化身，定会保佑自己，而山神谷和太阳谷，能爬上石碉楼的人，也只有他！说服外婆和其他人后，他决定天明出发，舅子和银保的儿子也一起去。随即，又用酒菜款待释比，烧好几个馍馍，装好酒、干肉，约定鸡叫时出门后，才一起倒在火塘边的草毡上睡了。

第二天，三个人踏着鸡声茅月，向溪沟深处走去，他们沿着通向红岩子的路前行，走到神水窝时，草生说："今天肯定走不到石碉楼，中途又没有地方安身，就在这里好好休息一下，明天早点出发！"其余俩人也觉得行，就和他一起走到岩窝里放下包袱，草生又提着枪走进了前方的树林中。

林中清幽滴翠，活动着许多鸟，但他无心猎杀什么，打下两只星绣鸡挂在一棵松枝上后，又向前走。转弯走到一座岩包，看到包后的一座崖脚下雾气腾腾，在阳光下幻化着七彩的光，走到上面一看，岩包后的一处石洞中流着一股热水，淌到下面的石池后又向峰峦下飘落而去。

草生走到池边坐下，呼吸着温润的气息，他不知道石池是他爹岩保和他娘水秀首次享受鱼水之欢的地方，诗意的感觉仍在散发出来。心想，明天上石碉楼摘灵芝草，是件大事情，应保持清洁，便脱光衣服钻到水池中，把自己泡在里面，头靠在池边，任水温软地抚摸着，慢慢进入了梦乡。

梦里，他看到娘正走进山神谷的溪涧里，正要喊，她却飞升起来，向着雪隆包飘然而去，样子如壁画上的飞天，轻得像雾，周围散发出五彩的光，回头看他的脸祥和而圣洁，仙子般美丽高雅……

醒来时，已是黄昏，他穿好衣服向神水窝走去，顺路取下野鸡提着，到达时他们已升起大火，说："就等你了，听到枪响已知道有野味吃！"说完，他们高兴地拿起鸡，把毛退掉，取出内脏丢给野猫，放在火上烤。烤熟后已是夜晚，在石壁上插入松光后，三个人便一起坐在火边的石头上，边吃边喝酒，到夜半才结束。

天亮时，他们又顺着伸向雪隆包的峰梁走去，高山的夏日一片清凉，风从身边吹过，清纯如草坡上星星般开放的花。一行人紧走慢赶，到石碉楼时已是下午时分，站在前面向上望去，一根碉楼一样的石柱直插天际，石碉成六角形，下大上小，顶端平整，像削去尖的金字塔，碉身属石英石，浑白光滑，高二百七十丈，周围五十五丈，给人厚重的感觉。他们绕着转过几圈，都没有上去的路，除西边那面从脚到顶长有一线盘香草，从石缝中生出了九棵苍劲的松柏，再也找不到其他支撑了。

相传，石碉楼是天神建的，修建于传说中的时光。那时，人和神的世界相通，天神觉得有必要在到雪隆包的路途中建一个驿站，既可作天地间的哨所，又可以为来往的人提供栖息之地。他从雪山脚下的门坎山取来石头，让石匠神根据峰梁上的地形修筑，自己亲自设计督促，修起来后，就成了六角形。

碉身全部用乳白色石头修筑，坚固无比，有九十九层高，进入其中，全是晶莹剔透的世界，光线能透过碉身，使每一层都如水晶灯照耀一样。楼层间有独木梯相连，顶端是一个平台，高入云端，人站在地上望时，往往只能看到下半段碉身，而在顶端向下看时，又往往只能看到上半段碉身，四周全是云海。后来，因为一只猴子上天打翻了一碗水，天神发怒，断了凡间上天的路，把碉楼也变成了一根石柱。

他们观察半天，除那一线绿色和九棵松柏可做支撑，别无办法，草生说："只能从这里上去，不知那些草能否支撑得住？"另两个人则面面相觑，心里紧张得不知所措！只好又一起坐在地上继续观察。不久，草生突然看到松柏上吊着一根像绳子的东西，便站起来仔细观看，才想起曾经有一个人上去过，而那人正是他爹。

当时，他爹即岩保住在红岩子岩窝里，一天，在追赶一只麝时到了石碉楼下，而那麝竟在慌乱中沿着一线盘香草，像爬梯子一样爬逃了上去。到上面后，它还挑衅似地跳跃了几下，把只差一两就是宝物的麝香露了出来。他在石碉楼下，看着它灰褐色的身影和胯下的黑点观察了一会儿，就跑到和石碉楼相对的另一座山峰上，卧在峰峦边，举枪瞄准，一枪竟把它打死在了上面。

随后，岩保纵跳而下，到石碉楼前转过了几圈，试一下草后感到根扎得很深，用很大力气都拔不出来。他放下枪，把一根皮绳捆在腰间，抓住草茎，一步步向上爬去，到顶端时已浑身无力，衣衫都被汗水湿透了。他像瘫痪一样在上面躺了很久，才在黄昏浮动的晚霞中，用皮绳把麝香吊下去，然后再把绳子系在最上面那棵松柏上，自己才吊下去。

"爹行我也一定行！"草生突然说，见他俩不知什么意思，他又说："爹上去过!"随即也在腰间捆上一根皮绳,抓住盘香草,一步步向上挪去,足足三个时辰才爬到顶端。

到顶一看,石碉顶有好几十平方米,上面光滑得像湖面上的冰,在中间有一个小石窝,窝里有土,一颗灵芝草正长在那里,充满灵气,秀丽典雅,高贵又素净。草生看着,突然眼里涌出泪来,脑海里浮现出了娘的秀美,他跪在前面,并没有立即去采,磕过几个头,又站起来走到边沿眺望。

这时,石碉四周开始幻化起来,晴好的天空下,仍有丝丝白云在飘逸,群峰低矮,一览众山小,远方尽是起伏的荒原,苍茫遥远,空谷间蕴含着青暗的雾。群峰裸露的岩石,则透出刚劲的韵味,西面的雪隆包峰巅上环绕着五彩祥云,洁白的雪在阳光下闪闪发光,晶莹着千年梦境。草生沉醉于从未见过的壮观,如忘记了时间的流走,正出神,听到下面传来喊声,才清醒过来,看到不知何时一团乌云已从雪隆包上飘来,并很快到了石碉楼上空。

他立即跪下,轻轻把灵芝草拔出来,捧在手里亲吻了一下,刚好站起来正把它朝鼓肚兜里装时,那团云已猛然降落下来,把他包裹在中间,瞬间又扯出几个火闪。随后,云又升入天空,向雪隆包飘去。

那俩人站在下面,看得很紧张,见云散去,天空晴朗起来,灵芝草被一团白云托着,已飘然降到他们面前,却不见草生。他们立即装好灵芝草,跑到相对的一座山峰上一望,草生已像一棵树般定格在那里,全身烧得焦黑,望着雪隆包,左腿向前跨出半步,右手前伸,像在指引方向的样子,呼喊半天,也没有声息。

二人惊恐万分,转身就跑,在第二天傍晚赶回太阳谷后,立即走进家里,把灵芝草拿出来交给了老人。

草一到老人手中,一下子像鲜活了起来,上面竟然流出露珠,像水秀的泪,老人握在手里,泪水涟涟,伤心一阵又惊喜一阵后,突然感到浑身一爽,病已好起来。她下床洗完脸,问:"草生呢?"听自己的儿子和银保的儿子说完经过,感到很惊奇,也很伤心,催促说:"快去山神谷报信,可怜的山神保!"走到神龛前烧燃香,坐到火塘边入定了。

消息传到山神谷,都很吃惊,热滋立即召集木心和其他几个年轻人,说得去看一下,最好能把人弄回来。柳馨娘去了牛肋巴那里,但她并不怎么悲伤,反而先开口说:"柳娘,来坐,我已知道了,可能是天意!"柳馨娘挨着她坐下，正想用话劝，外面却传来了笛音。走出去一看，山神保正蜷缩在院坝边的那丛钉木树下，吹着羌笛，音韵传递着透骨的凄凉，看着他盘在身下的脚，柳馨娘的心一阵接一阵地疼了很久。

热滋他们赶到石碉楼下，却望不到顶端，只好走到相对的那座山峰上看，果然有一个人的黑影凝固在碉顶上，一群鹰正围绕石碉盘旋，天高云淡，天地静得出奇。几个人不知不觉被带入了一片神秘中，心中敬畏起来，说："草生也许注定有这样一个归宿，还是顺其自然为好！"一起朝雪隆包拜了几拜，才往回走。

回到山神谷，草生的离奇死亡已传到成都府，花老板念旧，带着一支骡马队，到山神谷后说服了牛肋巴，收拾起东西，带着她和山神保一路经过飞水关，向成都府走去了。身后的石屋，又变得一如从前地寂静，被一把锁关住了所有记忆。

到了成都府，花老板把他们在花街安顿下来，用积蓄的钱买一座四合院，又接过牛肋巴的老爹一起生活。属于草生的那份财产也划归到了她的名下，想不到因她的儿子山神保神奇的獐子脚，于无形中形成了一块招牌，生意反而变得了空前地好。

三年后，花老板的夫人逝去，干脆续娶了牛肋巴，俩人一起生活，又生出一个灵敏的女儿。但山神保不习惯城市生活，让人送到九峰山上，和教他爹黑山术的怪人的徒弟一起浪迹荒野，终不知所踪。听人说，到山里时，很多时候都能听见羌笛吹奏的声音从松林中传出。

三十四

草生的离奇死亡并没有让日子停留下来，地里的罂粟又已到收割时节，花老板依旧派出人来，只是住在了磨坊边的客栈里。木心因为总不能亲近柳馨，精神恍惚不振。收割完后，他对柳馨说："想出去走走，过两个月就回来！"但到九峰山找高人破咒语的想法却没有说。

走时，他跟着花老板的骡马队，柳馨眼里含着无限依恋，又突然涌起生离死别之感，等他走后，转身走进一片野棉花丛中，哭了很久。

木心走后，柳馨心情忧郁起来，她有时回到娘家，有时住在婆家，做一些杂活，心里很空，像挪步一样挪动着日子前行。到九月，木心仍未回来，慢慢地，她也就渐渐习惯了。

九月初九夜里，山神谷人都做了同样的梦。

梦里，老释比从雪隆包上飘然而来，站在他们中间，说："山神谷会有一次大的地动，飞水关下有一个暗海，连接着飞水下的碧潭，里面生活的一头犀牛已修炼成精，在九月二十三要迁走，你们躲到红岩子神水窝里去吧！"说完又飘在寨子上空，巡视一番后才走。

大家觉得奇怪，会聚到议话坪，发现每个人的梦情景都一样。小释比说："不可不信，还是留意一下动静为好！"热滋也觉得应该那样，便派出专人观察飞水关下的深潭是否有变化。他说："小心总没有害处！"让大家该做什么还做什么。到九月十五，经过的人和前去观察的人都说："潭里的水像烧开锅一样，冒着水泡，从崖壁后还有牛的叫声传来，轰隆隆的，像军队在开炮。"弄得许多人都紧张起来，开始收拾东西，做好到红岩子神水窝躲避的准备。

热滋带几个人先去察看，觉得岩窝里容不下一寨人，便让人回去又喊了几十人上来，在山梁上的草坪中搭起一排草棚子，返回时已是九月二十一。

他一到寨子就吹响牛角号，把人召集到议话坪里说："老释比传递了信息，我们得到山上去躲避一下，如没有事，过几天就返回！"他让大家带好吃的、穿的、盖的，背上积蓄的银圆，第二天一早就出发。

准备一夜后，天刚麻麻亮，热滋就带着全谷人向山上走。他们沿着山路辗转而行，走前把羊、猪、鸡、猫、狗全放了，让它们自行顺着沟朝门坎山方向跑去。因人多，一群人走了一天，到下午才到达山梁。热滋以家庭为单位安顿大家，饭在神水窝里煮，吃大锅饭。柳馨和木心两家人做一个棚子，但柳馨没有上来，她说："木心会很快回来，我要等他一起走！"坚持留在了山神谷。

人们吃完晚饭，又在草坪中间烧起大火，把背上来的一大坛咂酒立在旁边，由一个年长者开了坛，便饮酒唱歌，踏着朦胧的火光跳萨朗，没有因灾难临近而失去乐观的精神。

柳馨见大家走后，寨子静得像水，便搬一张凳子坐在门前的坝子上，静静地出神，直到下午才回到屋里。她简单做好饭吃下，又走到外面，沿着石板路向野外的庄稼地走，地里的玉米青翠茂盛，风吹过来，叶子散发出沙沙的声音。她信步而行，到达他和木心喝桦树汁的那棵树下时，一股清风轻轻拂过，让她身心一震，突然清爽起来，瞬间已变得心如止水，涌起飘飘然的感觉。

返回屋里，她收拾了一下，走到房间里，见鲜红的绸缎被子上面，花已活泛起来，微微地动着，散发出幽香，随即躺在上面，到夜半时，一弯月儿挂在窗外，静寂得让她忘却了自己。柳馨感受着夜色的宁静，除从飞水关偶尔传来牛的叫声外，并没有什么异常，迷蒙中鸡已开始打鸣，一声声传来，悠长而响亮。柳馨起来，认真地梳妆自己，直到打扮得清新秀丽如深山的野花。

然后，带着从未有过的从容，柳馨向溪沟里走去。她没有目的，心想，干脆到火地梁子去看一下，便慢慢地向上走，到他和木心经常一起坐卧的草棚子时，已到午后时光。正想坐下来继续感受从四面挤压过来的宁静，飞水关已传来轰隆隆的声音。

随着声音的到达，地也抖动了起来，她立即跑到山梁上向下望去，只见山神谷两边的山峰正伴着叫声晃动，感觉不好，又飞一样地沿一条横在山腰的毛草路跑去，到达寨子上方的一座峰崖上时，响声已紧迫起来。

接着，两边的山峰像摇动的扇子，一开一合，飞水关下的岩石也突然爆开，涌出一股澎湃的水，一头犀牛像望月般回首一看，又隐约到波涛之中，随着流水东去了。山随即开始下陷，两边的山峰朝中间一合，柳馨就飞在了空中,像一只鸟,轻盈而纯粹,她意识高远,仿佛肉体已不复存在。她一直飞升着,越过对面的羊角花梁子,又向下飘去,飘飘然然,像曾经做过的梦,人向下掉去,但又落不到底,飘得心也悬浮了起来,空茫茫的,化为了天地间的一朵云。

飞水关两边的山峰坐落下去,堆积在谷口下的水潭中,乱石一层层随之垒砌而上,形成了一座新的乱石坡后,又不断上升,越过关口一千多丈才慢慢静止下来。同时,寨子背后的山坡,也受到波动向下滑去,带着石屋塌到溪沟里,水也被乱石泥土形成的堰塞坝阻挡起来,只三十天就把寨子变成了水底的记忆。

犀牛精迁徙造成的地动发生时,木心正往回走,他已经过茂州城,朝着山神谷赶,听见地动的响声远远传来,抖得石头不断从山坡上往下滚落,便躲在一座崖壁下的岩洞里,望着山神谷冲天而起的灰尘发呆。过后,他只好往回走,在茂州城里住了几天,等一切都开始归于平静后,才又朝山神谷赶。

他跋涉到飞水关前,已不见瀑布,一道乱石堆砌的斜坡高高在上,却见不到水流出的踪迹,估计两边的山峰已基本稳定下来,不会有太大危险,便向上爬去,弄得灰头土脑,花半天时间才爬到顶端。

到后一看,他当即惊得魂都飞了,眼前一片混乱,垮塌的山坡上灰尘伴着山风,旋转着四处弥漫,原来石屋所在的山坡和溪水对岸,已形成笔直的悬崖,水仍在缓慢上涨,人根本无法过去,寨子则消失得毫无踪影了。木心看着眼前的一切,感到一切都完了,一跟斗跪在乱石堆砌的坝顶上,大哭起来,到黄昏才沿着乱石坡梭到下面,向茂州城走去。

木心并不知道山神谷的人已转移到红岩子,他们在山上感觉到了山下发生的巨大动静,过后又见灰尘冲天而起,直弥漫到山梁,像云一样把他们笼罩起来。热滋感到不妙,等灰尘散去后,才和其他几个人下到谷地,但已不能到达谷底,他们站在新形成的悬崖边,看见下面正在积聚的水,已一片汪洋,所有房屋和田地都沉没到了水中。

迷茫从心里升腾起来,热滋想,今后怎么办呢?!那么多人还得活下去,又想到柳馨,觉得那女子不肯上山定有隐情,和其他人一起呼喊半天,除了清风与飞鸟,已没有其他声音。他心酸地看着眼前的情景,在夕阳的光晕中,突然发现原来柳馨家所在的地方,一棵羊角树却突兀地生长了出来,骨感而婀娜多姿，觉得奇怪，没有和其他人说，又向山上爬去。

返回红岩子神水窝，一群人正眼巴巴地等着消息，听热滋他们说了情况，心里都很茫然，柳馨娘哭得很伤心，她爹却很木然，只在火边煎熬草药，一言不发的样子反而让人忧心。小释比见了，走过去说："人从哪里来还得回哪里去，她是回去了，不要伤心！"听到小释比的话，柳爹的眼泪才泉水一样涌出来。热滋立即说："全靠老释比，山神谷的人才得以幸存下来，现在主要是想想以后该怎样办！"又劝大家安下心，说事已发生，不能改变。

一夜过去，天明后大家又聚集在草坪上，正要商议对策，却看到山后太阳谷来了一群人，领头的是银宝的儿子，他一见他们，感到很吃惊，说："听到山后响动得像打雷，知道出事了，族长让我们来看看，没想到你们在这里！"说完，走到热滋身边，听他说完事情的经过，感叹不已，说："天意，天意！"随后，他们和山神谷的人一起坐在石头上，喝了一些水，吃下一块烧馍馍和半块干牛肉，说要赶回去向族长报告，边说边小跑着向山下去了。

第二天，他又带着一群人赶了上来，转达族长的话说："请你们到太阳谷去落户，那里地平谷宽，还能生活几百人！你们看行不行?"说完后就望着大家。热滋听后，先表示了感谢，又召集几个老者商议，都觉得只能那样，至少也得先去过渡一段时间，便同意了。随后，叫大家收拾好东西，跟着太阳谷的人向山下走去。

才到太阳谷，族长已带领全谷人到路口迎接他们，和热滋手拉手地站着，说："都是一家人，就在这里安身，我们会帮助你们的！"说得热滋眼泪都冒了出来，赶紧道了谢。那族长即按事先安排好的，让太阳谷的人分散到各个家里暂时安身，指着不远处的一片谷地说："就在那里重建村寨，有好几千斗种地呢！"说完拉着热滋的手走向自己的家里，春枝和他的小儿子则被族长婆娘牵着，一起走在石板路上。

五年后，上百幢依山的石屋出现在了山崖边的台地上，周围已开垦出满坡田地，山神谷人在重建家园中刚好耗尽积蓄的银圆，新的罂粟花又已开遍山坡，他们将新的居住地称为"月亮谷"，和太阳谷人和谐相处，相互通婚，来来往往都是亲戚。

但小释比执意要回去，他在月亮谷住了三年，觉得山神谷才是自己的归宿，在第四年春季的一天清晨，带上羊皮鼓及其他法器，背着一皮口袋烧馍馍和一支枪，走向了山后的故园。

他走到山神谷，看到谷中已是一片广阔的湖水，湖边的花草正生长出来，就在靠西面的湖边，选了一块岩台，从山上砍下树木，搭起一座小木屋后，又在旁边的斜坡上开出了几亩地。他最初靠狩猎生活，打到麝香和积累起皮毛后，连同采集的药材，用一只他用三个月时间才扎成的木筏子，划到飞水关石坝，又沿着斜坡滑下去，到不远的一座驿站交易完毕，再换取生活用品背回家。

三十五

木心在茂州城里住了八天，四处打听的消息都是山神谷毁了，没有人活着出来，日渐感到忧心，在第九天半夜便带着不多的银子，毫无目的地跟着一队挑子客向东走去，沿陇东路到了龙安府。

在龙安府混过半年，身上已没有银子，找几天事又没找到，木心很苦恼，眼看就要面临生存危机。一天傍晚，他正没精打采地在城中走着，突然听到有人叫他，回头一看，竟是马风和八月瓜。

他很惊喜，和马风拥抱了半天，才一起走向他开的武馆。吃过饭，马风和八月瓜听他说了山神谷的事，都很伤心。通过闲谈，木心也知道了他们被带到茂州城后，羊保并未伤害他们，只是为争回男人的面子，不准他们出现在他驻防的地方。他们只好悄悄沿着松岭关路走到龙安府，开了一个武馆谋生。

住两个月，木心执意要走，马风只好送给他不少盘缠，又看着他走上了峰回路转的小道。

他折而向北，走很久才走到一条大河和一条小河交汇的谷地。

那是一处山峰已变成山丘的地方，两河分割的草原起伏着，草色青翠，星星点点全是野花，河边有一个两座山丘间组成的谷地，谷中沿河弯坐落着一座小城，面积不大，很精致，空气纯净得像雪隆包下的草甸。木心走入其中，找到一家客栈住下来，一边怀想着曾经的生活，一边思念柳馨，无精打采地挨着日子。

过了几个月，他见马风送的银圆已快用尽，便出去找事做，但城里并没有什么事，城外是一望无际的草丘，放牧的人出没其间，也不好找。又过去几天后，眼看饭也快吃不起了，心里很着急，就走出客栈到街上闲逛，正徘徊，突然听到背后有人问："是木心哥吗?"他惊异地回过头去，一看，是香春。

两人便站在街边，由他简单说了山神谷发生的事，香春惊叹不已，请他和她一起到她家。她家位于小城中间，是一座四合院，很宽，青砖黑瓦，十分古朴,院子里长着几棵枣树,香春说:“我就住这里,你搬过来住,反正房间很多,空着也是空着,还可以省下店钱!”木心在里面转了一圈,心里觉得惊异,香春怎么会有这么大的房子呢?!

返回店里拿出东西,又回到香春那里,放在给他安排的房间中时,已到吃饭时间,俩人坐下来,面对面坐着,吃完后也不收拾,香春倒好茶,又面对面地喝。木心边喝边讲述山神谷发生的事,说:“听到过你被官兵解救的消息,但后来就不知怎样了!”又说了柳馨和他结婚后的咒语,问:“你是怎么到这里的?”

香春说:“还得从被土匪抢劫后说起!”她讲述说,那夜被土匪抢走后,见她长得标致,领头的就想把她弄回他们藏在山里的窝,说要献给首领。她很害怕又毫无办法,只好被押着走。走两天,却遇到了一支军队,两边打起来,土匪不行,很快被打光,那些军人跑过来把她带到一个军官面前,问是不是一伙的,她说:“是山神谷被抢的。”那军官一听,说他们是正规军队,让她不用怕。见她不愿回去,便带着一起回了成都府。

到成都府后,她被送到司令那里,说完事情经过,司令就嘉奖了他,但让她留在府中做丫鬟。过了几年,司令奉令驻防到这里,她也跟着。“那司令人不坏,把我当女儿看!”她继续说,后来,司令又到更远的地方打仗去了,让我守宅院,但去后就没有回来,听说已战死。“他的老婆孩子也搬回了老家,就把房子交给了我”。她最后说。

“这样,我就在这里住了下来!”说完,她站起身,开始收拾,劝他干脆帮她干活,说反正需要人守院子,当地又不好找人,也不敢随便找。等木心同意后,带他熟悉四合院的布局,从头到尾转了几圈,又到街上指着一排铺面说:“这些都是我的,现在租给别人,可以收回来自己做生意!”看完后,才让他进房间休息,关上院门,自己也回到了卧室里。

住过一段时间,木心和香春已像一家人,同时也生出了情感,和她商量说:“把外面的商铺收回,开一间皮毛店,可能生意会好!”香春也觉得行。他们说干就干,用三间商铺做门面,又打通里边的几间房做仓库,取名“木香货栈”,经营皮毛、茶、中药材等。开张不久,就成了连接东西南北的货物交易中转站,生意很红火。

木心安居下来后,心里老想着柳馨,时常感到苦闷,香春主动找他说:

"这样也不行,都认为我们是一家人了,就一起过吧!"木心沉思半天,想柳馨已不可能还活着,和她一起生活才是目前最好的选择,也不答话,只轻轻地抱住她,用行动表示了自己的意愿。香春很动情地说:"今晚就结婚!"

随后,她到城中最好的一家饭馆定下一桌席,请来街坊邻居,以感谢他们多年来对她的关照,同时又把木心介绍给他们,说:"他是山神谷的,以前和我住一个地方,现在一起在这里安身,请大家以后多关心照顾!"一桌人吃了两个时辰,散去时已是黄昏,淡红的晚云正飘在天空下,像伸手可摘。香春牵着他的手,如一对老夫妻,心想,一切都是缘,走过这么多弯路,最终还是要走在一起。俩人还转到一座草包上望了一会儿风景,才转回家中。

夜里,在马灯照出的温馨中,木心感觉到了她平时被忽视的美,娇柔得像水一样纯粹的身体,如乐谱里的音符。他看着她,那屁股上的一对伤疤,像猫眼一样幽然……

三十六

二十年后，木心带着香春和他的一双儿女回到了山神谷，他们沿堆积而成但已长满杂树的山坡爬到坡顶一望，一湖纯净的水深远得像蓝色的墨，天光云影和两边的山峰倒映水中，比梦幻真实。所有崩塌过的地方已全是葱郁的树、草和花，它们茂盛在静寂的山野，生机盎然，灾难已变成另一种美丽，一湖碧水，半湖天空，白云飘在水下的天上，记忆般悠远……

正望着，尽头的水面出现了一个黑点，慢慢向他们飘来，到前面才看清是一只木筏，上面站着一个人，等把筏子划到岸边，一看又认出是小释比。只是“小”已变成了“老”。他赶紧打招呼说：“我们是木心和香春，回来看看，你怎么在这里？”小释比说：“我在守护这个地方！”说完让他们坐到筏子上，慢慢划向湖泊西岸。

到了岸边，小释比带他们沿着湖水走过一段路后，又带他们走进木屋里。进去后，木心发现修建木屋的松木因插在地里，发出新芽后又长成了松树，小释比的房子像在树丛中。他们坐在板凳上，说了许多过去的事情，又到湖边的崖畔上去看那棵秀丽而骨感的羊角花。小释比说：“这是柳馨的化身，她本是羊角花仙子，来这里只为给山神谷带来美丽，山神谷消失了，她也就化为了这棵开花的树！”

木心仔细地看着，树上的花开得正茂盛，素雅高洁，比其他花都要丰腴、秀美而飘逸，心里惆怅起来，想起了“质本洁来还洁去”的诗！

下午，小释比送他们回到湖东的岸边，告别后，又划着筏子向西岸滑去，人在水中，被夕阳的光照着，使他仿佛行游在空旷宁静的天空里。他俯身划桨，动作如凝固的剪影，一下子痛在了木心的心上！

过去突然像梦一样展开，木心转身离去时，已泪流满面……

2014 年 12 月至 2017 年 10 月完稿于茂县